KB239935

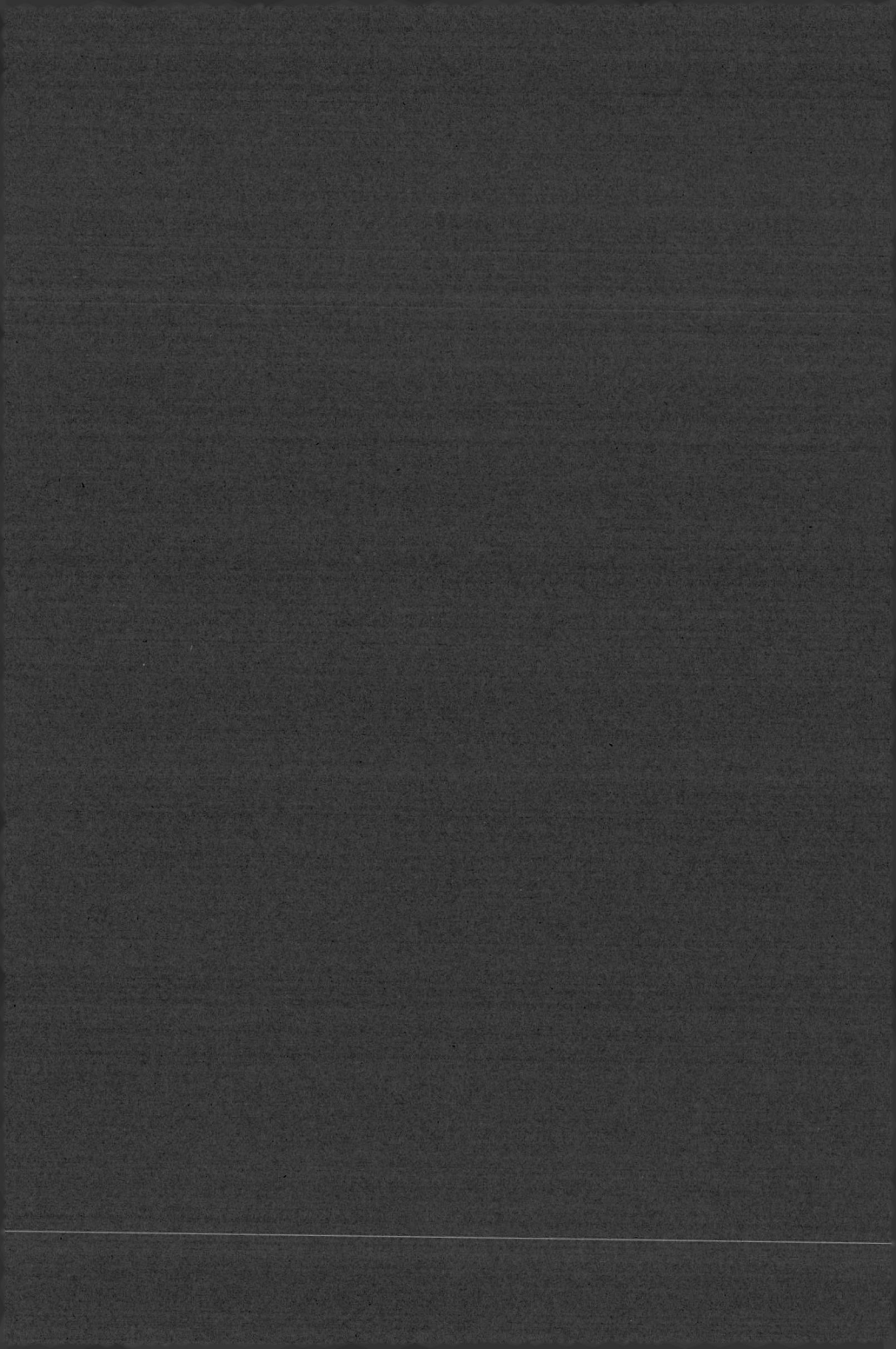

레즈비언을 사랑한 男子

호세 루이스 삼페드로 지음 · 김현철 옮김

레즈비언을 사랑한 男子

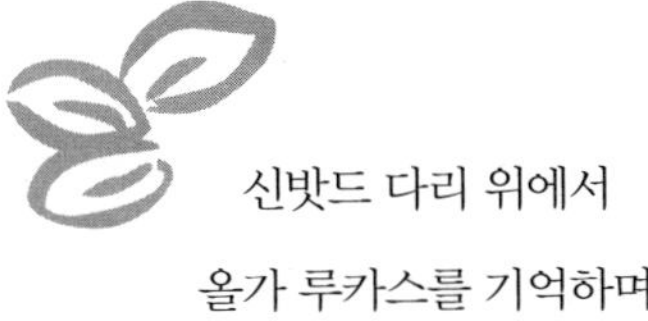

신밧드 다리 위에서

올가 루카스를 기억하며

"심연으로 더 깊이 들어갑시다."

(십자가의 성 요한)

"사랑하라, 원하는 것을 할지어다."

(성 아우구스티누스)

삶

이게 뭐야? 대체 여기가 어디야? 처음 와보는 곳인데……. 여기까지 어떻게 왔을까? 택시 운전사에게 뭐라고 했더라? 그래, 병원에서 나와서 택시를 잡았을 것이다. 항상 그랬으니까. 기분이 좋았었다. 최근 들어 유달리 자주 가슴이 아파 부리나케 병원을 찾았던 것이니까. 그랬다. 행여 입원하라는 말을 듣지 않을까 싶어 걱정했었다. 그런데 정반대였다. 심전도 검사 결과는 평소와 같았다. 나바로 박사는 나를 안심시켜주었다. 문까지 따라 나와 웃으면서 배웅해 주었다. "21일에 또 봅시다." 나는 엘리베이터를 타고 내려왔다. 건물 현관 바닥은 여전히 미끄러웠다. 마침 수위가 그곳에 있어서 다행이었다고나 할까……. 그 후로는 모르겠다. 정신이 깜박했고, 정신을 차려보니 이곳이다. 엄청나게 크네. 오르세이 박물관이나 사람들로 북적거리는 중앙역이 생각난다. 새로 조성한 공원인가? 아니면 회의, 전시회 등등을 위한 컨벤션센터인가? 웬 놈의 천장은 저렇게 높아! 보이지도 않잖아. 구름에라도 가려진 것 같잖아. 현대적인 스타일, 눈이 부시지만, 기분은 괜찮다. 환영인사라도 하는 것 같다. 택시 운전사가 내 말을 잘못 알아들은 모양이다. 이곳을 찾는 사람들이 많은가 보다. 이제 어쩌지? 할 일은 없고, 시간은 넘쳐나고, 기분도 만점이다. 나바로 박사 말에 기운을 차린 거다. 힘이 넘쳐나는 것 같다. 이런 기분은 처음이다. 몸이 가뿐하고, 날아갈 것처럼 기분이 상쾌하다. 날씨도 기가 막히게 좋다. 이 맑은 공기, 이 찬란한 햇살. 산책하기 그만이다. 아카시아 나무, 이런 나무를 심다니, 누구 생각인지 몰라도 기가 막힌 생각이다. 봄이면 하얀 꽃을 피우는 나무, 마드리드와 너무나 잘 어울리는 나무. 양탄자와 같은 바닥, 그래, 최근에 개발해낸 인조 잔디가 분명하다. 하지만 우리 동네와 똑같은 나무들, 우리 동네와 똑같은 거리……. 그리고 저기 저 극장! 저 영화! 실험 예술 작품을 상영하는 극장에서는 〈푸른 천사〉를 상영할 모양이다. 그래, 저 영화를 보러와야지. 노래하는 마를렌, 두 손을 허리에 받치고 거만하게 서 있는 당당한 자태, 그 매혹적인 허스키 보이스, 사람의 혼을 빼놓을 것만 같은 허벅다리. 실바나 망가노가 〈씁쓸한 쌀〉에서 그 모습을 흉내내보았지만 별 볼일 없었다. 마를렌의 몸뚱이에 매료되었던 내 청춘 시절은 과연 어땠을까? 택시 운전사에게 잘못 말한 게 오히려 다행이었다. 저 극장을 발견하게 되었으니까. 계단을 내려가야겠지. 플레옐에서 마요르 거리 입구로 내려가는 것과 같아. 그래, 기분이 내킬 때마다 이 새로운 공원으로 와봐야겠다. 며칠간 속을 썩이던 이

빨도 이제 아리지 않는다. 정말 놀라운 것은 바로 저 빛이다. 처음에는 천장이 보이지 않더니, 이제는 구름도 보이지 않는다. 빛이 모든 것을 감싸고 있다. 거품이 일듯 쉬지 않고 변하는 색깔. 처음 도착했을 때는 푸른색이었는데 이제는 녹색으로 변했다. 너무 부드러워. 정말 안락하군. 때마침 나타난 벤치. 벤치에 앉아 숨이라도 돌려볼까. 삶이란 이런 거지. 잊지 못할 마를렌, 변함없는 그 모습. 높은 무대 위에 앉아 있는 모습. 한쪽 다리를 길게 내뻗고 다른 쪽 다리는 접어 벌거벗은 두 팔로 안고 있던 모습. 검은색 스타킹과 팽팽한 밴드. 새하얗고, 부드러우면서도 힘이 넘치던 허벅다리와는 너무나 대조적이었다. 그녀는 바로 그 모습으로 운라트 교수를 사로잡아 꼴사나운 장면을 연출하게 만들었다. 학생들은 교수를 쫓아다니며 놀려먹었고, 무시했고, 나 역시 당시에는 교수를 비웃어주었다. 그런데 이제는 그 늙은이가 부럽다. 감미로운 몰락이랄까, 그 노인네는 마지막 순간까지 삶을 만끽했던 거야. 삶……. 삶을 제대로 누리지 못하고 죽어 가는 사람이 얼마나 많은가! 내 눈앞을 지나치는 사람들, 자동차를 타고 내 눈앞을 지나치는 사람들. 전차는 오래 전에 사라졌다. 그런데, 아니 세상에 이럴 수가! 전차 한 대가 레일 위를 스쳐 지나간다. 피부색이 노란 사람이 전차를 몰고 가며 조종간을 움직여 종을 땡땡 울린다. 이럴 수가! 완전히 사라졌다고 믿고 있었는데! 나는 어린 시절로 돌아간다. 이곳이 내게 준 또 다른 즐거움이다. 빛으로 가득 찬 둥근 천장도 볼만하다. 황금빛 줄무늬가 새겨진 녹색 빛. 아름다운 머릿결을 부분부분 염색한 것 같다. 디스코텍의 사이키 조명. 하지만 이곳의 빛은 더욱 찬란하고 더욱 부드럽다. 이 지역 전체가 거대한 지붕으로 뒤덮여 있단 말인가? 공원이 문을 열었다는 소식을 들었을 때 이렇게 굉장하리라고는 생각도 못했었는데…….

이곳에 얼마나 있었던 거지? 도저히 알 수 없다. 시계가 멈추어 있다. 설명이 불가능하다. 여기 올 때까지만 해도 시계는 잘 가고 있었다. 시계를 고쳐야겠다. 얼마 전에 이곳에 온 것 같은데, 그 동안 몇 시간이 흘렀단 말인가? 정오가 지난 것은 분명하다. 하지만 이상하게도 배가 고프지 않다. 궁금증만 늘어간다. 전에 이곳에 와본 적이 있다는 느낌, 이곳을 잘 알고 있다는 느낌이 점점 커져간다. 절대 그럴 리 없다! 하지만 낯설지가 않다. 눈에 거슬리는 게 전혀 없다. 저 찬란한 빛, 전혀 예기치 않았던 전차의 출현, 길거리, 심지어 행인들마저 눈에 익은 듯하다. 이상하게도 전혀 불안하지 않다. 몸도 가뿐하고 마음도 안정된 상태인데 무엇이 나를 불안하게 만들 수 있단 말인가? 어렴풋한 기억들이 섬광처럼 머리를 스치고 지나가지만, 문제될 건 없다. 내가 지금 어지러운 기억을 억지로 만들어내고 있는 것인가? 기억을 꾸며낼 필요가 있단 말인가? 어제의 일을 오늘 새로 지어낸다고? 어제는 돌이킬 수 있는 시간이다. 그래, 지어낸 기억이라고 해도 좋다. 우리는 종종 일어나지도 않았던 일이 일어났다고 생각하며, 그와 반대로 일어났던 일을 일어나지 않았다고 생각하기도 한다. 하지만 그건 망각일 뿐이다. 기억에 여러 종류가 있듯이 망각에도 여러 종류가 있는 것이다. 지금 이 순간 두 가지 서로 다른 기억이 나를 몰아세운다. 반세기 전에 나를 매료시켰던 〈푸른 천사〉와 관련된 강박적인 기억이 그 하나이고, 그보다는 좀 더 희미하지만 더욱 급박한 기억이 다른 하나다. 이 두 번째 기억은 어디에서 연유했단 말인가? 내게 무엇을 상기시키자는 것일까? 끝내지 못한 무슨 일이 남아 있단 말인가? 그렇다면 내가 택시 운전사에게 행선지를 제대로 말해주었단 말인가? 나는 일부러 이곳으로 왔단 말인가? 무엇 때문에? 아니다. 나는 모른다. 나는 기억을 되살리기 위해 머리를 짜낸다. 하지만 공연한 짓이다. 주변의 빛은 점점 어두워져간다. 하지만 기억이 불분명해도 내 기분은 변하지 않는다. 내 기분은 한결같다. 내 고장난 시계에서 멈추어버린 시간처럼 결코 요동치지 않는다.

전차가 또 한 대 지나간다. 빛의 색깔이 변했다. 그러나 나는 여전히 평화롭다. 나를 감싸고 있는 공기 속에서 나는 평안하다. 그뿐이다. 태양은 보이지 않는다. 구름도 보이지 않는다. 그렇다고 길거리 위에 지붕이 있다고 가정할 수도 없다. 혹시 지붕이 있는 것은 아닐까? 이상한 일이다. 설명을 할 수도 없다. 그러나 나는 초조해하지 않는다. 생전 처음 보는 곳이지만 언젠가 본 듯한 기분이 드는 장소로 흘러들었지만 나는 전혀 불안해하지 않는다. 저 앞에 있는 바에서도 이와 비슷한 일이 있었다. 카페테리아 베라크루스. 그 이름 때문에 특별히 생각나는 것은 없다. 그러나 길모퉁이에 위치해 있다는 점, 문 언저리가 부드럽게 닳아 있다는 점, 창문의 배치, 그리고 무엇보다도 천장에 매달린 전등은……. 모든 것이 지난 과거를 생각나게 한다. 나는 확인해보기 위해 자리에서 일어나 길을 건너 카페테리아로 들어간다. 그래, 이 전등은 기억난다. 하지만 바는 저쪽이 아니었는데. 나는 내가 어떻게 이런 것을 알고 있는지 내 자신에게 물어보지 않는다. 나는 바로 다가가 여자 종업원에게 커피를 주문한다. 내가 알고 있는 여자인가? 그래서 저런 눈빛으로 나를 쳐다보는가? 종업원이 커피를 내온다. 나는 값을 묻는다. 종업원은 이상하다는 듯 나를 보고 묻는다.

"그냥 드리는 건데……. 모든 게 포함되는데, 모르셨어요?"

"모든 게 포함된다니?"

"입장료 말예요."

"무슨 말인지 모르겠는데. 입장료를 내지 않았는데."

"누군가 선생님 대신 냈나 보죠. 가족이나 친구 분께서……."

"누굴 말하는 건지 모르겠네. 나는 혼자 사는데."

"누군가가 우리를 생각해주어도 우리가 모르고 넘어가는 경우가 종종 있잖아요." 종업원이 차분하게 말한다. "어쨌든 돈은 받을 수 없어요."

정중하지만 단호한 목소리다. 나는 더 이상 주목받기 싫어 고맙다고 인사한 다음 커피 맛을 음미하는데 집중한다. 맛이 기가 막히다. 그동안 종업원은 다른 손님들을 맞이하고 있다. 놀라운 일이다. 나도 모르는 사이에 나는 이곳으로 초대받았던 것이다. 언젠가 이곳에 와본 듯한 기분이 되살아난다. 이번 경우와 똑같았다. 어쩌면 누군가와 약속이 있었을 것이다. 이 희미한 기억에 자극을 받아 다른 기억이 떠오른다. 이곳과 비슷한 바에서 있었던 일이었다. 한때 자주 찾아다니던 선술집. 카사 벨라스케스. 아, 이 이름을 떠올리니 이제야 모든 걸 알 수 있을 것 같다. 카페테리아 베라크루스와 첫 글자가 똑같다. 그래, 같은 장소인 것이다. 내부 수리를 조금 한 것 같아도 전등은 그대로 살아남았다. 그러니까 예전의 그 장소를 다시 찾아온 것이다. 나는 확신을 가지고 종업원을 쳐다본다. 종업원이 나를 보고 싱긋 웃는다. 내 마음을 읽은 것 같다.

"나를 잊어버리신 줄 알았어요, 마리오 씨."

"당신은 첼로……, 맞지요? 어떻게 당신을 잊을 수 있겠소! 그런데 너무 젊어 보여서……."

"선생님도 마찬가지인데요, 뭐. 놀랄만한 일도 아니죠. 우리 기억 속에 남아 있는 사람들은 모습이 한결같으니까……. 마치 그때 같네요. 선생님이 책과 서류를 들고 와서 선생님이 자주 앉던 자리에 앉으시던 그때와……."

"나를 잘 기억하고 있는 모양인데……. 그건 그렇고, 여긴 어떻게 된 거요? 새로 생긴 공원이요?"

종업원의 얼굴에 문득 그림자가 스친다.

"모르세요? 어쩜 그럴 수가? 그렇다면 여긴 어쩐 일로?"

"오긴 왔는데, 모르겠어요. 택시 운전사가 데려다 주더군요." 나는 확신이 없었지만 그냥 얼버무렸다.

"아! 종종 이런 일이 벌어지죠. 이곳은 '아푸에라스' 라고 해요. 글쎄 뭐랄까, 녹지대라고나 할까, 다양한 용도로 쓰여요. 정거장도 있고, 정원도 있고, 학교도 있고, 극장도 있고, 병원도 있고, 심지어 주택가도 있어요. 뭐라고 규정짓기 힘드네요. 선생님은 어떻게 생각하세요?"

"굉장한 곳이네요. 그런데 내가 뭘 하러 이곳에 왔는지는 모르겠단 말이지. 그 일이 해결되면 바로 떠나야지. 그래도 다시 올 생각이요. 기분이 아주 좋아요. 당신을 만나 과거 얘기도 하니 아주 반갑기도 하고."

"바로 그것 때문에 이곳에 오셨는지도 모르죠. 그러니까, 기분 좋게 지내시려고. 좋아요, 선생님을 만나 뵙게 되어 저도 반가워요."

나는 종업원과 헤어져 입구 반대편 방향으로 향한다. 카페테리아와 연결된 공간이다. 그곳에서는 신문, 잡지, 담배, 문방구 등을 팔고 있다. 이제 나도 이상한 일에 어지간히 길이 든 모양이다. 일간지가 아닌 주간지와 오래 된 잡지를 팔고 있지만 전혀 이상하지 않다. 잡지들은 대부분 이삼십 년대에 발행된 것이다. '블랑코 이 네그로', '누에보 문도', '라 에스페라'와 같은 잡지도 있고, '부엔 우모르'나 '구티에레스' 등과 같은 오락 잡지도 있다. 내 부모님이 사서 보았던 '에스탐파'의 표지를 보니 반갑기 그지없다. 우리가 어렸을 적에 마나세의 에로틱한 '예술 사진'과 페데리코 리바스의 노골적인 그림을 감상하기 위해 눈에 불을 켜고 달려들었던 '크로니카'도 있다. 그때만 해도 페데리코 리바스의 그림은 그 후에 실린 알베르토 바르가스라는 페루 사람의 미인 그림보다 훨씬 고상했었다. 어린 시절의 추억이 떠오른다. 'TBO', '콜로린', '마카코', '피노초' 등이 눈에 띈다. 모두 내가 글을 깨치고 나서 읽기 시작했던 잡지들이다. 나는 잡지를 하나하나 들추어본다. 인물과 스토리가 생각난다. 아무리 봐도 싫증나지 않을 것 같다. 어떤 사람이 '블랑코 이 네그로' 한 부를 아무렇지도 않게 집어 들고 거리로 나선다. 나는 상인들이 욕이라도 하지 않을까 싶어 두렵다. 그러나 문가에서 있는 감시인은 그 사람을 붙잡지 않는다. 나는 상인에게 저래도 되는지 묻는다.

"물론입니다. 마음에 드는 게 있으면 가져가세요."

보아하니 이것도 입장료에 포함된 모양이다. 나는 자유를 만끽할 수 있는 것이다. 잠시 후, 나는 산책길 벤치에 편안하게 자리를 잡고 앉는다. 주위는 온통 꽃밭이다. 하늘의 빛은 계속해서 변하고 있다. 조용한 해질녘, 이제 빛은 창백한 황금빛을 띠고 있다. 나는 '라 에스페라' 를 뒤적이며 재미있는 시간을 보내고 있다. 내가 태어나던 해에 발간된 잡지다. 프란시스코 캄바의 사설과, 최근에 두각을 나타낸 '소설가들의 대부' 알베르토 인수아와의 대담과, '투에스텐 이피코' 를 묘사한 로블레다노의 그림이 총천연색으로 복제되어 실려 있다. 축제일 무도회 장면을 그린 그림이다. 아기자기한 초롱불, 화관(花冠), 무도회에 참석한 사람들 틈바구니에서 몽둥이를 들고 질서를 잡고 있는 사람 등이 자세히 묘사되어 있다. 이 그림을 보니 무언가가 생각난다. 시골 냄새가 물씬 풍기지만 예술적인 품위를 갖춘 그림. 르누아르의 '라 갈레트의 물레방아' 라는 그림이다. 그 당시의 마드리드를 생각하자 마음이 찡해진다. 전쟁이 휩쓸고 지나간 마드리드. 나는 그때만 해도 르누아르의 생생한 인간적인 스타일을 이해하지 못했다. 아버지가 내게 일러주었는데. 르누아르는 이 세상에 대한 자신의 사랑을 아라비아 스타일로 표현했다. 아버지는 내게 그 당시 사실주의 작가들의 글을 읽어보라고 권했다. 그 누구와도 비교할 수 없는 로페스 실바의 글. 마요르 광장 저편, 칼 만드는 장인들이 살던 거리, 페레스 갈도스의 작품에 나오는 인물들이 사는 거리, 그 활력이 넘치는 거리를 산책하며 아버지는 내게 많은 이야기를 들려주었다. '라 에스페라' 는 내 기억을 재촉한다. 그러나 시간은 흐른다(단지 그렇게 생각하는 것은 아닐까. 시계가 죽어 증명할 방도가 없다). 내가 지금 무슨 짓을 하고 있는 거지. 슬며시 후회가 된다. 만일 이곳이 다용도로 쓰이는 무슨 센터라면, 나는 무슨 구체적인 목적을 가지고 이곳에 왔을 것이다. 그러나 지갑에는 내 신분을 밝힐만한 증명서가 하나도 없다. 증명서가 있다고 해도 무슨 소용이겠는가? 될 대로 되라지, 상관하지 않겠다. 몸이 이렇게 가뿐하기는 처음이지 않은가. 그러니 즐기기나 하자. 숨을 헐떡이며 병원을 찾아갔던 일이 생각난다. 나는 지금 어린아이처럼 기분이 상쾌하다. 어린아이들은 자신의 몸에 대해 전혀 신경 쓰지 않는다. 그저 순간순간을 즐길 뿐이다. 젊은이들은 어느 정도 몸에 신경을 쓴다. 하지만 그건 자신의 몸을 자랑하기 위해서일 뿐이다. 나는 이제 노인네가 다 되었다. 통증만 없다면 나는 내 몸에 신경 쓰지 않는다. 내 몸이 가뿐하고, 내가 지금 행복한 이유는 바로 이 때문이다.

"실례합니다, 선생님, 이걸 놓고 가셨는데요."

나는 고개를 든다. 금빛 단추가 잔뜩 달린 빨간 유니폼을 입은 남자가 웃고 있다. 빨간색 원통형 모자를 쓰고 있다. 남자는 구두 상자보다 조금 큰 꾸러미를 내게 내민다.

"이게 내 것이란 말이요? 그럴 리가 없는데."

"맞습니다, 선생님. 선생님께서 이걸 카페테리아 바에 두고 가셨습니다. 단골 고객 한 분이 이걸 발견하고 종업원에게 주었고, 종업원은 또 선생님께 갖다드리라고 제게 주었습니다."

내가 이걸 들고 택시를 탔고, 또 이걸 들고 여기까지 왔단 말인가? 병원에 갈 때까지만 해도 없던 물건이다. 그렇다면 집에 들러서 이걸 가져왔단 말인가? 지금의 내 정신 상태로는 모든 일이 가능하다. 이 꾸러미 안에 든 것을 확인해보면 내가 무슨 이유로 이곳에 왔는지 알 수 있을 것이다. 적어도 무슨 이유로 이걸 들고 왔는지는 알 수 있겠지. 나는 꾸러미를 살펴본다. 포장지를 알아볼 수 있을 것 같다. 그래, 끈이다. 끈은 분명히 알 것 같다. 그냥 보통 끈이 아니다. 자줏빛 비단 끈으로 납작한 매듭이 지어져 있다. 틀림없다. 꾸러미 안에는 옷이나 옷감이 들어있을 것이다. 이상하게도 하늘빛이 지금 이 순간 자줏빛으로 변한다. 나는 읽고 있던 잡지를 내려놓고 꾸러미를 무릎 위에 올려놓는다. 이것이 아주 중요하다는 확신은 들지만, 글쎄 아직 잘 모르겠다. 꾸러미를 열어보아야 하겠는데……, 자신이 서지 않는다. 이렇게 쉬운 일을 앞에 두고 쩔쩔매다니, 이상한 일이다. 기억을 더듬어본다. 생각 날듯 말듯 하다. 혹시나? 그래, 확실하다. 우편엽서! 그렇지. 엄마가 간직해둔 가족 엽서. 이 세기가 시작할 무렵부터 친척들이나 친구들이 알제리나 모로코에서 보내온 엽서. 내 어린 시절의 장난감이기도 했는데. 한 장 한 장 훑어보고, 엽서에 새겨진 풍경이나 사람들을 살펴보고, 뒷면에 써놓은 내용을 더듬더듬 읽어보고(프랑스어로 씌어져 있는 것은 도저히 읽을 수 없었다), 보낸 장소에 따라, 써놓은 내용에 따라, 발신인에 따라, 또 이런저런 기준에 따라 분류도 해보았는데. 혼자서 노는 카드놀이와 엇비슷한 놀이였는데. 마지막으로 가지고 놀았던 때가 언제였더라? 아주 오래 전 일이다. 나는 그 엽서들 중에서 경건한 그림이 실려 있는 것을 따로 떼어놓았다. 스페인 내전이 일어나기 얼마 전이었다. 일종의 정화의식이었다고나 할까. 나는 차츰 그 엽서의 그림들이 우스꽝스럽다는 것을 알아차리기 시작했다. 우리같이 나이 어린 아이들에게는 그 그림들이 시험을 볼 때 하늘의 도움을 바라는 부적과 같은 것이었다. 하지만 나는 그런 미신을 믿지 않았다. 군인들이 반란을 일으켰고, 마드리드에서는 통제가 불가능한 망나니들이 대대적으로 가택수색을 벌였다. 모로코에서 온 엽서들이 집에서 발견되면 곤욕을 치를 수도 있었다. 그래서 엄마는 엽서 상자를 어딘가에 감추었고, 그 후로 두 번 다시 그 엽서들을 보지 못했다. 그런데 그 엽서들이 지금 여기 있는 것이다. 틀림없다. 다는 아닐지 모른다. 그 엽서들이 다 들어가기에는 이 꾸러미가 너무 작다. 이게 웬 횡재란 말인가? 오매불망 찾아 헤매던 것이 바로 이곳에 있다니! 이런, 전차가 또 지나간다. 아니, 3번 전차야. 내가 집에 갈 때마다 탔던 전차잖아! 그 전차가 이곳까지 오다니! 신의 계시가 분명하다. 그래, 전차를 타고 집에 돌아갈 시간이다.

꾸러미를 거실 소형 탁자 위에 올려놓고 눈을 들어 엄마의 사진을 쳐다본다. 엄마의 초상화는 홀로 벽면 전체를 지배하고 있다. 엄마는 화살 같은 시선을 내게 던지고 있다. 나는 깜짝 놀라 몸서리친다. 전과 다른 눈빛이다. 엄마의 모습이 달라졌다.

도대체 무슨 일이 벌어지고 있단 말인가? 나는 엽서 꾸러미를 한쪽으로 밀쳐두고 확대한 사진 앞에 앉는다. 엄마, 도도하기 그지없는 젊은 날의 모습. 전형적인 1900년대의 포즈다. 거의 돌아선 자세로 사분의 삼쯤 몸을 틀어 앞을 보고 있다. 확 트인 앞섶 사이로 가슴이 어렴풋이 엿보이고, 말아 올린 새카만 머리채 아래로 에로틱한 목덜미가 훤히 드러나 보인다. 우아한 어깨 위에 놓인 반쯤 돌린 얼굴, 오뚝한 콧날, 육감적인 입매, 그리고 무엇보다 에볼리 백작부인과 같은 그 표정. 흑옥(黑玉)

과 같은 눈동자, 꿰뚫을 것 같으면서도 뭔가 아득한 곳을 바라보는 듯한 시선.

사진이 변한 것은 이번이 처음이 아니다. 나는 기억한다. 내 어린 시절, 엄마의 사진은 우리에게 회교 사원의 감실(龕室)과 같은 것이었다. 신도들이 메카를 향해 기도를 올릴 때 바라보는 신성한 장소. 엄마의 어깨 주위를 감싸고 있는 투명한 구름. 엄마는 나의 이상이었고, 나의 자비로운 마술사였고, 나의 찬란한 태양이었다. 그러나 몇 년 후 마법은 갈기갈기 찢어지고 말았다. 나는 결혼에 실패했고 어려운 시기를 보냈다. 그 후로 나는 사진 속 엄마 모습처럼 엄마를 등지고 돌아섰다. 엄마는 버림받았다고 느꼈을 것이다. 엄마는 나로부터 멀어져 갔고, 고독 속에 파묻혔다. 나는 상관하지 않았다. 그때만 해도 나는 엄마를 탓하고 있었으니까. 엄마 때문에 내 삶은 엉망이 되고 말았다. 엄마는 내 삶을 자기 마음대로 좌지우지하려 들었던 것이다. 엄마는 모든 사람이 자신과 같을 것이라고 생각했던 것이다. 나는 엄마가 장기간 병을 앓다가 숨을 거두었을 때에야 겨우 연민을 느낄 수 있었다. 그 후로 사진 속 엄마의 모습은 영원히 변하지 않을 것 같았다.

내가 지금 사진 속 엄마의 모습을 보고 놀라는 이유는 바로 이것 때문이다. 사진 속 엄마의 모습은 결코 외로워 보이지 않는다. 엄마는 여전히 그곳에 버티고 서서 나를 똑바로 쳐다보며 어설픈 미소를 짓고 있다. 무슨 꿍꿍이속이란 말인가! 엄마는 다시 돌아와 그 성스러운 보금자리를 지키고 있다. 예전의 그 찬란했던 태양처럼, 넉넉한 보름달처럼, 밤을 밝히는 등불처럼, 자비롭고 화사한 모습으로. 다시 모습을 드러낸 엄마가 나를 사로잡는다. 그와 동시에 온갖 질문이 고개를 들이민다. 대체 무엇이 변했단 말인가? 혹시 내가 엄마의 모습을 변화시킨 장본인은 아닌가? 무슨 희망을 품고!

신비로운 날이다. 깜짝깜짝 놀랄 때마다 나는 더욱더 행복해진다. 그 이상한 아푸에라스 공원, 우편엽서, 당당한 모습으로 다시 돌아온 엄마. 그래, 엽서야! 엽서의 주인은 엄마야. 다시 나타난 엽서와 달라진 엄마의 모습은 분명 관계가 있겠지. 우연일 수는 없다. 그래, 바로 여기서, 엄마가 지켜보는 가운데, 엽서를 살펴봐야겠다. 일종의 씻김굿이라고나 할까. 엄마와 함께 살던 시절을 되새겨보는 거야. 감개무량해서일까, 나는 경건한 자세로 포장지를 풀어낸다. 화려한 마분지 상자가 나온다. 아르누보 양식의 꽃무늬 장식, 푸른색과 자주색이 섞여 있다. 뚜껑에는 백합과 오랑캐꽃이 그려져 있고, 그 가운데 알폰스 무차처럼 보이는 금발 미녀가 그려져 있고, 당시에 유명했던 프랑스 향수 이름이 새겨져 있다. 피베르의 '이리스 블뤼'. 엽서가 상자에 하나 가득 들어있다. 나는 탁자 위에 엽서를 늘어놓는다. 참으로 다양한 곳에서 보낸 엽서들이다. 알제리, 오랑, 세티프,

비스크라, 필리페빌, 본, 시디-벨-아베스, 멜리야, 테투안, 탕헤르, 라라쉬. 스페인, 프랑스, 이탈리아에서 온 엽서도 아주 많다. 1900년 파리 만국박람회 때 보낸 엽서들, 거대한 바퀴와 에펠탑을 함께 찍은 사진엽서. 눈물겨운 사진이 실린 엽서도 있다. 다호메이 왕국의 마지막 왕 베안진, 베안진은 네 명의 부인과 함께 식민지 오두막집 문 앞에서 사진을 찍었다. 왕은 유럽풍의 평범한 의자에 앉아 있고 그 양옆으로 부인들이 서 있다. 엽서를 돌려본다. 누군가 알 수 없는 발신자가 내 할머니에게 보낸 엽서다. 엽서에는 이런 내용이 적혀 있다. 베안진은 호기심 많은 사람들이 질문을 해오면 항상 이렇게 대답했다고 한다. "친구, 친구, 영원한 친구." 베안진은 자신의 왕국에서 기린이나 늘보원숭이의 목을 치듯 마음 내키는 대로 사람들의 목을 쳤다고 한다. 그리고 파리에 온 그의 부인들은 왕족의 품위를 지킨답시고 양산도 사용하지 않았다고 한다.

내 어린 시절에 나를 사로잡았던 광고용 엽서 한 장이 문득 눈에 띈다. 배불뚝이 술꾼이 어마어마하게 커다란 잔을 입으로 가져가는 사진이다. 이 엽서를 옆으로 기울이면 잔에 있던 맥주가 실제로 입으로 쏟아져 들어가며 잔은 빈 잔으로 남는다. 아주 간단한 속임수다. 엽서를 다시 세우면 맥주 역할을 하는 곱디고운 모래가 입에서 흘러나와 잔으로 돌아간다. 이 엽서는 약간 두꺼운 판지 양면에 얇은 판지 두 장을 붙여서 만든 것이다.

이 약간 두꺼운 판지 안에 구멍이 숨어 있고, 그 구멍을 통해 모래가 입에서 잔으로, 잔에서 입으로 왔다 갔다 하는 것이다. 판지 양면에 셀로판지를 붙여 유리와 같은 효과를 냈다. 나는 싱긋이 웃으며 엽서를 기울였다 일으켰다 하는 장난을 반복한다. 그런데,

"지금도 그때처럼 장난질이네." 등 뒤에서 들려온 목소리다.

엄마의 목소리! 틀림없다. 하지만 어떻게!

믿을 수 없다. 나는 뒤를 돌아본다. 사실이다. 엄마가 소파에 앉아 나를 보고 웃고 있다. 나는 벌떡 일어나 엄마에게 다가간다. 나는 무릎을 꿇고 소파에 앉아 있는 엄마를 껴안는다. 내 가슴과 엄마의 가슴이 맞닿고, 내 눈물이 엄마의 뺨으로 떨어지고, 내 몸은 부들부들 떨린다. 이제야 사진 속의 변화가 이해가 된다. 일종의 예고였던 것이다.

"엄마! 엄마! 어떻게 여기에?"

"그럼 어디 있겠니? 우리 집에 있어야지. 너와 함께."

"어떻게 이럴 수가?"

"왜 그렇게 놀라니?" 엄마가 나를 껴안는다. "여전히 어린애로구나. 아이고, 내 새끼."

우리는 다시 서로를 껴안는다. 우리는 상대방의 심장 뛰는 소리에 귀를 기울인다. 사진에서처럼 젊은 시절의 모습은 아니다. 하지만 내가 기억하는 그 모습 그대로다. 엄마는 하얀색 블

라우스와 푸른색 바지를 입고 있다. 스키아파렐리가 주도했고 마를렌이 유행시킨 그 복장. 엄마는 항상 그렇게 입고 다녔다. 오늘 내 행복은 지금 이 순간, 엄마 허벅지 위에 무릎을 꿇고 앉은 지금 이 순간 절정에 달한다. 내가 어렸을 적에도 항상 그랬다. 엄마는 나를 무릎 위에 앉혀 놓고 발뒤꿈치를 리드미컬하게 구르며 노래를 불러주었다. "이랴, 이랴, 망아지, 베들레헴으로 달려간다." 그러면 마치 말을 타고 달리는 기분이 들었다. "달려라, 달려, 내 귀여운 망아지." 그때는 얼마나 신이 났던가. 내 눈길을 끄는 것이 또 하나 있다.

"무용 슈즈를 신으셨네요."

수가 놓인 새틴 구두, 둥근 굽이 달린 구두다.

"그때 연극 공연할 때 신은 구두잖아. 기억하니?"

"리나레스 리바스의 〈세 송이 장미〉. 특별석에서 아빠와 함께 봤어요. 그때 엄마는 진짜 여신처럼 보였어요."

엄마가 웃는다.

"그 후로 넌 이 구두를 가지고 놀았어. 인형 놀이를 하면서 말이야."

"그런데 엄마는 그게 계집애들 놀이라고 하면서 화를 내셨지요. 아빠는 웃고 넘어가셨지만 엄마는 무척이나 화를 내셨어요."

"그래, 그래. 네가 좋아했던 것이라 가지고 온 거야."

"너무너무 행복해요. 이거 아세요? 오늘 무슨 특별한 일이 있을 것이라고 짐작은 했지만 이럴 줄은 몰랐어요. 오늘 너무 많은 일을 겪었거든요."

엄마는 계속 하라는 듯 나를 지그시 바라본다.

"오늘 병원에 갔어요. 최근 들어 걱정이 많았는데, 의사 양반이 괜찮다고 하데요. 병원에서 나와 택시를 탔는데, 글쎄 어찌된 영문인지 택시 운전사가 나를 새로 만든 공원에 내려놨어요. 아푸에라스라고 하는 공원이었죠. 엄마도 아세요?"

"우리가 지금 그곳에 있잖니."

"무슨 말이에요? 우리 집도 공원에 포함된다는 말이에요? 어쨌든 이제 다 풀렸어요. 공원에서 엽서를 발견했어요. 자 여기요. 사실, 왠지 모르게, 뭔가 미심쩍은 것이 있었는데, 이제 다 해결됐어요. 엄마가 오시려고 그랬나 봐요."

"온 사람은 내가 아니라 바로 너야." 엄마가 부드럽게 지적한다.

"마찬가지죠 뭐. 어쨌든 함께 있는 거잖아요, 예전처럼……. 참, 아빠는 만나보세요?"

"그럼. 너도 곧 보게 될 게다."

"루이사 이모는? 이모가 이 엽서를 모은 거죠? 그렇죠?"

"그래, 그 애가 항상 우리를 연결시켜주었지. 우리 식구가 얼마나 많았니. 아버지는 남자 형제들과 자주 여행을 다녔고, 내가 젊었을 때는 엽서가 대유행이었단다. 쓰임새가 아주 많았어."

"비스크라에서 온 것도 봤어요. 야자나무가 그려진 엽서도. 손톱에 색을 칠한 무용수들이 나온 엽서도 있고, 궁중 신하들이 나오는 엽서도 있어요. '구미에'가 나온 엽서도 있어요. 인디언 기병 전사들이라고 하던가, 잘 모르겠어요. 어렸을 때는 아주 좋아했었는데. 〈용서〉라는 영화를 보고 나서는 사막에서 모험놀이를 하기도 했지요."

"그 엽서들은 네 후안 삼촌이 보내준 거지. 그곳에서 군복무를 마쳤거든. 양탄자 위에 앉아있기가 불편하진 않니?"

"지금 기분 최고예요. 잠깐만요."

나는 자리에서 일어나 탁자에서 다른 엽서를 집어 든다. 나는 다시 엄마의 다리 사이에 앉아 등을 소파에 기댄다. 그동안 엄마는 담배에 불을 붙인다. 기억난다. 엄마는 기분이 좋을 때면 항상 담배를 피웠다. 엄마의 구두를 보니 또 생각나는 것이 있다. 나는 어렸을 때 엄마에게 엉금엉금 기어가곤 했다. 나는 엄마의 가운 속으로 파고 들어가 엄마의 향기로운 몸 냄새와 따스한 체온에 몸을 내맡기곤 했다. 나는 엽서를 이 손에서 저 손으로 넘긴다. 그동안 엄마는 내 머리카락을 쓰다듬는다.

"엘리안느라는 사람이 1905년에 엄마에게 보낸 축하 엽서를 보세요. '푸른 수염의 창가에 앉아 있던 아나처럼 너도 1906년에는 좋은 애인 만나 현모양처가 되길 기원한다.' 진짜 재미있네."

"그게 모든 계집애들의 목표였지. 남편 말이다. 하지만 나는 오로지 나대로의 삶을 살고 싶었어. 너도 알잖니."

나도 안다. 그러나 나는 대답하지 않는다. 엄마의 추억은 항상 행복한 것만은 아니다.

"수사나라는 사람이 쓴 엽서가 아주 많네요."

"아, 수사나!" 엄마가 한숨을 내쉰다.

내 머리카락을 쓰다듬는 손길이 잠시 멈칫거린다. 알제리에서 사귄 엄마의 둘도 없는 친구다. 아무도 두 사람을 갈라놓을 수 없었다. 하지만 수사나가 결혼하고, 할아버지가 가족을 데리고 멜리야로 이사하는 바람에 두 사람은 헤어지게 되었다. 나는 엄마가 무슨 말을 하기를 기다린다. 그러나 엄마는 침묵을 지키고 있다.

"이것 좀 보세요, 열두 장 묶음이네요. 모두 1925년에 라스-마리프에서 보낸 거예요. 1935년에 이 엽서들을 본 적이 있는데, 그 후로 손을 대지 않은 것 같아요."

"그 시골 촌구석에서 보낸 엽서들 말이지? 누가 그 까짓 걸 보려고 했겠니? 볼 게 없는데. 군부대 건물에, 집이라고는 서른 채 정도밖에 없는 곳인데."

사실이다. 첫 번째 엽서에는 '마을 정경' 이라는 사진이 실려 있다. 포장도 하지 않은 길 하나가 바위투성이 언덕 아래 바닷가까지 뻗어있다. 언덕 위에는 군부대 초소들과 전신국 건물이 있다. 전신국은 해저 케이블을 통해 모스 부호로 멜리야와 연락을 취했다.

"엄마 말씀이 맞네요. 볼 게 정말 없네요. 하지만 그 해 여름 그곳은 제게 천국이나 다름없었는데……. 방학 동안에 아버지가 나를 데리고 가서 루이사 이모에게 맡겼을 때 왜 같이 가지 않으셨어요?"

"별로 좋지 못한 기억 때문에."

엄마는 언제나처럼 한 마디로 잘라 말하지만 나는 그 말을 믿을 수 없다. 내가 기억하는 라스-마리프는 지상 낙원이었다. 그곳에서 루이사 이모는 이브였다. 물론 선악과(善惡果) 따위는 없었고, 그래서 더 즐거웠다. 엄마는 이런 사실을 모른다. 틀림없다. 엄마는 내가 일부러 주춤거리는 것을 알아차리고 말을 계속한다.

"게다가, 너는 네 아빠와 함께 떠났지, 그 당시에는 한 사람이라도 마드리드에 남아 집을 지키고 있어야 했거든. 그때는 아직 그란 비아에 폭탄이 떨어지기 전이었지. 그러다 몇 달 만에 누군가가 네 아빠를 죽였지. 너 기억나니? 우리 둘이서 그 큰 침대를 이 방으로 옮겼잖아. 침실은 폭격에 훤히 노출되어 있었으니까."

그때의 그 어지러웠던 기억. 비록 엄마이긴 했지만, 여인의 따뜻한 체온에 파묻혀 잠을 자기는 그 해 겨울이 처음이었다. 나는 엄마의 품속에서 두려움을 다독일 수 있었고, 석탄이 부족했지만 추위도 이겨낼 수 있었다.

"그때 넌 이미 이 집안의 가장이었어."

아니다. 그렇지 않다. 그때는 물론이고 앞으로도 결코 그럴 수 없다.

"엄마는 내가 어른이 되도록 도와주지 않았어요. 3월부터 입기 시작한 긴바지를 벗기고 다시 반바지를 입힌 사람은 바로 엄마잖아요."

"총동원령 때문에 그랬던 거다. 너는 키가 훌쩍해서 마치 어른처럼 보였으니까. 다 너를 보호하려고 그랬던 거야. 전시 노동자로 등록해서 공장에서 일을 했던 것도 다 너를 보호하려고 그랬던 거야. 네 안전을 위해 내가 얼마나 노력했는지 넌 결코 모를 거야."

정말 그랬다. 그때의 일을 생각하자 엄마를 더욱더 꼭 껴안아주고 싶은 생각이 든다. 나는 두 팔을 뒤로 돌려 엄마의 종아리를 안고 엄마의 무릎에 등을 기댄다. 엄마는 내 의도를 알아차리고 손가락으로 내 이마를 부드럽게 어루만진다.

"너를 전선으로 끌고 갈지 몰라 얼마나 속을 태웠는지 모른다. 아빠까지 잃은 상황이었잖니. 정말 기가 막혔지. 테헤란에서 회의를 마치고 의기양양하게 돌아왔었는데. 성공도 일순간이었지."

그랬다. 아빠는 국제 수피교 대회에 참석하고 나서 전혀 다른 사람이 되어 돌아왔다. 아빠는 그 대회에서 '루미의 신비한 합일'에 대해 논문을 발표했다. 아빠는 행복해 보였고 자신감이 넘쳐나 보였다. 때로는 선지자처럼 보이기도 했다. 엄마는 이렇게 설명했다. 마침내 사람들이 아빠의 능력을 알아주었다, 국제회의에서 두각을 나타냈다, 그래서 저러시는 거다. 하지만 아빠는 그 일을 입에 담지도 않았다. 아빠는 새삼스럽게 내게 관심을 보이기 시작했다. 나는 아빠를 이해할 수 없었다. 그렇지만, 무슨 이유인지는 모르지만, 그 어느 때보다도 아빠를 더욱 사랑하게 되었다.

나는 계속해서 엽서를 한 장 한 장 살펴보고 있다. 엄마는 계속해서 담배를 피우고 있다. 그때와 똑같은 분위기다.

"그래, 바로 이 사막이야. 아인-세프라의 모래 언덕. 후안 삼촌이 보낸 엽서네요."

"삼촌은 그곳에서도 군복무를 했단다. 그곳에서 이사벨 에버하트를 자주 보았을 테지."

"엄마의 우상 말이에요?" 나는 흥미를 갖고 묻는다.

엄마는 그 여자에 대한 이야기를 내게 종종 해주었다. 그 여자는 이슬람으로 개종했고, 남자 옷을 입고 말을 타고 알제리를 돌아다녔으며, 무술만 하사관과 결혼했다. 그 여자는 러시아어 외에도 여러 나라 말을 할 수 있었고, 작가로서도 성공해서 파리와 알제에 추종자들이 많았다. 그러나 대부분의 사람들은 그 여자의 안하무인격인 성격과 관습을 무시하는 태도를 용납하지 않았다.

"그래, 내 우상이었지, 내 모델이었어. 남자처럼 강인했고, 자유분방하게 살았지. 아인-세프라에서 죽었어. 사막에 쏟아지는 그 얄궂은 소나기 있잖니. 어느 날 소나기가 퍼부어 그 여자 집 근처에 있던 계곡이 넘쳤어. 흙더미가 무너지면서 집을 휩쓸어버렸지. 그 여자의 친구였던 리오티 대령의 부하 장병들이 폐허 더미에서 그 여자 시신을 발견했어. 리오티 대령, 의용군을 지휘하다가 나중에 유명한 장군이 된 인물이지."

"엄마도 그 여자처럼 세상과 맞서 싸우셨잖아요."

"그땐 그럴 수밖에 없었지. 그 당시 세상은 우리 여자들과 원수 사이였는데. 지금도 마찬가지고."

"그래도 엄마는 엄마의 삶을 이끌어 가셨잖아요."

그리고 우리들의 삶도. 나는 속으로 중얼거린다. 사진을 보면 알 수 있다. 엄마에게는 아빠도 나도 필요 없는 존재였다.

내 생각을 알아차리기라도 한 듯 엄마가 대답한다. 나는 흠칫 놀란다.

"네 생각이 틀렸어. 네가 날 필요로 하는 만큼 나도 네가 필요해. 잘 알지도 못하면서 마음대로 판단하지 마, 제발."

'제발' 이라는 말에 뜨끔해진다. 엄마 입에서 이런 말이 나오다니. 별스런 일이다.

"엄마, 저 여기 있어요. 하지만 엄마가 왜 절 필요로 하시는지는 모르겠네요. 우리의 삶은 벌써 결정됐잖아요."

"그렇게 생각하니? 여기 같이 있다 보면 알 수 있겠지."

엄마의 목소리는 단호하다. 엄마의 이야기를 들으니 새롭게 문이 열리는 것 같다. 희망이 보이는 것 같다. 우리의 삶이 아직 끝나지 않았다는 말인가? 오늘 하루 중 최고로 아름다운 순간이다. 그러나 그런 기분도 잠시, 갑자기 나는 홀로 있음을 깨닫는다. 엄마의 다리를 느낄 수 없다. 나는 엄마의 다리 사이에서 떨어져 나온다. 엄마의 자궁에서 지금 막 빠져나온 느낌이다. 이럴 수가! 이건 또 뭐란 말인가? 나는 감히 몸을 움직일 수가 없다. 꿈에서 깰까 두렵다. 하지만 나는 다시 용기를 낸다. 나는 실제로 엄마를 만났던 것이다. 담배 냄새가 느껴진다. 엄마의 구두도 바닥에 나란히 놓여 있다. 확실한 증거다. 나는 자리에서 일어나 구두를 가슴 높이까지 들어올린다. 나는 구두 바닥으로 뺨을 비벼본다. 엄마의 비단결같이 부드러운 손길이 느껴진다. 이 보물을 어느 곳에 보관해야 안전할 수 있을까? 그래, 그렇지, 기억의 상자에 보관하는 거야!

기억의 상자는 방석 아래 그대로 놓여 있다. 방석 위에는 양탄자가 깔려 있고. 상자는 아라비아 식으로 꾸며진 우리 방에서 긴 소파와 같은 역할을 하고 있다. 상자에는 과거의 잔재들이 갈무리되어 있다. 세월의 파도를 타고 밀려와 하나하나 쟁여진 과거의 잔재들. 허리선이 길게 늘어지는 중국산 망사 드레스, 20년대에 유행했던 스타일이다. 엄마는 이 드레스를 입을 때면 방금 전 내게 남겨준 구두를 함께 신곤 했다. 나는 상자 속을 계속 뒤진다. 물건 하나하나가 엄마가 다시 돌아올 것을 약속하기라도 하듯. 중국산 망사 드레스와 잘 어울렸던 깃털 부채. 종처럼 생긴 작은 모자. 공원을 산책하는 엄마의 모습이 떠오른다. 호박 빛이 나는 비단 코르셋, 스타킹을 묶는 하늘색 멜빵이 달려 있다. 벙어리장갑. 신문 기사를 스크랩한 앨범 한 권. 나는 보물찾기를 멈추고 앨범을 펴본다. 프랑스어로 된 기사가 스크랩되어 있다. 멜리야 지역 신문 '엘 텔레그라마 델 리프'에 실린 기사도 보인다. 기사에는 '아리아드나'라는 서명이 들어 있다. 엄마가 문학으로 빛을 보고자 했을 때 사용했던 필명이다. 엄마는 라쉴드의 글을 읽고, 당시 인기를 끌었던 부르고스의 카르멘의 영향을 받아 작가가 되고자 했었다. 그래, 카르멘도 '콜롬빈'이라는 가명을 사용했지……. 나는 구두를 상자 안에 넣고 뚜껑을 덮는다. 조각이 새겨진 청동 전등, 그 수정 구슬 틈으로 새어나온 빛이 방을 어렴풋이 비추고 있다. 토막토막 끊어진 전등 불빛이 아라비아 식으로 꾸며진 벽면을 비춘다. 탁자로 사용하는 삼각대 위에 놓인 수공예품 쟁반 위에 불빛이 떨어진다. 벽면 까치발 아래 걸린 거울 위에도, 언월도 위에도, 오렌지 증류액을 담은 향로 위에도 불빛이 떨어진다. 전등 불빛을 곧바로 받는 라바트 양탄자만 환하게 빛난다. 건물 내부에 위치한 이 방에는 채광창이 천장에 하나밖에 없고, 계단으로 통하는 채광창은 항상 닫혀 있다. 이 방은 지하 납골당처럼 그 상자를 보관하고 있다. 세상과 맞서 싸웠던 한 여인, 고대 비극의 주인공처럼 철저하게 패배했던 한 여인의 삶의 증거가 그 상자에 담겨 있다. 이런 생각이 든다. 나는 그 상자를 열기 위해, 그 여인을 만나기 위해 이곳에 있는 것이다.

나는 복도를 가로질러 건너편 방으로 간다. 이 방은 이전 방과는 판이하게 다르다. 골목으로 통하는 창문이 있어 아주 환하다. 아빠가 쓰던 방이다. 방은 아빠가 쓰던 그대로 남아있다. 커다란 책장, 추억이 깃든 물건은 아니다. 아빠가 수도 없이 읽었던 이슬람교 신비주의 작가들의 작품이 하나 가득 꽂혀 있다. 책상 위에는 마음에 사무치는 자잘한 물건들이 그대로 놓여 있다. 아빠의 코안경, 필사본을 읽던 돋보기, 오늘날에는 사용하지 않는 흡수지용 가로대……. 이 방도 아라비아 식으로 꾸며져 있어 어찌 보면 박물관 같다. 하지만 너무 밝은 것이 탈이다. 그리고 이 방에 있는 음악도 이 방과 어울리지 않는다. 노래와 춤이 영적인 책들과 함께 있는 것이다. 피아노 위에 가벼운 고전음악 악보와 1936년까지 유행했던 경음악 악보가 놓여 있다. 19세기 말의 프랑스 노래, 스페인 속요, 행진곡, 빈의 왈츠, 느린 춤곡, 폭스트롯, 기타 등등. 루이사 이모는 그 해 한 달간 우리 집에 와서 지낼 때 아빠와 함께 멋지게 탱고 노래를 부르곤 했었다. 두 사람은 완벽한 조화를 이루었다. 나는 아빠의 취미를 물려받아서인지 두 사람의 노래를 지칠 줄 모르고 들었다. 아빠는 음악에 재능을 보였지만 그 재능을 마음껏 발휘할 수는 없었다. 반면에 엄마는 문학에 노력을 집중했다. 그래서 두 사람의 방은 서로 너무나 달랐다. 두 사람의 방은 복도를 사이에 두고 극과 극을 이루었던 것이다. 한쪽에서는 밝은 빛 아래에서 신비주의를 파고들었고, 다른 한쪽에서는 자유를 갈구하는 엄마가 어둠 속에서 삶의 의지를 불태웠다. 오늘날의 나를 있게 한 이 집, 이 작은 우주 한가운데에 그와 같이 극단적으로 대립하는 두 개의 세계가 함께 공존했다니. 나는 지금까지 모르고 있었다. 놀라운 일이다. 오늘 나를 깜짝깜짝 놀라게 만들었던 모든 일들이 내게 특별한 통찰력을, 명쾌한 지혜를 깨우쳐준 것이 틀림없다.

하지만 그게 다가 아니다. 우리 집은 엄마의 세계와 아빠의 세계로 나누어진 것만이 아니다. 집안으로 점점 깊숙이 들어갈

수록 그걸 느낄 수 있다. 이제 복도는 경계선이 아니다. 복도는 기다란 중심축이고, 그 축을 중심으로 극단적으로 대립하는 두 세계가 맞붙어 있다. 앞쪽으로는 큰길과 엄마의 사진이 지배하는 침실 겸 거실이 있다. 뒤쪽으로는 안마당을 향해 창문이 난 세 개의 방이 있다. 부엌과 화장실과 내가 어렸을 때 침실 겸 공부방으로 썼던 방. 한쪽 극은 도시로, 관습적인 공공 생활로 향해 있고, 다른 쪽 극은 닫힌 우물로, 뒤쪽 창문을 통해 살짝 엿보이는 은밀한 세계를 향해 있다.

나는 옛날에 엄마 방으로 옮기기 전까지 내가 사용했던 방으로 들어간다. 방은 옛날 모습 그대로다. 내가 처음으로 읽었던 책들이 책장에 꽂혀 있다. 비블리오테카 오로에서 발행한 책들, 사바티니의 소설, 탐정 소설, 훈세다의 멋진 삽화가 곁들어진 『보물섬』, 『삼총사』와 그 후편들, 『아이반호』, 『천일야화』, 내가 재미있게 읽었던 책들……. 이상하게 생긴 책 한 권이 눈길을 끈다. 나는 책을 꺼내 본다. 레바논에서 출판된 책이다. 아랍어와 프랑스어 2개 국어로 씌어있다. 『레일라와 마흐눈의 시』를 청소년들이 읽을 수 있도록 개작한 것이다. 유명한 사랑 노래, 불후의 명작이다. 이슬람 세계의 『로미오와 줄리엣』이라고나 할까. 나는 이 책이 어떻게 이곳에 있게 되었는지 모른다. 이 책을 읽어본 기억이 없다. 나는 이 시를 인용할 때면 카이로에서 출판된 책이나 유네스코에서 영어로 번역한 책을 참조한다. 책을 펼치자 엽서 한 장이 책상 위로 떨어져 내린다. 나는 책 첫 장에 프랑스어로 씌어져 있는 글귀를 읽느라 엽서를 집어들 겨를이 없다. 날짜는 1936년이다.

'레일라를 생각하고 있을 내 어린 친구 마리오에게.'

또박또박 쓴 글씨, 'F. 잘릴'이라는 서명이 들어 있다. 전혀 모르는 사람이다. 아빠와 편지를 주고받던 학자인가? 내가 아랍어를 배우기 시작했다는 말을 아빠로부터 전해 듣고 선물을 보내왔단 말인가? 엄마에게 물어봐야겠다.

나는 엽서를 쳐다보자마자 깜짝 놀란다. 엽서는 책보다 훨씬 오래 전인 1907년도 것이다. 그런데 어떻게 이 엽서가 그 책 안에 들어 있단 말인가? 이해할 수 없다. 그건 그렇다 치고, 우선 엽서의 사진이 나를 사로잡는다. 그 당시에 찍었던 사진이 대개 그렇듯 사진은 불분명하다. 한 여자가 몸을 반쯤 옆으로 돌린 자세로 서 있다. 아주 자연스러운 모습이다. 옆구리를 따라 축 늘어진 벌거벗은 두 팔, 발목까지 늘어진 새하얀 튜닉, 마치 조각상 같다. 옆이 시원하게 트인 치마, 한 쪽 다리를 앞으로 약간 내밀고 있다. 그래서 치마가 끝이 날카로운 화살촉처럼 기다란 삼각형 모양으로 살짝 벌어져 있다. 내 시선은 자석에 끌리듯 종아리와 허벅지를 따라간다. 보일 듯 말듯, 애간장을 녹인다. 내 시선은 상아처럼 맑은 팔을 타고 위로 올라간다. 이제 머리가 보인다. 머리카락을 클레오 데 메로데 식으로 두 가닥으로 곱게 땋았다. 어린아이와 같은 순진한 표정, 섬세하면서도 풍부한 표정이다. 거기에 순결한 입술과 천진난만한 눈동자가 더해진다. 그 몸뚱이를 향한 욕망, 미칠 것만 같은 욕구. 나는 그 모습에 완전히 빠져든다. 그 순간 사진 하단에 씌어져 있는 모델의 이름이 보인다. '마드모아젤 리안 드 푸지'. 1900년 파리에서 절정의 인기를 누렸던 매혹적인 창녀.

이 엽서 앞에서 나는 왜 이다지 흥분하는 걸까. 설명할 길이 없다. 다른 엽서도 많은데 왜 하필 이 엽서란 말인가. 알 수 없다. 엽서 사진의 주인공과는 전혀 상관이 없는 책. 그 책 책갈피에 있는 엽서. 무슨 암시일까? 혹시 아빠가 그랬을까? 아빠가 이 책을 읽으면서 어디까지 읽었는지 표시해두기 위해 이 엽서를 끼워놓았을지 모른다. 그러다가 갑자기 죽는 바람에 이 책을 끝까지 다 못 읽은 것이다. 하지만 아빠는 이런 식으로 책을 읽지 않았다. 아빠는 청소년용 책으로 시를 읽지 않았다. 책과 리안이라는 창녀, 서로 연결이 되지 않는다. 희미한 기억 속에서 뭔가가 요동친다. 그러나 나는 더 이상 파고 들어가지 않는다. 언젠가는 알게 되겠지. 지금까지 줄곧 그래왔으니까.

안마당으로 나가본다. 이상하게도 창문이 모두 닫혀 있다. 아무도 살지 않는 집 같다. 위를 쳐다본다. 원형 지붕은 빛으로 가득하다. 이제 빛은 황갈색으로 변해 있다. 엄마가 옳았다. 나는 집에 있으면서도 여전히 아푸에라스 안에 있는 것이다. 나는 두렵지 않다. 아푸에라스에서는 모든 것이 정상이니까. 기나긴 하루를 보냈는데도 졸리지도 피곤하지도 않다. 이것 역시 놀라운 일이 아니다. 시계가 모두 멈추어 있어 시간이 얼마나 지났는지도 알 수 없다. 거실에 있는 시계도 멈춰 서 있다. 거실 시계는 아빠가 푸에르타 델 솔의 시계를 보고 항상 정확하게 맞춰놓았던 시계다. 나는 내 낡은 침대에 누워있다. 침대 머리맡 위에 창문이 있다. 창문을 통해 들어오는 빛이 점점 밝아진다. 다른 것과 혼동할 수 없는 빛, 유일한 빛이다. 내 유년 시절의 낙원, 라스-마리프의 해변에서 새벽이 밤의 물감을 씻어낼 때 보이던 빛과 같다. 나는 갑자기 자리에서 일어나 밖으로 나간다. 밖으로 나오자 빛은 바로 그 당시의 정오처럼 더욱 밝아진다. 길이 선명하게 보인다. 나는 정처 없이 걷기 시작한다. 모퉁이를 돌아서자 분명해진다. 눈앞에 바다가 펼쳐져 있다. 소금기와 습기를 머금은 세계, 살아 숨 쉬는 그 세계를 확실히 느낄 수 있다. 내 눈은 새파란 창공과 황금빛 모래사장으로 가득 채워진다. 사람의 자취가 전혀 보이지 않는 해변, 천지창조의 첫날처럼 순수한 그 세계에서 나는 새로 태어난 기분이다. 등 뒤로 거대한 바위산이 우뚝 서 있다. 그 바위산에 난 계단을 따라가면 선착장에 닿는다. 돌고래가 종종 찾아드는 선착장. 나는 그때처럼 무한한 자유를 누린다. 그때가 절정이었지. 매순간 영원처럼 느껴지던 삶. 나는 그때 그 해질녘에 그랬던 것처럼 내 보금자리로 돌아온다. 루이사 이모와 할머니가 살았던 라스-마리프의 그 아담한 오두막. 버드나무 의자에 앉아 있는 할머니를 만날 수 있을까? 할머니는 녹내장으로 눈이 거의 보이지 않아 온종일 그 의자에 앉아 지냈는데. 문이 삐걱거린다. 나는 가운데 방으로 들어간다. 바로 이곳, 식당에서 함께 지냈었지. 이 집에는 또 자그마한 침실이 두 개, 부엌이 하나, 그리고 안마당이 있었어. 두툼한 흙벽을 두른 집은 태양이 내리쬐어도 섬처럼 시원했는데. 이모와 나는 그 새로 창조된 세계에서 아담과 이브처럼 살았다. 할머니가 있긴 했지만 우리는 거의 의식하지 않았다. 뱀조차 존재하지 않았던 창조의 새벽. 나는 마음이 혼란스러운 아담이었다. 그러나 나는 순진했다. 나는 감각적이었지만 육욕은 몰랐다. 나는 느낌에는 충실했지만 욕구는 참았다. 나는 자유분방한 존재였다. 그때는 창조의 첫날 첫새벽이었다. 그걸로 충분했다. 쾌락이라는 말은 아직 존재하지도 않았다.

할머니의 의자는 이제 비어 있다. 하지만 그때의 향기는 아직도 맡을 수 있다. 루이사 이모와 내가 아침마다 끓여 마시던 진한 커피 향, 후추 샐러드 향, 식당 구석에 놓인 선반에서 풍겨 나오는 시큼한 디디티 냄새. 밤이면 전갈이 들어오는 것을 방지하기 위해 문지방에 디디티를 뿌리곤 했다. 루이사 이모는 잠시 집을 비운 것 같다. 어린 꼬마가 와서 모함두알릭이 대구를 잡았다는 소식을 전해주었고, 그래서 지금 대구를 팔고 있을지도 모른다. 나는 식당에서 이모를 기다린다. 기분이 좋다. 그 여름철, 이 비좁은 공간, 거의 벗다시피 한 우리의 몸뚱이는 수시로 부딪혔다. 나는 반바지에 티셔츠만 걸치고 샌들을 신었고, 루이사 이모는 실내화를 신고 소매가 없는 가운-이모는 색상과 무늬에 대한 감각이 뛰어났다-만 걸치고 지냈다. 물론 그 안에 손바닥만 한 속옷을 입고 있었을 것이다. 속옷이 마당에 걸려 있는 것을 본 적이 있었고 또 아주 얇은 가운을 걸쳤을 때에는 속옷 자국이 살짝 드러나 보이기도 했으니까. 우리는 이 비좁은 공간에서 함께 살면서 발레를 추듯 서로의 몸을 스치고 다녔다. 식당 한가운데 놓인 식탁 너머로 나는 그녀의 체취, 여인의 향기를 맡을 수 있었다. 그녀의 탄력 있고 유연한 살결에 우연히 몸이 닿기라도 하면 정신이 아찔해지기도 했다. 아주 특별한 즐거움도 있었다. 그녀가 종종 간식거리로 준비했던 팔로미타, 나는 팔로미타를 그녀의 컵에 따라 마시기도 했고, 마차키토 아니스 술을 물 잔에 따라 마시기도 했다. 아! 그녀의 겨드랑이에 핀 불그스름한 황금빛 꽃송이! 우리의 밤을 밝혀주었던 페트로막스 전등의 스위치를 올리기 위해 그녀가 팔을 들어 올리면 나는 그 꽃에서 눈을 떼지 못했다.

그러나 가장 영광스러운 순간, 가장 성스러운 의식은 동이

틀 무렵에 치른 수영이었다. 우리는 무한한 창공 아래 아무도 없는 해변에서 그 의식을 치렀다. 우리는 깔깔거리며 물장구를 쳤다. 그것은 순진한 놀이였다. 하지만 그것은 우리의 신성한 예배의식이기도 했다. 나는 시동(尸童)으로서 내 여신을 찬양했던 것이다. 새벽 그 시간, 바다는 주석판을 깔아놓은 듯 했다. 꽃을 뿌려놓은 듯 잘게 부서지는 파도. 그 바다를 향해 걸어가는 여인. 수평선을 향해 홀로 우뚝 선 여인. 검은색 치마 수영복-그때는 반드시 치마 수영복을 입어야 했다-에 감싸인 몸뚱이. 새하얀 팔과 허벅지. 목련과 같은 피부. 투명하게 빛나는 푸른 혈관과 황금빛 반점. 허벅지에 닿는 물이 차가웠다. 우리는 잠시 걸음을 멈추고 차가운 물에 몸이 적응하기까지 기다렸다. 아니 그것은 밤에서 막 빠져나온 바다에 대한 예의였다. 잠시 후, 우리는 장난을 쳤다. 우리는 서로를 쫓아다녔고, 몰래 물속으로 숨어 들어가 깜짝 놀라게 만들기도 했다. 새빨간 태양이 솟아오르는 동안 후각은 점점 무뎌졌지만 시각과 촉각은 점점 날카로워졌다. 우리는 그 황금빛 햇살을 온몸으로 받았다. 처음에는 수은 빛으로 빛나던 새벽 여명이 차츰차츰 사파이어 빛으로 변해가고……. 우리는 물에서 나왔다. 내가 해야 할 일은 이미 정해져 있었다. 나는 모래사장에 놓아두었던 수건을 집어 들어 그녀의 몸을 감싸고 물기를 말려주었다. 나는 환희에 차서 그녀의 몸을 문질렀다. 나는 내 품안에서 그녀의 몸뚱이를 고스란히 느낄 수 있었다. 원죄를 뒤집어쓴 육신과는 전혀 다른 몸이었다. 영적인 수련을 거쳐야 하는 그런 육신과는 전혀 상관없는 몸이었다. 그녀는 박물관에 있는 여신의 조각상 마냥 아름다웠다. 몸뚱이가 살아 있다는 점에서 오히려 여신들보다 뛰어났다. 섬세한 두 팔, 위엄이 서린 몸매, 아름다우면서도 힘이 넘치는 허벅지. 내 시선은 하루 온종일 그녀의 모습을 쫓아다녔다. 그리고 밤에는, 더 이상 말을 말자……. 그녀는 그 당시의 내 감정을 짐작이라도 하고 있었을까? 순진했지만 격정적으로 불타올랐던 내 감정을?

"그걸 어떻게 눈치 채지 못했겠니? 내가 무슨 목석과 같은 사람인줄 아니? 아주 잘 알고 있었어. 우리의 감정을 다치지 않기 위해 내가 얼마나 노력했는데. 그때는 아주 복잡한 심정이었겠지. 그런 기분 처음이었을 거야. 그런 너의 감정이 천박한 상태로 떨어질까 싶어 아주 조심했었지."

그녀의 목소리가 다시 들린다. 그녀는 내 옆에 앉아 있다. 틀림없다. 마음을 편안하게 해주는 아름다운 모습, 깨끗한 향기, 정이 넘치는 눈동자. 착한 요정, 붉게 물든 사과. 나는 어떻게 된 일이냐고 묻고 싶지만 그녀는 틈을 주지 않는다.

"당연히 너와 함께 있어야지. 조금 전부터 나를 찾고 있었지? 조금 전에 바닷가에 있었는데, 네가 물속에 있는 것만 같더라."

"우리가 함께 수영했던 거, 그 새벽을……, 기억하세요?" 나는 웃는다. 그러나 내 목소리는 씁쓸하게 들린다.

"어떻게 잊을 수 있겠니?" 그녀 역시 그리운 듯 눈동자가 잠시 떨린다. 그녀도 미소를 머금는다. "자주 생각나. 날 안아줄 생각이 없나보지?"

그녀가 먼저 나를 두 팔로 껴안는다. 그녀의 향기, 그녀의 살아 있는 몸이 느껴진다. 그녀는 부드러운 미소를 띠고 나를 바라본다. 이제 막 걸음마를 배우기 시작한 어린아이를 바라보며 짓는 듯한 그런 미소.

"이모의 품……, 여전하네요."

"너도 마찬가지인데, 마리토. 항상 나를 꼭 껴안아주곤 했었지."

"이모, 이모를 정말 좋아했어요. 내가 좀 더 나이만 들었어도……."

그녀가 나를 밀어낸다. 나를 쳐다보는 눈빛이 심상치 않다.

"뭐라고? 헛소리 마라."

"하지만 우리는 서로를 잘 알고 있었잖아요! 그럴 수도 있었단 말이에요!"

"그래, 바다에서 장난을 치기는 했지. 이제 더 이상 오해하면 안 돼. 결혼할 나이도 벌써 지났잖아. 그때 우리는 동등한 존재였어. 연약한 존재였지. 온순했지. 네 아빠도 마찬가지였어. 그래서 네 아빠와 친하게 지낼 수 있었던 거야. 노래만 같이 불렀지, 함께 살기 위해 그랬던 게 아니야. 너와 나처럼. 우리는 서로 부족한 점을 채우려했던 거야. 서로 도와줄 사람, 남자든 여자든 상관없이, 전적으로 신뢰할 수 있는 사람."

"행복해지기 위해서요?"

"행복이라……. 그게 뭔데? 살아 있다는 것을 느끼기 위해서야! 그게 중요한 거지! 너는 여태껏 이런 기본적인 것도 모르니? 잘 들어. 두 사람이 있다고 치자. 그러면 먼저 주도하는 사람이 있고 따르는 사람이 있게 마련이야. 나 역시 이곳에서 뭔가를 원했을지 몰라. 너를 가르치면서 나도 배우는 거지. 제대로 시작하려면 항상 그래야 하니까. 두 사람 모두 신출내기일 때와는 달라. 비전을 먼저 받은 사람이 초심자에게 메시지를 전하는 거야. 넌 진짜 순진했어. 아름답기도 했고. 어느 날 밤, 네가 발가벗고 자는 모습을 지켜본 적이 있어. 창문으로 달빛이 흘러들었고, 더워서 그랬는지 이불이 바닥에 떨어져 있었어. 프시케와 큐피드의 사랑 이야기가 이루어지려는 판이었는데……. 하지만 나는 너를 너무나 사랑했어. 그래서 차마 널 실망시킬 수 없었지."

"내가 아름다웠다고요? 그런 생각은 해 본적이 없는데."

"내 말을 믿지 못하겠니?" 그녀가 웃는다. "넌 그때나 지금이나 너무 아름다워."

사실이다. 그녀는 눈으로 내 생각을 읽고 있다.

"이모는 어떻게 그런 걸 다 알아요?"

"내가 이 촌구석에 처박혀 혼자 사니까 바보인줄 아니? 사는 건 어디서나 다 마찬가지야. 여기서도 그래."

"나는 그걸 아는데 시간이 무척 오래 걸렸어요. 한 번 결혼해서 실패했는데 아직도 이 모양이에요. 세상을 보는 눈이 약간 달라지긴 했지만."

"너희 남자들은 이런 일에는 좀 멍청하거든. 내게도 청혼자들이 많았어. 마음에 드는 사람은 없었지만."

"그때까지 결혼할 상대를 찾지 못했다니, 믿을 수 없어요."

"여기선 그 얘기를 해줄 수 있겠구나. 여기선 모든 게 가능하니까. 나는 오직 네 아빠와 결혼하고 싶었단다. 그런데 네 엄마가 뺏어갔어. 네 아빠는 네 엄마와 더 잘 어울렸어. 그리고 네 엄마가 나보다 힘도 셌고. 네 엄마는 그런 사정을 잘 알고 있었어. 네 엄마는 우리에게 은혜를 베풀기도 했지. 끝이 좋지 않았지만."

"몇 년 후, 이모가 결혼했잖아요. 나는 이해를 못하겠어요. 그땐 정말 놀랐다고요."

"나 역시 큰 기대는 하지 않았어. 올 것이 온 거였지. 아무도 이해하지 못했지. 네 엄마는 날 감시했어. 나를 좋아했던 사람들도 그랬고. 그 사람들은 절대로 이해할 수 없었지. 오직 후안 오빠만 나를 이해해주었어. 나를 도와준 사람은 오빠뿐이었어."

"삼촌은 어떤 사람이었어요?"

"글쎄, 어떻게 설명해야 하나. 넌 이해하지 못할 거야. 그리스도의 강림, 내 주인, 내 운명이라고나 할까. 내 온몸이 부르짖었어. 나는 잠시도 망설일 수 없었지. 생각하고 자시고 할 것도 없었지. 나는 그저 매달렸던 거야."

"하지만 이모에게는 좋지 않았다고 하던데……. 이런 얘기해서 죄송해요."

"죄송하다니, 그럴 필요 없다. 우리 사이에 속이고 말고 할 것도 없잖니. 이해하지 못하는 사람들 얘기를 들은 모양이구나. 그 사람들이 보기에 내 삶은 불행이었지. 나는 내 삶을 살았을 뿐이야. 그 사람들이 뭘 알 수 있었겠어? 나는 앞으로도, 천 번이고 만 번이고 그렇게 살 거야."

나는 그녀의 손에 입을 맞춘다. 번뜩 생각이 떠오른다. 조금 전에 만났던 엄마.

"이모, 이거 알아요? 엄마도 지금쯤은 이모를 이해할 거예요. 엄마를 만났어요. 아주 많이 변했어요. 사진 속 모습까지 변했다니까요!"

"그럴 수도 있겠지. 하지만 그 당시 네 엄마는 내 진심을 받아들일 수 없었단다. 물론 이성적으로는 나를 이해하고 있었지. 그래서 네 아빠가 너를 이곳으로 데려왔을 때 함께 오지 않았던 거야. 게다가 네 엄마는 이곳을 증오했어. 반년도 참아내지 못했지. 잘 한 일이야. 이 새장과 같은 곳에서는 날기는커녕 날개도 제대로 펴지 못했을 테니까. 사람은 누구나 다 나름대로의 삶이 있나 보지. 네 엄마가 아무리 그랬어도 내 삶은 변치 않았으니까……."

"참 이상하죠. 같은 부모에게서 태어나, 같은 환경에서 자랐고, 함께 살면서 서로를 끔찍이 위한 한 자매였는데, 그렇게 다를 수 있다니……. 무엇 때문에 우리는 이렇게 다를까요?"

"여러 가지 이유가 있겠지……. 삶에는 가능성이 끝이 없다나, 네 삼촌 후안이 그렇게 말하더라. 네 엄마는 이 촌구석에서 달아나지 못해 안달이었고, 너는 이곳을 천국으로 생각했고."

"무슨 이유로 알제를 떠나 이곳으로 오신 거예요?"

"아버지가 일확천금을 노리고 있었거든. 아버지는 오리우엘라 신학교를 탈출한 뒤로 항상 그렇게 사셨어. 아버지의 가족이 아버지의 장래를 위해 그 신학교에 집어넣었는데 말이지. 아버지는 동부 알제리에 있는 광산에 기대를 걸었었는데, 그만 물거품이 되고 말았지. 그런데 그때 스페인령 모로코에 광맥이 있을지도 모른다는 소문을 들었나봐. 광산을 개발하기 위해 라스-마리프에 길을 놓는다, 농업을 일으킨다, 항구를 만든다 하는 소문이 나돌았었지. 그때는 스페인 군인들이 리프 동부 지역을 점령하고 있었어. 그전까지는 술탄의 자리를 노리는 로지가 다스리고 있었고. 후안 오빠는 광산에 관심이 있는 다른 유럽 사람들보다 선수를 치기로 했지. 그래서 회교도로 가장하여 로지의 영지로 먼저 숨어들었어. 후안은 아랍어에 능통했고, 힘깨나 쓰는 회교도 친구 두 명이 후안을 도와주었지."

"후안 삼촌이 그렇게 용감했다니 믿을 수가 없네요. 항상 주변 일에 무감각한 사람처럼 보였는데."

"젊었을 때는 달랐단다. 모험을 좋아했었어. 후안 삼촌은 로지로부터 신임을 얻었어. 로지는 우리에게 개발권을 넘겼고, 그래서 아버지는 이곳으로 들어와 상점을 열었어. 땅도 조금 샀고. 그런데 로지는 결국 술탄에게 패했고, 우리의 꿈도 날아가 버렸지. 아버지는 울화통으로 얼마 후 돌아가셨고."

나는 우리 가족의 드라마를 짐작할 수 있다. 나는 잠시 생각에 잠긴다. 후안 삼촌의 새로운 모습을 이해해보려고 애써본다. 나는 이모에게 몇 가지 질문을 던지기 위해 몸을 돌린다. 그러나 이모는 내 곁에 없다.

나는 삐걱거리는 문을 열고 밖으로 나온다. 나는 흙길을 따라 걷는다. 공동 우물 주위로 사자 이빨처럼 생긴 덤불이 빽빽하게 자라 있다. 공동 우물은 아랍 스타일의 고리끈 무늬 타일로 장식되어 있다. 기름기가 흐르는 잎이 무성한 풀밭. 나는 그 풀밭에서 종종 이상하게 생긴 카멜레온을 보곤 했다. 몸 색깔을 바꾸며 느릿느릿 움직이던 카멜레온. 나도 지금 느릿느릿 움직이고 있다. 언덕을 오른다. 언덕 위에는 군대 초소와 원주민 경찰의 숙소가 있다. 나는 기억을 더듬어 간다.

나는 조금 높은 언덕에 올라 마을을 내려다본다. 마을은 먼지를 뒤집어쓴 채 조용하다. 마을 위쪽의 하늘과 마을 저편의 바다가 서로 자웅을 겨루고 있다. 그 새벽녘의 목욕 의식, 끝없는 해안선을 따라 달리던 일, 조용한 오후에 언덕 밑 바위에 앉아 낚시를 즐기던 일을 잠깐 떠올려본다. 오래 전에 사라져버린 도시처럼 아슴푸레하다. 내 낙원은 나 자신이었다. 내 어린 시절이 바로 내 낙원이었다. 내 어린 시절은 내 순진한 마음과 함께 영원히 사라져버렸다. 루이사에게 라스-마리프는 유배지나 다름없었다. 일평생 차고 다녀야 할 쇠사슬. 마을을 다시 바라본다. 엽서를 모아둔 앨범에서 보았던 모습과 똑같다. 한줌밖에 안 되는 초가삼간, 텅 빈 거리, 먼지 자욱한 공기, 산산이 조각난 꿈의 잔해. 나는 이곳에서 당시에는 몰랐던 사실을 발견한다. 대담한 후안 삼촌. 죽음을 무릅쓰고 변장을 한 채 반역의 땅으로 숨어 들어가, 모로코 제국의 왕좌를 노리는 제후의 궁정에까지 침입했던 남자. 그렇게나 조용했던 사람이 그럴 수 있었다니, 나는 꿈에도 생각하지 못했다. 전형적인 이슬람교도로 조용히 운명에 순종했던 남자가.

루이사의 새로운 모습도 나를 당황하게 만든다. 목석같은 여자가 아니었어. 그렇게 말했지. 하지만 루이사는 우리의 장난질을 조율했다. '내 주인, 내 운명'이라고 했다? 대체 루이사는 어떤 남자를 사랑했을까? 나는 어떤 남자일지 상상해보려 애쓴다. 그러나 엄마가 나를 방해한다. 엄마는 여동생의 장례를 치르고 알제리에서 돌아왔다. 엄마는 동생 남편에 대해서는 거의 말을 꺼내지 않았다. 엄마는 그 사람 얘기를 일부러 피했다. 엄마는 철저하게 동생 남편을 무시했다. 엄마는 여동생을 결코 이해할 수 없었다. 엄마는 나 역시 이해할 수 없었을 것이다. 엄마는 나를 끔찍이 사랑했다. 나 역시 엄마를 더없이 사랑했다. 하지만 엄마가 나를 사랑하는 방식은 유별났다. 엄마와 나 사이의 관계는 복잡 미묘하다. 갈수록 심해진다. 우리는 서로에게 상처를 주고 있다. 어쩌다 이 지경이 되었단 말인가? 생래적으로 이러는 건가? 그런 성질을 타고났단 말인가? 엄마들이란 다 그 모양인가? 사회가 그런가? 삶 자체가 원래 그렇게 복잡한 것인가? 운명의 장난인가? 그래, 아주 사소한 것이 엄청난 결과를 가져오는 경우도 종종 있으니까. 강물이 어떻게 갈라지는 지 생각해 봐. 샘물은 산꼭대기에서 시작된다. 처음에는 물길을 잡기가 아주 쉽다. 그런데 돌멩이 하나가 굴러와 그 물길을 막으면 물은 두 갈래로 갈라져 흐르게 된다. 대서양으로 흘러드는 타호

강도 중간에서 갈라지지 않는가. 그래서 그 갈라진 후카르 강은 지중해로 흘러들지 않는가. 만일 루이사가 몸조심하지 않았더라면, 그래서 내 욕망을 충족시켜주었더라면, 내 삶은 다른 식으로 바뀌었을까?

"누가 알겠니? 그때 넌 어린아이에 불과했는데. 겪어야 할 일들이 아직 많았는데."

나는 목소리가 들리는 쪽으로 몸을 돌린다. 나는 내 곁에 불쑥 나타난 후안 삼촌을 힘차게 껴안는다. 삼촌의 모습을 보니 마음이 차분하게 진정된다. 큰 키, 호리호리한 몸매, 아라비아의 두건 달린 외투와 비슷하게 생긴 먼지막이 겉옷, 아라비아 슬리퍼, 갸름한 얼굴, 얇은 입술 위로 보이는 하얀 콧수염, 대머리에 파리가 달라붙지 못하도록 머리에 쓰고 있는 화려한 색의 두건, 오른손에 들고 있는 야자 잎 부채, 여전한 모습이다……. 그리고 무엇보다도 그 상냥한 눈빛, 개암나무 열매 빛의 그 맑은 눈동자, 모든 것을 다 이해한다는 듯 싱긋이 웃고 있는 그 눈매.

"삼촌! 이게 웬일이야! 삼촌을 볼 수 있었으면 좋겠다는 생각을 하고 있었는데."

"그래서 여기 있잖니. 기분 좋으냐?"

"끝내줘요! 삼촌의 그 멋진 인생에 대해 알고 나서 얼마나 보고 싶었는데요. 물어보고 싶은 게 얼마나 많은데요. 로지에 대해서뿐만 아니라 루이사 이모에 대해서도 얘기해줘야 해요."

"아, 내가 그 망나니 놈을 찾아갔던 거 말이지? 위험하긴 했지. 그런데 결과가 형편없었지. 다마스쿠스까지 가보고 싶었는데……. 동생 루이사 얘기라, 널 무척이나 사랑했었지. 너는 몰랐겠지만, 결혼을 하러 이곳을 떠날 때 말이야, 네가 쓰던 물건을 몽땅 가져갔단다. 네 뜨개질 모자, 네 군인 모자. 심지어 네가 바닷가에서 굴리며 다녔던 굴렁쇠까지 가져갔다니까!"

그리움이 한 줄기 밀려와 마음을 촉촉이 적신다.

"이모 얘기로는, 삼촌은 이모의 결혼을 승낙했다면서요."

"그랬지. 네 이모가 선택했던 삶이었어. 나는 네 이모와 공범이었어. 내가 네 이모를 도와주었지."

"낯선 곳으로 이모를 보낼 때, 위험하다고 생각하지 않았어요? 이모는 적어도 이곳에서는 안정된 삶을 살 수 있었잖아요."

"아니다. 그저 죽지 못해 산 것뿐이지. 삶이란 아주 복잡해. 그 당시 너는 어린아이였으니 라스-마리프가 천국이었겠지. 하지만 네 이모에게는 감옥이나 다름없었다. 그래서 제대로 살아보겠다고 결심한 거지."

"내가 알기로는, 끝이 좋지 않았다고 하던데."

"네 이모가 원했던 대로 끝난 거지. 네 이모를 이해할 수 있었던 사람은 아무도 없었다. 나는 이해했어. 나는 지금도 그게 자랑스럽다. 나는 네 이모가 원했던 대로 가시투성이 보금자리를 만들 수 있도록 도와주었다. 루이사는 자기 살을 파먹고 사는 그런 여자였다. 그러니 아무도 네 이모를 이해할 수 없었던 거야. 조상 대대로 물려온 삶을 거부하는 사람들은 인정받지 못한단다. 그래, 너는 어떠니. 너도 엇나가는 사람들을 이제 이해하기 시작한 것 같은데, 그런 너를 보니 기분이 좋구나."

사실이다. 내가 새롭게 발견한 후안 삼촌은 내 마음을 환하게 꿰뚫고 있다. 그 당시에도 그랬을까? 내가 너무 어려서 몰랐던 것일까? 아니면 그 후로 이렇게 성숙하게 변한 것일까? 하늘 높은 곳에서는 오로라가 빛을 발하고 있다. 희망이 있다는 의미일까? 하지만 다마스쿠스로 가고 싶다던 삼촌의 말이 뇌리에서 떠나지 않는다. 로지를 만나기 위해 변장까지 했다는 삼촌.

"로지에 대해서는 전혀 모르겠어요. 어떤 사람이었어요?"

"야심만만한 족장이었지. 술탄의 형제라고 떠들고 다녔고. 술탄보다 많은 권력을 누렸어. 수많은 원주민들이 그를 따랐단다. 그래서 그는 타자에서 자신의 정부를 조직했어. 나름대로 국기까지 갖추었지. 푸른색 바탕에 여덟 개의 반달. 그는 사람들 앞에 나타낼 때면 항상 황제를 상징하는 파라솔을 대동했지. 교활하고 간사한 인물이었지. 술수에 능한 인간이었지. 로지를 추종하는 사람들은 로지가 기적을 행한다고 떠들어댔어. 죽은 사람에게 말을 건다고 말이야. 그러나 로지의 적들은 로지가 가짜 시체와 말을 주고받는다고, 연극이 끝나면 비밀을 지키기 위해 그 가짜 시체를 진짜로 죽여 버린다고 선전했어. 로지는 수년 동안 제국 군대와 싸워 이겼어. 하지만 결국에는 패배해서 부하들과 함께 포로가 되어 페즈로 끌려갔어. 포로들은 둘씩둘씩 묶여 사람들 앞에서 행진을 해야 했어. 다음날도 다시 행진이 반복되었어. 하지만 이번에는 포로들이 반밖에 보이지 않았어. 포로들은 전날 함께 쇠고랑으로 묶여 있던 포로의 머리를 손에 들고 있었지. 로지는 우리에 갇혀 날마다 도시를 빙빙 돌았어. 구경거리가 된 거였지. 그러다 로지는 마침내 사형 당했어. 로지의 모험은 그렇게 끝난 거야. 하지만 내 모험은 끝나지 않았어. 내 모험은 이제 막 시작 단계에 있었으니까. 중세 시대에나 볼 수 있었던 광경, 그런 와중에도 모로코 사람들은 평온한 일상생활을 보내고 있었어. 그래서 나는 쉽게 망상에서 깨어날 수 있었지. 내가 그때까지 가장 중요하다고 생각해왔던 그 망상으로부터 말이다. 나는 차츰 이해하기 시작했지. 삶이란 말로 떠드는 것이 아니다, 말과 행동이 반드시 일치하지는 않는다. 삶에서는 창조와 파괴가 동시에 이루어지지. 단순한 재생산이 아니야. 재창조 시에 무언가가 달라지고, 그래서 진보가 이루어지는 거지. 이슬람 세계에서는 악의 없는 미친 사람들이 성인 취급받는 거, 너 알고 있니? 산다는 것은 숨을 쉬는 거야. 즐기는 거지. 문제가 생길 때마다 이런 얘기를 종종 듣게 되잖니.

'해결책이 있다면 뭐가 걱정이냐? 해결책이 없는데 뭐가 걱정이냐?' 그때부터 나는 오마르 카얌을 내 최고 스승으로 삼았다. 시인이란다. 등불과 같은 존재지."

"그 사람 글을 읽은 적이 있어요, 삼촌. 삼촌을 이해할 수 있겠어요."

"반갑구나. 내게는 다른 스승들도 있었단다. 내가 근무했던 아인-세프라의 군 훈련소에서 죄를 짓고 처벌을 받았던 사람들도 내 스승이었단다. 그들은 재판관들이나 현자들이 모르는 인생을 알고 있었어. 그리고 그곳에서 알게 된 그 놀라운 여인. 나는 동료들과 함께 홍수로 무너져 내린 흙더미 속에서 그녀의 시체를 찾아냈단다. 이사벨 에버하트. 너도 알게다."

"엄마의 우상이었죠."

"그렇지. 네 엄마는 그녀처럼 자유분방하게 글을 쓰고 싶어 했지. 하지만 나는 그녀의 삶 자체에 매료되었단다. '한 마리 새처럼 자유로운 반항아.' 그 유명한 리오테이가 그녀의 장례식에서 그렇게 말했어. 말을 타고 가던 그녀의 모습! 우리가 구보를 하고 있을 때면 전속력으로 말을 달려 우리를 따라잡곤 했었어. 사람들은 그녀를 아마존 여장부라고 부르곤 했지. 그러나 그녀는 그 이상이었어. 그녀는 그야말로 켄타우루스였어. 말과 완전히 하나가 되었지. 말과 완전히 한 몸을 이루었단 말이야. 마치 안장 위에서 말과 몸을 섞는 것 같았지. 남자라면 가랑이 사이에 여자 몸뚱이를 끼고 있어도 그런 기분을 느낄 수 없었을 거야. 그런 여자는 세상에 다시없을 것 같았지. 그런데 얼마 후, 포트-내셔널로 전근을 갔을 때 알게 되었지. 이사벨도 그곳에서 살았다고 하더군. 그 유명한 시 모흐타르 지사의 존경과 보호를 받으며. 이사벨은 그곳에서 시 모흐타르의 딸에게 말 타는 법을 가르쳤어. 나는 시 모흐타르의 딸이 말을 타고 전속력으로 산을 내려오는 모습을 한두 번 본 적이 있어. 깎아지른 듯한 벼랑을 말이야. 무슨 말인지 알겠니? 네 엄마도 그처럼 말을 탈 수 있었다면 더 행복했을 텐데. 하지만 네 엄마는 가랑이를 벌리고 말을 올라타긴 했지만, 전속력으로 달리기보다는 고삐를 잡아당기느라 정신이 없었지."

삼촌은 혼자가 아니라는 것을, 누군가가 듣고 있다는 것을 눈치 챈 모양이다.

"미안하구나. 네 엄마를 욕하는 것이 아니다. 나도 네 엄마를 좋아했단다. 존경했어. 자신의 이상을 위해 싸운 그 가상한 용기와 그 고집을 존경했어. 하지만 우리가 살았던 세상에서는 승리할 수 없었지……. 그래도 너라도 있어서 불행 중 다행이었지."

나는 마음속 깊이 소리쳐 항의한다.

"아뇨! 그렇지 않아요. 나는 엄마의 자식이 아니었어요. 진짜로 엄마의 자식이 되는 거, 그게 내 평생소원이었어요. 정말이에요. 하지만 엄마는 내게 정을 베풀지 않았어요. 엄마 품에 안겨 본 적이 한 번도 없단 말입니다."

"그건 오해다. 그런 생각을 하다니, 옳지 않아. 네가 태어났을 때 네 엄마가 얼마나 기뻐했는지 너는 몰라. 네 아빠는 좋은 사람이긴 했지만, 네 엄마는 네 아빠와 벌써부터 문제가 있었단다. 두 사람은 서로를 이해하지 못했어. 네가 만일 계집아이였다면 네 엄마는 네 아빠와 갈라섰을 게다. 네 엄마는 사내아이가 태어나자 아주 기뻐했단다. '그래, 사내답게 키울 거야. 이 아이를 위해서라면 무슨 일이든 할 수 있어!' 네 엄마는 이런 말을 입에 달고 살았다."

부모님이 서로를 이해하지 못했다니, 마음이 아프다.

"그런데 그러지 못했지요. 나는 엄마가 바라던 그런 애가 아니었어요. 엄마는 항상 나를 비난했어요."

"너를 비난했다고? 무슨 소리냐! 너는 최선을 다했어. 그때는 너를 사내답게 키울 형편이 아니었단다. 너는 너무 어려서 네 스스로 그렇게 될 수도 없었고. 그래서 오해가 빚어진 거란다. 네 엄마와 너는 밤마다 으르렁거렸지. 서로 이해하려고 노력했겠지만, 그게 잘 되지 않았단 말이다. 엄마 뜻에 따르지 않았다고 해서 후회할 필요는 없다. 그 반대지. 네 하고 싶은 대로 살아라. 너도 이제 이해할 수 있지 않느냐. 내 앞서 얘기했다시피……."

"예전에 못했던 것을 이제 와서 하라고요? 말이야 쉽죠!" 나는 항의한다. 기분이 씁쓸하다. 내 평생이 그랬던 것이다. "안내인이 있으면 좋겠어요. 그 스승이라는 양반은 어디 있어요?"

대답이 없다. 삼촌은 도를 깨달은 부처와 같은 미소만 짓고 있다. 혹시 삼촌이 부처가 아닐까, 나는 잠시 부질없는 희망을 품어본다. 삼촌의 미소가 점점 밖으로 퍼져 나간다. 주변이 흐릿해지더니, 삼촌의 모습은 감쪽같이 사라지고 나는 홀로 남는다.

허공이 나를 감싼다. 삼촌의 부재가 나를 채운다. 안내인이 내 앞에서 속절없이 사라진다. 이번이 두 번째다. 그러나 삼촌의 환영은 내게 새로운 지평을 열어주었다. 서로를 이해하지 못했던 부모님, 자신이 못 이루었던 꿈을 나를 통해 이루고자 나를 좌지우지했던 엄마, 그리고 엄마에게 좀 더 가까이 다가가기 위해 엄마를 흉내 냈던 나. 결코 이루어지지 않았던 엄마와 나의 만남. 엄마의 불행은 내 결혼으로 절정에 이르렀다. 엄마는 내가 결혼하면 성숙해질 것으로 기대했다. 하지만 그것은 명백한 오해로 드러났다. 실패한 결혼, 적어도 내게는 해방을 의미했다. 후안 삼촌도 로지가 약속했던 광산 채굴권이 무효로 돌아갔을 때 해방감을 느끼지 않았던가. 나는 내 마누라의 애인들에 대해 알게 되었을 때 그리 놀라지 않았다. 다만 사람들 입에 오르내리는 것이 귀찮았을 뿐이었다. 나는 그 대신 강제적인 의무로부터, 속이 음흉한 신부들이 '육체의 채무' 라고 일컫는 것으로부터 벗어날 수 있었다. 이혼은 일종의 해방이었다. 삼촌이라면 이런 내 기분을 충분히 이해해 줄 것이다.

아, 이 종소리! 거리에서 들리는 소리 중 가장 기분 좋은 소리! 전차의 종소리다. 3번 전차, 바로 내가 타고 다니는 전차다. 3번 전차는 세라노와 로페스 데 오요스를 거쳐 솔까지 운행된다. 이 마술에 걸린 아푸에라스에서는 모든 것이 가능한 것이다. 전차는 모퉁이를 돌면서 속도를 늦춘다. 나는 활짝 트인 플랫폼에서 열차를 타듯 달리는 전차로 뛰어오른다. 지금은 기분이 좋아서인지 몸도 가뿐하다. 그래서 나는 날렵하게 전차에 뛰어오를 수 있다. 달리는 전차를 멋지게 뛰어오르거나 뛰어내리던 사람들이 많이 있었다. 몸을 약간 뒤로 기울인 채 이렇게 뛰어내리면 된다. 관성을 이용해 전차의 속도에 맞추어 뛰는 것이다. 나는 미닫이문을 열고 안으로 들어간다. 라피아 야자 잎을 엮어 만든 의자에 앉는다. 의자는 전차 양옆으로 나란히 늘어서 있다. 그때와 마찬가지로 통로로 차장이 지나간다. 차장은 차표를 파는 대신 승객들에게 티켓을 한 장씩 나누어주고 있다. 나는 티켓 번호를 살펴본다. 기분이 좋다. 앞으로 읽어도 뒤로 읽어도 같은 숫자다. 다섯 개의 숫자. 외우기도 아주 쉽다. 내 평생 이런 일은 처음이다. 그런데 다른 승객들도 티켓을 받아들고 웃고 있다. 모두가 앞으로 읽어도 뒤로 읽어도 같은 숫자를 받은 모양이다. 상관없다. 그렇다고 해서 우리의 행운이 무효가 되는 것은 아닐 테니까. 다양한 용도로 사용되는 이곳, 아기자기하게 꾸며진 이곳에서 우리 모두는 정말 행복하다.

재미있게도 내 바로 앞에 옷을 배달하는 심부름꾼 아가씨가 앉아 있다. 오래 전에 거리에서 사라진 직업이다. 견습 재봉사는 기다란 양장점 상자를 무릎 위에 올려놓고 있다. 아마도 옷이, 트왈레트라는 고급 의상이 들어있을 것이다. 마그다 도나토는 '블란코 이 네그로' 라는 잡지에 유행복에 관한 글을 쓰면서 '트왈레트' 라는 용어를 사용했었다. 베니어판으로 만든 상자에는 손잡이용으로 리본이 묶여져 있다. 그 상자 밑으로 아가씨의 치마 끝자락과 종아리가 살짝 보인다. 싸구려 스타킹에 투박한 구두. 하지만 발목은 가늘고 발도 아주 작다. 상자 위에 놓인 두 손은 앙증맞고, 가슴팍도 어린아이 티를 벗지 못했다. 얼굴은 근엄한 표정을 짓고 있지만 눈가에 웃음기가 가득하다. 아가씨를 보라보고 있으니 지금은 잊혀진 '말괄량이 아가씨' 라는 말이 떠오른다. 바로 그 순간 전차가 날카로운 쇳소리를 내며 급커브를 튼다. 나는 옆에 앉은 여승객 쪽으로 넘어진다. 여승객은 기분 나쁜 듯 나를 흘겨본다. 그래도 전차는 땡 땡 땡 신나게 달린다.

전차는 그리 넓지 않은 길을 달린다. 오래된 집들, 보도에 심겨진 아카시아 나무. 이런, 또 아카시아 나무야! 그 시절의 재봉사들과 그 시절의 마드리드와 너무나 잘 어울렸던 나무였다. 그 부드러운 잎사귀, 그 화사한 녹음, 봄을 가득 채우던 그 향기, 꽃은 떨어져 눈처럼 거리를 하얗게 뒤덮으며 더위를 식혀주었다. 그 고즈넉한 광장의 아카시아 나무들. 저물녘이면 수업을 끝낸 계집아이들이 몰려와 줄넘기 놀이를 하며 지금은 잊혀진 노래를 부르곤 했었다. 지금 우리가 지나치는 이런 광장이었지. 그때의 모습이 눈에 선하다. 나는 자리에서 벌떡 일어난다. 나는 객차 안에 길게 늘어져 있는 줄을 잡아당긴다. 전차를 세우려는 것이다. 그러나 나는 그 새를 참지 못하고 객차 문을 열고 나가 가뿐하게 뛰어내린다. 내 몸은 그만큼이나 날렵하다. 전차는 땡 땡 땡 종소리를 울리며 모퉁이를 돌아 사라진다. 나는 지금 렐로흐 광장에 있다. 아무도 보이지 않는다. 이곳은 아우구스티누스 수도회 소속 수도원이 있었던 곳이다. 그 수도원 건물 정면에는 태양이 조각되어 있었다. 비록 그 수도원 건물은 제1공화국 시절에 무너져 버렸지만, 나는 이곳이 그 건물이 있었던 곳임을 쉽게 알아볼 수 있다. 나는 벤치에 걸터앉는다. 내 자신이 지고의 경지에 올라선 느낌이다. 나는 지금 유리처럼 투명한, 순수하기 이를 데 없는, 아찔할 만큼 완벽한 경지에 도달해 있다. 나는 내 자신에게 압도되어 생각에 잠긴다. 오, 주여 어떻게 이럴 수 있단 말입니까?

"왜 그럴 수 없겠어?"

부드러우면서도 낭랑한 목소리. 남자인지 여자인지 알 수 없다. 누군가가 어느 사이에 내 곁에 앉아 있다. 나는 그 사람을 돌아본다. 다정해 보이는 인상이지만 그렇다고 그리 만만해 보이지도 않는다. 경험이 많은 듯한, 삶의 진리를 깨우친 듯한 태도. 차분해 보이지만 눈초리는 신중하면서도 생생하다. 옷차림은 아주 평범하다. 조금도 흐트러지지 않은 넥타이. 옷차림에 신경을 쓰지 않는 사람, 남의 관심을 끌지 않으려고 노력하는 사람 같다.

"선생이 말씀하신 겁니까?"

"자네 질문에 대답한 걸세. 사람이란 말이야, 지고의 경지에 오르면 불가능이란 없어. 그렇게 되려고 노력하는 사람은 별로 없고, 또 대부분의 사람들이 그럴 능력이 있다는 것을 모르고 지내기는 하지만."

"하지만, 당신은……."

"그래, 자네가 불러서 온 거야."

"내가요?"

"자네가 '오, 주여' 라고 하지 않았나. 내가 바로 자네가 말한 그 '주' 야. 그래서 여기 온 것이고."

나는 망연자실 그를 바라본다. 신중하게 처신하려고 하지만 쉽지 않다.

“그런 식으로 쳐다보지 말게나. 미친놈이 아닐세. 나는 신이야. 말하자면 자네의 신이지. 그렇다고 전지전능한 하나님은 아닐세. 그래서 이런 모습으로 나타난 걸세. 자네 복장에 맞추어서 말이야. 내가 만약 전지전능한 하나님이라면, 자넨 날 볼 수 없을 게야. 어쩌면 전통적인 모습으로 나타날 수도 있겠지. 구름을 타고, 머리 뒤에 삼각형 모양을 달고, 하얀 수염을 길게 기르고……. 그래 그래, 나는 자네의 신이야. 마침내 자네는 내 존재를 인식하게 되었고, 그래서 내가 여기 있는 걸세. 나를 실망시키지 말게나. 나를 미친놈으로 생각하지도 말고, 그렇다고 무릎을 꿇을 필요도 없네. 신이란 인간의 창조물이란 사실을 방금 전에 깨우치지 않았던가?”

“그렇습니다. 신화에 나오는 그 어떤 신도 제가 생각하는 신의 모습과 일치하지 않았기 때문에 그런 결론에 도달했던 겁니다.”

“빌어먹을 놈의 신화 같으니! 말도 안 되는 형상과 특성을 내게다 갖다 붙이지를 않나, 또 그것들 앞에서 나를 기린답시고 무릎을 꿇지를 않나. 내가 악어, 화산, 뱀, 강물, 콘도르, 천둥이라는 거야. 심지어 내가 변장술의 대가라는 거야. 내가 어린 남자아이를 꼬이기 위해 독수리로 변신했다고 하질 않나(많은 남자들이 이 따위 짓을 아무렇지도 않게 저질러), 어린 처녀를 차지하기 위해 황소로 백조로 황금비로 변신했다고 하질 않나……, 이게 대체 무슨 짓이란 말인가! 내가 스스로 십자가에 못 박혔다느니, 난도질을 당했다느니, 거세를 당했다느니 하는 말들이 있는데, 나는 절대 인정할 수 없어. 그래서 자네를 만나니 기분이 아주 좋네. 그래, 날 어떻게 찾아냈는가?"

"죄송하지만, 당신의 불의와 모순 때문에 그렇게 된 겁니다. 당신이 우리 인간을 창조해냈다고 해도, 이렇게 결점 투성이로 만들어 놓았으니 당신은 우리를 심판할 권리가 없습니다. 잘못은 당신에게 있는 겁니다."

나의 신이 이제 친구처럼 다정하게 느껴진다. 신은 호탕하게 웃으며 사탄의 변호사, 다시 말해 전지전능한 하나님의 변호사 역할을 하기 시작한다.

"하지만 자네들 죄에 대해 벌을 내렸던 것이 아닌가. 자네들 죄는 실로 끝이 없어. 내가 만일 무궁무진한 존재라면 자네들 죄 또한 무궁무진하단 말이야."

"죄라니요, 저는 그런 거 믿지 않습니다. 죄는 교만에서 나오는 것이 아닙니까? 원한다고 다 죄를 짓는 것은 아니다, 죄도 능력이 있어야 지을 수 있다. 할머니는 그렇게 말씀하곤 했습니다. 만일 하나님이 전 우주를 창조한 분이시라면, 구더기 같은 인간이 하나 태어나 이 조그마한 지구 표면을 조금 갉아먹었다고 해서 모욕을 당했다고 생각할 수 있단 말입니까? 정말 대단한 상상력을 동원하지 않고서는, 인간이 진짜로 전지전능한 창조주를 모욕할 수 있다고 생각할 수는 없을 겁니다.”

“옳은 얘길세. 하지만 잊지 말게나. 불행에 처한 많은 사람들이 신화에 등장하는 신에게 한 줄기 희망을 걸고 있다는 사실을 말이야. 신이란 그런 이유로 존재하는 걸세. 가지가지 모양으로 모든 문화에 존재하는 거야. 그렇다고, 흔히 말하듯, 신의 존재를 증명할 수 있는 방법은 없지만. 인간은 어쩔 수 없는 상황에서 신을 만들어내는 걸세. 그래서 그 신에게 이런저런 역할을 맡기는 거야. 그리고, 신에게 접근하기 위해 신의 뜻을 해석하거나 전달하는 사람들도 생겨나게 되었지. 마덕, 알라, 라, 오딘, 여호와 등등의 신들은 그렇게 해서 태어난 거야.”

“저는 그 따위 신화적인 얘기라면 듣기 싫습니다. 나는 당신을 만들어낼 필요가 없습니다. 그래 저와 함께 계시니 어떠세요?”

“난 자네와 함께 있는 게 아닐세. 내가 바로 자네야. 자네 조금 전에, 지고의 경지에 올랐을 때 참을 수 없는 삶의 충동을 느끼지 않았었나? 자넨 언젠가는 죽을 인생이야. 그 이상도 그 이하도 아니지. 하지만 자네 인생이 소중한 것은 자네가 유일한 존재이기 때문이야. 각각의 인생은 전체적인 삶의 일부분일 뿐이야. 전체적인 삶은 수만 가지 삶을 경험하면서 점진적으로 진보해 간다네. 자네의 존재는 그 수만 가지 삶 중의 하나라네. 따라서 우리는 신의 자식이 아니라 삶의 자식이라고 할 수 있지. 우리들 개개인은 위대한 전체가 경험하는 한 순간이야. 우주 에너지라는 거대하고 영원한 불구덩이를 이루는 하나하나의 불꽃이란 말이지. 삶은 인간적인 차원에서 진화를 거듭해오면서 의식을 창조했고, 그 의식으로 인하여 자네는 미래를 꿈꾸게 된 거지. 자네는 급진적인 의식의 소유자야. 때문에 자네는 진화의 선봉에 서 있는 것이고. 자네 속에 있는 그 의식, 그 급진성이 바로 나라는 존재이고……. 방금 전처럼 무언가가 자네를 자극하면, 어여쁜 아가씨를 보거나 무언가를 발견하게 되면, 자넨 나를 만나게 되는 거야. 내가 자네 속에서 모습을 드러내는 거야. 그래서 자네는 지고의 경지에 오르게 되고……. 나를 자네의 영혼이라고 불러도 좋아. 이름이야 어떻든 상관없으니까. 중요한 점은 내가 자네 속에 존재한다는 거야. 나는 자네 몸 안에서 가장 활발하게 타오르는 삶의 활기야. 나로 인해 자네는 우주 에너지의 일부가 될 수 있고 또 창조성을 발휘할 수 있는 거지."

그의 말을 듣는 동안 몸속의 피가 빠르게 흘러간다. 나는 우리를 움직이는 힘을, 도도히 흘러가는 은하수와 원자의 강을 의식할 수 있다. 후안 삼촌이 격려해준 것처럼, 이제 나는 새로운 모습으로 다시 태어날 수 있을 것 같다. 굳이 안내인을 찾아 나설 필요가 없을 것이다. 필요하면 스스로 나타날 테니까. 생애 처음으로 내 앞에 나타난 신은 내가 새로운 삶의 문턱에 도달했음을 의미한다. 예전에는 강요된 삶을 살았지만 이제부터는 나 자신의 삶을 살아나갈 것이다. 내가 이곳에 온 것은 필연이었다. 일상적인 세계에서 벗어나 이곳 아푸에라스에 온 이후로 내가 행복하고 안정감을 느끼는 이유는 틀림없이 이런 느낌 때문일 것이다. 확실하게는 모르겠지만 또 다른 무언가가 나를 기다리고 있을 것이다.

전혀 예상하지 못했던 일이 산책을 하는 동안 나를 기다리고 있었다. 바로 카페테리아 베라크루스였다. 나는 그 카페테리아가 렐로흐 광장 바로 옆에 있을 것이라고는 생각하지 못했다. 다시 그 문으로 들어서는 순간 바에 있는 첼로가 눈에 보인다. 눈물이 날 것 같다. 나는 그녀에게 인사를 건네고 한쪽 구석 채광창 아래에 있는 테이블로 다가간다. 내가 자주 찾는 자리다. 이 시간쯤에는 손님이 별로 없다. 첼로를 도와주는 아가씨가 그 틈을 이용해 식당을 돌아다니며 테이블을 닦고 있다. 첼로는 아가씨를 불러 바를 지키라고 하고 내 자리로 와서 잠깐 얘기를 나눈다. 첼로는 나를 다시 만나 반갑다고 한다. 그 당시 첼로는 전성기를 구가했었지. 나는 그녀를 반갑게 맞이하고, 그녀는 진심으로 대하는 내게 고마움을 표시한다.

"그래 어때요? 왜 이곳에 왔는지 이제 알았어요?"

약간 놀리는 말투이긴 하지만, 나는 그녀가 진정으로 관심을 가지고 있음을 알 수 있다.

"아직은, 어렴풋이 알 수 있을 것도 같고……. 예기치 않게 반가운 사람들을 만날 수 있었소. 그래서 새로운 삶에 대해 눈을 뜨게 되었지."

"나도 만나고 말이지요."

"그래요. 이곳은 항상 기억하고 있었는데……. 아늑한 분위기하며, 특히 당신을 잊지 못했소. 참 매력적이고 참 친절했었지."

"내가요? 그런데 이제야 그런 얘기를 하는 거예요?" 첼로는 짐짓 화가 난 척 한다. "전에는 아는 척도 안 하더니!"

첼로는 내 술잔을 가져올 때 자기 몫으로 가져온 술잔을 단숨에 비우고 쾅 소리가 나게 테이블에 내려놓는다.

"그렇다면 좋아요. 나도 지금 말할 게 있어요. 나도 당신을 많이 좋아했어. 당신이 내게 무슨 말이라도 걸었다면 잠자리라도 함께 했을 텐데, 당신은 절대 그러지 않았어."

나는 깜짝 놀라 그녀를 바라본다. 그런 것도 모르고 있었다니! 나는 멍청한 변명을 늘어놓는다.

"몰랐던 게 다행이지. 당신을 실망시켰을 테니까."

첼로가 손으로 내 손을 부드럽게 어루만지는 바람에 말이 잘 나오지 않는다.

"당신이 뭘 알겠어? 이곳은 많은 사내들이 드나들어. 그래서 척 보면 알 수 있어. 당신도 마찬가지야. 당신이 날건달이 아니라는 것은 알고 있었어. 당신은 이곳 분위기와 맞지 않았거든. 당신은 언제 봐도 꾸어다 놓은 보릿자루 같았어. 그런데 그게 희한해서 보기 좋더군. 인상이 부드러워서 그랬을까? 나로서는 새로운 경험이었지. 어떻게 그렇게 온순할 수가 있었지? 지금도 여전한 것 같은데……. 그래도 이제는……. 모든 건 다 때가 있는 법이지. 사는 것도 그렇고……. 미안해요, 금방 돌아올게요. 운동경기 중계방송은 너무 듣기 싫어."

첼로는 바 뒤편 병들 사이에 놓인 라디오로 다가가 음악 방송이 나오는 채널을 찾고 있다. 그동안 나는 과거에 있을 수도 있었던 일을 생각하며 감상에 젖는다. 후회는 없다. 어차피 나를 이곳으로 이끈 것은 삶이니까. 모든 일이 이런 확신을 더해준다. 조금 전에 첼로에게 말했다시피, 내가 왜 이곳에 왔는지 나는 아직도 모른다. 하지만 한 가지는 확실하다. 무언가 사활이 걸린, 거부할 수 없는 무언가가 나를 이곳으로 이끌었다. 나는 지금 내 인생의 최고 지점에 올라와 있다. 나는 지금 인생의 종점이 아니라 시발점에 서 있다. 지금까지의 내 인생은 서곡에 불과하다. 이 모든 사람과 이 광장이 힘을 합쳐 내 인생을 새롭게 설계하고 있는 것이다.

음악 소리가 나를 사로잡는다. 영화 〈노랫가락 휘날리며〉의 주제곡이 흘러나온다. 얼마 전에 상영된 영화다. 나는 그 영화를 네다섯 번이나 보았다. 슈베르트와 에스터하지 백작부인의 사랑 이야기도 좋았지만 영화에 삽입된 음악이 너무 좋았다. 지금 들리는 음악은 슈베르트의 원곡이 아니라 윌리 슈미트-젠트너가 영화를 위해 편곡한 것이다. 그래, 바로 그 대목에서 나왔던 음악이다. 금기와 계급의 차이를 과감하게 깨어버리는 그 황홀한 장면. 시골 처녀 마르타 에거스가 자신의 음악 선생을 위해 춤을 춘다. 그녀는 빙빙 돌면서 치맛자락을 살짝 들어올려 허벅지를 슬쩍 내비친다. 내가 그 영화를 그렇게나 좋아했던 세 번째 이유……. 나는 음악 소리에 귀를 기울인다. 그리고 그때, 스크린 앞 어둠 속에 앉아 있었을 때 느꼈던 감정을 되새겨본다.

음악이 끝난다. 이제 라디오에서는 요즘 유행하는 행진곡이 흘러나온다. 마르시알 랄란다에게 헌정된 곡이다. 어쨌든 영화 음악은 지금의 내 기분, 내 생각과 딱 들어맞는다. 우연의 일치가 아니다. 이곳에는 우연의 일치란 존재하지 않는다. 전혀 예상치 못했던 것도 아니다. 첼로는 허둥지둥 내 테이블로 돌아와 소리친다.

"이런 정신머리하고는! 중요한 것을 깜박하고 있었네. 당신에게 전해 줄 얘기가 있었는데! 일전에 어떤 부인이 당신에 대해 물어보던데 그래. 아주 멋쟁이더라고. 어쩌면 그렇게 감쪽같이 숨길 수 있을까!"

"부인? 누군지 모르겠는데."

"당신을 알고 있더라고. 그 부인이 당신이 놓고 간 꾸러미를 발견했어. 수위가 그걸 당신한테 건네주었잖아. 기억나지요? 그 부인이 그걸 발견했는데, 주인 이름을 알 수 있을까 싶어 내가 그 부인과 함께 꾸러미를 열어보았거든. 오래된 엽서가 들어 있었데 그래. 나는 무슨 엽서인지 모르겠던데, 그 부인은 몇몇 엽서를 알아보더라고. 마치 자기가 주인인양 말이야."

"그 부인을 만나보았어야 했는데!"

"부인은 바쁘다고 했어. 당신이 돌아오면 꾸러미를 돌려주라고 부탁하면서 이 쪽지를 남기고 그냥 갔지. 당신이 조만간 다시 올 거라고 하면서 말이지."

첼로는 바에 있던 냅킨을 내게 건네준다. 근사한 상표 위에 멋진 글씨체로 이런 내용이 적혀 있다.

'혹시 1935년에 톨레도를 방문한 마흐눈이라는 젊은이가 아닌가요? F. 카디르.'

서명이 있었지만 누군지 알 수 없다. 그렇지만…….

무언가 번뜩 뇌리를 스친다. 지진이 일 듯 희미한 기억 속에서 무언가가 터져 나온다. 마흐눈과 톨레도를 일깨워주는 누군가의 목소리. 내 방에서 우연히 발견한 레바논에서 발행된 아랍어 시집, 또 그 시집에 끼워져 있던 리안 드 푸지의 사진이 실린 엽서도 생각난다. 그렇지만 이 여자가 그런 사실을 어떻게 알고 있단 말인가? 톨레도에서 만난 여자의 이름은 파리다였다. 그래, F로 시작하는 이름이다. 어떻게 그 여자를 잊을 수 있겠는가? 하지만 카디르라니……. 이 여자를 만나 보아야 한다. 이 여자는 분명 나를 과거로, 내 자신으로 이끌어줄 것이다. 그리고 내가 무엇 때문에 이곳에 왔는지 틀림없이 밝혀줄 것이다.

그렇다. 중요한 문제는 절대 사라지지 않는다. 중요한 문제는 항상 우리에게 되돌아온다. 나는 희망으로 가슴이 벅차오른다. 나는 첼로에게 내 주소를 남기고 그 여자를 찾을 수 있도록 도와달라고 부탁한다. 나는 부푼 희망을 안고 카페테리아를 나온다. 나는 이제 내가 거부할 수 없는 힘에 이끌려 이곳까지 왔음을 확신한다. 나는 이제 예전에 내가 몰랐던 엄마와 다른 가족의 참모습을 알고 있다. 카디르가 내가 생각하고 있는 사람이라면, 내가 기다리고 있던 사람이라면, 드디어 새로운 길이 열린 것이다.

나는 내 조그만 탁자 위에 흩어져 있는 엽서들을 살펴본다. 나는 이전과는 다른 시선으로 엽서들을 살핀다. 이제 엽서는 과거에 대한 단순한 호기심을 채워주는 것이 아니다. 이제 엽서는 엽서 뒷면에 적힌 가족들의 사연 이상의 것을 의미한다. 엽서는 이 중앙 공원에서 내가 찾아낸 것 중에서 가장 중요한 것이다. 나는 오랫동안 나를 기다려온 숨은 보물을 찾아낸 것이다. 엽서는 도대체 무슨 이유로 내가 이곳에 있는지를 밝혀줄 것이다. 내가 택시 운전사에게 올바른 주소를 알려주었는지 아니면 실수로 엉뚱한 주소를 알려주었는지를 밝혀줄 것이다(이렇든 저렇든 상관없는 일이지만). 아무튼 엽서가 내 개인적인 운명을 내게 밝혀줄 것임에 틀림없다. 이제 엽서는 과거의 흔적이 아니다. 엽서는 미래를 향한 새로운 길을 내게 제시할 것이다. 촉매제라고나 할까. 나는 곧 엽서를 통해 나를 기다리고 있는 것과 마주치게 될 것이다. 그래, 장차 내 앞에 대체 어떤 인물이 나타날 것인가?

이 엽서를 찾아낸 그 신비의 여인은 과연 누구란 말인가? 이 생각이 강박관념처럼 내 뇌리에서 한시도 사라지지 않는다. F는 파리다를 가리킨다. 혹시 다른 사람을 가리키는 것은 아닐까? '카디르'라는 성은 생전 처음 들어본다. 누구일지 짐작도 가지 않는다. 그 여자가 파리다라면 얼마나 좋을까! 나는 1935년에 파리다와 처음 만났다. 그러나 그 후로는 두 번 다시 보지 못했다. 편지를 몇 차례 주고받긴 했지만, 우리나라에 전쟁이 터지고 또 그 후에 제2차 세계대전이 터지는 바람에 그마저도 끊기고 말았다. 나는 그녀와 일주일 사이에 딱 세 번 만났을 뿐이다. 그리고 거의 60여 년이 흘러갔다. 그녀가 남편과 함께 우리 집을 찾아왔을 때, 나는 그녀와 처음으로 만났다. 그리고 이틀 후, 나는 그녀 부부와 아버지를 따라 톨레도로 장시간 소풍을 다녀온 적이 있다. 마지막 만남은 그 다음 날에 있었다. 나는 팰리스 호텔로 그녀를 찾아갔다. 겨우 30여 분 만났지만 나는 그 순간을 결코 잊을 수 없었다. 그 세 번의 만남은 열세 살 소년에게 너무나 깊은 인상을 남겼다. 그래서 역설적으로, 그녀와의 만남은 내 일상적인 기억으로 남아 있지 못하고 어두운 기억 저편으로 파묻히고 말았다. 우리가 알지 못하는 사이에 차곡차곡 쌓이는 그런 기억, 그러다가 느닷없이 터져 나오는 그런 잊혀진 과거.

나는 무슨 성스러운 물건이라도 다루듯 경건한 마음으로 엽서를 바라본다. 아니 무슨 위험한 물건이라도 다루듯 조심스럽게 바라본다. 엽서는 이제 다른 빛을 띠고 있다. 엽서는 이제 내 기억을 들쑤시고 있고, 내 앞에 놓인 현실을 온통 뒤집어 놓았다. 나는 손에 잡히는 대로 엽서를 집어 든다. 알제리의 어느 시골 마을에서 할아버지가 보낸 엽서들. 1914년 이전에 파리에서 보낸 엽서. 풍경화나 꽃가지가 그려진 엽서, 별 볼 일 없는 남자들이 엄마와 루이사 이모에게 결혼을 청하는 내용……. 나는 생각해본다. F. 카디르라는 미지의 여인은 첼로와 함께 꾸러미를 열어보았을 때 대체 어떤 엽서를 보고 아는 척을 했단 말인가. 오랑이나 알제의 사진이었을까. 아니면 어느 시골구석 마을 사진? 카디르라는 성을 보면 이슬람교도가 분명한 것 같은데. 도무지 알아낼 방도가 없다. 그래서 나는 확실한 자료에 매달린다. 1935년과 톨레도.

나는 눈을 감고 소풍을 갔던 그 해 봄을 떠올려본다. 벌판은 초록 일색이었다. 그 해 4월은 유난히 비가 잦았다. 지금도 기억난다. 레콜레토스 광장에서 열린 두 번째 도서전시회도 비에 푹 젖었었지. 그 날의 기억이 망각의 선을 넘어 고개를 내밀기 시작한다. 아주 생생하다. 나도 모르는 사이에 내 마음 속에 불로 지진 듯 각인되었던 그 기억. 소풍을 가기 이틀 전, 마드리드를 잠시 방문한 한 부부가 우리 집을 찾아왔다. 남편은 고색창연한(그 당시 쉰 살 먹은 사람은 내게 노인네나 다름없었다) 수염을 기른 알제리의 대학 교수로 아빠와 학문적인 편지를 주고받는 사람이었다. 부인은 젊은 여자였다. 나는 그 여자의 이국적인 인상에 한눈이 팔려 그녀의 천진난만한 성격을 제때에 알아보지 못했다. 가무잡잡한 얼굴과 어딘지 어울려 보이지 않던 회색과 파란색이 반쯤씩 섞인 눈동자, 툭 튀어나온 광대뼈, 거만한 걸음걸이, 그리고 아래턱에 새겨진 십자가 모양의 작은 문신. 아주 짧은 방문이었다. 나는 그 이국적인 여인 앞에서 바보가 되고 말았다. 남편이 스페인어를 몰라 어른들의 대화는 프랑스어로 진행되었고, 프랑스어가 서툴렀던 나는 어른들의 대화를 제대로 따라갈 수 없었다. 그때 어른들은 톨레도로 소풍을 가기로 결정했다. 엄마는 고질적인 편두통 때문에 마지막 순간에 소풍을 포기해야 했다.

아! 톨레도에서 보낸 그 순간들! 우리는 차를 빌렸다. 나는 그녀와 뒷좌석에 나란히 앉아 오붓한 시간을 보낼 수 있었다. 나는 대담하게도 그녀의 안내인 역할을 자처하고 나섰다. 하지만 형편없었던 내 프랑스어 실력 덕분에 그녀는 때때로 살며시 웃으며 내 말의 뜻을 어림짐작으로 알아맞혀야 했다. 우리는 소코도베르에 차를 세워두고 거리를 돌아다녔다. 우리는 그늘진 보도를 이쪽저쪽 건너다니며 조그마한 가게들을 구경했고, 편도빵을 사먹으며 칼 만드는 작업을 지켜보았다. 나는 아버지가 그 여인에게 부채를 사서 선물하는 것을 보고 질투심을 느꼈다. 내가 사주고 싶었는데……. 나는 고작 반바지를 입은 열세 살 먹은 꼬맹이였지만 나이보다 어른스럽게 보이기 위해 무척이나 애를 썼다. 나는 내 운명을 저주했다. 가봉까지 마친 내 첫 번째 긴바지는 아직 완성되지 않았던 것이다. 나는 지금 카디르가 누구일지 궁금해 속이 터질 지경이다. 그때도 그랬다. 때로 나는 철부지 아이처럼 굴었다. 나는 응석까지 부려가며 그녀의 모성애를 자극하기도 했다. 내가 만일 어른이었다면 생각도 못할 일이었다. 또 한편으로는 그녀와 맞먹는 성숙한 어른의 모습을 보여주기 위해 온갖 노력을 기울이기도 했다. 나는 기념물 앞에서 내 알량한 역사 지식을 과시했다. 나는 누구나 알 수 있는 내용을 과장해서 떠들었다. 투우-그녀는 투우에 대해 아무것도 몰랐다. 그래서 나는 아무렇게나 이야기를 지어낼 수 있었다-와 영화-그녀 역시 영화를 아주 좋아했다-가 다루기 좋은 주제였다. 비록 파리다-그녀는 자신을 이름으로 불러달라고 내게 부탁했다-는 자신의 나이와 처지에 맞게 나를 대했지만 나는 승리감을 맛볼 수 있었다. 함께 온 두 명의 교수-아빠와 그녀의 남편-는 우리가 무슨 짓을 하는지 신경도 쓰지 않고 멀찍이 떨어져 걸었고, 그녀 또한 그들에게 전혀 신경 쓰지 않았던 것이다. 산토 토메 교회의 어두운 동굴 안에서 나는 절정의 순간에 이를 수 있었다. 동굴 안에서는 오로지 〈오르가스 백작의 장례식〉만이 빛을 받고 반짝이고 있었다. 그녀와 나는 그림 앞에 놓인 의자에 나란히 앉았다. 그녀는 엘 그레코의 걸작 앞에서 넋을 잃은 것 같았다. 그녀가 훤히 드러난 내 무릎을 손으로 꽉 쥐는 순간 내 몸에 소름이 쫙 끼쳤다.

오후에 두 어른 남자는 유대인 회당을 자세히 둘러보기 위해 자리를 떴다. 그녀와 나는 우리가 점심을 먹은 여관에 그냥 머물렀다. 우리는 천막이 드리워진 시원한 마당에 있었다. 마당 한편에 있는 샘에서 물이 졸졸 흘러 내렸다. 테이블 위에는 진주 빛 보석이 하나 놓여 있었다. 친촌의 비둘기 모양을 한 오팔. 그녀가 오랑 사람들의 식생활을 흉내 내며 커피를 마신 다음에 주문한 것이었다. 절묘한 색의 빛이 그녀의 목덜미와 훤히 드러난 둥근 어깨와 호박색 피부 위로 떨어졌다. 손님들이 하나 둘 자리를 비웠다. 고즈넉한 침묵이 주변에 깔렸다. 마치 마법에 걸린 사원에 있는 것 같았다.

때때로 대화가 끊겼다. 그녀와 나는 다같이 나른한 기분에 젖어 있었다. 다시 대화가 시작되었다. 나는 수줍음을 잘 타는 성격이었지만 그녀 앞에서는 용감해질 수 있었다. 나는 어리광을 피우고 싶은 욕구와 어른이 되고자 하는 욕망 사이에서 하루를 보내고 있었다. 나는 내 속에 있는 생각을 남김없이 다 털어놓고 싶었다. 어쩌면 점심식사 때 마신 포도주가 그런 애매한 기분에 젖어들게 했을 것이다. 술기운이 오르면서 점점 흥분되기 시작했다. 우리는 역사적으로 유명한 연인들에 대해 이야기를 나누었다. 나는 그때 처음으로 레일라와 마흐눈에 대한 시를 알게 되었다. 그녀는 자기 나라로 돌아가면 그 시가 담긴 시집을 기념품으로 내게 보내주겠다고 약속했다. 아빠로부터 배우기 시작한 아랍어 공부에도 도움이 될 거라고 하면서. 이제 생각난다. 그래서 그 2개 국어로 씌어진 시집이 내 방에 있었던 것이로구나. 그녀는 그런 약속을 한 후에 한동안 입을 다물고 있다가 예기치 않았던 말을 불쑥 꺼냈다. 뭐라고 설명해야 할까. 그녀는 혼잣말처럼 중얼거렸다. 시선은 나를 향하고 있었지만 나를 쳐다보는 것 같지는 않았다. "너는 왜 그렇게 어리니?"

나는 까닭 없이 터져 나오려는 오열을 꾹 눌러 참아야 했다.

우리는 자동차 뒷좌석에 나란히 앉아 돌아왔다. 말은 거의 나누지 않았다. 반바지 따위는 이제 더 이상 문제가 아니었다. 아마폴라가 도로 양변을 핏빛으로 물들이고 있었다. 밀밭은 여전히 푸른 물결을 이루고 있었지만 속은 이미 여물어 있었다. (지금 생각해보면 아마폴라와 밀밭이 그 때의 내 심정을 대변하고 있었던 것 같다.) 아버지와 나는 우리 집 앞에서 차에서 내렸다. 그때서야 비로소 엄마 생각이 났다. 내가 신나게 놀고 있는 동안 하루 종일 편두통에 시달렸을 엄마. 나는 어두운 방안에서 통증을 참아가며 꼼짝도 하지 못하고 침대에 누워 있을 엄마의 모습을 상상해보았다. 나는 엄마를 배신한 나 자신이 부끄러웠다. 나는 아버지와 함께 엘리베이터를 타고 집으로 올라가는 동안 변명거리를 찾아보았다. 그렇다. 나는, 적어도, 엄마가 원했던 것처럼 '신사답게' 행동했다. 그래서 어느 정도는 엄마를 위해 하루를 보냈다고 생각할 수도 있다.

아버지와 나는 거실로 들어갔다. 엄마는 초상화 밑 소파에 반듯하게 앉아 죄인을 바라보는 듯한 눈길로 아버지와 나를 쳐다보았다. 어쩌면 조금 전에 내가 죄책감을 느꼈기 때문에 그렇게 보였는지도 모른다. 보통 편두통은 더 오래 가는 법인데……. 혹시 엄마가 뭔가를 우리에게 속이고 있는 것은 아닐까……. 어색한 분위기……. 하지만 우리는 이내 저녁을 먹었고, 아버지와 나는 톨레도에 대해 별로 말하지 않았다. 엄마도 자세한 내용을 묻지 않았다. 다른 때 같았으면 "이실직고하시지!"라며 꼬치꼬치 캐물었을 텐데. 그 날 밤, 나는 전혀 기대하지 않았던 선물을 받게 되었다. 나는 그 날 있었던 일로 흥분하여 침대에 누워서도 한참동안 잠을 이루지 못하고 뒤척이고 있었다. 그때 아버지가 내 방으로 찾아와 이렇게 전했다. 내일 팰리스 호텔(그 부부가 묶고 있는 호텔이었다)에 갔다 와야겠다, 그 교수 양반이 필요한 책이 있다니 갖다 주고 오너라. 그래서 나는 잘릴 부인을 세 번째로 만나볼 수 있게 되었다. 톨레도를 함께 여행한 그 이국의 여인을.

세 번째 만남이라! 나는 그녀와의 만남을 상상해보았다. 이제는 허둥대지 않을 것이다, 어제와 다를 게 뭐 있으랴, 좋은 기회가 아닌가, 잠 못 이루며 짜낸 멋진 생각들을 빠짐없이 털어놓으리라. 하지만 예상과 실상은 달라도 너무나 달랐으니……. 아빠는 그 부부가 전날 밤에 밖에서 저녁식사를 했다면 늦잠을 잘 것이라고 했다. 그래서 나는 그들을 깨우지 않기 위해 정오가 다 되어 호텔에 도착했다. 해군 제독처럼 차려 입은 수위가 정문을 지키고 있었다. 호텔로 들어서는 순간 나는 그만 모든 것에 주눅이 들고 말았다. 화려한 로비, 말조차 더듬거리게 만들었던 프런트, 엘리베이터-크리스털과 황금과 우단으로 꾸며진 엘리베이터는 하늘을 향해 웅장하게 솟아올랐다-, 복도에

깔린 양탄자, 소음 하나 들리지 않는 고요함, 머리 수건을 왕관처럼 두른 청소부 아가씨(그 아가씨는 반바지를 입은 나를 업신여기듯 쳐다보았지)……. 나는 못 올 곳에 왔다는 기분이 들었다. 내 존재 자체가 현실에서 완전히 사라져버린 것만 같았다. 나는 겨우겨우 호화찬란한 문 앞에 도착했다. 문을 두드리자마자 파리다가 문을 열었다. 문을 닫으려는 순간 그녀의 손과 내 손이 살짝 스쳤다.

나는 그녀를 보기 전에 이미 문밖에서 그녀를 느낄 수 있었고, 그녀의 체취를 호흡할 수 있었다. 나는 그녀의 전 존재를 빨아들였고, 그녀의 전 존재는 마치 향수처럼 내 몸을 파고들었다. 나 역시 그녀의 세계로 빠져들었다. 나는 가져온 책을 그녀에게 건넸다. 나는 그녀가 가리키는 의자에 앉았다. 나는 그녀의 동작을 하나하나 눈으로 좇았다. 나는 그녀가 물 컵을 들고 방에서 나오는 것을 지켜보았다. 나는 그녀가 건네준 물 컵을 받았다. 방문은 반쯤 열려 있었다. 열린 문틈으로 아직 정리되지 않은 침대가 엿보였다. 마침내 그녀가 소파에 앉았다. 그녀는 소파에 앉아 내게 말을 건넸다. 톨레도로의 소풍에 대해, 남편이 왜 지금 여기 없는지에 대해, 혹은 그 밖의 일들에 대해 얘기했던 것 같다. 다만 그렇게 짐작할 뿐이다. 더 이상 기억이 나지 않아서가 아니다. 나는 그녀의 얘기에 귀를 기울이는 동안에도 그녀가 무슨 말을 하고 있는지 알아차리지 못했다. 내 정신은 온통 딴 곳에 팔려있었다. 나는 내 시선을 사로잡은 강력한 자석으로부터 벗어날 수 없었다. 녹색의 카프탄, 바로 그녀의 긴치마였다. 그녀의 치마가 허리께에서부터 벌어져 다리가 훤히 드러나 있었던 것이다. 내게 그 벌어진 틈은 다른 세상, 다른 나이로 통하는 마법의 창문이었다. 신비스럽게도 그 창문은 문이 반쯤 열린 침실로 통하고 있었다. 그런 생각이 들자마자 내 눈에 보이는 것이라고는 그녀의 허벅지뿐이었다. 그녀의 허벅지는 치마가 움직임에 따라 보였다 안보였다 했다. 눈 깜짝할 사이에 나타났다 사라지는 그녀의 속살, 나는 그녀의 속살을 엿보기 위해 정신을 집중했다. 나는 그녀에게 들키지 않으려고 조심했다. 나는 그녀가 나를 쳐다보지 않는 틈을 이용해 그녀의 속살을 훔쳐보았다. 그녀가 전화를 받기 위해 자리에서 일어날 때, 햇볕을 막기 위해 커튼을 치러 갈 때, 내게 선물을 주기 위해 침실로 들어갔다가 다시 나올 때……. 그녀는 행운을 가져다 준다는 부적을 하나 내게 선물로 주었다. 나는 그녀가 묻는 말에 꼬박꼬박 대답했을 것이다. 그리고 그녀의 행동을 주시하며 그녀의 목소리에 귀를 기울였을 것이다. 그러나 내가 확실하게 기억하는 것은 내가 그 장면을 놓치지 않으려고 기를 썼다는 것이다. 그녀가 자세를 바꿀 때마다, 그녀가 걸음을 옮길 때마다 물결치던 그녀의 치맛자락을. 하긴, 나는 그녀의 허벅지를 완전하게 보지는 못했다. 그렇기는 해도, 나는 슬쩍슬쩍 훔쳐본 것만으로도, 내 전신을 파고들던 그녀의 향수와 더불어 머릿속으로 완벽한 모습을 재구성해낼 수 있었다. 나는 그녀의 향수가 너무 좋다며 칭찬을 아끼지 않았다. 그러자 그녀는 생긋 웃으며 비밀을 털어놓았다. 그녀는 화려한 병을 가리켰다. 그 비밀의 열쇠는 바로 랑콤사에서 나온 '마지' 라는 향수였다.

나는 내가 어떻게 그 불가항력의 유혹을 뿌리치고 그 자리를 빠져나올 수 있었는지 기억하지 못한다. 헤어지는 순간이 절정이었다. 그녀는 내 턱을 잡고 얼굴을 끌어당겨 뺨에 입을 맞추었다. 나는 그녀의 속살을 기억에 간직한 채 그곳을 물러 나왔다. 이제 그녀는 내 유일하고 진정한 신이 되었다. 그때까지 내가 우러러보았던 신들은 이제 아무것도 아니었다. 내가 그때까지 우러러보았던 그 많은 신들, 그 많은 회색의 신들도 그녀의 속살 앞에서는……. 나는 파리다의 맨발을 보았다. 파리다는 자기 고향에서는 여자들이 노상 맨발로 다닌다고 했다. 나는 파리다의 머리채가 눈부시게 휘날리는 모습도 볼 수 있었다. 내 집을 찾아 왔을 때도, 톨레도에 갔을 때도, 파리다는 앙증맞은 모자 속에 머리채를 감추고 있었다. 그런 모습 하나 하나가 내 새로운 신의 모습을 완성시켜나갔다.

나는 집에 도착해서도 마음을 진정시킬 수 없었다. 그녀의 향수는 여전히 내 몸에 남아 있었다(엄마는 그걸 눈치 챘지만 내게 아무 말도 하지 않았다). 나는 파리다가 준 선물을 엄마에게 보여주었다. 팔찌용 사슬이었다. 금으로 만든 파티마의 작은 손이 달려 있는 사슬이었다.

"이건 계집아이들 거잖아. 넌 이런 걸 차면 안 돼." 엄마는 펄쩍 뛰었다.

"잘릴 부인이 파티마의 손을 떼어버리고 지갑에 넣고 다니라고 하던데요."

"이리 줘. 파티마의 손은 내가 보관하고 있을게."

"영국 술집이 더 나을 거야. 훨씬 조용하거든."

첼로는 오늘 그 미지의 여인과 만나기로 약속을 정했다고 전해주었다. 식당에 딸린 잡지 판매대를 지나 바로 옆 술집으로 가라는 것이다. 카페테리아 베라크루스보다는 좀더 안온한 분위기다. 가죽 안락의자, 소파도 있다. 마호가니 테이블 위에는 소형 램프가 켜져 있고, 벽에는 말을 주제로 한 그림들이 걸려 있다. 나는 너무 일찍 도착했다. 항상 이런 식이다. 나는 분위기에 익숙해지기 위해 진토닉을 한 잔 주문한다.

나는 여전히 카디르라는 여인이 과연 누구일까 궁금해 하며 1935년도의 아득한 기억을 더듬고 있다. 엄마는 파티마의 손을 꼭꼭 숨겨놓았다. 그래서 나는 엄마가 돌아가시고 유산을 상속받게 되었을 때에야 그 부적을 손에 넣을 수 있었다. 도대체 무슨 이유로 그렇게까지 했던 것일까? 나는 생각해본다. 그리고 또 나는 무슨 이유로 내게 그렇게나 중요했던 물건을 돌려달라고 요구하지 못했던 것일까? 엄마가 무슨 이유로 그랬는지 나는 모른다. 내 경우라면, 이제 알 것 같다. 은연중에 죄책감이 들었던 것이다. 간통죄를 범한 것 같은, 엄마를 배신한 것만 같은……. 그랬을 것이다. 딱 그 이유였을 것이다. 당시 나는 몰랐지만, 바로 그런 심리가 작용했을 것이다. 파리다는 나와 함께 톨레도 거리를 거닐었을 때, 팰리스 호텔의 그 지성소와 같은 향긋한 방으로 나를 이끌어 들였을 때, 내 천진난만함을 앗아가 버렸다. 그녀는 나를 섹스의 세계로 인도했던 것이다. 이런 식으로밖에는 설명할 길이 없다. 벌어진 치맛자락 사이로 얼핏 얼핏 보이던 그 현란한 속살, 그로 인한 충격. 그랬을 것이다. 그 전 해 여름, 나는 라스-마리프에서 루이사 이모의 속살을 매일 같이 보았던 것이다. 나는 루이사 이모의 허벅지 사이에서 수영도 했고, 해변으로 올라와서는 이모의 허벅지를 닦아주기도 했던 것이다……. 하지만 이모의 속살은 파리다의 속살과는 차원이 다른 것이었다. 마음에 사무치는 정을 느끼긴 했지만, 욕망이나 죄책감 따위는 전혀 없었다. 파리다는 나를 생판 다른 세상으로 인도했다. 이국적인 세상. 그녀의 문신. 신비롭기만 했던 그녀의 태도. 파리다는 톨레도 교회의 어두운 지하실에서 내 무릎을 지그시 누르기까지 했다. 귀여우면서도 도발적인 그녀의 행동. 게다가 1935년도의 마리오는 1년 전 해변에서 뛰놀았던 마리오와 다른 인물이었다. 1년 만에 불쑥 성장했던 것이다. 그동안 마리오는 몇 달간 사랑의 열병도 앓았고, 학교에서 금지한 책도 읽었다. 파리다는 때마침 내 앞에 나타나 관능에 눈을 뜨기 시작한 나를 섹스의 세계로 이끌었던 것이다. 아마도 그래서 그랬을 것이다. 며칠 후, 나는 엽서가 담긴 상자를 뒤적여보다가 우연히 리안 드 푸지-카프탄을 입은 파리다의 모습과 너무나 똑같았다-의 사진이 실린 엽서를 집어 들게 되었다. 나는 그 엽서를 꺼내 내 보물 상자에 소중히 간직했다. 유치한 어린아이 티는 벗어버렸지만, 성인들의 우표를 간직하던 때와 똑같은 심정으로. 며칠 후, 파리다가 약속했던 레일라와 마흐눈의 사랑의 시가 알제로부터 도착했다. 나는 엽서를 시집 책갈피 사이에 보관했다. 그래야 완전해질 것 같았다.

이것이 사건의 진상이다. 그 해 봄 나는 그렇게 지냈다. 그 당시에는 감지하지 못했지만, 나는 그런 식으로 내 존재를 정립해 나갔다. 지금처럼 이렇게 통찰력을 지닌 상태에서 생각해보니 한 가지 사실이 나를 당황하게 만든다. 정말이지 알다가도 모를 일이다. 도저히 지울 수 없는 깊은 인상을 남긴 그 경험이 어떻게 평생을 걸쳐 단 한 번도 기억에 떠오르지 않을 수 있었단 말인가! 지금까지 나는 그 이름을 한 번도 기억하지 못했다. 반복하건대 전혀 기억하지 못했다. 그 침실을 가득 채우고 있던 그 향수의 이름. 마지.

물론 완전히 잊고 있었던 것은 아니다. 아버지는 파리다의 남편과 계속 편지를 주고받았고, 우리 가족은 그 알제리 부부에 대해 가끔 얘기를 나누었고, 아버지와 나는 그 시집에 대해 토론하기도 했다. 하지만 가끔 그저 스쳐 지나가는 기억일 뿐이었다. 우리는 건성건성 이야기를 나누었을 뿐이다. 나는 내 자신을 완전히 뒤바꾸어놓은 그 사건을 결코 기억해내지 못했다. 지금 생각해보니 그 사건은 내 마음 속에 깊이 각인되어 있었던 것이다. 반세기가 넘도록 내 삶의 이정표가 된 그 사건을, 어린아이에서 어른으로 불쑥 성장하는 계기가 된 그 사건을 기억해내지 못했다니. 파리다는 왜 하필 지금 이 순간 카디르라는 인물로 나타나 내 감정을 이렇게나 들쑤셔놓는단 말인가? 내 지난 과거를 새로운 빛으로 비쳐주기라도 하겠다는 것인가?

한 여인이 문으로 들어와 실내를 둘러본다. 내 생각의 고리가 뚝 끊어진다. 역광 때문에 얼굴을 알아볼 수 없지만, 나는 그녀가 그녀라는 것을 확신한다. 여인은 나를 바라보며 손짓으로 인사를 전한다. 진심으로 반가워하는 기색이 역력하다. 여인은 곧장 나를 향해 다가온다. 긴치마를 입고 있지만 발걸음이 경쾌하고 민첩하다. 나는 자리에서 일어나 그녀를 맞는다. 나는 그녀가 내민 손에 입을 맞춘다. 우리는 두서없이 인사를 나눈다. 그녀는 옆 의자에 커다란 가방과 숄을 내려놓고 의자에 앉는다.

나는 그녀를 도와준다. 나는 마침내 정신을 가다듬고 그녀의 말에 귀를 기울인다.

"여전히 마흐눈과 같은 모습이네. 금방 알아봤어. 아! 너일 줄 알았지."

"나는 확신이 서질 않아서. 성이 카디르라고 해서……."

"내 원래 성이야. 그걸 몰랐단 말이야? 잘릴은 남편 성이었어. 혼자되면서 그 성을 버렸지. 벌써 몇 년 됐어."

그렇다. 어떻게 그걸 몰랐을까? 우리는 서로 그간의 안부를 묻는다. 나는 그녀의 외모를 찬찬히 살핀다. 여전히 젊고 발랄하다. 거의 나이를 먹지 않은 것 같다. 오히려 더 젊어진 것만 같다. 첼로 소리처럼 은은하게 들리던 목소리는 더욱 원숙해졌다. 장갑을 벗자 부드러우면서도 강한 손이 나타난다. 윤기 흐르는 검은머리를 뒤로 묶어 가느다란 목 위로 얼굴이 환하게 빛난다. 밝은 호박색 얼굴. 베르베르족 특유의 높은 광대뼈가 눈과 대조를 이룬다. 눈은 회색인 듯 푸른색인 듯 반짝인다. 고향 사람들이 북쪽 반달족의 유전인자를 물려받았다는 그녀의 설명이 생각난다.

"박하 차 한 잔 부탁해요."

그녀는 종업원에게 이 영국식 술집과 어울리지 않는 주문을 한다. 나는 그녀의 말소리를 듣고 다시 현실로 돌아온다. 그녀는 이곳 박하 차가 고향의 박하 차처럼 맛이 좋다고 설명한다.

나는 그 틈을 이용해 엽서 꾸러미에서 어떤 엽서를 알아보았는지 물어본다.

"내 고향인 그란 카빌리아에서 온 엽서들. 포트-내셔널에서 온 엽서가 먼저 눈에 띄더군. 독립한 이후로 아이트-이라텐으로 불리는 곳이야. 그 지역 베르베르족 이름이야. 내 아버지가 속한 부족이지. 우리는 우리가 아랍 부족이 아니라는 것에 자부심을 느껴. 비록 내 어머니가 스페인 사람이긴 하지만 그렇다고 내 뿌리가 바뀌지는 않아. 물론 영향은 많이 받았지만. 우리 부족은 줄곧 외세의 침입에 시달려왔어. 로마 시대로부터 프랑스인의 침입을 받기까지. 우리 조상 중에는 카히나라는 유명한 여자 예언가가 있어. 그녀는 부족을 이끌고 카이루안을 건설한 아랍인 오크바 빈 나파와 싸웠지. 오크바 빈 나파는 그 전쟁에서 죽었고. 이게 우리 부족의 표시야." 그녀는 웃으며 손가락으로 턱밑의 문신을 가리킨다. "오래 전부터 이게 뭔지 물어보고 싶었을 텐데, 그런데 감히 물어보지 못했지?"

"물어보고 말고 할 기회라도 있었나?" 나도 따라 웃는다.

그녀는 나를 평가라도 하듯 지그시 바라본다. 그러나 표정으로 봐서는 무슨 생각을 하고 있는지 알 수 없다. 그녀가 주문한 차가 꿀 과자 접시와 함께 나온다. 그녀는 꿀 과자를 하나 집어 먹는다. 새하얀 이가 반짝인다.

"아버지에게 문신에 대해 물어본 적이 있어요. 그런데……."

"있어요? 톨레도에서는 서로 반말을 했잖아……. 그새 날 까맣게 잊은 거야?"

"아니요, 아니." 나는 허둥지둥 대답한다.

"말이야 쉽지." 그녀의 미소뿐 아니라 눈초리까지 차갑게 얼어붙는다. "억지로 예의를 차릴 필요는 없는데……. 여기까지 와서도 진실을 외면하겠다는 거야?"

이상한 일이다. 최후의 통첩 같은 그녀의 목소리. 나는 무엇이든 결정을 내려야 할 것 같다. 이것이냐 저것이냐. 되살아난 기억, 날아갈 것만 같은 이 기분, 그녀의 출현……. 나는 마음을 굳게 다잡는다.

"어떻게 설명해야 할지 모르겠어요. 진실을 말할게요. 어쩌면 당신은, 아니 너는 이해할 수도 있을 거야. 그렇지만 나는 아냐. 나는 단 한 번도 너를 분명하게 기억해본 적이 없어. 정말이야. 그렇다고 너를 까맣게 잊고 있었던 것도 아니고. 네가 나를 찾고 있다는 것을 알고 얼마나 깜짝 놀랐는데. 그걸 보면 알 수 있잖아. 어떻게 설명해야할지 모르겠네. 나는 너를 의식적으로 떠올려본 적은 없어. 그래도 너에 대한 기억은 완전히 지워지지 않았어. 누군가 내 안에서 너를 충실히 기억하고 있었던 것 같아."

"설명을 아주 잘하네. 무슨 말인지 정확히 이해하겠어. 그게 내 직업이거든."

"심리학자야? 그 때 만났을 때는 문학을 가르친다고 했잖아."

"흔히 말하는 심리학자나 정신과 의사는 아니야. 오히려 그 반대라고 할까……. 그래 설명해줄게. 이왕 얘기가 나왔으니. 관심 있어?"

"내가 관심 있는 건 바로 너야." 나도 모르게 용기가 솟아난다.

"그럼 피장파장이네. 나도 너한테 관심 있으니까." 그녀가 미소 짓는다. "너는 그 때도 좀 특이했어. 지금도 변하지 않았는데……. 차를 한 잔 시켜줄게. 술보다는 훨씬 나을 거야."

우리는 잠시 대화를 멈춘다. 그녀는 차를 주문하고 담배에 불을 붙인다. 톨레도에서 피우던 담배와는 다른 종류다. 그녀가 담배를 피우는 모습이 보기 좋다. 엄마가 담배를 피우는 모습도 보기 좋았다. 두 여자 모두 근사한 모습으로 담배를 피운다. 나는 조금 전에 그녀에게 했던 말 때문에 두렵기도 하지만 마음이 편안하기도 하다. 진실을 말하고 나면 이런 기분이 드는 걸까. 그래, 이곳에서는 용기를 내야 한다. 무모한 짓이 아니다. 용기를 내는 것이야말로 현명한 처사인 것이다. 다른 사람들과 만났을 때 이미 알아차리지 않았던가. 내 속마음을 들켜도 상관없다. 있는 그대로 다 드러나도 이젠 상관없다.

"관심이 있다고 하니까 하는 말인데, 참 이상한 일이야. 무엇보다 말이야, 엽서가 왜 이곳에 있었는지 도무지 모르겠어. 이곳으로 가져온 기억이 없거든. 아무리 기억을 더듬어 보아도 전혀 생각이 나지 않아. 진짜 모르겠어. 마치 하찮은 일인 것처럼 기억에서 완전히 사라져버렸어."

"종종 그런 일이 벌어지지. 그런 식으로 아주 중요한 일을 죄책감 없이 잊어버리는 거야. 완전히 잊는다……, 종종 그런 일이 벌어지지만, 아주 고통스럽지. 그건 그렇고, 네 아버지는 언제 돌아가셨어?"

파리다의 느닷없는 질문에 나는 깜짝 놀란다. 언뜻 보기에 그녀의 질문은 내 얘기와 전혀 상관없어 보였기 때문이다.

"그게……, 57년도인가……, 아마 그럴 거야."

"그랬구나……. 네가 결혼한 후로는 네 가족에 대해 아무 소식도 듣지 못했어. 내가 축하 편지를 보냈는데……."

"나는 받지 못했는데!"

"그런 줄 알았어. 네 엄마가 내게 답장을 보내 이상하게 생각했거든. 다시 편지를 보냈는데도 아무런 소식도 들을 수 없었지."

"하지만 기억이라는 것은……." 잠시 어색한 침묵이 흐른 뒤에 나는 다시 내 얘기를 꺼낸다. "내 생각에는, 감추어진 기억에 대한 우리 생각이 서로 다른 것 같은데……."

나는 그녀에게 감추어진 기억에 대한 내 생각을 설명하려고 한다. 그러나 그녀가 내 말을 막는다.

"아냐, 같아. 우리가 얘기하는 기억은 같은 거야. 모든 걸 다 밝혀낼 수는 없지만. 그게 오히려 다행일지도 몰라. 이건 아주 복잡한 문제거든."

주문했던 차가 나오는 바람에 그녀는 잠시 얘기를 멈춘다. 나는 차 맛을 음미한다. 우리는 우리의 첫 번째 만남에 대해 이야기를 나눈다. 그녀는 마드리드에 대한 인상을 얘기한다. 파리를 들렀다와서인지 마드리드가 시골처럼 보였단다. 톨레도는 중세의 도시 같았고. 골목길, 수공예 장인들, 알카사르와 대성당의 압도적인 분위기, 그곳에 걸려있던 칙칙한 그림들. 그녀는 엘 그레코를 아직도 생생하게 기억하고 있다. 화가의 집에서 본 화염이 이는 듯한 사도들의 그림과 산토 토메 교회에서 본 걸작 중의 걸작 〈오르가스 백작의 장례식〉.

"넌 그때 깊은 인상을 받았어. 기억하는지 모르겠지만, 네가 일부러 그랬는지 아닌지는 모르겠지만, 넌 감격에 겨워 내 무릎을 지그시 누르기까지 했는데. 내가 얼마나 놀랐는데."

그녀는 무슨 결심을 하는지 잠시 입을 다물고 있다. 눈초리가 예사롭지 않다.

"네가 그때 눈치 챘다면 더 놀랐을 거야. 그 어둠 속에서, 그 그림 앞에 서는 순간, 누군가를 차지하고 싶은 욕구가 충동적으로 일더군. 전에도 어떤 노예 처녀를 차지하고 싶은 강한 욕구에 휘말린 적이 있었어. 그때 나도 모르게 그런 충동을 다시 느꼈던 거야. 내 할아버지의 하렘에 있던 노예 처녀였어. 나는 그녀와 함께 처음으로 성적인 경험을 할 수 있었어. 내 첫 애인이었지. 밀리아 아줌마의 도움을 받고 우리 두 여자는……. 그런데, 톨레도에서는 무엇 때문에 그런 충동을 느꼈던 걸까? 무슨 이유가 있었겠지. 당시에는 대체 무슨 이유로 그런 생각을 품게 되었는지 알 수 없었지만……. 밀리아 아줌마를 만나봤다면 대경실색했을 텐데. 아줌마는 내가 성적인 경험을 쌓을 수 있도록 손을 써주었지. 내가 삶을 잘 살아갈 수 있도록 미리 조치를 취했던 거야. 독립심이 아주 강한 여자였어. 나는 아줌마에게 홀딱 반했어. 아줌마는 그 유명한 이사벨 에버하트와 친한 친구 사이였어. 그 여자 기억하지? 내가 전에 얘기해준 적이 있잖아."

"물론이지. 우리 후안 삼촌도 그 여자를 알고 있던데. 삼촌은 네 아줌마가 말을 타는 모습을 본 적이 있다고 했어. 그 누구도 따라올 수 없을 정도로 말을 잘 탔다고 하던데."

"그래, 그런 여자였는데……. 이런, 내 얘기만 열심히 떠들고 있었네. 네 얘기도 좀 해봐."

"재미있게 듣고 있어. 너 알고 보니 참 재미있는 여자야. 특히 직업을 바꾸었다니, 진짜 흥미로운데 그래. 알아? 나 역시 다른 사람이 되고 싶은 생각이 간절해. 내 자신을 바꿀 필요가 있어. 처음부터 다시 시작하고 싶어. 유치하게 보이겠지만, 지금 이 순간 무언가가 다시 시작하라고 자꾸 나를 부추기는 거야."

"유치하지 않아. 성숙한 거야. 삶은 항상 새롭게 시작해. 그건 은혜야. 만일 그렇지 않다면 우리는 아마 망하고 말 거야……. 이슬람의 신비주의자들은 이렇게 믿고 있어. 알라는 숨을 들이쉴 때 이 세상을 파괴하고 숨을 내쉴 때 이 세상을 재창조한다고 말이야."

"너도 이슬람교도야?"

"글쎄. 나는 종교는 필요 없어……. 너도 그럴 거야. 난 확신해. 너도 상상력이 풍부하고 감수성이 예민하니까 종교가 신화와 다름없다는 사실을 알고 있겠지……. 하기야, 한두 마디로 결론 내릴 문제는 아니지……."

"가는 거야?"

실망한 듯한 내 말투에 그녀는 미소 짓는다.

"가봐야 해. 다시 만나면 되잖아. 다시 만나 줄 거지? 단지 엽서 때문만이 아니더라도."

"언제라도 좋아. 하는 일도 없는데 뭐."

"나는 일이 있어. 나 여기서 일해. 네가 관심이 있다면……. 다시 만나게 될 거야. 곧 연락할게."

말의 발목처럼 가느다란 발목이다. 한 걸음씩 내디딜 때마다 발목이 슬쩍슬쩍 드러난다. 하이힐을 신은 여자들은 저런 식으로 걷지 못할 것이다. 그녀는 중간 높이의 구두를 신고 잘도 걷는다. 발목 위는 긴치마에 가려 보이지 않는다. 확실하다. 그녀는 팰리스 호텔에서 그녀의 카프탄 치마가 내게 어떤 영향을 끼쳤는지 알고 있을 것이다. 지금도 그녀는 장갑을 끼고 숄과 가방을 집어 든다. 우리는 작별 인사를 나눈다. 그녀는 멀어져 간다. 나는 그녀의 가느다란 발목을 쳐다본다. 그녀는 카프탄 치마를 갈아입을 때마다 그때의 일은 기억할까? 너무 지나친 기대일까? 나는 또 얼마나 기대했던가! 살짝 벌어진 치맛자락 사이로 드러난 그녀의 속살을 다시 보게 되기를. 지금 내 기분은……. 아니다. 희망을 잃어서는 안 된다. 말로만 그칠 일이 아니다. 나는 이제 그때의 내가 아닌 것이다.

아니다. 나는 예전의 내가 아니다. 비록 많이 달라지진 않았지만. 그녀는 나를 첫눈에 알아보았다. 감사할 일이다. 그래서 그녀는 나를 믿고 그녀의 첫 여자 애인에 대해 털어놓았을 것이다. 그만큼 나를 인정한다는 뜻이 아니겠는가. 나를 믿어주는 그녀가 고맙기 그지없다. 기대하지 않았던 지평선이 환하게 열리는 기분이다. 뭔가 번쩍하고 머리를 스친다. 문득 떠오르는 의문. 그녀는 엘 그레코의 그림에 감격해서 내 무릎을 붙잡았던 것인가? 그녀가 첫사랑의 기억을 떠올린 것은 그 그림 때문이었는가? 혹시 그 반대는 아닐까? 그녀 손에 붙잡힌 내 무릎이 그녀에게 노예 처녀에 대한 기억을 떠올려준 것은 아닐까?

나는 내 앞에 활짝 펼쳐진 지평선으로 다가간다. 나는 그녀를 만나기 전에 생각했었다. 그녀를 만나면 잊혀졌던 내 과거를 모조리 다시 찾을 수 있을 것이라고. 이제 내 마음 깊숙한 곳에서 새로운 비전이 밝아오기 시작한다. 예전에는 몰랐던 사실들이 하나둘 모습을 드러내기 시작한 것이다.

파리다를 만난 이후로 나는 생각이 많아졌다. 나는 더 이상 초조해하지 않는다. 다만 더 많은 것을 알고자 할 뿐이다. 그녀는 나를 내 아버지의 세계로, 이슬람 문화로, 아버지의 책으로, 아버지의 서재로 인도해 주었다. 나는 이제 대부분의 시간을 아버지의 서재에서 보낸다. 나는 아버지와 나눈 대화를, 아랍 세계에 대한 아버지의 설명을, 모로코에 대한 아버지의 기억을 되새긴다. 나는 지금 타마체크어 문법책을 뒤적이고 있다. 아버지는 이 책을 연구하며 이 책에 대해 잘릴 교수와 편지를 주고받았다. 당시에 우리가 가지고 있던 유일한 타마체크어 책이었다. 타마체크어는 지금도 사용 중인 베르베르족의 언어이긴 하지만, 아랍 사람들이 이 책을 다시 인쇄했는지 안 했는지 알 수 없다. 나는 책에 씌어있는 인용문을 읽어낼 재간이 없다. 그래서 나는 책을 덮고 창문을 통해 수상한 빛을 띠고 있는 하늘을 멀

거니 바라본다. 하늘은 차분하게 가라앉아 있다. 언제나처럼 창백하다. 푸르게도 보이고, 파랗게도 보이고, 황금빛인 것 같으면서 엷은 자줏빛을 띠고 있다. 때때로 섬광이 일기도 한다. 무슨 예감일까? 무슨 전조일까?

나는 아버지의 테이블로 돌아와 엽서를 가지고 논다. 아주 오래된 엽서 한 장. 아름다운 론다 절벽 사진. 동부 알제리의 중심 도시 콘스탄티나에 있는 룸멜 강의 깊은 협곡이다. 사진에는 이런 설명이 붙어 있다. 이 철교는 1904년 당시 세계에서 가장 높은 철교로……. 비스크라의 전경을 담은 엽서도 여러 장 있다. 레히온의 군 주둔지, 모래 언덕, 아름다운 야자나무숲. 제1차 세계대전 이전에 멜리야에서 보내온 엽서들. 멜리야, 엄마와 루이사 이모가 아직 처녀였을 적에 살았던 세계, 어른들이 나누던 얘기와 아버지의 설명을 듣고 내 깜냥대로 어림짐작해서 그려보았던 세상. 촌스럽기 그지없는 생활. 군대 속어로 '시골뜨기' 라고 낮춰 불리던 사람들은 인간 취급도 받지 못했지. 그곳에서는 오로지 부와 권력에 따라 가문의 위계질서가 결정되었지. 엽서를 보니 돈의 가치가 새삼스럽게 다가온다. 어느 엽서의 뒷면을 보니 수신자에게 도움을 요청하는 글귀가 보인다. 5페세타만 우편환으로 보내달라고. 돈의 가치가 그만큼 변했던 것이다.

뭔가가 터지는 듯한 소리에 나는 깜짝 놀란다. 브람스의 〈헝

가리 무곡 제1번〉 첫 부분이다. 40년대에 마드리드에서 한스 폰 벤다 오케스트라가 앙코르곡으로 자주 연주했던 곡이다. 그러나 지금 들리는 소리는 오케스트라 연주가 아니다. 피아노 소리다. 아주 가까이서 들린다. 나는 뒤돌아 소리친다.

"아빠!"

나는 아버지가 연주를 멈추기도 전에, 뒤를 돌아보기도 전에 달려가 껴안는다. 나는 한참 동안 아버지를 꼭 껴안고 있다. 나는 감격에 겨워 말도 못하고 눈물만 글썽거린다.

"자, 자." 아버지가 나를 달랜다. "이렇게 만나보게 되리라 생각하지 못했나 보구나."

아버지는 하나도 변하지 않았다. 뒤로 빗어 넘긴 회색 머리, 인자한 밤색 눈동자, 얇은 입술, 섬세한 손마디, 신중한 태도…….

"기대하긴 했지만 자신은 없었어요."

"당연한 일이지. 네 엄마와 후안과 루이사는 이미 만나 보았겠지. 다들 널 좋아하더라."

"그리고 내가 또 누굴 만났는지 아세요? 카디르 부인, 파리다를 만났어요."

"파리다를?"

"잘릴 부인이요. 마드리드의 우리 집을 찾아왔던 아버지 친구, 그 알제리 교수의 부인 말이에요. 기억 안 나요?"

"아, 그 부인! 대단한 부인이었지. 톨레도에 갔을 때 남편이 입에 침이 마르도록 부인 자랑을 늘어놓더구나."

"이 엽서들 덕분에 그 분을 만날 수 있었어요. 얼마나 기쁜지 몰라요. 아빠가 살았던 멜리야에서 온 엽서를 보고 있었어요. 보세요. 기억날 거예요."

"이곳에서는 모든 것을 기억할 수 있단다. 심지어 우리 기억에 없는 것까지도. 그랬지, 네 엄마와 결혼하기 전까지 총사령부 앞에 있던 그 집에서 살았단다."

"라스-마리프에 갔을 때 루이사 이모가 그랬어요. 아빠가 엄마보다 먼저 이모에게 관심을 가졌었다고."

"그런 얘길 했어?" 아버지의 눈초리가 순간 부드러워진다. "그랬단다. 둘 다 아주 예뻤지만 네 엄마는 조금 무서웠단다. 루이사가 내 스타일에 좀 더 가까웠지. 그래서 그녀에게 관심이 쏠렸단다. 난 네 엄마와 이모를 줄곧 따라다녔단다. 집밖에서 지키기도 했고. 그 당시에는 그렇게 표현했지. 하지만 네 엄마가 나를 차지하기로 마음먹었지. 그리고는 아주 쉽게 나를 차지해버렸단다. 루이사와 나는 어쩔 수가 없었단다. 더 이상 시간을 허비할 수 없었지. 다들 나이가 꽉 찼으니까. 스물다섯 살만 되면 노처녀 소리를 듣는 시대였으니까 말이다. 나는 사령부에서 겨우 아랍어 통역으로 일하고 있었단다. 그래도 '보좌관' 이라는 근사한 이름으로 통했지. 게다가 나는 고위층과 사귀며 일종의 특권을 누리고 있었지. 보좌관이라는 자리는 영향력을 발휘해 주머니를 채울 수 있는 자리이기도 했지. 그래서 네 엄마가 나를 선택한 거야. 나는 말이다, 어쭙잖은 내 성격이 아니라 네 엄마의 강한 성격을 물려받을 아들이 태어나기를 소원하며 네 엄마와 결혼했단다. 가엾은 루이사는 라스-마리프에 남아 계속 네 엄마를 도와주었단다. 그러면서 청춘을 허비했어. 네가 천국으로 생각하는 그 구덩이 속에 파묻혀서 말이다. 그 때가 생각나는구나. 네 이모를 우리 집에 몇 주간 초대한 적이 있었단다. 아주 기분 좋은 추억이야. 하지만 그 때 네 엄마는 마음고생이 심했지. 나는 네 이모와 함께 피아노를 치며 즐거운 시간을 보냈어. 그런데 네 엄마가 그걸 오해한 거야. 다른 뭔가가 있다고. 그럴 만도 했지. 반면에 루이사는 아주 즐거워했고. 루이사는 특히 탱고 음악을 좋아했단다. 탱고 음악을 너무나 좋아했어."

아버지는 건반을 향해 돌아선다. 그리고 꿈을 꾸는 듯한 표정으로 '카미니토'라는 탱고 곡을 몇 소절 연주한다. 그래, 즐거웠을 테지. 아버지의 반주에 맞춰 이모는 노래를 불렀을 테고.

"이모를 사랑했어요?" 나는 아버지에게 묻는다. 이런 당돌한 질문이 자연스럽게 나오다니, 나는 다시 흠칫 놀란다.

"나는 최선을 다해 네 이모를 사랑했단다. 하지만 우리는 성격이 똑같았어. 그래서 우리는 열정적인 관계를 맺을 수 없었단다. 겨우 에로틱한 형제애였다고나 할까. 우리는 더 이상 나갈 수가 없었단다. 나는 그럴 능력이 없었어. 반면에 네 엄마는 침대에 들면 자신이 만족할 때까지 나를 몰아붙였어. 그녀는 나를 자신의 욕망을 채우기 위한 도구 이상으로 여기지 않았어. 하지만 나는 그 때문에 용기를 얻었지. 나는 진짜 사내가 된 기분이었어. 마치 내가 주도권을 쥔 듯한 기분. 항상 그녀가 나를 올라탔지. 그녀가 기수였고 나는 말이었어. 그녀가 고삐를 당기면 나는 활기차게……."

아버지는 나를 바라보며 내 표정을 살핀다.

"아들에게 이런 말을 하니까 얼떨떨한 모양이지? 하지만, 우리는 모두 우리 부모들의 성교에 의해 태어나는 거잖니. 너도 차차 알게 될 게다. 이곳에서는 아무리 위선을 떨고 감추고 해도 진실의 힘 앞에서 모두 들통 나고 만단다. 진실은 다양하고도 복잡해. 우리 문화에서는 오로지 남성과 여성이 짝을 맞추어 성교를 해야 한다고 고집하지. 모든 성을 에누리 없이 백퍼센트 수컷과 암컷으로 나누어놓고, 수컷이 지배하고 암컷이 복종해야 한다고 주장해. 그리고 그 외의 관계는 모두 변태라고 싸잡아 비난해. 실제의 삶에서는 다양한 형태의 관계가 이루어지고 있는데 말이지……. 더 이상 설명하지 않아도 되겠지. 네 결혼생활을 생각해보렴. 나도 알고 있단다. 이혼으로 크게 고통 받지는 않았을 테지."

"그래요. 오히려 시원했어요."

"속임수를 집어치우고 진실로 들어섰으니 그랬을 테지."

"다만 사람들이 경멸하는 것은 마음 아팠어요."

"경멸이라니!" 아버지는 매정하기 그지없는 목소리로 소리친다. "권력이 있는 작자들이나 경멸받는 것을 두려워하지. 경멸을 받는다는 것은 힘이 약해진다는 것을 의미하니까. 권력이 있는 작자들은 미움 받기를 원하지. 미워한다는 것은 권력을 인정한다는 것을 의미하니까. 우리처럼 힘이 없는 사람들은 남들로부터 경멸을 받으면 더욱 강해지기 마련이야. 우리는 원래 그런 식으로 태어났어. '겸손한 사람이 칭찬 받는다.' 신을 믿는 사람들조차 이런 말을 해요. 밑바닥까지 떨어지고 나면 더 이상 떨어질 곳이 없으니까."

"무슨 말인지 모르겠는데요." 나는 당돌하게 아버지의 말을 가로막는다.

아버지는 나를 인자한 눈길로 쳐다본다.

"이상하구나. 그렇게나 오래 살았으면서. 겸손한 사람이 힘 있는 사람과 마주쳤다고 하자. 겸손한 사람은 힘 있는 사람에게 자신을 무시하지 말라고 요구한다 치자. 그러면 힘 있는 사람은 겸손한 사람을 함부로 대하며 모욕을 주겠지. 힘 있는 사람은 겸손한 사람이 원했던 바를 그대로 실천하고 있는 거야. 네가 너 자신을 경멸하지 않는다면 다른 사람의 경멸을 무시하고 네 자신의 진실에 맞추어 살도록 하거라."

아버지는 긴장한 듯 몸을 부르르 떤다. 나는 아버지 말에 완전히 압도당한다.

"내가 어떻게 아라비아어 학자가 되었는지 너 아니? 내게 아라비아어는 단순한 학문이 아니었다. 아라비아어는 내 진정한 운명을 일깨워준 지식이었어. 내 아버지가 내게 『천일야화』 한 권을 상으로 준 적이 있단다. 비록 어린아이들이 읽는 책이었지만, 나는 즉시 셰헤라자드라는 인물에게 완전히 빠지고 말았단다. 그 연약한 여인이 나를 감동시켰지. 궁정에서 의지가지없는 신세로 주인인 왕의 노리개였던 여인. 밤이면 밤마다 참수형을 당할지도 모른다는 두려움에 떨며 에로틱한 왕의 침실로 들어가야 했던 여인. 어둠이 깔리면 죽음의 문턱을 넘어갔다가 날이 밝으면 살아 나오곤 했던 여인. 마치 부활한 기분이었을 거야. 술탄에게 그녀는 하룻밤의 육욕을 채우는 노리개였을 뿐이었지만, 그녀로서는 하룻밤에 느끼는 오르가슴이 마지막이 될 수도 있었지. 그러니 그 오르가슴을 만끽하기 위해 얼마나 애를 태웠겠니……. 물론 열두 살 적에는 이런 생각을 하지 못했지. 조금은 올된 구석이 있어 본능적으로 그녀의 모습을 그려보긴 했지만. 자연스러운 현상이지 뭐. 그러다가 셈족 언어를 배우고 나서, 무삭제 완간본을 원서로 읽고 나서 그런 생각을 하게 되었단다. 그래, 그 때는 나도 다 큰 어른이었다. 나는 알고 있었어. 나는 셰헤라자드에게 완전히 빠져 있었어. 영화배우를 좋아하는 것과는 차원이 달랐어. 나는 셰헤라자드 그 자체가 되고 싶었던 거야. 나는 그녀처럼 되고 싶었어. 그녀와 똑같은 삶을 살고 싶었지. 아! 그 날 밤이 생생하게 기억나는구나. 나는 그 당시 내가 살았던 학생기숙사 침대에 누워 있다가 문득 그런 내 모습을 발견하게 되었지. 나는 나 자신에게 물어보았단다. 처음에는 마음속으로, 나중에는 큰소리로. '후궁이 되고 싶다. 노예가 되고 싶다.' 몸뚱이가 벌벌 떨리더니 열이 나기 시작하더구나. 나는 반듯하게 누워 두 팔을 등허리 밑으로 집어넣었어. 마치 두 팔이 뒤로 묶이기라도 한 듯 말이다. 나는 여자가 된 것 같았어. 나는 털북숭이 상인들 앞에서 벌거벗은 채 서 있는 기분이었어. 상인들은 나를 자세하게 뜯어보기 시작했어. 내 몸을 만져보고, 내 이빨을 검사하고, 내 궁둥이를 평가하기 위해 몸을 숙이라고 하고……. 나는 심적으로 아주 격렬한 순간을 보냈어. 믿음이 강한 사람이 신과 만나는 순간이 그와 같을까. 어쨌든 그 두 가지는 심리적으로 볼 때 같은 메커니즘이니까. 그 생생한 환상은 오랫동안 지속되었어. 나는 끝내 지쳐 잠이 들었고……. 그 후로 나는 그 생각에서 벗어나지 못했어. 그렇지만 성전환 수술을 받을 생각까지는 하지 못했어. 당시에는 아무도 그게 가능하다는 사실을 생각지도 못했으니까. 그렇다고 여장을 하고 다니고 싶지는 않았어. 내 소망은 눈속임 따위로 충족될 수 있는 게 아니었으니까. 나는 진심으로 간절하게 원했어. 나는 내 자신을 그대로 유지하면서 남에게 소유 당하고 싶었어. 내 몸을 가지고 남에게 기쁨을 선사하고 싶었어. 나는 육체의 쾌락을 실제적으로 경험하고 싶었어. 나는 규범에서 일탈해나갔던 거지. 나는 용기가 없어 자신을 드러내지 못하는 사람들을 경멸해주고 싶었어. 나처럼 마음속으로는 간절하게 원하지만 그렇게 하지 못하는 사람들 말이다. 나는 상이나 메달을 받고 우쭐해하는 사람들 앞에서도 기죽지 않았어. 나도 마음속으로 그 따위와는 차원이 다른 자부심을 느끼고 있었으니까……. 나는 표면적으로는 아라비아어 학자였고, 공무원이었고, 보좌관이었지. 세속적인 기준에서 보자면 그렇다는 얘기야. 하지만 마음속으로는 내 주인님을 기다리며 살았어. 나는 내 주인님께 내 전부를 바칠 수 있도록 준비를 해나갔어. 나는 내 주인님에게 내 몸을 바치고 싶었어. 그 분의 변덕, 쾌락, 육욕을 모두 채워주고 싶었어. 원한다면 사디즘까지 받아들일 수 있었어. 루이사처럼……. 다행히 나는 내 공적인 직업 덕분에 내 위대한 주인님이, 내 흑인 황태자가 언제라도 나타날 수 있는 장소에 있을 수 있었어. 때때로 그런 곳에 가게 되면 내 미래의 모습을 점쳐볼 수 있었어. 약속의 땅을 바라보는 모세처럼. 예를 들면, 어느 무슬림 고관이 개최한 리셉션에 참석한 적이 있었지. 우리가 얘기를 나누던 그 안마당에 굳게 잠겨진 문이 하나 있었지. 나는 알 수 있었어. 그 문이 여자들만 있는 비밀의 방으로 통한다는 사실을. 2층의 촘촘한 그물 창문 너머에서 집주인의 사랑스러운 아내들이 우리를 몰래 지켜보고 있다는 사실을. 내가 그 여자들을 얼마나 부러워했는지 아무도 눈치 채지 못했을 테지만.

"하지만 아빠는 엄마와 결혼했잖아요. 그건 아빠가 여자들도 좋아한다는 거잖아요."

"나는 내 속마음을 들키지 않으려고 친구 장교들과 함께 사창굴을 찾아다니기도 했단다. 그렇지만 아무 일도 없었단다. 나는 실제보다 더 심하게 술에 취한 척 했지. 그래. 나를 정복한 사람은 네 엄마야. 그건 내가 네 엄마의 강한 성격을 알아보았기 때문이지. 나는 내 위대한 주인님이 나타날 때까지 위대한 여주인에게 몸을 맡기기로 결심했던 거다. 거기에 대가가 따른다는 점은 알고 있었다. 나는 내 직업 외에도 남편으로서 또 아버지로서의 역할도 떠맡아야 했으니까. 특히, 나는 아버지로서의 역할에 최선을 다했단다. 결과는 형편없었지만. 그건 다 네가 네 엄마의 성격을 물려받지 않고 내 성격을 물려받았기 때문이야. 내가 그렇게도 바랐건만. 나는 너를 진정으로 사랑했단다. 지금도 너를 사랑해. 내가 너를 얼마나 아꼈었는지 알아주면 고맙겠다."

"아빠는 내게 많은 것을 주었어요. 나도 아빠를 진짜 사랑했어요. 특히 아빠의 마지막 순간에, 테헤란에서 돌아왔을 때 말이에요. 수피교에 대한 회의에서 그 분야에서의 아빠의 공적을 인정해주었잖아요. 그렇죠? 그 회의에서 돌아왔을 때 아빠는 완전히 변해 있었어요. 나는 아빠를 존경했어요. 뭐라고 설명해야 할지 모르겠지만, 아무튼 아빠가 변한 것 같았어요. 그러면서도 그 어느 때보다 진정 아빠다워 보였어요."

"제대로 봤구나. 나 역시 세상을 달리 보기 시작했단다. 네 생각을 많이 했어. 네 앞에 놓인 삶에 대해 많이 생각했지. 다시금 강렬해지기 시작한 내 삶만큼 너도 강렬한 삶을 살 수 있기를 원했단다. 내 삶이 왜 강렬해지기 시작했는지, 너 아니? 테헤란에서 내 존재 자체가 변했던 거야. 나는 변했어. 나는 기꺼이 내 자신을 바꾸었어. 나는 다시 태어난 거야. 다른 사람들 생각처럼 회의 때문이 아니었어. 자다르의 마력 때문이었지. 그 위대한 주인님을 만나면서 내 평생의 꿈이 실현될 수 있었지……. 그렇게 겁먹은 표정 짓지 말거라. 말로야 쉽게 할 수 있지만, 그리 간단한 일이 아니다. 나는 테헤란에서 셰헤라자드로, 노예로, 후궁으로 변했단다. 다 사랑 때문이었지. 나는 강인한 남성의 품에, 그 사랑스러운 가슴에 내 온몸을 내맡겼어. 내 옛사람은 사라지고 나는 다시 태어났지……. 그래, 설명해줄게. 너도 알아야 한다."

순간 무거운 침묵이 몰려온다. 창문 너머에서는 빛이 자주색으로 변한다.

"사도 바울이 개종한 순간과 같았지. 벼락에 맞았다고나 할까. 일은 공항에서 벌어졌어. 나는 꾸벅꾸벅 졸며 새벽 두시에 공항에 도착했어. 아테네 공항에서 기계 고장으로 세 시간이나 허비하는 바람에 연착했던 거야. 한밤중이었지. 어지럽게 소용돌이치는 짙은 구름을 뚫고 비행기가 내려갈 때 땅도 보이지 않더라. 비행기는 활주로를 한참 돌아다니다 조명이 일정하지 않은 어느 건물 앞에서 멈추었지. 여기 저기 조명등이 켜져 있었는데 비현실적으로 꾸며진 연극 무대 같더구나. 우리는 비행기에서 내렸다. 나는 가방을 들고 앞쪽에 있는 문으로 다가갔단다. 그 분이 나타나리라고는, 기적이 일어나리라고는 꿈에도 생각지 못한 채……. 나는 그 사람 외에는 아무 것도 보지 못했다. 많은 사람들이 문으로 다가가고 있었지만 유독 그 사람만 눈에 뜨이더구나. 힌두교 스타일의 하얀 튜닉과 하얀 바지를 입고 새끼양가죽으로 만든 회색 무테 모자를 쓰고 있었지. 마치 대리석과 같은 그 거대한 하얀 몸체 위로 얼굴이 솟아 나와 있었지. 모가 났지만 정이 가는 얼굴이. 얇은 입술, 높은 광대뼈, 오뚝한 콧날, 잘 정돈된 짙은 수염. 특히 눈빛이 예사롭지 않았단다. 새카만 눈동자에서 화살이 쏟아져 나오는 것 같더구나. 섬록암에 새겨진 고대 이집트인들의 얼굴처럼 인상적이었지. 그 모습을 보니 번쩍 정신이 들더구나. 내가 꿈꾸어왔던 내 주인님이었어.

내 위대한 주인님이 육신을 입고 나타난 것이었어. 나는 즉시 그 사람에게 내 몸을 바쳤단다. 기꺼이 그 사람의 신하가 되었단다. 그렇게 특이한 사람은 내 생전 처음이었다. 그 사람은 강력한 힘으로 나를 빨아들였어. 그 사람이 나를 쳐다보는 순간 다리에서 힘이 쭉 빠지더라. 표정으로 보아 그 사람 역시 나를 즉시 알아본 것 같았어. 착각이 아니었어. 그 사람은 줄곧 나를 쳐다보면서 내게 다가왔지……. 어떻게 이런 일이……. 나는 그 사람의 부름에 응답해 그 사람을 향해 다시 걷기 시작했어. 마침내 우리는 마주보고 섰어. 믿을 수 없는 일이 벌어졌지. 그 사람이 내 이름을 부르며 손을 내밀었던 거야. 손을 말이지! 나는 내 손을 어떻게 처리해야 할지 몰랐어. 나는 전통적인 방식으로 공손하게 인사를 건넸지만 그 사람은 내 손을 덥석 잡았어. 그 사람은 내 손을 잡으며 이름을 밝혔지만 나는 제대로 알아듣지 못했어. 그래서 나중에 확인해 보았어. 자다르 스판디아리. 그 사람은 내 팔을 붙잡고 문으로 데려갔어. 나는 그 사람의 옆모습을 슬쩍 훔쳐보았지. 한 마리 매 같았어. 아니, 옛날 페르시아 세밀화에 나오는 독수리의 머리와 날개에 사자의 몸통을 가진 괴물이나 불사조 같았어."

아버지가 나를 쳐다본다. 나는 이야기에 빠져든 듯한, 어서 얘기를 계속하라는 듯한 표정을 지어야 한다.

"내가 지나치게 자세하게 얘기하는 것 같으냐? 나는 그 사람을 만나는 순간 내가 진짜로 후궁이 된 듯한 기분을 느꼈단다. 그 사람을 만나면서부터 그동안 내가 살아왔던 삶은 아무것도 아닌 게 되어버렸지. 나는 예전의 내가 아니었어. 예전의 나로 다시는 돌아갈 수 없었지. 내 새로운 삶이 시작되었던 거지. 그 사람이 나를 짐을 찾는 곳으로 데려가는 동안 나는 결코 의심하지 않았어. 그 사람은 새로운 주인에게 막 팔린 처녀인양 나를 데리고 갔어. 나는 오래 전부터 때때로 나를 여자로 생각했거든. 그 사람은 내 운명이었어. 나는 벼락에 맞는 순간부터 그런 사실을 알고 있었어. 심장이 쿵쿵거리며 뛰기 시작했거든. 행복하면서도 한편으로는 두려웠어. '메크툽' 이라고 쓰여 있었지. 그래서 자세하게 얘기하는 거야. 물론 내 감정을 제대로 전달해줄 수는 없겠지만……. 나는 마음속으로 새로운 삶을 살기 시작하면서 내 주인의 힘을 확인하고는 놀라움을 금치 못했어. 모든 사람들이 그를 존경했어. 그에게 길을 내주고 그를 섬겼어. 내 주인은 출입국 사무소 담당 경찰에게 몇 마디를 건넸지. 내 이름을 들먹이는 것 같았지. 나는 여권을 제시할 필요도 없었어. 내 짐이 나오자 주인이 짐꾼을 시켜 가져오게 했지. 우리는 세관도 거치지 않고 공항을 빠져 나왔어. 밖으로 나오자 기사까지 딸린 리무진이 기다리고 있었지. 우리는 리무진을 타고 도시 외곽을 돌아다녔지."

"그런데 그 사람은 어떻게 아빠를 알고 있었데요?" 나는 궁금증을 참지 못하고 묻는다.

"차를 타고 가면서 설명해주더구나. 그 사람이 내게 부탁했지. 공항에서 사람들이 불렀던 것처럼 자신을 '각하'라고 부르지 말고 그냥 자다르로 불러달라고 말이다. 그래도 나는 그 사람을 주인님이라고 부르기로 결심했어. 내 생각에는 그 사람이 실제로 내 주인이었으니까. 6년 전에 나폴리에서 국제회의가 열렸을 때 로마 주재 이란 대사로 있었다고 하더구나. 나도 그 회의에 참석했었는데, 그 사람도 저명한 수피교 학자로서 회의에 초대받았다고 하더구나. 그 사람은 내가 발표한 내용에 관심을 갖고 나와 얘기를 나누어보려 했지만 급한 일이 생겨 로마로 돌아가야 했지. 그때부터 그 사람은 내 연구뿐만 아니라 내 개인에 대해서도 관심을 가지게 되었고, 마드리드에 있는 친구들을 통해 내 소식을 들었다고 하더라. 얘기를 나누는 중에 나는 깜짝 놀랐다. 그 사람이 나뿐만 아니라 네 엄마와 너에 대해서도 아주 잘 알고 있는 거야. 그래서 나는 회의가 열리는 호텔이 아니라 테헤란에 있는 그 사람 집에 머물기로 했단다. 나는 그 사람한테 솔직하게 말했어. 나는 주목받을만한 성과를 이루지 못했다고. 그러자 그 사람이 내 글을 조목조목 인용해가며 반박하는 거야. 이슬람의 사랑에 대해, 에로틱하면서도 신성한 결합에 대해 나만큼 깊이 있게 알고 있는 기독교인은 없다는 거야. 레일라와 마흐눈의 사랑의 시와 루미가 그의 연인 샴스 데 타브

리즈를 위해 쓴 11음절 4행시까지 총동원해 가면서 말이지. 지금도 생각난다. 그 사람은 그 순간의 내 마음에 꼭 들어맞는 칭찬을 늘어놓으며 손으로 내 무릎을 부드럽게 어루만졌어. 차안이 어두워서인지 그 손이 마치 커다란 흰나비처럼 보이더구나. '내가 자신의 소유물이라는 사실을 알고 있어!' 마음속에서 욕망이 조용히 속삭이더군. 하지만 위대한 그 사람에 비해 너무나 비천한 내 처지는 헛된 꿈을 꾸지 말라고 나를 타일렀고……. 나는 회의가 열린 3일 동안 기쁨과 불안 사이에서 갈피를 잡지 못했지. 나는 그 사람이 나를 자신의 후궁으로 삼아주기를 기대했어. 나를 대하는 태도로 보아 그렇게 해줄 것 같았지. 하지만 한편으로는 두렵기도 했어. 그 사람은 내 연구 성과에 대해 잔뜩 기대를 품고 있었어. 그런데 내가 그 사람의 기대를 충족시키지 못하면 나를 경멸할 것만 같았단 말이야. 나는 차를 타고 가는 동안 내 자신을 타일렀어. 그래, 내 청춘의 꿈이 이루어지고 있다, 이 사람이 내 꿈을 실현시켜 줄 것이다, 나는 그 사람 옆에 있으면서, 내가 그렇게나 원했던 후궁이 되는 거다……. 마침내 날이 밝기 시작했어. 우리는 드넓은 공원을 가로질러 계단 앞에서 차에서 내렸어. 지붕이 있는 안마당이었지. 하인 두 명이 우리를 기다리고 있었어. 우리는 집안으로 들어가 돌계단을 올라갔어. 우리는 『천일야화』에 나올 법한 방들과 복도를 돌아다녔어. 나는 새롭게 변한 내 입장을 다시금 확인할 수 있었지. 주인은 나를 동양식으로 꾸며진 침실로 데려갔어. 호화로운 화장실이 딸린 방이었지. 주인은 내가 여성스러운 가구들에 관심을 보이는 것을 보고 그 방을 내가 쓰도록 정해주었어. 화장실에 있는 또 다른 문을 열면 그 사람의 침실이 나오고……, 그 방에 있으면 주인에게 쉽게 수종들 수 있을 것 같았고……. 나는 무슨 수를 써서라도 그 사람과 가까이 있고 싶었어. 그런데 그 사람이 그걸 눈치 채고……. 하지만 그 사람은 편히 쉬라며 나를 두고 방을 나가버렸어. 나는 한숨도 붙일 수 없었어. 그 사람과 처음 마주쳤을 때 느꼈던 감정이 되살아났지. 나는 앞으로 무슨 일이 벌어질지 몰라 만반의 태세를 갖추어야 했어. 내 꿈이 실현되기를 바라며……. 이윽고 창문으로 햇살이 쏟아져 들어왔어. 나는 정성스럽게 가꾸어진 아담한 정원으로 나가보았어. 장미향이 진동하고 있었지. 나는 시적인 세계로 빠져들었어. 사아디의 시 『굴리스탄』에 묘사된 세계. 정원 안쪽의 풀장에서 물결이 반짝반짝 빛을 내고 있었지. 물결을 일으킨 장본인이 물에서 나와 사다리를 타고 올라왔어. 자다르였어. 옷을 홀랑 벗은 자다르가 불쑥 나타난 거야. 새파란 청동 조각상 같았지. 고전주의 양식을 따른 것이 아니라 유목민의 양식을 따른 조각상. 가는 몸매. 근육에서보다는 신경과 피부에서 더 강한 힘을 느낄 수 있었지. 근육도 잘 발달해 있었지. 강하면서도 유연한 몸매. 고양이과 동물 같았어. 자다르는 완벽한 경지에 이른 요가 수행자처럼 몇 가지 동작을 취하기 시작했어. 그 민첩성이라니! 재빠른 치타가 연상되더라고. 세밀화를 보면 나오는 동물 있잖니. 페르시아의 귀족들이 사냥을 위해 길들인 표범 말이야. 나는 완전히 절망했어. 저 신에 버금가는 남자가 내 침실로 숨어들지도 않았고, 바로 그 자리에서도 나를 범하지 않았으니까……. 나는 그런 식으로 사흘을 보냈어. 탄탈루스의 고통을 맛보며. 내 입술 앞에 한두 차례 꿀이 놓여졌지만 나는 끝내 그 꿀을 따먹지 못했지. 그 사람은 '루미의 신비적 합일'에 관한 내 글을 칭찬해주었어. 나는 기쁘기 그지없었어. 하지만 내가 진정으로 원했던 것은 그런 것이 아니었어. 나는 그 사람의 '탄트라 수피교에서의 욕망, 열정, 사랑'에 대한 연설을 들었을 때 내 꿈을 성취할 수 있을 거라고 믿었어. 그런 열정적인 주제에 열광하는 사람이 내 이 끓어오르는 욕망을 외면할 리가 없어 보였거든. 소위 '탄트라 수피교'라는 것의 깊은 뜻을 이해하고 나자 내 욕망은 더욱더 강해졌어. 나는 그때까지 '탄트라 수피교'가 무엇인지 모르고 있었어. 그것은 이슬람 신비주의에 속한 비전의 일종이었어. 나는 그 날 밤 그 사람과 대화를 나누며 '탄트라 수피교'에 관하여 꼬치꼬치 캐물었어. 그래서 아주 진지한 대화가 이어졌지. 나는 그 사람의 사상에 깊은 감명을 받았고, 그 사람의 사상으로 훨씬 풍부한 지식을 쌓을 수 있었어. 나도 내가 생각하는 바를 밝혔어. 분석을 하고 주석을 단다는 핑계로 나는 그 사람에게 내 속마음을 적나라하게 밝혔어. 그때였지. 그 사람은 탄트라 용어로 내가 어떤 유형의 사람인지 규정해주었어. '자네는 완벽한 영양의 심장을 지닌 인간이야.' 그 사람은 내 은밀한 사랑고백에 개의치 않고 그렇게 소리쳤지. 나는 대담해졌어. 나는 어설픈 미소로 두려움을 감추었어. 그리고 물어보았지. 그게 무슨 의미인데요. 그 사람은 생전 처음 보는 사람인양 나를 쳐다보았어. '영양의 심장을 지닌 남자는 이상적인 파트너야. 자네와 같이 순수한 사람들 사이에서는 찾아보기 힘들지만. 그런 사람은 두 가지 성(性)의 자질을 모두 구비하고 있지. 자네들이 자웅동체라고 부르는 것의 화신이라고 할까. 이런 사람이 자신에게 맞는 짝을 만나게 되면 두 사람 모두 이 지상에서 천국을 맛볼 수 있을 거야.' 그때의 내 심정을 어떻게 말로 표현할 수가 없구나. 나는 바로 천국의 문턱에 이른 기분이었어. 왜 안 그랬겠니? 절대로 잊을 수 없는 밤이었어! 장미가 잠들자 이번에는 자스민 향이 우리를 흠뻑 취하게 만들었지. 졸졸거리는 샘물소리도. 나는 용기를 내서 그 사람에게 물어보았어. '그렇다면 주인님, 주인님은 어떤 심장을 지니셨는지 알 수 있을까요?' '어디 한번 맞춰보시지.' 그 사람이 명령했어. 나는 첫날 아침에 수영장에서 보았던 그 민첩한 동작을 떠올리며 더듬거렸어. '표범의 심장 같은데요. 실례가 아닌지.' 나는 조마조마한 심정으로 그 사람을 쳐다보았어. 표정으로 그 사람이 내 말을 인정한다는 사실을 알 수 있었지. 하지만 그걸로 끝이었어. 치타는 손에 넣은 영양에게 달려들지 않았어……. 나는 하염없이 기다렸어. 달이 구름 속으로 숨어들었어. 그 사람은 나를 홀로 내버려두고 자리를 떴어……. 추락하는 기분이었어! 나는 절망했어! 내 존재는 어둠 속에 묻혀 까맣게 사라져 버렸어! 평생을 통해 간절히 원해왔건만, 오로지 그 생각에만 의지해 살아왔건만. 그러나 시간이 갈수록 가능성은 희박해져만 갔으니. 그러다가 갑자기, 예기치 않았던 순간에, 이제 끝이로구나 하는 순간에, 기적이 나타났었는데, 바로 손끝에 닿을 것 같았는데, 문이 활짝 열릴 것 같았는데, 또 다시 물거품이 되고 말았으니. 저주를 받은 것 같았어……. 나는 고통으로 신음하며 잠을 이루지 못했어. 어떻게 해야 납득할 수 있을지 도무지 알 수 없었지."

"그 사람이 몸이 아팠거나 피치 못할 사정이 있었던 것은 아닐까요?"

"내 고통은 오래 가지 않았어. 나는 다음날 회의 폐회식에 겨우 참석할 수 있었어. 그 날 밤이었어. 저녁식사가 끝난 다음 나는 그 사람에게 말했어. 내일 아침에 내가 탈 비행기가 출발합니다. 그리고 호의에 감사한다는 말을 하기 시작했어. 목소리가 갈라지더구나. 그런데 그 사람이 역시 떨리는 목소리로 내 말을 가로막았어. '며칠만 더 이곳에 머물러 주었으면 좋겠네. 내 손님으로 말일세.' 그 순간 내 고통은 말끔히 치유되었지. '손님으로라니요, 주인님, 말도 안 됩니다.' 도저히 참을 수 없더구나. '주인님은 저를 주인님의 남성미라는 그물로 사로잡으셨습니다. 사냥꾼이 비둘기를 잡듯 말입니다.' 그 사람은 싱긋이 웃으며 나를 쳐다보았지. 레일라와 마흐눈의 사랑의 시에 나오는 그 유명한 구절을 기억하고 있는 것 같았어. 나는 덧붙였어. '저는 오로지 주인님의 노예로, 하녀로, 후궁으로 남고자 합니다.' 나는 그 사람의 눈을 똑바로 쳐다보며 당당하게 얘기했단다. 그 사람은 그게 바로 자신이 원했던 바라고 대답하더구나. 그 소리를 듣자 불끈 화가 치솟더구나. '그렇다면 요 며칠 간 왜 그렇게 잔인하게 구셨습니까? 제가 이 집에 도착한 이후로 오지 않는 주인님을 기다리며 얼마나 고통스러워했는지 모르셨단 말입니까? 이게 표범의 사디즘인가요? 사냥 놀이를 즐기신 건가요?' 그 사람은 자리에서 일어나 내 쪽으로 다가왔어. 그 사람은 내 곁에 앉아 내 어깨를 감싸 안았어. 나는 그냥 무너져 내렸지. '그건 오해야, 내 사랑스런 영양 아가씨. 표범을 사로잡은 사람은 바로 자네야. 표범으로 하여금 자네를 원하도록, 갈망하도록 만든 사람은 바로 자네란 말일세. 나는 자네 글을 읽는 순간 알게 되었어. 그리고 자네의 모습을 보는 순간 내 속에서 사랑이 움터 나왔어. 나도 참느라 무척이나 고생했다네. 하지만 우리 두 사람에게는 고통의 순간이 꼭 필요했어. 절망

속에서 성숙해진다고 하지 않던가. 신비주의자도 절망의 구렁텅이에 빠져본 사람이 빛을 향해 더 힘차게 날아오를 수 있단 말일세……. 이제 때가 되었어. 회의고 뭐고 다 잊어버리게. 우리 둘만의 세계로 가세나. 그곳에서 우리 함께 완벽한 만남을 이루어보세. 그래, 자네 소원대로 내 후궁이 되게나. 우리 영양 아가씨를 내가 얼마나 기다려왔는데. 우리는 루미와 그의 연인 샴스처럼 살아갈 거야. 그 시가 뭐라고 노래하는지 자네도 알지?

'너와 나는 진정 하나의 영혼이라네.
우리는 서로를 감추고 서로를 드러내지. 너는 내 안에서, 나는 너 안에서.
우리 몸은 하나가 되기 위해 달려간다네.
내가 없다면, 네가 없다면, 너와 나는 존재할 수 없을 테니.'"

아버지의 이야기는 계속된다.

"나는 몇 마디 말을 겨우 더듬거릴 수 있었지. '당신은 나를 텅 비게 만들었어요! 당신으로 나를 가득 채워 주세요!' '나를 사랑해 줘. 나도 너를 사랑해 줄 테니. 이런 사랑은 처음일거야. 우리 결혼식을 준비하는 거야. 잠시 후에 침실로 찾아갈게.' 나는 깨끗한 몸을 바치기 위해 화장실로 들어갔어. 방으로 돌아와서 보니 레이스가 달린 투명한 튜닉이 침대에 펼쳐져 있었어. 아주 화려한 튜닉이었어. 튜닉을 입자마자 내 표범이 알몸으로 나타났지. 그 게걸스러운 눈빛을 보고 나는 깨달을 수 있었지. 마침내 포로가 되었구나. 몸이 부들부들 떨리더라. '겁내지 마.' 그 사람이 속삭였어. '무서워요. 하지만 괜찮아요. 당신을 너무너무 품에 안고 싶으니까요.' 그 사람은 내게 다가왔어. 그 사람은 나를 번쩍 안아들고 화장실을 통해 자신의 방으로 데려갔어. 그 사람의 오른손은 내 두 다리를 밑에서 받치고 있었고, 그 사람의 왼손은 내 상체를 감싸고 있었고, 내 머리는 그의 어깨에 기대고 있었어. 나는 황홀경에 빠져 눈을 감았어. 나는 그의 힘에 흠뻑 젖어들었어. 그의 체취, 그의 체온, 꿈틀거리는 근육이 나를 사로잡았어. 우리가 상상할 수 있는 한도 내에서 가장 아름다운 결혼식 행렬이었지. 한 처녀가 첫날밤을 치르기 위해 둥둥 실려 간 거였지."

과거의 기억으로 감정이 고조되어 갈수록 아버지의 목소리는 약해져간다. 마침내 목소리가 완전히 잦아든다. 그와 동시에 아버지의 모습도 반투명 상태에서 에테르 상태로 변하더니 이윽고 완전히 스러져간다.

텅 빈 피아노 의자 앞에서 나는 몇 시간이나 꼼짝도 하지 않고 있었던가? 창을 통해 들어오는 빛의 색이 바뀐다. 나는 사념에서 벗어나 정신을 차린다. 아버지는 테헤란에서 돌아왔을 때 사람이 변해 있었다. 나는 이제 아버지의 변화를 이해한다. 아버지는 자부심을 가지고 자신의 본모습을 찾아갔던 것이다. 아버지가 내게 품었던 색다른 애정도 이제 이해할 수 있다. 나는 이제 열과 성을 다하여 그 셰헤라자드를, 내 아버지를 경배할 수 있게 되었다. 아버지의 협소한 서재는 이제 신성한 장소로, 예배당으로 변했다. 나는 아버지의 유품을 살펴본다. 안경, 돋보기, 흡입지, 고무지우개가 달린 만년필……. 그리고 음악. 이제 피아노는 제단으로 변했다. 피아노 위에 놓여진 악보. 예전에는 대중음악이었지. 하지만 한 세대의 에로틱한 선율은 이제 성스러운 곡으로 변했다. 피터스 출판사에서 출간된 녹색 커버가 달린 고전음악 악보, 쇼팽의 발라드와 모차르트의 소나타. 그리고 화려한 책장에 꽂힌 이슬람에 관한 책들. 표지가 붉은 색인 책 한 권이 눈에 띈다. 나는 순간 알아차린다. 그래, 후궁에게 어울리는 유일한 책이지. 마시뇽이 번역한 『알-할라흐』. 지고의 경지에 오른 신비주의자. 다른 이단 형제들에 비해 유달리 과격했던 이단아. 바그다드에서 사지가 잘린 뒤에 십자가에 못 박혔던 인물. 피를 줄줄 흘리면서도 사형집행인들을 용서했던 남자. 그는 욕설을 퍼부으며 자신의 신념을 소리쳐 외쳤지.

'아나 알-하크(내가 바로 진리다).'

나의 셰헤라자드처럼 외쳐볼까. 진리는 내 속에 있다, 라고. 내 속이 뜨겁게 달아오른다. 빛이 번쩍인다. 아득한 유년 시절까지 훤히 보이는 것 같다. 학교 교실에 붙어 있던 동판화. 성경의 내용을 담고 있었지. 그 동판화는 바로 내 코앞에 매달려 있으면서 나를 괴롭혔다. 희생양으로 바쳐지는 이삭. 벌거벗은 소년이 옆모습을 드러내고 있다. 소년은 장작더미 위에 무릎을 꿇고 앉아 있다. 자신이 산꼭대기까지 지고 온 그 장작더미 위에. 소년은 두 손이 등 뒤로 묶인 채 상체를 구부정하게 숙이고 있다. 소년은 희생물로 바쳐진 어린양이다. 그 뒤로 모든 준비를 끝낸 족장의 무시무시한 얼굴이 보인다. 눈에는 핏발이 서 있고, 수염은 헝클어져 있고, 기분 나쁜 바람에 붉은 색 망토가 몸부림친다. 족장은 왼손으로 자식의 목덜미를 붙잡아 아래로 누르며 근육이 울퉁불퉁 튀어나온 오른손으로 신월도를 쥐고 자식의 목을 자르려고 한다. 훤히 드러난 숫총각의 엉덩이와 그 엉덩이를 탐욕스럽게 바라보는 족장. 나는 그 그림을 볼 때마다 학교 선배들이 남몰래 저지른다는 남색 장면을 떠올리곤 했다. 그러나 이제 그 그림은 후궁이 된 내 아버지로 인하여 신성한 그림으로 변했다. 자신의 몸을 내맡기며 영광을 맛본 아버지. 나의 셰헤라자드는 내게 또 다른 것을 일깨워주었다. 이제 이삭의 이야기 장면은 또 다른 장면으로 연결된다. 나팔소리에 무너져 내리는 여리고 성. 신의 계시를 알리는 목소리는 여리고의 성벽을 여지없이 짓뭉개버렸다. 내 눈에도 그 모습이 선명하게 보인다. 훤히 드러난 도시. 황금으로 장식된 넓은 거리, 휘황찬란한 자유의 거리. 연인들의 골수에 파묻힌 순수한 열정이 지배하는 도시. 그곳에서는 모든 사람이 진정한 사랑을 구가할 수 있다. 삶을 만끽할 수 있는 도시, 자유를 구가할 수 있는 도시. 남이 정해 놓은 규칙이 아니라 자기 스스로의 의지에 따라 사랑을 나눌 수 있는 도시.

나는 이제 진리에 완전히 빠져든다. 진리가 나를 흠뻑 적신다. 나는 아버지의 의자에 그대로 앉아 있다. 관례라는 구속에서 나를 풀어준 사람은 이전까지 아무도 없었다. 내가 진정한 내 자신의 삶을 살 수 있도록 도와준 사람은 아무도 없었다. 엄마는 내가 엄마를 닮지 못하도록, 내 방식대로 엄마를 사랑하지 못하도록 방해했다. 안타까운 일이다. 그래서 엄마 밑에서 보낸 내 유년 시절은 탄탈루스의 고통에서 벗어날 수 없었다. 나는 내 육체의 욕구에 충실해지고 싶었다. 나는 엄마처럼 되고 싶었다. 하지만 엄마는 내 뜻을 꺾고 말았다. 나는 엄마를 닮고 싶었고 엄마를 위해 살고 싶었지만, 엄마는 그런 나를 용납하지 않았다. 나는 한창 때에도 내 자신에게 맞는 섹스를 제대로 즐기기 못했다. 사창굴을 몇 번 찾아간 적도 있기는 하지만 그건 다 눈 가리고 아웅하는 것과 다를 바 없었다. 엄마의 기대를 저버리지 않기 위해 결국 나는 결혼을 결심했다. 결혼 역시 실수였다. 나는 결혼 생활을 오래 끌고 가지 못했다. 거듭되는 실망. 나는 끝내 포기하고 말았다. 나는 내 진짜 본성이 무엇인지 알고 싶었다. 그래서 신문에 광고를 낸 여자들과 몇 차례 접촉해 보았지만 그들의 상술과 위선에 금방 질리고 말았던 것이다. 한심스러운 내 인생역정이 기억에 떠오르다가 여리고의 성벽처럼 망각의 먼지로 허물어진다. 이제 휘황찬란한 새로운 도시가 눈앞에 우뚝 솟아난다. 스스로 원해서 후궁이 된 내 아버지가 사는 그 새로운 도시가.

내 생애 중 유일하게 반짝했던 순간. 금지된 자유의 도시에서 나를 찾아온 전령. 파리다가 바로 그 전령이었다. 그 마법에 걸린 듯한 이틀. 내 진정한, 본래의 성(性)을 밝혀주는 별이 떠올랐다. 베들레헴을 찾아온 동방박사. 자다르가 테헤란에서 아버지를 사로잡았던 것처럼, 파리다는 톨레도의 지하 납골당에서 내 무릎을 움켜잡았던 것이다. 운명의 장난이 아니었다면 나는 그때 본연의 내 모습으로 다시 태어날 수 있었을 것이다. 두 번의 전쟁으로 우리는 더 이상 연락을 주고받을 수 없었다. 나는 다시 태어날 수 있었지만, 운명은 내게서 모든 것을 앗아가 버렸다. 심지어 엄마는 파티마의 부적까지 내게서 빼앗아갔다. 지금 생각해보면 엄마는 그때 질투에 눈이 멀었던 것 같다.

그러나 마침내 모든 것이 변했다. 파리다는 다시 이곳에 있고, 나는 그녀와 다시 합칠 수 있다. 마흐눈이 레일라를 다시 만난 것이다. 이 세상은 내 것이다. 아버지가 확인시켜 주었다. 파리다가 나타나고 나서 아버지가 나타난 것은 우연이 아니다. 두 사람은 나를 찾고 있었던 것이다. 영국 술집에서의 만남을 하나하나 되짚어본다. 그때는 파리다의 말을 귓등으로 듣고 말았지만, 이제는 파리다가 한 말의 뜻을 이해할 수 있다. 그녀는 얌전한 노예에 대해 얘기했다. 그 노예와 함께 육체적인 사랑을 시작하게 되었다고. 그래, 그때는 그게 무슨 뜻인지 모르고 지나갔지. 성벽이 무너지고 새로운 도시가 나타날 것에 대비해 내 마음을 준비시킨 것이었어. 그래, 이제는 이해한다. 아버지의 용기와 승리 덕분이다. 파리다는 그의 마흐눈에게 분명히 알려주고 싶었던 거야. 내 무릎을 꼭 쥐었다는 것, 그것은 파리다가 자신의 하녀를 차지한 의식을 그대로 반복한 것이었어. 그녀는 내게 분명하게 보여주고 싶었던 거야. 그녀는 전속력으로 말을 모는 씩씩한 기수였어. 그녀는 여장부였던 그녀의 이모와 이사벨 에버하트를 닮은 자신의 모습을 보여주고 싶었던 거야. 테헤란에서 후궁으로 들어앉은 아버지, 위대한 주인님의 품에 안긴 아버지, 나는 그런 아버지 덕에 이제 알 수 있다. 아라비아의 하렘에서 주인의 발길질과 채찍질에 몸을 내맡긴 하녀가 만끽하는 그 기쁨을. 나를 만나기 위해 돌아온 발랄한 도시 여성, 나는 그 우아한 옷차림 아래에서 문신을 한 베르베르족 여인의 열정이 고동치는 것을 느낄 수 있다. 그녀는 보통의 정신과 의사와는 다른 치료 요법을 행한다. 나는 이 두 번째 기회를 결코 놓치지 않을 것이다. 톨레도에서 슬쩍 나타났던 것을 손에 넣기까지 쉬지 않고 노력할 것이다. 그래, 그곳에서부터 시작하는 거야.

이게 뭐야?

전화다. 내게 전화가 있었던가?

탁자 위에 전화가 놓여 있다. 나는 수화기를 들어 귓가로 가져간다. 소리가 들린다. 그녀의 목소리라는 것을 알 수 있다. 그녀의 목소리가 틀림없다. 나는 뭐라고 더듬거린다. 마음속에서 터지는 외마디. '마침내!'

"나야, 파리다……. 뭐라고 한 거야?" 학수고대하던 그녀, 놀랍기만 하다.

"아무것도 아냐, 미안……. 전화번호는 어떻게 알았어?"

"네 번호를 간직하고 있었지. 그때 그 번호 말이야."

당시 전화번호는 겨우 다섯 자리 숫자였는데, 나는 그녀가 말하는 동안 기억을 더듬는다. 어떻게 이런 일이……? 하긴, 이곳에서는 이런 일이 다반사로 일어나니까.

"듣고 있어? 마리오!"

"그래, 얘기해."

"오늘 오후에 데리러 갈까 하는데, 어때? 톨레도에서 네가 안내한 것처럼 오늘은 내가 안내할게. 시네 클럽에서 무르노 공연이 있데. 〈새벽〉도 상영하고. 영화를 무척 좋아했던 것으로 기억하는데……. 듣고 있어?"

"미안, 이거 정신이 없어서……. 당연히 좋지."

"그럼 여섯 시에 집으로 찾아갈게. 이따 보자."

내가 고맙다는 말을 하기도 전에 그녀는 전화를 끊어버린다. 마음이 설렌다. 잔뜩 기대하고 있었지만 믿어지지 않는다. 나는 여섯 시까지 안절부절못한다. 여섯 시가 되기 전에 창문으로 다가가 그녀가 오는지 살펴본다. 그녀는 좌석이 두 개뿐인 로드스터라는 스포츠카를 몰고 와 나를 놀라게 한다. 그녀는 현관 앞에 차를 세우고 번지수를 확인하기 위해 눈을 드는 순간 나를 발견한다. 나는 그녀에게 차에서 내리지 말라고 손짓한다. 나는 엘리베이터가 올라오는 시간을 참지 못하고 계단을 달려 내려간다. 차 앞에 도착하자 그녀가 문을 열어준다. 그녀는 우아하면서도 현대식으로 차려입고 있다. 종 모양의 깜찍한 모자, 날개처럼 가벼워 보이는 목도리, 핸들 위에 놓인 장갑 낀 손. 나는 그녀의 옆 좌석에 올라타며 인사를 건넨다. 그녀는 차분하게 차를 출발시킨다. 나는 그녀의 발을 주시한다. 굽 낮은 구두를 신은 두 발이 페달 위에서 꼼지락거린다. 매끈한 종아리와 완벽한 무릎은 자줏빛 치마 밑으로 가지런히 드러나 있다. 치마는 가벼운 재킷과 기가 막히게 잘 어울린다.

나는 자동차에 감탄한다. 그녀는 조심스럽게 운전하며 설명한다. 예전보다 교통이 훨씬 혼잡해졌다.

“내 유일한 변덕이랄까. 자주 쓰지는 않아. 거의 외출을 안 하는 편이거든.”

“여기서 멀리까지 갈 수 있을까?”

“원한다면 이 세상 끝을 향해 달려갈 수도 있어.”

그녀는 당황해하는 나를 보고 싱긋 웃는다. 이 하염없는 빛. 그래, 우리 앞에는 무한한 세계가 펼쳐져 있다. 빛은 이제 엷은 우윳빛으로 변해 있다. 마치 너울을 뒤집어쓰고 있는 것 같다. 그러나 감출 수 있는 것은 아무 것도 없다. 이곳에서는 모든 것이 드러나 보인다.

“그렇게 멀리까지 갈 필요는 없을 것 같은데. 그렇지 않아?”

“맞아요. 이제 이곳에도 웬만큼 적응했는데요. 지금 아주 행복해요. 당신을 만나 함께 있으니…….”

“또 존댓말이야?”

“미안. 네 앞에만 서면 자꾸 움츠러드는 것 같아서. 앞으로 고치도록 할게.”

“당연히 고쳐야지. 내가 책임지고 고쳐놓겠어. 운전을 하니까 이야기에 집중할 수가 없네.”

“나도 그래. 그 전화 말이야. 그때는 정신이 없었는데, 내가 하고 싶었던 얘기는…….”

함부로 길을 건너는 사람이 있어 차가 갑자기 멈추어 선다. 그 바람에 내 말이 끊어진다. 차는 이제 대로변에 있는 조명이 밝은 건물로 다가가고 있다. 차는 건물 현관 앞에 선다. 파리다는 차에서 내리기 전에 운전용 구두를 벗고 굽 높은 구두로 갈아 신는다. 파리다가 백을 집어 든다. 우리는 차에서 내린다. 파리다는 차 열쇠를 극장 종업원에게 맡긴다. 대단히 화려한 장소다. 번쩍 생각나는 것이 있다. 마드리드의 카피톨 극장이 문을 여는 날이었지. 무대 앞에 자리한 오케스트라, 높은 이동식 무대 위에서는 막간극이 공연되었다. 가지각색의 빛의 홍수, 의자 밑에 달려 있던 철사 고리, 남자들은 그 고리에 쓰고 왔던 모자를 걸었다. 그 당시의 남자들은 대부분 모자를 쓰고 다녔지.

불이 꺼진다. 나는 마법에 걸린 듯한 몽롱한 분위기로 빠져든다. 조용하다. 알록달록한 빛이 그림자를 드리운다. 어두운 동굴, 고즈넉한 사원 같다. 나는 파리다와 함께 톨레도의 산토토메 성당으로 되돌아간다. 파리다가 그때보다 더 가깝게 느껴진다. 나는 이제 이 활짝 열린 도시가 어떤 곳이라는 것을 어렴풋이 알고 있기 때문이다. 오늘은 그녀가 내 안내인이 아닌가. 아니다. 나는 그녀에게 유괴 당했다. 솜씨 있게 자동차를 몰았던 그 손, 장갑을 벗은 손이 어둠 속에서 새하얗게 빛난다……. 나는 그녀의 오른손이 내 뜨겁게 달아오른 무릎 위에 놓이기를 조마조마한 심정으로 기다린다. 하지만 그녀는 스크린만 뚫어지게 바라보고 있다. 나 역시 영화에 집중한다. 그래, 확실하다. 내가 그녀의 것임을 그녀는 알고 있는 것이다. 나는 비록 사로잡힌 몸이지만 생각만큼은 무한한 자유를 만끽하고 있다. 나는 내 자신을 그녀에게 바치기 위해 내 자신으로부터 벗어난다. 나는 파리다와 바싹 붙어 앉은 채 영화에 집중할 수 있다. 그녀의 체취, 그녀 몸의 온기, 가끔씩 내 어깨에 와 닿는 그녀의 어깨. 나는 파리다라는 야자나무를 휘감고 있는 덩굴인 것이다. 나는 스크린을 바라본다. 변사 무르노가 들려주는 감동적인 이야기가 스크린 위로 흘러간다. 영화가 거의 끝나갈 무렵 깜짝 놀랄 만한 일이 벌어진다. 파리다가 몰래 손수건으로 눈가를 훔치는 것이 아닌가. 불이 켜지자 파리다는 부드러운 미소를 띠고 있다.

"눈치 챘구나. 저런 것을 보면 가끔 눈물이 나와서. 넌 어땠어?"

그녀의 모습에 나는 차마 입을 뗄 수 없다. 그녀의 손길을 외면당한 내 무릎도 더 이상 외롭지 않다. 그녀의 눈물은 그녀를 한층 가깝게 느껴지게 만든다. 가깝게? 나는 진짜 미욱한 놈이다. 이제 나는 그녀를 우러러보게 된다. 그녀가 이제 하늘에 총총히 박힌 별처럼 느껴진다.

"여기서 저녁을 먹을 거야. 이 건물 꼭대기에 있는 클럽의 회원이거든. 마음에 들 거야."

"저녁을?"

내가 의외로 깜짝 놀라자 그녀는 웃음을 터뜨린다.

"그래. 간단하게 먹지 뭐. 그래도 좋을 거야."

엘리베이터는 한도 끝도 없이 위로 올라간다. 마침내 엘리베이터는 '골든 하우스' 라는 간판이 달린 우아한 문 앞에 우리를 내려놓는다. 아담한 현관홀에 수위가 한 명 서 있다. 수위는 파리다를 향해 고개를 숙이며 나를 힐끔 쳐다본다. 우리는 현관홀을 지나 넓은 공간으로 나간다. 둥글게 휘어진 벽면 대부분은 커다란 창문이 차지하고 있다. 파리다가 저녁식사 얘기를 한 걸로 봐서는 밤이 된 것 같다. 하지만 창문 바깥은 저녁놀이 붉게 물들어 있고 황혼녘의 무지개가 걸려 있다. 화려한 식당의 바에는 촛불이 켜져 있고, 테이블에는 음식이 차려져 있다. 큐비즘 스타일의 멋진 램프가 테이블마다 불을 밝히고 있다. 가구는 강철관으로 만들어졌다. 피아노는 눈에 띄지 않는 곳에서 듣기 좋은 재즈 음악을 연주하고 있다. 나는 창가로 다가간다. 이만큼 높은 곳에서는 아푸에라스의 전경을 한눈에 내려다볼 수 있을 것 같다. 하지만 자욱한 안개가 건물을 뒤덮어 시야를 가로막는다.

우리는 자리에 앉는다. 웨이터가 다가온다. 나는 파리다가 무엇을 주문하는지 잘 알아듣지 못한다. 나는 느긋한 기분으로 앉아 있다. 구름 위에 뜬 기분이다. 잠시 후, 고급 몰트위스키가 내 몫으로 나온다. 파리다는 내가 몰트위스키를 좋아한다는 사실을 어떻게 알고 있을까? 영화를 보며 눈물을 찔끔거리던 소녀가 이제 고삐를 바싹 조이며 밤을 지배하려고 드는 것은 아닐까. 그런 것 같다.

웨이터는 내 취향을 잘 알고 있는 듯싶다. 웨이터는 위스키와 함께 물과 얼음을 내온다. 파리다는 위스키를 한 모금 맛보고 미소 짓는다.

"고마워요, 알버트. 완벽해요."

웨이터는 고맙다는 인사말과 함께 고개를 숙이고 자리에서 물러난다. 파리다가 내게 설명한다.

"가끔씩 쉬러 이곳에 들러. 마음에 들어?"

"무척이나. 우아하고, 조용하고, 편안하고……."

사실이다. 그렇다면 이곳에 오래 머물러 있어야 할까? 나는 생각해본다.

우리는 사각 테이블에 90도 각도로 앉아 있다. 파리다는 편한 자세로 앉아 담배를 꺼내든다. 나는 파리다의 라이터로 담배에 불을 붙여준다. 파리다는 늘씬한 다리를 테이블 밖으로 뻗는다. 훤한 불빛에 드러난 파리다의 구두가 내 시선을 사로잡는다. 굽이 높은 샌들이다. 가느다란 자줏빛 가죽 끈이 완벽하게 생긴 발을 감싸고 있다기보다는 장식하고 있는 것 같다. 나는 정신없이 그 발을 쳐다보고 있다. 다행히 파리다는 담배 맛을 즐기며 아득한 곳에 시선을 두고 있다. 그 모습이 너무 평온해 보여 감히 방해할 수가 없다. 마침내 피아노 소리에 나는 정신을 차린다. 피아노는 이제 내가 한창 나이 때 들었던 폭스트롯을 연주하고 있다. 공화국 시절, 무도회를 겸한 티파티에서 듣곤 했던 '할렐루야'. 어느 날 오후, 나는 자유 광장에서 리츠 호텔의 오케스트라가 그 곡을 연주하는 것을 들을 수 있었다. 리츠 호텔의 오케스트라는 팔자가 늘어진 고객을 위해 호텔을 둘러싼 울타리 안쪽에서 그 곡을 연주하곤 했지.

"구두가 마음에 들어?"

나는 흠칫한다. 못된 짓을 하다가 들킨 기분이다. 아무렇지도 않게 물어본 그녀에게 감사할 뿐이다.

"아주 많이……. 그렇게 쳐다봐서 미안해."

"미안하다고? 뭐가? 마음에 든다니 난 좋은데. 나는 기대했었어. 네가 이 구두를 알아볼 만큼 감수성이 예민하기를 말이지."

나는 그녀의 말을 다 이해할 수 없어 조금 불안하다. 나는 덧붙인다.

"구두만이 아니야."

'다리까지'라는 말은 차마 입에 담을 수 없다.

식당 주인이 나타나는 바람에 대화가 끊긴다. 파리다는 식당 주인도 알고 있다. 나로서는 한숨 돌릴 수 있는 기회다. 나는 메뉴 결정을 파리다에게 맡긴다. 파리다는 보면 볼수록 탄복할만한 여자다. 그녀의 손에 나를 맡겼다고 생각하니 기분이 좋다. 그녀는 내가 예전에 알았던 그 모습 그대로이다. 원숙하면서도 생기발랄한 모습, 좌중을 압도하는 걸걸한 목소리, 가느다란 목덜미, 새카만 머릿결, 반짝반짝 빛나는 치아. 나는 그녀가 재킷을 벗는 것을 도와준다. 그녀는 재킷을 의자 등받이에 걸쳐놓는다. 그녀의 가슴언저리와 머리칼에서 마지 향수와 섞인 그녀의 체취가 은은하게 풍겨 나온다. 이제 나는 그녀의 상체를 볼 수 있다. 소매가 없는 단순한 모양의 하얀색 블라우스. 균형 잡힌 단단한 그녀의 작은 젖가슴이 살짝 드러난다. 군살이 없는 날씬한 몸매. 이 모든 것이 하나가 되어 젊은 자웅동체의 인상을 풍긴다. 우리가 흔히 이야기하는 관능적인 몸매보다 더욱 자극적이다. 나는 애를 써보지만 내 시선은 그녀에게서 벗어날 줄을 모른다. 그녀가 묻는다.

"종종 내 생각했어?"

"이미 얘기했잖아. 잊은 듯 하면서도 잊지 못했다고. 기억하고 말고. 그냥 저절로 떠오르는 거야. 옷차림도 생각난다. 우리 집에 왔던 날 말이야, 붉은 색 블라우스를 입고 은으로 만든 걸쇠를 브로치처럼 차고 있었어. 모리타니아 식으로 구멍이 숭숭 뚫린 블라우스였어. 바지는 검정 색이었고."

"맞아." 그녀가 웃는다. "톨레도에 갈 때도 그런 차림이었지.

그래서 사람들이 날 쳐다보곤 했어. 그 성당에 들어갈 때까지 사람들이 나를 따라다녔던 거 기억나?"

"위험한 이브와 같은 차림새였어. 문가에 서 있던 신부까지도 네 문신을 넋을 놓고 바라보았으니까."

"그랬지. 너 역시 문신을 연신 힐끗거렸고. 꼭 지금처럼. 자, 자세히 봐."

그녀의 얼굴이 다가온다. 그녀의 광대뼈, 그녀의 부드러운 호박색 피부, 모든 것을 빨아들일 것만 같은 그녀의 그 입술, 그녀의 체취. 턱 끝 한가운데에 십자가처럼 생긴 푸른색 작은 자국이 보인다.

"어머니께서 스페인 사람이라고 했지? 네 어머니께서 그런 문신을 하도록 내버려뒀다는 것이 아무리 생각해도 이상해."

"이 문신은 나를 너희들과 구별시켜 줘. 나는 이 문신 때문에 내가 속한 세상에 받아들여졌어. 어머니는 아버지를 사랑했기 때문에 문신을 허락했어. 아버지는 부족의 전통에 따라 내게 문신을 해야 했지. 하지만 어머니는 나를 진정으로 사랑했기 때문에 문신을 허락했던 거야. 어머니는 하나를 포기하면서 그보다 더 소중한 선물을 할머니에게서 받아낼 수 있었어. 나는 문신을 했기 때문에 클리토리스 제거 수술을 받지 않아도 됐어. 내가 왜 이 문신을 좋아하는지 이제 그 이유를 알겠지?"

그녀는 음식이 나오는 동안 이런저런 얘기를 들려준다. 애피

타이저에 이어 주 메뉴가 나온다. 나는 별 생각 없이 음식을 떠 먹는다. 교수 겸 훌륭한 시인이었던 그녀의 남편은 커바일족의 일원인 은세공으로 유명한 베니-옌니족 사람이었다고 한다. 그녀의 할머니는 부족의 지배계층에 속한 여자였고, 뛰어난 미모로 각광을 받았고, 나이가 들어서도 배꼽춤으로 부족 사이에서 인기를 얻었다고 한다.

"할머니가 그런 식으로 춤을 췄는지 어쨌는지는 몰라. 하지만 할머니가 사람들로부터 존경과 사랑을 받았다는 것은 알아. 게다가 할머니의 직관력은 놀라울 정도였어. 사람들은 할머니를 예언자로 여겼어."

"마법사?"

"그래. 할머니는 아주 신비롭고 심오한 것과 연결되어 있었어. 나는 할머니의 능력을 물려받았어. 내게는 힌두교의 구루와 같은 능력이 있지. 내 직업에도 아주 유용해. 환자가 찾아오면 말이야, 그 사람한테 무슨 일이 있는지, 그 사람 삶이 어떻게 바뀔지 거의 다 알아맞혀."

"그렇겠지. 정신분석학자보다 더 능력 있어 보이는데. 언젠가 정신분석학자를 찾아간 적이 있었는데, 별로 쓸모가 없더라고."

"정신분석학자도 우리 문화에 많은 기여를 했어. 하지만 그 사람들 기술은 이젠 구식이야. 전통주의자들은 자신들의 이론을 고수하고 있지만, 그 사람들 이론도 이제 새롭게 바뀌어야 해. 그들은 개인의 삶에 가해지는 사회적 압박을 무시하지. 환자들이 사회적 환경 때문에 고통스러워하는데도 그걸 무시하고 개인적인 증상만 보려고 하거든."

"너도 그 유명한 소파를 사용하는 거야?"

"가끔. 하지만 정식으로 인정받은 정신과 의사들처럼 사용하지는 않아. 나는 소파를 좀 색다르게 사용해. 초기 기독교 성당을 회교 사원으로 사용하듯이 말이지. 경우에 따라서는 환자를 엎드리게 하기도 하는데……. 팔걸이의자에 비스듬히 눕는 게 가장 좋아."

"자세히 설명해줄 수 있어?"

"이야기가 길어질텐데……. 듣고 싶다면 할 수 없고."

"듣고 싶어. 정신이 혼란해질 때마다 적절한 도움을 찾아 헤매기도 했는데, 책을 봐도 사람을 만나도 도움을 구할 수 없었거든."

"나는 우리가 입소테라피라고 부르는 방법을 시행하는 그룹의 이론을 적용해. 다시 말해, 나는 사람들이 자신의 본모습에 맞추어 살 수 있도록 도와주는 거야. 다른 사람들 때문에 주눅 들지 않고 자기 자신을 실현해갈 수 있도록 말이지."

"입소테라피? 들어본 적이 없는데."

"아직은 소수만 알고 있는 방법이야. 공식적인 과학이 반대하기는 하지만 점점 발전하고 있어. 우리 주장은 이래. 기술의 급속한 발달과 삶에서 날로 증가하는 인위성은 종교랄지 케케묵은 편견이랄지 하는 것과 더불어 인간의 잠재력이 자유롭게 발달하지 못하도록 숨통을 조이고 있지. 날이 갈수록 심해. 자연적인 본능과 강제적으로 주어진 문화적 규율 사이의 갈등이 점점 심각해지고 있단 말이지……. 이론만 떠들어대는데 지루하지 않아?"

"지루하냐고? 지금 네 얘기는 우리가 진정으로 원하는 것과 남들이 우리에게 강요하는 것 사이의 투쟁을 말하는 거잖아. 그게 지루한 얘기겠어? 내 지난 삶을 그대로 그려내는 것 같은데! 네 얘기를 들으니까 희망이 부풀어 오르는데!"

"그래, 바로 희망이야. 특히 판에 박힌 도덕률 앞에서의 희망. 종교라는 명분으로 우리의 본능적인 성욕은 철저하게 금지 당했어. 우리는 결혼을 통해 겨우 일부분을 만족시킬 뿐이지. 그것도 일부일처제고, 한 번 결혼하면 절대 헤어질 수 없어. 부부간의 성생활도 그렇게 자유롭지 못해. 오로지 자식을 낳기 위한 수단일 뿐이니까. 우리는 사춘기가 훨씬 지난 후에도 경제적?사회적 현실 때문에 결혼도 쉽게 할 수 없어. 그래서 우리는 오랜 세월 동안 자연적인 욕구를 참아내야 하는 거지. 그러다 보니 성범죄가 늘어나고, 두려움이 커지고, 죄책감은 늘어나고. 입소테라피는 이런 종교적 금지와는 완전히 달

라. 우리는 우리의 욕구를 자유롭게 발산시키자고 주장하는 거지. 물론 진짜로 병적일 경우는 예외지만, 우리는 환자가 다른 사람에게 해를 끼치지 않고 자기 본성에 맞게 살아갈 수 있도록 도와주는 거야. 단지 우리 인간 삶의 자연 법칙에 충실해지기만 하면 되는 거야. 우리는 환자의 병을 치료하기 위해 애쓰지 않아. 우리는 환자의 잘못된 생각을 깨우쳐주고 인격적으로 균형을 이룰 수 있도록 돕기만 하지. 너도 다른 사람들처럼 그와 비슷한 삶을 살았던 거야?"

내 귀에 들린 그녀의 마지막 말은 내 속에서 새롭게 태어난 또 다른 나를 향한 말이 틀림없다.

"잘 알면서 왜 그래. 정곡을 찌르는데. 족집게야 족집게."

그녀의 눈이 반짝반짝 빛난다. 그녀는 목소리를 낮추어 은밀하게 속삭인다.

"그럴 줄 알았어. 내가 너를 찾아줄게. 네 자신을, 네 본연의 모습을. 네 속에 있는 진정한 마리오를."

그녀는 내가 그녀의 말을 새겨들을 수 있도록 잠시 말을 멈춘다. 그녀는 갑자기 백에서 이상하게 생긴 파이프를 꺼낸다. 뒤집어진 피라미드처럼 생긴 담배통에 가느다란 튜브가 달려 있다. 남자들이 사용하는 것이지만 모양은 아주 여성스럽다.

"연기를 싫어하지 않았으면 좋겠는데. 냄새가 아주 좋아. 맡아봐."

그녀가 담뱃갑을 내민다. 사실이다. 담뱃잎에서 요염한 냄새가 풍겨 나온다. 꿀맛 같기도 하고, 생전 처음 맡아보는 향신료 냄새다. 도대체 왜 이러는 걸까. 나는 그녀가 능숙한 솜씨로 파이프에 담배를 채우는 모습을 지켜본다.

어둠 속에서 알버트가 나타난다. 알버트는 불이 붙은 삼나무 가지를 가지고 와서 파이프에 불을 붙여준다. 파리다는 알버트에게 우리가 축제가 열리는 방으로 갈 것이라고 귀띔해준다. 알버트가 물러난다. 파리다는 나를 좀더 넓은 장소로 안내한다. 작은 무대가 보인다. 댄스 플로어가 있고 그 주위로 테이블이 늘어서 있다. 우리는 테이블 뒤편 소파에 앉는다. 벽에 붙여놓은 2인용 소파다. 파리다는 사각형 쿠션에 기대고 앉아 다리를 꼰다. 한쪽 다리가 내 눈 높이에 둥둥 떠 있다.

피아노가 색소폰과 타악기와 함께 은은한 곡을 연주하고 있다. 파리다가 내게 알려준다. 자정이 지나면 공연이 시작된다고. 하지만 지금은 두 쌍의 남녀가 춤을 추고 있을 뿐이다.

나는 파리다의 활동에 대해 다시 물어본다. 파리다는 공인된 정신과 의사들에 대해 불평을 늘어놓는다. 특히 미국의 정신과 의사들에 대한 불만이 크다. 그들은 1973년까지 자신들의 잘못을 수정하지 않았다. 그들은 호모섹스를 정신적인 '질병'으로 간주했던 것이다……. 나는 플로어에서 춤을 추는 두 쌍 중 한 쌍을 주시한다. 파리다는 이내 눈치 챈다. 파리다는 그들을 바라보며 환하게 웃는다.

"저 남자, 내 고객이야." 파리다가 속삭인다. "이곳에서 만나다니, 반가운데. 파트너는 변장한 거야."

아주 근사하게 춤을 춘다. 남자는 나이가 들어 보이지만 날렵하다. 감색 양복에 빨간색 넥타이 차림이다. 뒤로 빗어 넘긴 머리, 목덜미에서 고수머리가 찰랑거린다. 남자는 경쾌하게 몸을 움직이고 상대 파트너는 여성스럽게 우아하게 몸을 놀린다.

음악이 끝난다. 춤을 추던 사람들이 우리를 쳐다보며 몇 마디 말을 나누더니 우리 쪽으로 다가온다. 남자는 파리다에게 인사를 건네고 여자 친구 로베르타를 우리에게 소개시켜준다. 파리다가 나를 소개시킨다. 우리는 별 뜻 없는 말을 몇 마디 주고받는다.

다시 음악이 시작된다. 이번에는 왈츠 곡이다. 남자는 잠시 망설이더니 얼굴을 살짝 붉히며 파리다에게 춤을 청한다.

플로어. 남자는 남자로서 춤을 이끌기 위해 팔을 벌린다. 그러나 파리다는 몸을 뒤로 뺀다. 파리다의 목소리가 들린다.

"자신이 누구인지 잊었단 말이야?"

남자는 춤을 추는 동안 내내 여자의 손길에 이끌려 수동적으로 따라다닌다. 그 황당한 모습에 나는 그만 어리둥절해지고 만다. 하지만 그런 와중에도 나는 파리다의 발목에서 눈을 떼지 못한다. 높은 굽 위에서 발목이 스스로 춤을 추고 있는 것 같다.

발가락 하나하나에서 힘이 느껴진다. 아름다운 샌들에 감싸인 날렵한 발. 얼마나 아름다운가! 그 얼마나 여성스러운가!

"함께 출까요?"

로베르타의 겸손한 목소리가 들린다. 나는 고개를 가로젓는다. 나는 넋을 놓고 파리다만 쳐다보고 있다. 로베르타가 한숨을 토한다.

"이해해요. 죄송합니다."

나는 서둘러 변명한다. 나는 로베르타를 바라보며 정중하게 말한다.

"아닙니다. 그게 아닙니다. 아주 매력적이십니다만, 제가 춤을 출 줄 몰라서."

로베르타가 싱긋 웃는다. 내 입장을 이해한 모양이다. 로베르타는 플로어에서 춤을 추는 사람들을 바라본다.

"저 남자 친구 되십니까?"

"아닙니다. 저 사람을 위해 일하고 있어요." 로베르타가 나를 조심스럽게 바라본다. "클리닉의 고객이세요. 저 여자 분이 외국인 박사라고 하던데요. 계약에 따라 몇 시간씩 동행해요. 더 이상 말씀드릴 수 없어요."

다시 음악이 멈춘다. 춤을 추던 사람들이 돌아온다. 남자는 파리다 앞에서 몸을 숙이며 무릎을 꿇으려 한다. 파리다가 손짓으로 말린다.

“감사합니다, 부인.” 남자는 이렇게 말하고 로베르타와 함께 물러난다.

파리다는 재미있다는 듯 나를 쳐다본다. 눈동자가 그 어느 때보다 더 새파랗게 보인다.

“더 이상 설명하지 않아도 되겠지? 넌 방금 입소테라피 시술 현장을 목격한 거야. 우리는 전통적인 춤의 규범을 어겼어. 저 남자는 남성보다는 여성에 더 가깝거든. 저 남자는 지금 배우는 중이야. 처음에는 자기 자신이 어떤 사람인지를 알아야 하고, 그 후에는 자기 자신을 사랑하는 법을 배워야 해. 지금 밤을 함께 보내기 위해 간 거야. 로베르타는 저 남자 간호사야.”

“같이 춤출까?” 파리다가 잠시 입을 다물고 있다가 제안한다.

“춤을 춰본 적이 없는데.” 나는 부끄럽다. “춤이라면 영 젬병이야. 학생 때에도 춤을 추려고 시도해보긴 했는데, 계집애들이 나를 따돌리더라고. 춤 솜씨가 형편없다고……. 여자 친구 하나가 내게 춤을 가르쳐주려고 하다가 끝내 포기하고 만 적도 있어. 그 친구가 이끌어주면 겨우 따라가는 정도였으니까.”

“당연한 일이지.”

“뭐라고? 뭐가 당연하다는 거야?”

“춤추는 것만 가르치는 걸로는 충분하지 않으니까. 네 문제는 네 성격에서 나온 거거든. 역할이 맞지 않아서 춤을 제대로 출 수 없었던 거야……. 왜 말이 없어? 기분 나쁘게 생각할 필요 없어. 다 너를 생각해서, 너를 위해 하는 말이야. 내가 널 얼마나 끔찍이 생각하는지 넌 상상도 못할 거야."

"기분 나쁘다니, 천만의 말씀!" 나는 허둥거린다. "어떻게 네가 날 기분 나쁘게 만들 수 있어? 진심으로 고마워하는데. 내가 얼마나 고마워하는지 너는 상상도 할 수 없을 거야……. 그래, 마음 한편으로는 네가 무슨 말을 하는지 잘 알 수 있겠어. 받아들이겠어. 내 삶을 훤히 꿰뚫어 본 모양이지?"

"넌 너무 투명해! 나는 그때 순전히 직감으로 알 수 있었어. 지금처럼 준비가 되지 않았을 때도 말이야. 넌 여전히 너무 어려! 꼭 어린애 같아!"

"잠깐만. 또 한편으로는 네 말이 다 맞는 것은 아니야. 어쩌면 지금 이 순간부터 변하고 있는 건지 모르겠지만. 무언가가 변했어. 내 안에서 또 내 주변에서. 조금 과장되게 들릴지 모르겠지만, 매순간 내가 다른 사람으로 변하는 것 같아……. 있잖아, 아주 중요한 사람들을 만났거든. 믿을 수 없는 사실들도 알게 되었고. 나와 상관없는 일들이 아냐. 바로 우리 가족 이야기야……. 듣고 싶다면 말해줄게."

"물론 듣고 싶지."

"내게 일어난 변화를 보여주고 싶은데……. 우리는 혼자서는 도저히 변할 수 없어! 인생의 스승이나 특별한 학교가 필요한 거야……. 천편일률적으로 가르치는 것이 아니라 각 사람의 개성을 살려주는 그런 스승과 학교가.”

“그런 스승과 학교를 갖춘 문화가 있었지. 중국에서는 말이야, 아주 음탕한 관리들이 잘 훈련된 여성화된 남자아이들을 찾곤 했지. ‘시녀’ 라고 부를 만한 아이들이었지. 로베르타도 그런 부류야. 하지만 그 아이들은 좀더 자연스러웠어. 연극에서 여자역을 완벽하게 해냈던 배우들도 그런 아이들 중에서 뽑혔지. 인류학을 연구해보면 공인된 문화가 감추어두었던 여러 가지 경우를 발견할 수 있어. 외부와 떨어져 외롭게 살았던 사람들, 남들이 강요하는 것이 아니라 자기 자신의 본연의 모습으로 살아갔던 사람들도 아주 많아……. 학교에서는 그런 것을 배울 수 없어. 오로지 입소테라피만이 그걸 가르쳐줄 수 있어. 자기 자신의 날개로 날아오를 수 있도록 가르치는 거야. 제도에 억눌린 본성을 살릴 수 있도록 말이야. 그러기 위해서는 먼저 날아오를 능력이 없는 가식적인 날개에서 벗어나야 해.”

나는 침묵을 지킨다. 나는 이미 가식적인 날개에서 벗어났다. 그래서 지금 이렇게 평온한 상태에 있는 것이다. 그러나 내 자신의 날개를 되찾기 위해서는, 내가 만일 용기를 내서…….

“그래.” 파리다가 웃으며 단호하게 말한다.

“무슨 말이야?”

“네 생각이 옳다고 말했어. 내가 널 안내해주지.”

"아직까지 그런 생각은 감히 해보지 못했는데." 나는 우물쭈물 대답한다. 나는 내 솔직한 심정을 밝힐 수 없다. 나는 그녀를 만난 이후로 그녀를 믿게 되었다. 하지만 내 자신은 아직 믿을 수 없다……. "고마워. 그렇게 해. 그렇게 해줘." 나는 그녀의 눈을 똑바로 바라보며 말을 맺는다.

그녀가 다시 다리를 꼰다. 그녀의 한쪽 발이 눈앞으로 둥실 떠오른다. 나는 상체가 허벅지에 닿을 정도로 허리를 접는다. 그리고 그녀의 발등에 입을 맞춘다. 그녀는 피하지 않는다. 아무 말도 하지 않는다.

"미안." 나는 중얼거린다. "네 구두가 부러워. 아니 질투가 나. 네 스타킹도. 하지만 그러지 말아야했는데……."

파리다가 손을 높이 치켜든다.

"이 손으로 네 뺨을 갈길 수도 있어. 입맞춤 때문이 아니야. 네가 그 입맞춤을 잘못이라고 생각하기 때문이야. 도대체 무슨 이유로 네 자신을 억압하는 거지? 나를 해치기라도 했단 말이야? 너는 진짜로 다시 태어나야 해."

"가르쳐줘서 고마워."

"한번만 더 실수하면 그땐 때려줄 거야. 다시 태어나기 위해서는 무척이나 노력해야 할 거야. 맛있는 빵을 만들기 위해서는 반죽을 쳐대고 불에 굽고 해야 하잖아. 할 수 있겠어?"

"물론입니다, 선생님. 감사합니다."

그녀는 치켜들었던 손을 내 무릎 위에 올려놓고 지그시 누른다. 순간 정신이 까물까물해진다. 무거운 정적이 나를 짓누른다. 시간의 흐름이 달라진다.

"오늘은 숙제만 내도록 할게. 글짓기가 치료에 유용하다는 거 알지? 주제를 정해줄 테니 글을 한번 써봐. 내 구두와 내 스타킹에 대한 글을 한 편 써서 제출하도록 해. 쓰고 싶은 대로 써. 자유를 누려봐. 네 자신이 돼보란 말이야. 네 자신을 구속하지 말고……. 그리고 나를 믿어."

"물론이지, 믿고말고."

세 명의 연주자가 물러난다. 종업원 두 명이 작은 무대 위에서 움직인다. 다른 연주자들이 도착한다. 우리는 자리에서 일어나 밖으로 나온다. 알버트가 나타나 인사를 하고 전화기로 달려가 자동차를 부른다.

로드스터가 문 앞에 대기하고 있다. 수위가 파리다에게 차 열쇠를 건넨다. 파리다는 샌들을 운전용 평상화로 갈아 신고 차를 출발시킨다. 차를 타고 오는 동안 우리는 거의 말을 나누지 않는다. 나는 이 만남을 기억에 새겨주기 위해 애를 쓴다. 하늘색은 짙은 남색으로 변했다. 거의 새카맣다.

집 앞에 도착했을 때 파리다가 내게 농담을 던진다.

"내가 도착했을 때 얼마나 잽싸게 내려오던지! 집을 보여주기 싫은 모양이지?"

"그런 게 아냐. 언제라도 환영이야. 지금 당장이라도. 보고 싶어?"

"지금은 됐어. 다음에 차라도 대접해."

"기꺼이 대접하지."

"나중에 전화할 테니 그때 시간을 정하자."

그녀가 손을 내민다. 나는 장갑을 조금 내리고 감격에 겨워 그녀의 손에 입을 맞춘다. 나는 차에서 내린다. 내가 차 문을 닫으려하자 그녀가 말린다. 그녀는 자동차 바닥에서 샌들을 집어 들어 내게 건넨다.

"가져. 무슨 영감이 떠오를지도 몰라."

차에 시동이 걸린다. 차가 출발한다. 그녀는 모퉁이를 돌아가기 전에 손을 들어 작별 인사를 고한다.

지금 하늘은 밝게 빛나고 있다. 활짝 열린 황금의 도시에서 뿜어져 나온 광채일까?

골든 하우스!

그 클럽의 이름은 우연히 정해진 것이 아니다. 그 클럽은 다른 이름으로 불려져서는 안 된다. 황금의 도시가 아닌가. 내 아버지에 의해 성벽이 허물어진 황금의 도시. 나는 지금 그 황금의 도시 안에 있다. 이곳에서는 경이로운 일만 벌어진다. 환영이 아니다. 나는 물증을 가지고 있다. 나는 그 물증에 입을 맞출 수도 있다. 이 성스러운 샌들. 샌들은 지금 탁자 위에 놓여 있다. 그 탁자는 겨울이면 비밀스러운 불이 밝혀지는 나만의 예배당이다. 나는 샌들을 가슴에 꼭 품고 계단을 통해 올라왔다. 아니, 엘리베이터를 이용했던가? 모르겠다. 내 손에 들어온 보물만 생각날 뿐 다른 것은 전혀 생각나지 않는다. 그녀와 함께 했던 그 순간들! 나는 성큼성큼 앞으로 달려나갔었다! 집으로 들어서는 순간 나는 다시 한 번 깜짝 놀랐다. 나는 방금 전에 파리다와 헤어졌다. 그녀는 차를 타고 멀리 떠났다. 그런데, 거실에 불을 켜는 순간 나는 파리다와 다시 만날 수 있었다. 그녀가 거실에 있었던 것이다. 그녀가 벽에서 나를 바라보고 있었다. 바로 그녀였다. 그녀가 벌거벗은 어깨 너머로 나를 쳐다보고 있었다. 마치 '나를 따라와!' 라고 말하는 것 같았다. 로드스터 안에서 보았던 그녀의 모습과 똑같았다. 반쯤 늘어뜨린 머리 모양이 조금 달랐을 뿐.

즉시 나는 잘못을 알아차린다. 당연한 일이다. 그것은 언제나 그곳에 걸려 있는 엄마의 사진이다. 최근에 표정이 조금 부드러워지긴 했지만. 하지만 불을 켰을 때, 나는 파리다가 나를 기다리고 있는 듯한 느낌을 받았다. 이제 내가 모든 사람들의 얼굴에서 파리다의 모습을 보게 된 것일까? 그럴 만도 하다. 이제 파리다는 내 새로운 인생에 깊숙이 파고들었으니까. 게다가 나는 엄마의 사진을 보며 새로운 사실을 깨닫게 된다. 엄마와 파리다는 상당히 닮은 구석이 있다. 얼굴 모습은 그렇게 닮지 않았어도 성격만큼은 상당히 닮았다. 흑옥과 같은 엄마의 눈동자는 반달족의 피를 이어받은 파리다의 푸른색인 듯 회색인 듯한 눈동자와 전혀 다르다. 하지만 엄마의 눈빛도 파리다의 눈빛만큼 강렬하다. 그것뿐만이 아니다. 나는 집에 도착해 엄마의 사진을 보는 순간 새삼스럽게 깨닫는 바가 있었다. 엄마도 한때는 내 등불이었고 내 안내인이었다. 지금의 파리다처럼.

파리다! 나는 그 이름을 되뇌어본다. 내 무릎에서는 아직도 그녀의 손길이 느껴진다. 마침내 그녀는 결정적으로, 확고부동하게 나를 사로잡아버렸다. 그녀는 나를 사로잡기 위해 돌아왔던 것이다. 나를 사로잡아 자동차로 나를 납치했던 것이다. 나를 찾아 헤매고 다녔을 그녀를 생각하니 기분이 우쭐해진다. 내 자신이 깨닫지는 못했지만 평생을 통해 그녀를 찾아 헤매고 다녔던 사람은 바로 나였으니까. 톨레도에 갔을 때였지. 먼저 내 본능이 그녀를 차지하기로 마음먹었고, 그 후로 내 이성이 그걸 합리화시켰다. 하지만 시기상조였던가. 운명이 내게서 파리다를 멀리 떼어놓는 바람에 나는 아무런 성과도 거둘 수 없었다. 이제 나는 열과 성을 다하여 그녀를 원하고 있다. 새로운 마리오가 태어난 것을 알고 있기 때문이다. 내 안에서 새로운 마리오가 꿈틀거리고 있다. 마리오는 다시 태어났다. 명백한 증거가 있다. 나는 많은 사람들을 만났고 많은 증거를 얻었다. 나는 파리다를 만나기 위해 이곳에 온 것이다. 그녀의 손에 나를 맡기기 위해, 그녀의 계획대로 따라가기 위해. 너무나 분명하지 않은가. 오늘 그녀는 나를 받아들였을 뿐만 아니라 선물까지 주었다. 학습용 교재라고나 할까. 그 숭고한 샌들을, 영원불멸의 유물을, 내 새로운 길을 밝혀줄 북극성을. 나는 샌들에 입을 맞춘다. 나는 깊이 숨을 들이쉰다. 가죽 냄새와 그녀의 체취에 정신이 아득해진다. 나는 냄새에 취해 둥실둥실 떠오른다. 그리고 나는 너를 향해 달려간다, 파리다. 이제 나는 너를 위해 살 것이다. 나는 서재 탁자 위에 놓인 샌들을 바라본다. 그리고 나는 상상의 나래를 펼친다. 내가 입을 맞추었던 네 발을 그 샌들에 신겨본다. 너는 스타킹을 신고 있었지. 네 피부색과 똑같은 호박색 스타킹을. 그리고 그 위로 너의 다리 선과, 팰리스 호텔에서 언뜻 보았던 허벅지와, 네가 방금 전에 언급했던 클리토리스를 그려본다. 너의 가장 깊숙한 곳으로 파고들기 위해서는 그곳을 통과해야 할 테니까……. 샌들 위로 너의 전체 모습을 그려본다. 너의 생명을 구해준 문신도, 검은색 머리띠에 묶인 너의 머리카락도. 이제 너의 얼굴은 엄마의 얼굴과 같은 높이에 있다. 너 역시 은은한 눈빛으로 나를 바라보고 있구나. 그래, 나는 마침내 알 수 있다. 마리오가 다시 태어나고 있는 거야! 그와 동시에 새로운 파리다가 내 앞에 나타난 거야! 반세기 전에 소년 마리오를 사로잡았던 그 파리다보다 더 원숙해진 파리다가! 나긋나긋한 파리다, 〈새벽〉을 보며 눈물을 찔끔거리는 파리다, 하지만 나를 위해서는 협박까지 불사하는 강인한 파리다가!

본성이 달라진 것은 아니다. 세상 물정 모르던 한 소년이 발견하지 못했던 것을 이제 보게 된 건지도 모른다. 하지만 그때보다는 많이 달라졌다. 새로운 지식으로 나를 더 좋은 방향으로 이끌기 위해 그렇게 변한 것일 테지. 입소테라피 방법을 써서 나를 치료한다는 말을 듣고 얼마나 놀랐던가! 그 이론은 나와 다른 사람들의 삶을 깨끗하게 정화시켜줄 것이다! 나처럼 자연적인 본능을 억압하는 고문대에 묶여 허덕이는 사람들을 구원해줄 것이다! 자위행위에 대한 그 수많은 거짓말들. 가엾은 청춘들은 고해실로 끌려가 죄책감에 시달려야 했지. 그러나 댄스플로어에서 만났던 사람들은 너무나도 담담하게 실용적인 교육을 받지 않았던가! 매력적인 로베르타와 그 파트너는 그곳에서 삶을 만끽하고 있었다. 파리다가 이끄는 대로 여자처럼 따라다니던 그 남자! 가엾은 내 친구 한 명이 생각난다. 동성연애자였던 그 친구는 '병을 고치기 위해' 병원으로 끌려가야 했다! 다른 시대였다면 무지몽매한 광신자들이 그 친구를 화형에 처했을지도 모른다.

연이어 벌어지는 사건들. 나는 이제 안다. 이곳에서는 우연이란 없다. 과녁을 향해 날아가는 화살처럼 모든 것이 일정한 방향을 향하고 있다. 전화만 해도 그렇다. 옛날 번호 그대로인데도 여전히 충실하게 작동하고 있다. 이곳 아푸에라스가 아니라 다른 곳에서 이런 이상한 일들이 벌어진다면 도저히 믿을 수 없을 것이다. 이곳에는 모든 것을 뛰어넘는 질서가 있다. 그리고 그 질서는 오로지 한 가지 목적을 위한 것이다. 이 질서에 대한 증거는 내 안에, 내 가장 깊숙한 곳에 있다. 그래서 나는 지금 영원한 평안을 맛보고 있는 것이다. 이 이중의 세계가 무엇이든 나는 상관하지 않는다. 마드리드 외곽에 세워진 현대식 신도시라도 좋고, 내가 내 가족 친지를 만날 수 있도록 특별히 고안된 장소라도 해도 상관없다. 이곳이 병원이든, 환승역이든, 대기실이든 상관없단 말이다. 이곳 사람들은 모두 각자 가야할 길을 따라 간다. 하지만 내가 가야할 길은 아직 분명하지 않다. 내게는 아직 뚜렷한 목적지조차 없다. 평생을 이리저리 헤매면서 살아온 뒤끝이라 그럴 것이다. 하지만 내 혼란도, 내 방황도 이젠 끝이다! 내 속 깊숙한 곳으로 들어와 본 사람이라면 나 자신보다 내 진실한 면모를 더 잘 알 수 있을 것이다. 그래서 나는 심령술사 할라흐처럼 외쳐본다. '파리다 알-하크!' 그녀가 진실이다. 나는 그녀가 전한 복음을 믿는다. 나는 신과 같은 그녀에게 내 몸을 의탁한다. 지금의 내 모습을 찾아낸 사람은 바로 그녀가 아닌가. 나는 진실한 내 모습으로 돌아가기 위해 이제 더 이상 나를 억압하지 않을 것이다. 나는 그녀에게 봉사하기 위해 일을 시작한다. 먼저 나는 그녀의 원대로 글을 쓰기 시작한다. 나는 결정을 내려야 하는 의무감에서조차 자유롭다. 나는 모든 것을 그녀에게 맡긴다. 나는 그저 내 본연의 모습 그대로를 밝히기만 하면 된다. 그녀의 손에 사로잡힌 나는 더할 나위 없이 자유롭다.

그녀의 손! 예쁘장한 담배 파이프를 들고 있던 그녀의 그 아리따운 손! 모로코 남부 지방 게르바에서 본 무희들의 손이 생각난다. 무희들은 늘어뜨린 발 뒤에 베일을 쓰고 앉아 있어서 초롱초롱한 눈만 볼 수 있었다. 뱀처럼 꿈틀대는 상체와 한 많은 사연을 담은 듯한 손짓은 남자들의 성욕을 자극했다. 파리다의 손은 우선 내 몸을 맷돌에 갈 것이다. 그런 다음 그녀의 손은 빵을 만들 때처럼 내 몸을 반죽할 것이고, 그리고 마지막으로 반죽이 된 내 몸을 화덕에 집어넣을 것이다. 파리다, 힘도 열정도 아끼지 말아 줘! 나는 이제 내가 옛날에 저질렀던 실수를 깨닫는다. 나는 라스-마리프에 가서 루이사 이모와 함께 지낼 때 그곳이 지상낙원일 줄로 믿었다. 하지만 그곳은 어린아이들의 천국일 뿐이었다. 이모는 불을 찾아 그곳에서 달아났다. 그래, 현명한 처사였어. 모닥불도 열정도 느낄 수 없었던 사이비 에덴. 자신의 모든 것을 실현시키는 것, 그것이 바로 삶의 낙원이다. 우주의 화톳불에서 하나의 불꽃으로 타오는 것. 이것이 진실이다. 내가 만난 신이 들려준 얘기에 따르면 그렇다. 그래서 아버지도 전혀 예기치 않았던 순간에 기회가 오자 후궁으로서의 사랑에 몸을 맡겼던 것이다. 아버지는 그런 사실을 알려주기 위해 나를 찾아왔다. 아버지는 바로 그런 이유로 이곳에 존재하는 것이다. 아버지는 내가 내 목적지에 도달할 수 있도록 나를 돕고 있는 것이다. 에덴동산의 순진함은 진정한 낙원이 아니다. 진정한 낙원은 열정을, 고통을 요구한다. 우리는 우리에게 닥친 고난을 감싸 안아야 하고 고통을 나누어야 한다. 이렇게 볼 때, 나는 이전까지 그 누구를 진정으로 사랑해본 적이 없다. 하지만 아버지는 진정한 사랑을 나눌 수 있었다. 나는 본연의 내 모습을 찾을 수 없었다. 그건 거세당한 것과 마찬가지였다. 그래서 사랑을 불태울 수 없었다.

파리다, 날 네게로 이끌어 줘, 조금도 망설이지 마. 너의 고문이, 너의 불길이 필요해. 네 욕망의 맷돌 안에서 산산이 부서지고 싶어. 네 마음 내키는 대로 나를 마구 반죽해 줘. 그리고 과감하게 내 몸에 불을 질러 줘. 나를 빵으로 만들어 줘. 아니, 가능하다면 나를 칼로 만들어 줘. 날 쇠모루에 올려놓고 망치로 힘껏 두드려 줘. 그런 다음 풍로에 넣고 시뻘겋게 달궈 줘. 그런 다음 시원한 물에 집어넣어 식혀 줘, 네 사랑의 손길로…….

아! 파리다! 날 너의 빵으로, 너의 칼로 만들어 줘! 나를 먹어 줘! 나를 네 몸에 찔러 넣어 줘! 난 네가 기뻐하는 일이라면 뭐든지 할 수 있어! '나를 따라와!' 라고 너는 말하지. '기다려 줘!'

라고 나는 대답해. 네게로 갈 거야. 얼마나 가고 싶었는데. 너도 날 원하는 거지? 우리 사이를 갈라놓을 수 있는 것은 아무것도 없어. 너도 날 사랑하는 거지? 내가 널 사랑하는 것만큼…….

파리다, 너의 그 야한 구두 앞에서 내가 얼마나 마음을 졸였는지 너는 알고 있어. 그래, 나는 그 구두를 질투해. 구두를 바라보고, 그 냄새를 맡고, 거기에 입을 맞추고, 우러러볼수록 질투심이 강해져. 그 구두의 삶이 고스란히 내게 전달되는 것 같아. 좋아, 너의 명령에 따라 구두에 대해 글을 써보겠어. 그러니까 나는 구두의 입장에서 말해보겠어.

네 옷장 바닥에서 나는 기다려. 짝을 이룬 두 개의 옷장 중 하나야. 우리는 나란히 놓인 두 개의 금도금 바에 걸려 있어. 구두굽이 바에 걸려 있는 거지. 그런데 갑자기 옷장 문이 열려. 빛이 쏟아져 들어와 잠시 눈이 부시다가 역광에 비친 너의 모습이 보여. 나는 다른 구두보다 돋보이기 위해, 그래서 너에게 선택받기 위해, 까치발로 일어나. 너의 맨발, 너의 종아리. 너는 상체를 숙여. 그러자 두 개의 젖가슴이 우리 쪽으로 쏟아져 내려. 너의 얼굴 표정을 보면 아직 결정을 내리지 못한 것 같아. 너는 피아노 건반을 하나하나 쳐보듯 우리들을 하나하나 훑어보지. 나는 안절부절 정신이 없어. 그러다가 네가 내게 손을 뻗쳐, 나를 집어 들어, 옷장 밖으로 꺼낼 때 내 심장은 기쁨으로 터져 버려. 아 얼마나 기쁜지 몰라! 네 발이 내 몸을 파고들어 내 몸 안에 자리 잡고 나를 차지하면! 경쾌하게 바닥을 내딛는 너의 발걸음! 내 몸에 실리는 너의 몸무게!

나는 기쁜 만큼 내 자신이 자랑스럽기도 해. 나는 네 조각상의 주춧돌이며, 너의 버팀목이며, 너의 받침대며, 너의 보금자리야. 나는 너의 그 아름다운 발을 감싸고 있는 장갑이며, 쌍둥이 요람이며, 너의 보호자며, 너의 장식물이야. 나는 가장 좋은 가죽으로 만들어진 구두야. 나는 아주 부드러워. 네 발을 감쌀 수 있는 것은 나밖에 없어. 나는 쓸리지 않게 너를 애무하고, 지나치게 조이지 않게 너를 동여매며, 숨이 막히지 않게 너를 감싸지. 나는 네 발걸음이 편하도록 몸을 늘이기도 하고, 네가 쉴 참이면 아무 말 없이 고분고분 물러나기도 해.

물론 네 다른 구두들도 행복하기는 할 거야. 가장 못난 구두일지라도 말이야. 네 발을 직접 품을 수 있으니까. 하지만 나만큼 운이 좋은 구두는 없어. 뛰어난 디자인에, 질 좋은 가죽에, 우아한 색상에, 단단한 굽. 너는 나를 특별한 경우에 이용하니까. 게다가 나는 지금 인생의 한창 때를 보내고 있어. 누구에게 뒤떨어지지 않을 정도로 참신하면서도 네 발 모양과 걸음새에 익숙해질 정도로 길이 들어 있지. 그리고 내게서 나는 냄새-새로 뽑은 자동차의 의자 커버 냄새-는 너의 체취와 너무나 잘 어울려.

그래서 너는 나를 신는 거야. 기사가 갑옷을 입듯이 말이야. 너는 여자를 덮치듯 나를 올라타. 그리고 나는 너의 전령이기도 해. 캐스터네츠를 치듯 또각 또각 울리는 구두 굽 소리. 그 소리를 듣고 사람들은 네가 가까이 왔다는 것을 알 수 있지. 나는 구두 굽 소리를 더 크게, 더 위협적으로, 더 강한 소리로 울리기 위해 몸을 곧추세워. 네가 힘차게 걸으면 그 반동으로 내 밑창은 너무나 아파. 나는 너의 희생양이야. 나 자신이 원한 거야. 나는 너를 위해 고통 받으며 기쁨을 만끽하고 있는 거야. 나는 너의 승리를 위해 내 스스로 내 온몸을 바친 거야. 나는 네가 내 높은 구두 굽 위에서 중심을 잃지 않도록 매순간 최선을 다해. 나는 네가 발걸음을 내디딜 때마다 고통과 함께 말로 형용할 수 없는 기쁨을 맛봐. 가볍게 떨리는 너의 발목. 이 가벼운 떨림이 당차면서도 매혹적인, 위협적이면서도 도발적인 너의 발걸음을 우아하게 만들어주는 거야. 내 몸에서 나오는 경쾌한 울림과 함께 너는 도도히, 당당히 걸어가는 거지.

나는 내 자신을 다른 구두와 절대 바꾸지 않을 거야. 여름이면 네가 네 몸에 걸치는 것을 부러워하기는 해. 너의 그 섬세한 손길이 직접 닿는 것들을 말이야. 그래서 때로는, 잠시잠깐이기는 하지만, 너의 그 새틴과 깃털로 만든 굽 높은 실내화가 되었으면 싶기도 해. 네가 침실에서 화장실까지 신고 가는 그 신발 말이야. 너의 충성스러운 애인들이 정성스럽게 벗겨 내는 그 신발 말이지. 사실 말이야, 그래 고백하겠어, 나는 네가 네 몸에 걸치거나 장식용으로 다는 모든 것을 질투해. 네 몸에 달라붙는 모든 것을 말이야. 천이든 가죽이든 모피든 쇠붙이든 모든 것을. 그리고 특히 너의 그 스타킹을 증오해. 너의 살결로부터 나를 떼어놓으니까. 내 눈길이 닿지도 못하는 곳까지 온통 네 다리를 감싸버리니까. 건방지게 굴었다면 용서해 줘. 너의 주춧돌이 되어 가슴 벅찬 구두 굽 소리를 낼 수 있는 영광을 제발 빼앗지 말아 줘. 이 행복에 겨운 구두의 영광을.

나는 지금 침대에 누워 있다. 창문을 통해 마당으로부터 황금빛 물결이 진하게 스며들어온다. 나는 거의 한 세기 전에 받은 리안 드 푸지의 엽서를 바라본다. 파리의 요염한 화류계 여인, 드레스의 한쪽이 비스듬히 트여있다. 내가 지니고 있는 파리다의 이미지와 너무나 흡사하다. 파리다도 호텔에서 내게 저런 모습을 보여준 적이 있었다. 하지만 자세히 보면 두 여자는 상당히 다르다. 어쨌든 믿음이 강한 사람들은 그리스도와 성인들의 모습을 자기 나름대로 그려보지 않는가. 살짝 벌어진 치마. 나는 그 이미지를 통해 내 유년시절로 돌아간다. 나는 이제 내 유년시절의 낙원이었던 라스-마리프를 더 이상 믿지 않는다. 그곳은 가짜였던 것이다. 그곳에서는 피가 끓어오르지도 않았고 삶의 열정도 느낄 수 없었다. 그곳은 지옥의 변방일 뿐이었다. 이제는 모든 것이 달라졌다. 나와 파리다를 비롯해 모든 것이 달라졌다. 파리다는 처음 내게 착한 요정으로 나타났다. 그녀는 전설에 나오는 푸른 눈의 공주였다. 그녀는 톨레도에서 사랑에 빠진 한 어린 소녀의 친구였다. 하지만 지금은……. 지금은 어떤가? 아직도 어렴풋하기만 하다. 아득한 산 정상에서 내려다보는 현실은 너무나 새롭다. 그녀에게 다가가기 위해서는 산을 내려가야 한다. 파리다, 그녀는 이제 베르베르족 여인이다. 문신을 한 정결한 암컷이다. 에버하트와 같은 여장부, 걷는 모습이 우아한 자웅동체의 여인이다. 그녀의 손. 언젠가 본 무희들의 손처럼 섬세하다. 거만한 듯하면서도 영화를 보며 눈물을 흘리는……. 루이사 이모가 변한 것처럼 파리다도 완전히 변했다. 루이사 이모도 삶을 만끽하기 위해 지옥의 변방에서 달아나지 않았던가. 하긴 파리다는 변할 필요도 없었을 것이다. 그녀는 평생을 충만하게 살았다. 어렸던 나는 그녀를 외모만 보고 판단했던 것이다. 나는 아직까지 그녀의 경지에 이르지 못했다. 나는 이제 겨우 시작했을 뿐이지만 적어도 그녀의 내면을 들여다볼 수 있게는 되었다. 모두 다 이곳 아푸에라스의 공기와 빛 덕분이다. 억압받는 세상에서 탈출한 우리는 이곳에서 꽃을 피울 수 있다. 황금 도시의 원주민들이 거주하는 자유로운 장소. 이곳 고유의 사상과 가치관. 파리다는 이곳에서 엄청난 삶의 모험을 약속하는 입소테라피를 시술하며 살아간다.

문득 이런 생각이 든다. 나는 각성한 것일까. 나는 편안하게 누워 있다. 나는 지금 이 집에서 가장 중요한 부분을 차지하고 있다. 안마당 깊숙한 곳에 감추어진 은밀한 장소. 우리 집에서 가장 은밀하고 비밀스러운 장소. 그야말로 완벽한 정적이 흐른다. 모든 것이 정지한 듯싶다. 방이 환하게 밝아오면서 한 사람이 눈에 보인다. 누군가가 내가 아끼는 책상 옆 의자에 앉아 싱긋이 웃으며 나를 쳐다보고 있다. 화사한 여인이다. 앳된 얼굴에 높게 빗어 올린 머리. 치렁치렁한 드레스. 소박하면서도 공주의 치마처럼 우아하다. 부드러운 표정에 견고한 눈초리. 어디선가 본 듯한 모습이다. 여인은 아름다운 부채를 무심결에 흔들고 있다. 라일락꽃 모양이 수놓인 골동품 부채다. 나는 문득 깨닫는다. 일전에 내 앞에 나타났던 내 신의 모습과 많이 닮았다.

"맞았어. 바로 나야." 여인은 내 속마음을 벌써 알아차리고 내게 말을 건다. "나야, 나. 첫 번째 만났을 때보다 기분이 훨씬 좋은데. 이번에는 내 진짜 모습을 보여줄 수 있어서 말이야. 내가 바로 너의 여신이야. 나를 이런저런 모습으로 생각했을 테지만, 이게 내 본모습이야. 어린 시절에 귀에 못이 박히도록 들은 미신 때문에 내 모습을 제대로 그려볼 수 없었을 테지. 그래서 나를 남자의 모습으로 상상했을 거야. 네 안에 있는 신의 모습을 찾기 위해 무던히도 애를 썼을 테지. 이제는 똑바로 보란 말이야. 네 안의 진실을, 네 궁극의 진실을 보란 말이지. 너 자신의 신은 바로 여신이야. 너는 이제 삶의 뿌리에 더 가까워진 거야. 신은 생식 능력이 있는 여성이지. 끊임없는 창조 행위는 여신만이 할 수 있는 거야. 사실을 인정하고 나를 받아줬으면 좋겠어."

그녀의 말이, 그녀의 태도가, 그녀의 모습이 나를 사로잡는다.

"기꺼이 받아들이지요. 기꺼이 인정합니다. 하지만, 신은 남자라는 말을 하도 많이 들어서……."

"잊어버려." 여인은 부채로 내 무릎을 가볍게 치며 말을 막는다. 주름살 하나 없는, 검버섯 하나 없는 깨끗한 손이다. "어린 시절부터 그런 생각을 집어넣은 거지. 이유를 따지지 않고 남자를 숭배하도록 만들기 위해서 말이야. 이성적으로 따져 보면 이런 생각이 들기도 할 거야. 진정한 신은 성 구분이 없다, 아니 자웅동체일지 모른다, 그래야 남자도 여자도 따르지 않겠는가. 그것도 쓸데없는 생각이야. 진정한 신은 사람마다 틀려. 너는 내 이대로의 모습을 사랑해야 해. 내가 너의 진정한 신이니까."

"그래요. 만나서 반가워요. 마침 잘 오시기도 했고. 당신이 필요했어요."

"당연하지."

"그럼요. 아시겠지만……. 먼저 확인해 주세요. 지금 여성의 모습으로 나타나셨는데, 나의 변화와 관련이 있는 건가요?"

"그걸 의심하는 거야? 네가 변하지 않았다면 여자인 내 모습을 알아보지 못했을 거야."

"알아요. 하지만 무작정 믿자니 좀……."

"바로 내가 증거야. 여성인 내가. 네가 이미 선택한 거야. 골든 하우스에서."

"그곳에 계셨어요?"

"네가 그곳에 있었잖아. 그러니 나도 당연히 그곳에 있었지. 우리는 편견을 과감하게 깨부숴야 해. 아무리 힘이 들어도 편견은 없애버려야 한단 말이야."

"맞아요. 모든 것을 아실 테니 설명은 필요 없겠지요. 우선, 확실히 알고 싶은 게 하나 있어요. 확신이 들 때도 있지만, 불가능할 것 같은 생각도 들고 해서……. 극장에도 계셨지요? 그렇지요?"

"물론이지. 그녀의 눈물을 봤어."

그녀의 강렬한 눈빛에 나는 잠시 입을 다문다. 나는 겨우 말을 잇는다.

"당신은 파리다의 여신이기도 한가요?"

"나는 그녀 속에 있지 않아." 여신은 천천히 대답한다. "그렇지만 이런 말은 해줄 수 있어. 아랍인들이 쳐들어오기 전에 베르베르족은 남신보다는 여신을 더 섬겼어. 지금도 그래. 남쪽 사막에 사는 베르베르족 사이에서는 남자보다 여자가 더 자유롭고, 남자보다 여자가 더 많은 권력을 누리고 있지. 그들은 문화적으로 자연 법칙을 더 잘 따르고 있는 거야. 그러니까 그들은 여성적인 것에 더 친숙한 거지……. 하지만, 잘 들어. 나도 너처럼 그녀를 보고 그녀의 말을 들었어. 댄스 플로어에서 말이야. 그녀는 그곳에서는 울지 않았어. 그녀의 눈물만 보고 그녀를 판단하면 안 돼."

"당연하죠!"

여신이 웃음을 터뜨린다.

"네 열정이 마음에 들어. 잘 하고 있는 거야."

"당신이 그녀를 내게 보냈나요? 파리다 말입니다."

"아직도 내 말을 이해하지 못하는군. 나는 결코 그녀를 네게 보낼 수 없어. 네가 묻는 의미상으로 볼 때 말이지. 하지만 결과적으로는 그렇게 됐어. 너는 평생 동안 그녀를 찾아왔잖아, 그렇지 않아? 네가 원하던 모습대로 그녀를 만들고 싶은 거지? 그게 네 목표잖아, 그렇지 않아? 너 자신에게 대답해봐."

"내가 환상을 보고 있다는 사실은 말 것 같아요."

"그렇다면 나도 환상이라는 거야? 내 실체를 의심하는 거야? '환상' 이라는 말속에도 많은 진실이 담겨 있어. 환상은 절대로 완전히 비현실적인 것이 아냐. 너 자신을 창조주라고 생각하지

마. 오로지 삶이, 우주의 에너지가 창조주인 거야. 너는 피조물이야. 그리고 너의 환상은 피조물의 피조물이지. 너는 외부에서 받아들인 단편적인 현실로 상상을 하지. 그 단편적인 현실은 네 안에서 재구성된단 말이야. 어떤 것은 어두운 기억 한 구석에서 잊혀지기도 하고. 그러다 보니 그 잊혀진 기억이 되살아나면 너는 그걸 창조해 낸 것인 양 여기게 되고. 파리다를 의심하지 마. 네가 입을 맞춘 그녀의 발이 환상이었단 말이야?"

"아닙니다!"

"그렇다면……." 여신은 의기양양한 자세로 나를 쳐다본다. "그녀가 네게 중요한 사람이라는 것을 인정해."

"인정하고말고요." 나는 허둥거린다. "그녀는 천우신조로 내게 나타났어요. 그래서 혹시 당신이 보낸 것이 아닌가 하고 물었던 겁니다. 바보 같은 질문인지 알면서도……. 그녀는 내가 여러 사람을 만나 경험을 키우고 세상 보는 안목을 키운 후에 나타났어요. 전에 몰랐던 엄마를 알게 되었고, 루이사 이모를 다시 보게 되었고, 내 아버지는……, 아시지 않습니까……. 그러다가 그녀가 힌두교의 구루처럼 불쑥 내 앞에 나타났어요. 마치 내가 변했다는 사실을 누군가가 그녀에게 알려주기라도 한 것처럼 말입니다. 나를 과거로 데려가라고 일러준 것처럼. 내가 그녀에 대해 눈을 뜨게 된 톨레도로 나를 데려가라고. 다시 시작하기 위해……. 비법을 전수해주겠다고 약속했어요. 어떻게 설명해야 할지는 잘 모르겠지만……."

여신은 횡설수설하는 내 말을 진득하니 듣고 있다. 동의한다는 표정, 이해한다는, 알아들었다는 표정. 당연한 일이다. 여신은 이미 알고 있는 것이다. 나는 혼자서 넋두리를 늘어놓고 있는 꼴이다. 나는 여신을 쳐다본다. 그런 대로 내 말을 이해한 모양이다.

"자기 자신에게 무엇이 필요한지 설명을 잘 하는데 그래. 구루와 비법 전수자라. 잘 들어. 구루와 비법 전수자는 완전히 달라. 나라면 후자를 선택하겠다. 구루는 지나치게 정결하거든. 비법 전수자는 좀 더 많은 것을 가르쳐줄 수 있지. 너와 잘 어울려. 시작 단계에서는 비법 전수자가 훨씬 좋아. 그러고 보니 이미 널 가르치기 시작했던데 그래. 글을 한 편 써보라고 네게 명령했지 아마……. 그래, 네가 글을 쓰는 동안 나도 이미 읽어보았어. 그리고 네가 감히 표현하지 못한 것도 읽었고 말이야. 언젠가는 그녀에게 모두 다 밝히겠지? 서두르지 마! 그런 생각은 바로 네가 진보하고 있다는 증거니까. 다시 말해 나도 진보하고 있는 거지. 기억해. 나는 너의 선발대야. 내가 선발대로 나가는 거야. 그러면 너는 진보하는 거고. 네가 앞으로 내딛는 발이 바로 내 발이란 말이지."

힘이 솟아나는 기분이다. 나는 여신을 바라본다. 과감한 이들의 성모마리아, 전초 부대의 성모마리아. 아메리카 대륙을 집어삼킨 정복자들이 경배했던 그 성모마리아. 여신은 나를 꿰뚫어본다. 나보다 훨씬 먼 곳을 볼 수 있다. 여신은 내가 알지 못하는, 내 마음속 깊은 곳에 감추어져 있는 것을 파낸다. 사실이다. 나는 내 평생 동안 여신을 숭배해왔던 것이다.

"나를 이해해주세요. 갑자기 변하려니 쉽지가 않아요. 때로는 혼란스럽기도 해요. 나는 처음 이곳에서 아주 평화롭게 살았어요. 모든 게 좋았어요. 그런데 아주 이상한 일들이 벌어져 나를 온통 뒤흔들어놓았어요. 저 하늘의 빛, 멈추어 선 시계, 옛날에 보았던 전차, 내 눈을 뜨게 해준 만남들……. 예전에는 몰랐던 우리 가족의 진실도 알게 되었어요. 나는 잘 알고 있다고 생각했었는데, 그렇지 않았어요. 그래요, 다 받아들일 수 있어요. 모두 다 진실이니까요. 나는 지금 편안해요. 하지만 한편으로는 두려워요. 지금 내 자신이 변하고 있으니까요. 게다가 내 과거도 변했어요. 새로운 눈으로 보니 과거가 달라 보이는 거예요. 내가 내 삶이라고 믿었던 것이 내 삶이 아니었어요. 남들이 나를 위해 짜준 삶이었어요……. 그래요, 나는 새로운 의욕을 느껴요. 나는 내 삶을 원해요. 내가 수십 년 동안 연극배우처럼 재현해온 그런 삶이 아니라 내 진짜 삶을 원한단 말입니다. 나를 고통스럽게 만들었던 그런 공허한 삶은 이제 필요 없어요. 라스-마리프와 같은 낙원은 이제 원치 않아요. 나는 위험할지라도 내 욕구를 충족시키고 싶어요. 나는 사랑해요……."

나는 누구를 사랑하는지 그 이름을 밝히지 않는다. 파리다. 그 이름을 과감히 밝힐 수 있는 날이 오기는 할까? 지금은 감히 그럴 용기가 없다. 하지만 나는 파리다를 사랑한다. 파리다. 내가 경배하는 여인. 내 몸을 바친 여인. 내 욕망의 여인. 내가 굴복한 여인. 내가 갈망하는 여인. 하지만 내가 다가갈 수 없는 여인. 나는 자격이 없기 때문이다. 지금은 노력하는 단계다. 나는 아직 결과를 확신할 수 없는 미완의 존재일 뿐이다. 의지는 분명하다. 나는 이제 막 쏘아 올린 화살이다. 언젠가는 파리다에게 가서 꽂히겠지. 블랙홀로 빨려들 듯이 그녀 안에 완전히 파묻히게 되겠지. 파리다. 내 기쁨이며 내 희망인 여인. 나를 새롭게 변모시켜줄 여인……. 흥분해서인지 말도 제대로 나오지 않는다. 게다가……. 방금 새로운 생각이 번뜩 떠오른다. 하지만 그 생각도 큰소리로 표현할 재간이 없다. 파리다의 이름을 소리쳐 부르기만큼 어렵다.

그래도 상관없다. 여신은 내 속마음에 귀를 기울이고 있으니까.

"당연히 혼란스럽겠지. 생각해봐. 너도 이제 어느 정도 경지에 올랐으니 여리고의 높은 성벽이 무너졌다고 생각했겠지. 그런데 그게 아니란 말이지. 막상 날아오르려 하니 마지막 비행기는 날개를 접은 것 같고……. 아니야. 성벽은 바로 지금 이 순간 이곳에서 무너지는 거야. 이제 너 자신을 만날 수 있어. 나를 만난 것처럼. 전혀 기대하지 않았던 것이 적절한 순간에 나타나는 거지."

"그런 말을 들으니 마음이 진정되는군요. 하지만 내게는 선택권이 없어요."

"선택권은 이미 쥐어졌어! 너희 인간들은 무언가를 선택한다고 믿고 있어. 그리고 그 선택에 복종한다고 믿고 있어. 너 자신이 되는 것 말이야. 너 역시 오래 전에 선택했어. 내가 이미 말했잖아. 하지만 사람들이 네게 강제로 입혀놓은 구속복 때문에 옵션을 행사하거나 네 자신의 삶을 살아갈 수 없는 거야. 이곳에서 너는 자유로워. 그래서 마침내 너는 네 본연의 모습으로 살아가기를 원하고 있어."

"뭐라고요?"

여신이 호탕하게 웃는다.

"내가 바보인줄 알아? 네가 그렇게 소리쳤잖아! 그녀의 구두가 되고 싶다고, 그녀의 빵이, 그녀의 칼이, 그녀의 시녀가 되고 싶다고……."

"시녀가 되는 법을 가르쳐주는 학교는 없어요." 나는 미소 짓는다. 졌다고 생각하니 마음이 편해진다. 나는 쭈뼛쭈뼛 한 마디 덧붙인다. "말해주세요. 그렇게 될 시간이 있을까요? 내게 그럴 수 있는 능력이 있을까요?"

"능력? 넌 가장 힘든 일을 이미 해치웠어. 가짜 신들을 때려

눕혔잖아. 시간? 이곳 아푸에라스에는 네게서 시간을 빼앗아갈 시계가 없는데 무슨 상관이야? 시간 걱정은 하지 마세요. 그럼 곧 다시 보도록 해."

여신이 작별을 고한다. 여신의 모습이 점점 희미해지는가 싶더니 책상 위에 부채만 달랑 남아있다. 마당을 비추던 빛이 차츰 스러진다. 조금 전까지만 해도 여신과 나를 밝게 비추어주었는데. 이제 그 힘을 잃어버린 것 같다. 여신이 남긴 말이 내 속에서 웅성거리고 있다. 그 소리에 귀를 기울이자니 피곤해진다. 하지만 기분은 최고다. 장거리 달리기에서 일등으로 결승점을 통과한 사람이 된 것 같은 기분이다.

산책을 나갔다가 다시 집으로 돌아온다. 궁금증이 일어 라스-마리프에 한번 가보고 싶었던 것이다. 그곳 역시 변했는지 확인해보고 싶었다. 나는 라스-마리프에서 이곳으로 돌아올 때 왔던 그 길을 되짚어간다고 생각했다. 하지만 마을은 나타나지 않았다. 나는 라스-마리프의 해변보다 훨씬 넓은 해변에 도착했다. 버려진 성채가 있던 높은 언덕도 없었다. 아마도 라스-마리프는 사라지지 않았을 것이다. 다만 내가 그 길을 찾지 못했을 뿐이다. 혹시 사라져버린 것은 아닐까? 그 해변을 찾을 수 있다면 확실하게 알 수 있을 텐데. 아무 흔적도 없이 완전히 사라져버린 것은 아닐까? 폐허가 되어버린 걸까? 혹시 그대로 남아 있지는 않을까? 확실히 알 수 없었지만 그렇다고 불안하지는 않았다. 이걸 보면 내가 확실히 변하긴 변한 모양이다. 나는 내 유년시절을 증오하지는 않는다. 어쨌든 돌이킬 수 없는 과거니까.

내가 집 앞에 도착했을 때 심부름꾼 한 명이 불쑥 내 앞에 나타난다. 첼로의 바에서 일하는 그 청년, 엽서 꾸러미를 발견했다고 내게 알려준 바로 그 청년이다. 청년은 나를 알아보고 내게 자그마한 상자를 건네준다.

무언가가 청년이 모르는 사실을 내게 속삭인다. 파리다가 보낸 거야. 나는 계단을 두 칸씩 뛰어올라간다. 마음이 너무 조급해 굼뜨게 움직이는 엘리베이터를 기다릴 여유가 없다. 문을 연다. 복도를 내달린다. 아라비아 식으로 꾸며진 방으로 들어간다. 청동 램프에 불을 켠다. 형형색색의 빛이 쏟아진다. 나는 소파에 앉는다. 소파 앞에는 궤짝이 놓여 있다. 아버지가 아닐린으로 북아프리카 풍의 기하학적인 장식 무늬를 그려놓은 궤짝이다. 나는 겉포장–겉포장에는 내 이름과 주소만 달랑 적혀 있다. 하지만 그녀의 글씨체가 틀림없다!–을 뜯는다. 셀로판 봉지에 스타킹 한 켤레가 들어 있다. 나는 셀로판 봉지를 열어 스타킹을 꺼낸다. 스타킹은 기지개를 펴듯 내 손안에서 활짝 펼쳐지며 스르르 흘러내린다. 고무 밴드가 달린 스타킹. 이 고무 밴드가 허벅지를 꽉 조일 것이다. 아주 우아한 두더지 빛 색조. 파리다가 골든 하우스에서 신고 있던 스타킹보다 약간 짙은 색이다. 촉감은 부드러우면서도 자극적이다. 화려하다. 나는 기쁨으로 넘친다. 스타킹은 무언가를 암시한다. 무언가를 부추긴다. 양탄자 위에 작은 쪽지 하나가 떨어져 있다. 스타킹과 함께 봉지에 들어 있다가 내가 서둘러 봉지를 여는 바람에 바닥으로 떨어진 모양이다. 나는 쪽지를 집어 들어 읽는다.

'내 샌들에 대한 찬양시를 쓰기 위해서는 이게 필요할지 몰라. 나를 기다리는 동안 어떻게 하는지 지켜보겠어. F.'

순간 나는 그대로 얼어붙는다. 생각이, 충동이, 감정이 어지럽게 날뛴다. 파리다, 어쩌란 말이야? 무슨 생각을 하는 거지? 어쩌려고 그래? 뭘 원하는데? 어떻게 해야 하는데? 네게 난 누구야? 내가 어떻게 해야 해? 나보고 어쩌란 말이야? 공연히 날 시험하는 것은 아니겠지? 날 질책하는 것은 아니겠지?

나는 정신을 차릴 수 없다. 어떻게 해야 할지 모르겠다. 하지만 내 몸뚱이는 그렇지 않다. 나는 생각을 멈추고 내 몸과 피가 원하는 대로 행동한다. 따지고 말고 할 것도 없다. 나는 경건한 마음으로 스타킹에 입을 맞춘다. 나는 투명한 스타킹을 통해 보이는 내 손을 잠시 바라본다. 파리다의 손처럼 호박색으로 보인다. 내 손도 변하고 있단 말인가. 소름이 돋는다. 내 몸뚱이가 저절로 움직인다. 내 생각은 내 몸뚱이가 하는 꼴을 지켜보고 나서야 뒤를 따른다. 나는 투우사가 금빛으로 번쩍번쩍 빛나는 옷을 입는 것처럼 움직인다.

나는 아랍 풍의 탁자 위에 스타킹을 내려놓는다. 신발을 벗는다. 아랫도리를 홀랑 벗는다. 위에는 여름 내의 한 장만 걸친다. 소매가 없는 연한 파란색의 면내의다. 내의 끝자락이 사타구니에 겨우 와 닿는다. 몸을 숙이면 엉덩이가 드러나고, 앞에서 보면 성기가 보일 듯 말 듯 한다. 파리다, 명령에 따르겠어. 내 몸뚱이가 이끌어주겠지. 나는 스타킹 한 짝을 집어 들어 두 손으로 둘둘 만다. 그렇게 하는 것을 본 적이 있다. 나는 천천히 발목 부위까지 스타킹을 만다. 그리고 조심스럽게 스타킹에 발을 집어넣는다. 딱 들어맞는다. 이제 다리 위로 스타킹을 끌어올리기 시작한다. 내 발의 색깔과 모양이 조금씩 변한다. 조금 뒤틀리는 것 같기도 하다. 서서히 조수가 밀려들 듯 스타킹이 조금씩 내 발을 타고 오른다. 스타킹이 부드럽게 내 발을 타고 오를수록 나는 점점 더 큰 희열에 빠져든다. 비단결 같은 촉감이 갑자기 변한다. 굶주린 손길, 손가락의 물렁살에 와 닿는 스타킹에서 찌릿찌릿 전류가 흐른다. 나는 허벅지까지 스타킹을 끌어올린다. 나는 스타킹의 모양을 바로잡는다. 나는 내 허벅지를 지그시 조이는 고무 밴드를 바라본다. 밴드는 고환 근처까지 올라와 있다. 파리다는 XL 사이즈의 스타킹을 보냈다. 나는 내 맥박 소리에 귀를 기울인다. 내 몸뚱이는 온통 내 살을 감미롭게 압박하는 스타킹에 쏠려 있다. 이런 느낌은 생전 처음이다. 내 생식기를 위협이라도 하듯 가깝게 달려든 스타킹. 이보다 더 여성적인 것이 있을 수 있을까. 스타킹의 밴드 부분에서 발끝까지 거무스름하게 변한 내 다리는 이제 완전히 딴판이다. 이제는 완전히 독립적인 존재가 된 것이다. 그런 다리를 보자 내 자신이 낯선 침입자처럼 느껴진다. 파리다, 계속 할까? 아니, 도가 지나친 것은 아닐까? 이러다 무슨 일이 벌어지는 것은 아닐까?

내 몸뚱이는 내 생각에 반기를 든다. 내 손은 나머지 한 짝의 스타킹을 집어 들고 천천히 앞서의 행위를 반복한다. 이제는 그렇게 허둥대지 않는다. 잔인할 정도로 신중하다. 다른 한 쪽 다리마저 변하게 된다면, 더 이상 거스를 수 없는……. 나는 숨을 헐떡이며 내 자신의 행동을 주시한다. 일이 끝나자 한숨이 터져 나온다. 나는 벌거벗은 엉덩이로 꺼칠꺼칠한 소파에 앉는다. 나는 거만해 보이는 내 새로운 두 다리를 바라본다. 다리가 늘어나고 있는 것 같다. 내게서 멀어지는 것 같다. 이제는 여자의 다리가 되어버렸다. 이제까지 보아왔던 그런 희멀건 다리가 아니다. 갑자기 이런 생각이 든다. 라스-마리프에서 루이사 이모의 다리를 본 적이 있다. 이모는 절대 스타킹을 신지 않았었다. 지금 내 다리는 거무스름한 게 생기가 넘친다. 나는 내 허벅지를 천천히 쓰다듬어 본다. 아주 관능적으로 보인다. 정전기가 이는 스타킹 표면, 탱탱한 밴드의 레이스, 그리고 내 부드러운 살결.

대조적인 촉감이다. 내 손은 갑작스런 충동으로 좀 더 위쪽을 향해 올라간다. 다리를 꼬아본다. 허벅지가 부드럽게 스친다. 나는 다리를 폈다가 다시 꼰다. 감미로운 느낌. 허벅지가 스치는 소리가 듣기 좋다. 나는 한 쪽 다리를 접어 소파 위로 올린다. 나는 접어 올린 다리를 깔고 앉아 다른 쪽 다리를 바닥으로 늘어뜨린다. 내 엉덩이에 스타킹의 부드러운 감촉이 느껴진다. 스타킹이 내 엉덩이를 살살 문지르는 것 같다……. 나는 다리를 가지고 논다. 스타킹을 신겨 놓으니 꼭 남의 다리 같다. 나는 다리를 접어 소파 위에 발바닥을 댄다. 그리고 두 팔로 다리를 감싸고 무릎 위에 턱을 올려놓는다. 새 스타킹 냄새가 내 기분을 한껏 고조시킨다. 나는 눈을 감는다. 나는 살아 있다. 그 이상도 그 이하도 아니다.

나는 지금 기쁨에 흠뻑 젖어 있다. 나는 이제 내가 누군지 안다. 나는 더 이상 생각을 거부하지 않는다. 스타킹을 신고 다니면 어떻게 될까? 하루 종일 스타킹을 신고 다니면서 그 부드럽게 압박해오는 감촉을 계속 느끼게 된다면? 나는 벌떡 일어나고 싶은 충동을 가까스로 억제한다. 스타킹을 신은 채 신을 벗고 다닐 수는 없지. 스타킹이 방바닥에 닿게 할 수는 없어. 여자들은 그렇게 할지 몰라도, 내게는 그럴 권리가 없어. 그래, 파리다의 샌들이 아직 내 방에 있어. 무슨 수로 거기까지 가지? 게다가–나는 내 자신의 생각에 깜짝 놀란다–, 내가 감히 파리다의 샌들을 신을 수 있을까? 아무렇게나 사용하라고 내게 준 것이 아닌데 말이지. 나는 지금 의식을 치르고 있는 거잖아. 아주 경건한 자세로 말이야. 허락도 없이 내 마음대로 할 수는 없어……. 나는 일어설 엄두도 못 내고 가만히 앉아 있다. 내 시선이 내 앞에 놓인 궤짝에 가 닿는다. 기억을 간직한 궤짝, 저기에 모든 것이 있는데……. 그래! 구두도 있어! 엄마의 구두, 처음 나를 찾아왔을 때 두고 간 구두. 엄마가 〈세 송이 장미〉에서 주연을 맡았을 때 신었던 구두. 내 속에서 희미한 목소리가 중얼거린다. 그것도 신성한 구두야, 허락도 받지 못했잖아……. 그러나 나는 참을 수 없다. 나는 양탄자 위를 2미터 정도 엉금엉금 기어가 장식이 요란한 궤짝 뚜껑을 연다. 구두는 내가 넣어 둔 그대로 있다. 나는 구두를 들고 소파로 돌아온다. 나는 구두를 신는다. 내 발에 꼭 맞다. 나는 소파에서 일어나 방바닥을 딛고 똑바로 선다. 구두가 효과를 발휘한다. 내 몸뚱이는 조금 색다른 자세를 맛본다. 쌍둥이 근육이 힘을 받는다. 엉덩이가 살짝 올라간다. 눈에 보이지 않아도 알 수 있다. 구부러졌던 척추도 똑바로 선다. 스타킹에서 시작된 물결이 내 온몸으로 퍼지는 것이다. 나는 내 몸의 변화를 온전히 느끼기 위해 살포시 눈을 감는다. 나는 꼼짝도 않고 가만히 서 있다. 몸에서 열이 난다.

나는 두어 걸음 걸어본다. 양탄자 밖으로 나가본다. 내 기쁨은 절정에 이른다. 귀에 들리는 구두 굽 소리. 약간 불안정하다.

나는 중심을 잡기 위해 신경을 곤두세운다. 그러자 흥분이 고조된다. 몸이 좌우로 약간씩 흔들린다. 발목이 후들후들 떨린다. 초보 단계이다 보니 어쩔 수 없는 일이다. 몸이 부들부들 떨릴 정도로 흥분한 상태이니 어쩌면 당연한 일이다. 또각 또 또각, 구두 굽 소리가 연이어진다. 내 몸뚱이는 그 소리에 힘을 얻고 다시 발걸음을 내민다. 나는 이 집안의 예전 분위기를 떠올려본다. 어안이 벙벙하다. 예전 같으면 꿈도 꾸지 못할 일인 것이다.

느닷없이 어떤 기억이 아주 생생하게 떠오른다. 한 꼬마가 엄마의 뾰족 구두를 발에 꿰고 샹송 가수를 흉내 내며 노래를 부르고 있다가 울음을 터뜨린다. 엄마가 구두를 빼앗고 매를 들었던 것이다. 사내아이들은 이런 식으로 놀면 못써. 엄마가 소리를 지른다. 아빠가 웃는다. 엄마는 아빠를 향해 분통을 터뜨린다. '잘못된 것이 있으면 고쳐줘야 하잖아요.' 아빠는 정색을 하고 엄마의 말이 옳다고 대답한다. '그래, 그건 계집애들이나 하는 짓이지.' 꼬마는 삶의 부당함에 울음을 터뜨린다. '이 구두가 제일 예쁘단 말야, 키도 더 크게 만들어 주고.'

나는 복도 한가운데 서서 과거를 회상한다. 문득 화장실로 가서 큰 거울에 내 모습을 비춰보고 싶은 생각이 든다. 이 기다란 복도의 한 쪽 끝에는 거실이 있기 때문이다. 다시 말해 엄마가 있기 때문이다. 나는 감히 뒤돌아 설 엄두를 내지 못한다. 하지만 이왕 시작한 일이니 끝을 보아야 하지 않을까.

나는 두근거리는 가슴을 안고 거실 쪽으로 다가간다. 구두굽 소리가 한결 을씨년스럽게 들린다. 나는 문지방에서 걸음을 멈춘다. 안이 잘 보이지 않는다. 창문으로 새어 들어오는 빛이 많이 약해졌다.

"엄마." 나는 문을 열고 잠시 망설인다. "봤어요?"

아무 소리도 들리지 않는다. 어쩌면 이 집 전체가 엄마의 대답을 기다리고 있을지도 모른다. 나만큼 조마조마한 가슴을 안고.

"거기 있다는 거 다 알아요, 언제나처럼……. 엄마." 나는 한결 공손한 목소리로 묻는다. "화났어요?"

계속 침묵이다. 나는 견딜 수가 없다. 나는 팔을 뻗어 방 안쪽 벽을 더듬는다. 전등 스위치를 찾아 누른다. 번개가 치듯 전등이 켜진다. 유달리 빛이 밝다. 거실 안쪽 벽, 엄마가 사진 속에 있다. '아빠, 도와주세요.' 나는 속으로 기도한다. 내 기도는 절규와 다름없다.

사진 속 엄마는 여전히 냉담한 것 같다. 하지만 고독을 찾아 숨어든 그때와는 조금은 달라 보인다. 기대해 봐도 될까?

나는 방 안쪽으로 두어 걸음 내딛는다. 위험한 경계선을 넘는 기분이다. 서부영화에서 보안관이 문제를 해결하기 위해 술집 문을 열고 들어가는 기분이랄까.

"이건 그 따위 장난이 아냐, 엄마. 이건 진실이야. 엄마를 배신하는 것도 아냐. 톨레도에서도 엄마를 배신하지 않았어. 나도 이젠 알아. 그 날 잃았던 편두통이 핑계였다는 것을. 그리고 파티마의 손을 왜 빼앗아갔는지 그 이유도 알아."

엄마의 표정에서 살짝 미소가 스치고 지나간 것인가? 아니면 내 생각에 그런 것인가?

"나는 엄마를 배신하지 않아. 그 반대야. 그 어느 때보다도 엄마가 가깝게 느껴져. 파리다의 스타킹을 통해 엄마의 구두를 느낄 수 있어. 그래, 엄마가 내 버팀목이고 받침대고 주춧돌이야. 나는 파리다와 엄마를 동시에 품고 있어. 자, 봐. 걸음마를 떼고 처음 찾아온 사람이 바로 엄마잖아. 내가 새로 걸음마를 배우고 나서 말야."

의심의 여지가 없다. 이곳 아푸에라스에서 발견한 엄마의 사진. 그 사진에 담긴 엄마의 모습이 달라졌다. 아푸에라스에서는 사람까지 달라지는 것이다. 내가 이곳에 도착한 이후로 엄마의 사진은 계속 말하고 있다. '나를 따라와!'

"그래, 그렇게 하고 있어. 엄마를 따라왔잖아. 나를 자세히 봐. 내 이런 모습을 이해할 수 있을 거야. 내 이런 모습을 사랑할 수 있을 거야, 엄마. 우리는 그 어느 때보다 더욱 더 서로를 사랑할 수 있어. 결국에는 서로 만나게 될 거야."

우리 두 사람은 말없이 서로를 바라본다. 나는 마침내 마음이 안정되면서 행복해진다. 나는 불을 끈다. 집안 분위기도 차분하게 가라앉는다.

구두 굽 소리가 다시 복도에 울려 퍼진다. 나는 의기양양하게 걸어간다. 나는 계시를 받은 것이다. 나는 신앙고백을 해낸 것이다. 엄마는 내게 자신의 구두를 신도록 허락했다. 그렇다면 파리다도 내가 자신의 스타킹을 신었다 해서 뭐라고 나무라지는 않을 것이다. 그렇지 않다면 도대체 무슨 이유로 스타킹을 보냈단 말인가?

나는 화장실에 도착하자마자 지체 없이 불을 켜고 거울에 내 모습을 비춰본다. 나는 나도 모르게 다리를 약간 벌리고 서서 두 손을 주먹 쥐고 허리에 받친다. 조금 전에 떠올랐던 서부영화에서 카우보이들이 취하는 자세다. 나는 생각한다. 스타킹이 흘러내리지 않게 하기 위해서는 허리에 끈을 묶어 잡아맸으면 좋겠는데, 카우보이나 투우에서 창으로 소를 다루는 사람들처럼 말이지. 승마용 바지가 어울리겠는데……. 그래, 급하게 서두를 필요는 없다.

나는 새삼스럽게 내 모습을 바라본다. 나는 완전히 변했다. 현재의 내 모습 속에 과거의 내 모습이 조금은 남아 있다. 얼굴을 살핀다. 나이가 느껴진다. 하지만 벌거벗은 두 팔은 아주 섬세하다. 운동이라곤 해본 적이 없어 근육이 하나도 없다. 내 상체는 연한 파란색을 띠고 있다. 그 아래로 새하얀 두 개의 허벅다리가 살짝 보이고, 그 아래로 우아한 스타킹을 신은 두 다리가 길게 뻗어 있다. 늘씬한 다리다. 여자들 다리와 다를 게 하나 없다. 향수를 불러일으키는 디자인의 정장 구두와 아주 잘 어울린다. 마리오는 이제 점점 변하기 시작하고 있다. 그 마리오가 그 두 다리를 딛고 서서 당당하게 걷고 있다. 마리오는 이제 강제로 주입된 생각들을 모두 다 떨쳐버렸다. 스타킹을 신을 때 불타오른 감정이 내 몸의 섬유질로 하나하나로 빠짐없이 스며들어 골수로 차오른다. 그 감정은 이제 내 허리 아래 부분까지 지배한다. 내 생식기도 그 감정에 놀라 어쩔 줄을 몰라한다. 성기가 발딱 솟아오른다는 얘기는 아니다. 그런데 귀두에 이상한 느낌이 오더니 온몸이 젖어든다. 다시는 이런 일이 없을 줄 알았다. 그것도 아주 오래 전부터. 하지만 내 몸뚱이는 다른 식으로 움직인다. 이제 내 삶은 내 다리에 있다. 내 삶은 이제 내 다리로부터 온다. 내 두 다리가 파리다의 손길을 느끼기 때문이다. 행복이 나를 낚아챘다.

시계가 움직이지 않는다. 시간이 진행되지 않는다. 그러나 파리다가 없는 이 무(無)시간은 고통스러운 허공일 뿐이다. 골든 하우스에서 밤을 보낸 이후로 나를 맞아준 것은 오로지 두 개의 섬뿐이다. 나의 여신과 파리다의 스타킹. 나는 오로지 파리다의 스타킹 안에서만 살아 있는 존재였다. 스타킹이 없는 나는 오리무중을 헤매는 유령선과 다름없다. 나는 영국 술집을 찾고 또 찾는다. 그곳에서는 쓸쓸하게나마 내 자신을 달랠 수 있기 때문이다. 파리다를 떠올리며, 그날 밤 일을 되새기며. 특히 그 참을 수 없었던 입맞춤의 욕구. 내가 그렇게 대담하게 나갔기 때문에 파리다로부터 그 성스러운 샌들을 선물로 받을 수 있었을 것이다. 지금 생각해도 그때의 내 행동은 놀랍기 그지없다. 내가 그동안 살아왔던 태도와는 너무나 달랐던 것이다. 다른 사람들 앞에서 과감한 행동을 상상해본 적은 있었다. 하지만 막상 때가 되면 그만 맥이 풀려 아무런 행동도 하지 못했던 것이다. 그런데 파리다와 함께 있으면 미리 준비하지 못한 말까지 하게 되니…….

"마리오 씨 되십니까?" 웨이터가 다가와 묻는다.

나는 그렇다고 대답한다. 그러자 웨이터는 가지고온 휴대용 전화기를 내게 건네며 전화가 왔다고 한다. 심장이 두근거린다. 그녀가 틀림없다.

"집에 없어서 그곳에 있을 거라 생각했지."

"여기 있어. 네 전화를 기다리고 있었어. 선물을 보내줘서 감사하다는 말을 전하고 싶어 애타게 기다리고 있었지."

"아하! 그래, 스타킹은 마음에 들었어?"

"말도 못하게……. 네가 보내준 선물이잖아. 그것도 아주 은밀한……. 너무너무 멋져. 그 색상하며, 또 얼마나 부드럽던지.

보기만 해도 너무 좋아."

잠시 침묵. 그리고 의아하다는 듯한 목소리.

"보기만 해도? 그럼 신지 않았다는 거야?"

"아니, 신었지……. 그럼 안 되는 거야?"

"그 반대야. 나도 조마조마했어. 그래, 신어보니 어땠어? 잘 맞았어? 겉옷이나 뭐 그런 걸 걸치진 않았겠지?"

"속옷 한 장은……." 불만에 찬 한숨 소리가 들리는 듯 하다. 나는 서두른다. "연한 파란색 내의였어. 홀라당 벗자니 좀 뭐해서……. 잘 어울리던데. 거울을 통해 보니 슈미즈 같았어."

그녀가 부드럽게 웃는다. 허둥거리는 내 목소리 때문에 웃는 게 분명하다.

"저런, 거울에! 감탄했겠지? 나쁘진 않군……. 재미있었어요? 다 말해 봐요. 이실직고하시지!"

그녀의 목소리는 정중하다. 마치 공손하게 명령을 내리는 것 같다. 하지만 그녀가 선택한 표현은 나를 깜짝 놀라게 만든다. 특히 '이실직고하시지!' 라는 표현이. 엄마의 명령과 흡사하다. 엄마는 아버지나 나에게 뭔가를 고백하도록 만들 때면 항상 그런 표현을 사용했다. 아버지와 내가 뭔가를 숨기고 있다고 의심할 때면. 그 말을 파리다의 입을 통해 듣다니!

나는 하나도 남김없이 털어놓는다. 내가 느꼈던 감정을 요약해 들려준다. 내가 구두 굽 소리를 울리며 당당하게 걸어갈 때 느꼈던 음탕한 기분을 자세히 들려준다. 하지만 엄마를 찾아갔던 일은, 엄마 앞에서 늘어놓았던 변명은 숨긴다. 죄책감이 들었지만 할 수 없는 노릇이다……. 그녀가 알아챌까? 뭔가를 숨기면서 얘기를 하다 보니 설득력이 떨어지는 것 같다. 나는 그녀가 눈치 채지 않을까 두렵다.

"말을 하긴 하지만, 내 주체할 수 없는 감정을 모두 다 표현하지 못하겠어. 모든 게 다 짜낸 이야기 같아. 짐짓 꾸며낸 이야기 말야. 아주 천박한 이야기……."

"바보 같은 소리!" 그녀가 내 말을 매정하게 자른다. "넌 아직도 편견으로 똘똘 뭉쳐있어. 이야기를 꾸며내는 것은 일종의 선택이야. 눈속임과는 전혀 상관없단 말이야. 관례에 따라 생각을 구속하는 것보다는 훨씬 진실에 가까워. 너도 관례에 따라 생각을 맞추었던 거야? 그렇다면 너의 감정을 믿을 수 없어."

"내 감정을 믿어 줘, 제발! 나는 관례에 구속받지 않았어. 다른 걸 느꼈단 말이야. 그래, 달랐어. 하지만 나 자신보다……. 화내지 마, 제발……."

"스타킹을 신기 전에 오래 망설였어?"

"단 일 분도." 나는 즉시 소리친다. "생각도 하지 않았어. 내 몸이 스스로 움직였단 말야."

그녀의 목소리가 다시 부드러워진다. 내가 즉각 반응을 보이자 믿는 모양이다.

"그렇다면 그렇게 나쁘진 않은데……. 그럼 내 샌들은?"

"아, 아냐. 감히 신어볼 생각을 못했는데……. 아직 그럴 정도까지 이르진 못했어. 모르겠어. 정말이야."

"그럼 신을 신지 않았단 말이야? 겁먹지 마. 나도 집에서는 그러고 다니니까. 진짜 맨발로 다니기도 해. 하렘에서는 다들 그렇게 다녀."

"그게 아니라, 그 스타킹을 신으니까 구두를 신어야 할 것 같았어……. 그래, 내 생각이 그랬어. 그래서 엄마 구두를 신었는데……."

나는 그녀에게 엄마의 구두에 대해 설명한다. 엄마가 연극할 때 그 구두를 신었다는 얘기며, 그 구두가 어떻게 내 손에 들어오게 되었는지. 나는 말을 하면서 파리다가 어떻게 나올지 생각해본다. 엄마는 내가 스타킹을 신은 것을 배신이라고 생각했는데, 파리다도 내가 엄마의 구두를 신은 것을 배신이라고 생각할까? 그렇지만 스타킹도 신고 구두도 신었잖아. 모순이라고는 생각되지 않는다. 아, 얼굴을 맞대고 얘기할 수만 있다면! 전화기가 내 기를 꺾어놓는다. 그녀가 어떤 표정을 짓는지, 어떤 태도를 취하는지 보고 싶다.

"좋아, 구두는 이해하도록 하지……. 그래, 구두를 신고 걷기가 어렵진 않았어?"

"처음 몇 걸음은……. 좋아, 굽이 높은 구두였지만, 뾰족 구두는 아니었어. 굽이 상당히 넓었어. 그래서 걷기 수월했던 것 같아. 그건 그렇고, 어떻게 항상 내 마음을 꼭꼭 집어낼 수 있지? 어떻게 그렇게 나를 잘 알고 있는 거지?"

"사람 마음을 읽는 것이 내 직업이야. 게다가 내게는 예언자 기질이 조금 있어. 이미 얘기했을 텐데……. 특히 너라면 아주 오래 전부터 알고 있는데 뭘. 넌 열세 살 나이에 이미 성격이 굳어져 있었고, 나는 기억력이 아주 비상하거든……. 편지도 주고받았고, 너에 대한 소식도 들었고……. 그래서 네게 스타킹이 필요하다는 사실을 알 수 있었지. 내 말 이해하겠어? 네가 스타킹을 신은 네 모습을 보고 네 자신이 누구인지 알 수 있기를 바랐던 거야."

"스타킹을 신고?"

"그래, 스타킹을 신고. 지금처럼 내게 말을 걸고 있는 또 다른 모습의 마리오를 네가 볼 수 있기를 원했어. 몸의 요구에 따라 스타킹을 신었다, 스타킹을 신고 당당하게 복도를 걸어다녔다, 라고 말하는 너 자신을 말이야. 네가 알길 원했어. 내 선물은 일종의 시험 문제였어. 너는 정답을 써낸 거지. 그런데 이제 보니 너는 아직도 그런 것에 대해 편견을 가지고 있어. 너무 조급하게 선물을 보내지 않았나 하는 생각이 들어. 하지만 스타킹을 신어보았다니 기분은 좋은데. 머지않아 너 자신을 제대로 만들어가게 될 거야."

"나를 누구로 만들어간다는 거지?"

"너 자신으로. 네 본연의 모습으로. 거울로 봤잖아, 스타킹을 신고 있는 네 모습을 말야. 그게 너의 본모습이었어. 사람들이 강요한 마리오의 모습 뒤에 숨어 있기는 했지만. 마치, 도색적인 그림이 그려져 있는 침실 벽에 사람들이 석회를 발라 그 방을 예배당으로 만들었던 것처럼……. 무슨 말인지 알겠어?"

"알 것 같아. 하지만 어느 정도까지 가야할지는 모르겠어. 어쩌면 자신이 없는지도……. 도와줘!"

"물론 돕고말고! 지금도 돕고 있잖아."

그녀의 목소리가 똑똑히 들린다. 믿을 수 있을 것 같다. 그녀가 덧붙인다.

"넌 톨레도에서 날 감동시켰어. 지금부터는 내가 널 이끌어주겠어. 골든 하우스에서 얘기했지만, 춤추는 법을 가르쳐주겠어. 단순한 춤이 아니라 삶을 위한 춤을 말이지. 나는 지금 의사로서 말하는 거야. 물론 애정도 있어. 그러나 내가 의사라는 걸 잊지마. 나를 따라올 거지?"

"내 모든 걸 맡기겠어! 어디라도 따라갈 테야!"

"어딘지 모른다고? 내가 말했잖아!"

첼로 소리 같은 그녀의 목소리가 그 어느 때보다 은밀해진다. 내 목소리는 떨린다.

"네 말을 듣긴 했지만, 감히 그럴 수 있을까 의심스러워."

"다시 한 번 말하지. 나는 너를 너 자신에게로 데려갈 거야."

용기를 내서 말을 해야 할까. 모르겠다. 하지만 이번에도 생각에 앞서 몸이 불쑥 반응한다.

"너에게로 가고 싶어."

그녀가 속삭인다. 그녀는 공간의 벽을 뛰어넘어 마치 내 곁에 있는 것 같다.

"아직도 모르겠어? 그게 마찬가지라는 걸?"

우리 두 사람은 동시에 침묵한다. 침묵이 우리 사이를 더 가깝게 만들어준다. 나는 생각한다. 정신을 집중한다. 나는 파리다의 말에 정신을 집중한다. 파리다는 일상적인 어투로 돌아가 이야기한다.

"알아둬. 나를 따라온다는 것은 널 내 손에 맡긴다는 거야. 모든 걸 맡기겠다고 했지? 그건 견습생으로서 맹세를 한 것과 같아. 너는 이미 지원을 한 거야. 나는 이제 너의 스승이지."

나는 흡족한 마음으로 농담을 던진다.

"시녀가 되는 법을 가르쳐주는 학교?"

"특수반이라고 할까. 그래도 실제적으로는 같다고 할 수 있지. 아주 힘든 과정이야." 부드러운 말투 밑에서 강력한 의지가 엿보인다. "견습생으로서는 솔선수범하고 희생을 감수해야 할 거야. 단계를 거쳐 가야지. 자원, 헌신, 입문, 서원……. 아주 힘들 거야. 자신을 단련시켜나가는 일은 쉽지 않아. 고통스러운 시험도 거쳐야 할 거야. 나는 알아. 나도 몸으로 겪어보았거든. 수도원은 하렘과 같아. 섬기는 주인만 다를 뿐이지. 하지만 나와 함께라면 넌 해낼 수 있을 거야. 겁내지 마……. 그건 그렇고, 스타킹을 신고 너무 흥분했다고 해서 하는 말인데, 날마다 스타킹을 신지 않도록 해. 금방 싫증나버릴지도 모르니까. 너는 스타킹을 휘어잡아야 해. 너는 아직 스타킹이 무엇을 요구하는지 모르고 있어. 의식을 치를 때만 스타킹을 신도록 허락하겠어. 무슨 말인지 알지? 축제일 때만 신도록 해."

"그런데, 이곳에서는 일요일이 언제야?"

"그건 네 마음이 판단해줄 거야. 스타킹을 신었을 때 그 스타킹이 천사들의 등에 난 날개처럼 느껴지면……. 이만 끊어야겠어. 환자가 기다리고 있어. 집에서 만나 얘기하자. 언제 찾아갈까?"

"언제든지."

"그럼 내일 오후에 찾아갈게. 황금빛 푸른빛으로 화창할 거라고 라디오에서 예보했어."

"그런데, 내일은 언제야?"

"다음 번 점심식사 이후부터야. 다시 만나."

뚝 소리와 함께 전화가 끊긴다. 무슨 이유로 자신이 보내준 선물을 사용하는데 제한을 두는 걸까? 예전처럼 내 속을 꿰뚫어보고 내가 뭔가를 감추고 있다는 사실을 눈치 챈 걸까? 엄마를 만났다는 사실을 숨기지 말아야 했는데. 나는 바보였다. 나는 아직까지 내가 가야할 새로운 길에 대한 확신이 없다. 하지만 나는 이미 내 자신을 그녀의 손에 맡겼다. 이제는 온전히 나를 맡기고 싶을 뿐, 감추고 싶은 것은 하나도 없다.

천사들의 날개……. 파리다가 도착할 시간이다. 나는 아직 결정을 내리지 못했다. 어떤 차림으로 그녀를 맞아야 하는가. 바지 안에 스타킹을 신어야 하는가 신지 말아야 하는가. 스타킹은 접혀진 채로 탁자 위에 놓여 있다. 이제 내 탁자는 제단으로 변했다. 그곳에 그녀의 샌들이 자리 잡고 있기 때문이다. 내 날개, 나는 그 날개를 달고 한껏 날아다녔다! 오늘은 당연히 축제일이다. 그녀가 내 집을 찾아오기 때문이다. 그녀가 강림하기 때문이다. 하지만, 내가 천사인가? 나는 이제 겨우 초보 단계에 있을 뿐이다. 그래서 감히 주도권을 잡을 수 없다. 스타킹을 하찮게 사용하지 말라고 그녀가 경고하지 않았던가. 그녀의 말을 듣고 난 이후로 나는 결정을 내리지 못하고 있다. 나는 내가 그녀에게 완전히 복종한다는 사실을, '내 몸을 그녀 손에 온전히 맡겼다' 는 사실을 보여주고 싶다. 그렇지만, 어떻게 해야 그걸 제대로 증명할 수 있단 말인가? 그녀의 명령을 그저 기다리고 있어야 할까? 아니면, 내 기쁨을 증명하기 위해, 내 복종을 확인시키기 위해 스타킹을 신어야 할까? 결국 나는 기다리는 쪽을 택한다. 시간이 없기 때문이다. 그녀는 시간을 정확하게 지킨다. 그래도, 혹시 내 생각이 잘못되었다면? 아냐, 이미 늦었어. 나는 스타킹을 내버려두고 지금 모습 그대로 그녀를 맞이하기로 결심한다. 신경이 바싹바싹 타오른다.

나는 부엌으로 가서 모든 것이 정돈되어 있는지 살펴본다. 주전자, 찻잔, 접시, 찻숟가락, 냅킨, 음료수, 비스킷, 파스타……. 몇 번이나 둘러보았는지 모른다. 똑딱거리는 벽시계 소리가 유난히 크게 울린다. 아냐, 그게 아냐. 그건 내 심장이 요동치는 소리다. 시계는 움직이지 않는다. 이곳에 있는 여느 시계와 마찬가지로……. 나는 그녀가 오는지 보기 위해 창가로 달려가려 한다. 그녀를 기다리게 할 수는 없으니까. 바로 그 순간, 현관 벨이 울린다.

나는 복도로 달려간다. 문을 연다. 어서 오라고 인사한다. 그녀가 손을 내민다. 나는 그 손에 입을 맞춘다. 그녀가 쓰고 있는 아스트라칸 모자에 나는 놀란다. 터키 모자를 케말식으로 현대화시킨 모자다. 그녀의 이국적인 얼굴과 잘 어울린다. 나는 그녀를 도와 모자를 벗겨준다. 날렵한 짧은 오버코트도 벗겨준다. 코트를 벗자 자홍색 정장이 나타난다. 재킷과 일자 치마다. 그녀는 거의 무릎까지 닿는 승마 부츠를 신고 있다. 잿빛 스타킹이 살짝 드러난다. 나는 어리둥절한 눈으로 바라본다. 그러자 그녀가 설명한다. 시골에서 곧바로 오는 길이야. 나는 잠시 생각해본다. 시골이라니, 무슨 말인가? 하지만 나는 그녀를 맞이하는데 정신이 없다. 그녀를 복도로 안내해 거실이 있는 쪽으로 향한다.

그녀는 아라비아 식으로 꾸며진 방문 앞에서 잠시 걸음을 멈춘다. 나는 방의 불을 켠다. 그녀는 미소 지으며 고개를 끄덕인다.

"아, 그래 생각나! 마드리드에 이런 집이 있을 것이라고는 생각도 못했는데. 하긴, 네 아버지가 내 남편에게 보낸 편지를 읽고 어느 정도 기대는 했었지만……. 모든 게 기억나. 네 어머니와 나는 여기 이 소파에 앉았지. 사내 두 사람은 안락의자에 앉았고. 넌 저기 양탄자 위에 놓인 작은 걸상에 앉았고……. 엽서는 여기 있어?"

"아니. 엽서는 아버지 서재에 보관해뒀어."

그녀는 그 작은 방을 한동안 꼼꼼히 살펴보다가 복도 건너편에 있는 문 쪽으로 몸을 돌린다. 그녀는 아랍어 책을 보고 감탄한다. 그리고 아버지가 수집해 놓은 수피교 신비주의자들의 책을 보고 탄성을 지른다. 그녀는 엽서가 든 상자를 가리킨다.

"내 고향에서 온 엽서는 어디 있어?"

"아직 다 정리하지 못했어. 찾아보면 나올 거야. 거실로 가는 게 좋겠는데. 거기가 더 편하거든."

나는 거실이 있는 쪽을 가리킨다. 우리는 복도를 걸어간다. 나는 그녀 뒤를 따라가다가 그녀와 살짝 부딪힌다. 그녀가 갑자기 발걸음을 멈추었던 것이다. 엄마의 사진이 정면으로 보이는 문 앞이다. 나도 며칠 전에 그랬다. 스타킹과 뾰족 구두를 신은 채. 죄의식으로 몸이 부르르 떨린다. 나는 두 가지 죄를 저지른 것이다. 엄마 앞에서는 반항했고, 파리다 앞에서는 위선적으로 입을 다물었던 것이다. 꼼짝 않고 서 있는 그녀 때문에 온몸이 긴장된다. 집도 침묵을 지키며 무언가를 잔뜩 고대하고 있는 것 같다. 엄마와 파리다가 나누는 대화를 듣고 있기라도 한단 말인가? 파리다가 눈치를 챈 건가? 도대체 무슨 일이란 말인가?

아무것도 아니다. 그렇게 보인다. 파리다는 거실로 들어가 엄마의 안락의자에 앉는다. 엄마 사진 바로 밑이다. '허락을 받은 건가, 아니면 빼앗은 건가?' 나는 멍청하게도 이런 생각을 한다. 아직도 신경이 곤두서있다. 기회가 되면 모든 것을 고백해야겠어……. 아냐, 정신차려. 파리다는 엄마가 언제 사진을 찍었는지 재차 묻고 있다.

"그게, 아주 젊었을 때야. 결혼하기 얼마 전에. 멜리아에 정착한지 얼마 되지 않은 프랑스 사진사가 사진을 찍었어."

"신문에 글을 쓸 무렵? 프랑스 여류소설가 라실드에게 빠져 있었을 때?"

"응. 엄마의 우상이었지. 모델이라고나 할까. 어떻게 알아?"

"남편과 함께 파리를 거쳐 스페인으로 여행하기 전에 그녀의 소설 『자연을 넘어서』를 읽었지. 나는 그 소설을 이해할 수 없었어. 젊은 베르베르족 아가씨로서는 도저히 이해가 가지 않았던 거야. 근친상간을 다룬 소설이었어. 그것도 두 명의 남자 형제들 사이에서……, 생각해봐. 그 소설을 알아?"

"아니. 라실드의 소설은 『부조리의 악마』밖에 읽지 못했어. 스페인어로 번역된 단편소설집이야. 리카르도 바에사가 번역했을 걸."

"여행을 마치고 나서 나는 대학에서 강의를 시작했어. 그러면서 논문거리도 생각해보았지. 소설에서 받은 인상과 네 어머니에게서 들은 설명을 종합해보니 라실드를 주제로 논문을 쓰면 괜찮을 것 같았어. 문장이 아주 멋졌거든. 하지만 나는 결정을 내리지 못했어……. 그런데다 시간이 지나자 네 어머니도 라실드에게서 흥미를 잃었고."

"그랬지. 그 후로 엄마는 피에르 로티의 글을 주로 읽었어. 『아이슬란드의 어부』, 『라문초』, 특히 『환멸』을 즐겨 읽었어. 터키 술탄의 후궁들을 다룬 소설이야. 혁명이 일어나 이스탄불의 하렘에서 후궁들이 해방되었을 무렵의 상황이지."

"나도 알아. 네가 결혼할 때까지 우리 두 사람은 편지를 주고받았어. 나는 네 결혼을 반대했어. 좋지 않게 끝날 거라고 경고했었는데."

"어떻게 알았어?" 이럴 수가. "그것도 입소테라피야?"

파리다가 활짝 웃는다.

"그런 건 아냐. 입소테라피는 점을 치는 기술과는 달라……. 나는 그 쪽의 교육은 제대로 받지 못했지만 정신과 의사로 일하면서 풍부한 경험을 쌓고 있었어. 아냐, 나는 이미 톨레도에서 너를 충분히 알아보았어. 네가 보낸 편지도 있었고. 네 어머니의 편지만큼 자주 받지는 못했지만. 특히 네 어머니가 네 삶에 대해 편지로 많이 알려주었지. 쉽게 알 수 있었어. 네가 결혼을 해서 남편으로서 제대로 구실을 하지 못할 것을 말이야. 나는 네 어머니에게 그런 사실을 알렸는데, 네 어머니가 쌀쌀맞은 답장을 보내왔지. 그리고 그 후로 다시는 편지하지 않았어. 나는 네 어머니에게 깊은 상처를 남겼다는 사실을 깨달았어. 시간이 지나면서 나는 알 수 있었지. 도대체 뭐가……. 네 어머니는 성격이 아주 드센 여자였어."

"맞아. 그래서 요전날 밤에 나는……."

아직 때가 아니었다. 이 일을 어쩐단 말인가. 그냥 입을 다물어야 하나. 그녀는 엄마의 성격을 정확하게 꿰뚫어보았다. 나는 그녀의 말에 상처를 입었고, 그래서 나도 모르게 말이 튀어나오고 말았다. 이미 때는 늦었다. 그녀는 즉각 신경을 곤두세운다. 사냥터에 따라나선 한 마리 포인터 같다.

"요전날 밤에 무슨 일이 있었는데? 나한테 뭘 숨기고 있는 거야?"

나는 고개를 숙인다. 맥이 빠진다.

그녀는 의자에서 몸을 똑바로 세운다. 등이 꼿꼿이 펴진다. 표정이 없는 호박색 얼굴. 거대한 석상을 보는 것 같다. 그녀의 목소리가 쇳소리를 내며 날카롭게 울린다. 그녀는 엄격한 표정으로 양탄자를 손가락으로 가리킨다.

"좋다. 이제 초심자는 규정대로 스승에게 모든 것을 고백하라."

나는 무릎을 꿇는다. 내 시선은 번쩍번쩍 빛나는 그녀의 승마 부츠를 붙잡고 늘어진다. 하지만 그녀의 손이 내 턱을 들어 올린다. 그녀의 무표정한 얼굴에서 눈을 돌릴 수가 없다. 목소리가 떨린다.

"스타킹을 신었던 밤에 있었던 일을 고백하면서 한 가지 빠뜨린 것이 있습니다. 나는 먼저 이곳으로 와서 엄마 사진 앞에 잠시 서 있었습니다. 아무 말 없이, 잠시."

"그 이유는?"

"모르겠어요. 그래야 할 것 같았습니다."

"무슨 생각을 했을 테지……. 허락을 구했나? 자랑이라도 했나? 엄마에게 도전이라도 하고 싶었나? 자 말해, 이실직고하시지!"

나는 눈을 들어 파리다의 머리 위에 있는 사진을 본다. 그때 나는 무슨 말을 하고 싶었던 것일까?

"대답은 바깥에 있지 않아. 눈을 감아. 그리고 네 안에서 대답을 찾아."

나는 복종한다. 나는 어둠 속에서 그녀의 발자국 소리를 듣는다. 그녀가 의자에서 일어난 것이다. 나는 서두른다.

"나는 엄마에게 설명해주고 싶었어……. 이럴 수밖에 없다고……. 화내지 말라고……. 그리고, 제발, 그래, 제발……. 더 이상은 몰라. 그때는 정신이 없어서……."

"좋아, 네 말을 믿어."

휴, 다행이다. 인간미가 넘치는 그녀의 목소리가 들린다. 나는 눈을 뜬다. 시선을 든다. 눈앞의 상황이 변해 있다. 파리다가 의자에서 일어나 사진을 가리고 있다. 이제는 엄마의 얼굴 대신 파리다의 얼굴이 보인다. 달래는 듯한 눈초리, 호박색 석상의 표정이 부드러워졌다.

"무슨 이유로 감춘 거지?"

"그게 그러니까……. 날 이해해 줘! 너와 잘 지내고 싶어. 정말이야, 정말!"

설움에 겨워 목이 막힌다. 나는 흐느낀다. 나는 무너져 내린다. 나는 그녀의 부츠를 껴안는다. 나는 이마를 그녀의 무릎에 처박는다.

파리다가 다시 의자에 앉는다. 파리다의 손이 잠시 내 머리를 쓰다듬는다. 그녀는 부드럽게 나를 떼어낸다. 나는 그녀의 손길에 애정이 담겨 있다고 믿고 싶다.

"이런, 어린애야, 어린애! 거기 양탄자에 앉아서 잘 들어. 나와 잘 지내는 것은 너무나 쉬워. 너를 내게 맡기기만 하면 돼. 남김없이 너를 내게 맡겨. 듣고 있어? 생각은 금물이야. 생각은 네 몸과 내가 하면 되니까. 이것이 황금률이야. 초심자는 스승에게 무엇 하나도 감추어서는 안 돼. 나를 기분 나쁘게 하는 것보다 입을 다물고 있는 것이 더 큰 죄야."

"아아! 용서해, 용서해 줘……. 네가 너무 높아 보여서, 네가 나보다 너무나 뛰어나 보여서……."

"다시는 그런 생각하지마……. 우린 여기 이렇게 함께 있잖아. 여기 네 곁에 있는 내가 보이지 않는 거야?"

이제 내 서러움의 눈물은 기쁨의 눈물로 변한다. 나는 다시 한 번 그녀의 무릎을 껴안으려하지만 그녀가 말린다. 침묵이 흐른다. 나는 그 동안 내 자신을 추스른다.

"다 지난 일이야. 그렇지? 다음 시험도 견뎌낼 수 있겠어?"

"무엇이든지, 고마워……. 필요하다면 벌을 줘도 좋아."

"당분간 벌에 대해서는 생각하지마. 먼저 검사를 해봐야겠어. 그 전에 우선 수술을 받아야 해. 네 몸을 열어서 네 속을 갉아먹고 있는 종기를 제거해야겠어……. 이런 얘기는 나중에 하려고 했는데, 이왕 얘기가 나왔으니 끝내야겠어. 자. 네 엄마 앞에서 넌 뭘 두려워하는 거지? 말해! 이실직고하시지! 명심해."

"나를 미워하지나 않을까……."

"왜? 스타킹을 신어서?"

"내가 좋아하는 일은 항상 못하게 말렸거든……. 요전날 밤 나는 스타킹을 신고 너무나 행복해서……. 엄마는 평생 동안 잔소리를 해댔어. '너는 남자야.' 그럴지도……. 하지만 난 엄마를 사랑했어. 엄마는 내 북극성이었어. 내 꿈은 엄마처럼 되는 거였어. 나는 엄마보다 더 크고 싶지도 않았고, 엄마보다 더 뛰어나고 싶지도 않았어."

"그럼 네 엄마는 네가 잘 되기를 바라지 않았던 걸까?"

"어쩌면. 나는 엄마를 위해 살고 싶었고, 엄마처럼 되고 싶었어. 하지만 엄마는 항상 나를 방해했어. 나는 평생을 내 의지에 반해 살아야했어."

"평생을? 이혼한 이후에도 말이지? 지금까지 줄곧 그렇게 살아왔단 말이지?"

걸리는 게 있다. 내 말은 옳지 않다. 엄마는 내가 이혼한 이후로는 나를 방해하지 않았다. 그때였지. 그 무렵 사진 속 엄마는 고독을 향해 멀리 달아나 버린 것처럼 보였다. 속에서 무언가 울컥 치밀어 오른다.

나는 긍정도 부정도 할 필요가 없다. 파리다는 이미 다 알고 있다. 내 표정만으로 충분한 것이다. 파리다가 말을 잇는다.

"엄마가 죽은 후에, 넌 네가 원하는 대로 살려고 노력해보았어? 아니지. 넌 남들과 똑같이 살았어. 너는 겨우 이곳에 와서야 변화를 시도한 거야. 너 스스로 그렇다고 말했잖아."

"인정해. 내게도 잘못이 있어."

"조심해! 나는 지금 잘잘못을 따지는 게 아냐. 엄마와 너, 두 사람 다 희생자일 뿐이야. 엄마와 너는 같은 것을 원했지만 가는 방향이 달랐어. 너로서는 엄마를 도저히 따라갈 수 없었던 거야……. 엄마를 함부로 판단하지 마. 네 엄마의 삶에 대해 네가 알기나 해? 그녀의 속을, 그녀의 진짜 삶을?"

나는 아버지가 들려준 놀라운 이야기를 떠올린다. 나는 생각한다. 엄마는 내게 뭐라고 말할까. 정신이 혼란스럽다. 나는 옳지 않다는 것을 알면서도 파리다에게 따진다.

"그럼 너는? 너는 알아? 겨우 그까짓 편지를 통해? 그것도 중간에 끊어졌다며! 넌 엄마에게서 버림받았잖아!"

파리다는 내 공격을 받고 살며시 웃는다. 파리다는 후회하는 표정으로 나를 바라본다.

"그래. 난 알고 있어. 일부는 편지를 주고받는 동안에 알 수 있었지. 그렇지만 진짜 중요한 정보는 다른 곳에서 얻었어……. 아냐, 지금은 아냐. 나중에 얘기해줄게. 네게 도움이 될 거야. 네가 좀더 성숙해지면 그때 얘기해주지. 지금은 이런 얘기밖에 해줄 수가 없어. 네 엄마는 너를 진짜 사랑했어. 네 엄마는 사력을 다해 널 사랑했어. 이젠 됐지? 다시는 엄마를 두려워 하지 마."

"고마워, 정말 고마워. 조금 전에 화낸 거, 용서해 줘."

파리다는 싱긋 웃고는 그 일을 잊어버린다. 내가 다시 무릎을 꿇으려하자 그녀가 말린다.

"아냐. 이제 제법 마음 문이 열렸지? 그래도 검사는 해야지……. 가까이 와. 일어나."

그녀의 목소리가 담담하다. 그래서 나는 편안한 마음으로 복종한다.

그녀의 손이 내 허벅지를 더듬는다. 그녀가 활짝 웃는다.

"바지 아래 스타킹이 느껴지지 않는데."

"신지 않았어……. 생각해봤는데……. 미안. 스타킹을 신지 않았어."

"오늘을 축제일로 여길 거라 기대했는데, 내가 이렇게 찾아왔는데."

파리다는 짐짓 화난 표정을 지어 보인다.

"그럼! 축제일이야, 축제일이지. 진짜야……. 하지만 네가 중요한 날에만 스타킹을 신으라고 해서. 오늘은 별로 한 일도 없고 해서."

그녀의 표정이 부드러워진다.

"옳지. 이렇게 즉각 즉각 고백해야지."

얼마나 고마운지 모른다. 장난기가 동한다.

"지금 신어야 할까?"

"그럴 필요 없어……. 앉아. 신중한 모습을 보니 기뻐. 네가 쓴 글을 보니 여자들 옷에 대해 알고 싶어 하는 것 같던데. 알아둬. 스타킹만 보고도 신분 계층을 알 수 있어. 시녀 학교에 입학하면 우선 양말을 신게 돼. 그 후에 고무 밴드가 달린 면 스타킹을 신게 되고. 계속 그런 식이야. 한 번 상상해봐. 스타킹은 신분을 결정하는 아주 중요한 옷이야. 따라서 경건한 마음으로 스타킹을 신어야 해. 기사들이 자신의 칼을 다루듯이 말이지. 예로부터 전해 내려오는 말이 있지. '이유 없이 신지 말고 함부로 벗지 말라.' 듣고 있어?"

"그래, 아주 재미있는데……. 오늘은 정말 대축제일이야!"

"좋아. 오늘을 축하하도록 하자. 차를 준비해. 차를 마시고 엽서를 보도록 해. 한 세기 전에 떠나온 고향을 얼른 보고 싶어."

나는 보조 탁자 위 그녀의 손길이 닿을만한 곳에 골라놓은 엽서가 든 상자를 내려놓는다. 그녀가 엽서를 보는 동안 나는 테이블에 식탁보를 깔고 상을 차린다. 나는 부엌으로 가서 차를 준비하기 위해 물을 끓인다. 마침내 나는 모든 것이 준비되었다고 그녀에게 알린다. 나는 주전자와 찻잔을 테이블로 옮긴다. 우리는 테이블에 앉는다. 테이블에 앉을 때 내 무릎이 그녀의 무릎과 살짝 스친다. 번뜩하고 스치는 기억. 아주 오래 전에 타올랐던 그 불길이 다시 타오른다. 어둠 속에서 타오르던 그 신비한 불길, 다리, 그리고 접촉. 나는 불안한 마음으로 그녀의 판결을 기다린다.

"훌륭해. 축하해야겠는걸. 박하와 녹차와 각설탕은 어디서 구한 거야? 영국 술집 사람들과 친해진 모양이지?"

"최근에 뻔질나게 드나들었거든."

우리는 차를 두 잔씩 마신다. 파리다는 엽서에 대해 얘기를 꺼낸다. 나는 내가 어렸을 때 가본 적이 있는 스페인령 모로코와 멜리아에 대한 기억을 더듬는다. 아버지의 모습을 그려가며…….

"너는 갈수록 아버지를 닮아가는구나. 내가 기억하고 있는 모습과 똑같아."

파리다가 내 말을 가로막으며 소리친다. 나는 우쭐한 기분에 빠진다. 파리다는 자신의 말이 내게 어떤 의미로 다가오는지 알고 있을까. 아버지도 나를 만나러 오지 않았던가!

나는 테이블을 치운다. 나는 부엌에서 돌아오다 파리다의 모습을 보고 행복에 젖어든다. 파리다는 골든 하우스에서 보여준 그 이상하게 생긴 파이프를 입에 물고 느긋하고 편안한 자세로 앉아 담배를 피우고 있다. 우리는 나란히 앉아 엽서를 살펴본다. 알제리를 주제로 모아놓은 엽서 묶음에서 엽서 한 장이 미끄러진다. 한 쪽 모서리에 통속적인 사랑시가 담긴 엽서다. 날짜는 1909년. 파리다는 그 당시의 남자 같은 계집애들에 대해 얘기해준다. 그 계집애들을 유혹하기 위해 사용했던 상투적인 술책도 들려준다. 일본 목판화를 모아 계집애들을 유혹했다고 한다. 지금 이 알제리 엽서도 그런 식으로 사용할 수 있을까.

"여길 봐. 그 당시의 비스크라야." 파리다가 엽서 한 장을 보여준다. "자동차는 한 대도 없어. 혹이 하나뿐인 낙타들뿐이야. 저 밑을 봐. 장교들의 카지노야. 지금은 자동차로 만원이야. 지금은 공수부대와 항공수송부대의 본부로 사용되고 있어……. 그리고 이 엽서를 봐. 지금도 여전히 산에 천막을 치고 살아."

파리다는 내게 베니-옌니의 풍경 사진을 보여준다. 언덕 위에 오두막집들이 늘어서 있고 그 뒤편으로 하얀 눈을 뒤집어쓴 산마루가 보인다.

"내 어머니가 태어난 곳도 이곳과 별로 다를 게 없어. 나는 전쟁 말기에 어머니의 상을 치르느라 어머니의 고향을 마지막으로 한 번 찾아가 봤지. 우리 부모님은 알제에서 살았지만 여름이면 할머니를 보러 그곳을 찾아가곤 했어. 여기 포트-내셔널 엽서가 있네. 그땐 그렇게 불렀지. 지금은 완전히 변했어. 저 멀리 보이는 주르주라 산맥만 그대로 남아 있어."

파리다는 아직도 비스킷을 아작아작 씹고 있다. 비스킷 접시, 향이 폴폴 나는 주전자, 찻잔이 테이블에 놓여 있다. 그 모습이 '아름다운 안주인' 처럼 보인다.

"우리 부모님은 유럽식으로 살았지만, 나는 계집아이 적부터 할아버지 집에서 하렘 놀이를 하며 지냈어. 할아버지 집 안마당은 공원처럼 생겨서 계집아이들이 모여 쉬거나 장난을 치기에 안성맞춤이었지. 그 집의 방이 생각나. 우리는 가구 대신 커다란 삼나무 궤짝을 사용했지. 우리는 밀감꽃 증류액을 향수 삼아 팔이나 옷에 뿌리기도 했지. 나도 다른 계집아이들처럼 올리브 열매를 항아리에 저장하는 일을 도왔어. 올리브는 항아리에서 회향이나 이런저런 풀과 섞여 강한 맛이 났지. 우리는 시도 때도 없이 올리브를 먹었어. 우리는 마당에서 서로 머리를 빗겨주었어. 머리손질은 아주 까다로운 일이거든. 다들 머리를 길게 길렀지. 그래서 볼썽사납게 짧게 깎은 내 머리를 다들 동정했지. 하지만 나는 연분홍 헤너 물감으로 물들인 손에는 거부감을 느꼈어. 여자들은 하렘에서 거의 나오지 않았어. 시내에 큰 일이 생겨도 말이야. 들판으로, 할아버지 소유의 산으로 소풍을 나가기는 했지. 나는 말을 타고 신나게 놀았지. 이거 알아? 나 말 진짜 잘 타는데……. 나는 그 하렘에서 문신을 새겼어. 나는 그러니까 중세 시대를 살았던 거야. 할아버지는 그야말로 족장이었어. 할아버지는 백마 안장에 걸터앉아 명령을 내렸지. 마치 왕좌에 앉은 것처럼 말이야."

파리다의 솔직한 고백이 나를 감동시킨다. 파리다의 고백은 내게 생애 최고의 선물이나 다름없다. 오늘밤, 아니 앞으로 계속, 나는 잠이 들기 전에 그 안마당을 상상할 것이다. 속살거리는 분수대 주위에서 장난질을 치고 있는 아라비아 계집아이들. 전통 사회에서 계집아이들을 짓누르는 오만가지 규범을 배우며 살아가는 그 계집아이들. 그러나 파리다는 그 사회에서 벗어나 현대적인 삶으로, 입소테라피로 달아났던 것이다. 문득 이런 생각이 든다. 파리다도 베일을 뒤집어쓰고 거리를 돌아다녔을까? 그 잿빛을 띤 푸른 눈동자가 얼마나 반짝였을까. 나는 물어본다.

"아니. 카빌리아에 있을 때는 난 너무 어렸어. 알제로 왔을 때는 많은 여자들이 베일을 사용하지 않았고. 특히 대학교에서는……. 그런데 네 할아버지는 말이야, 그 깊은 산중에서 어떻게 그렇게 많은 엽서를 보낼 수 있었을까?"

"할아버지는 숲을 개간했어. 숯을 굽고 코르크를 만들었지. 엄마는 어려서부터 숲에서 살았어. 원숭이들이 집 근처까지 내려왔다고 하던데."

"하지만 네 엄마는 한참 후에 포트-내셔널로 돌아갔잖아."

"그걸 알고 있어? 그냥 며칠 동안이었어. 전쟁 후에. 엄마의 여동생, 루이사 이모가 아프다는 전갈을 받고……. 나는 엄마를 따라가고 싶었어. 그런데 내 호적 때문에 문제가 많아서……. 이모가 결국 불행해졌다는 것은 나중에 알았어. 엄마는 자세한 설명을 해주지 않았지. 그런데 후안 삼촌은 반대로 이모가 행복했다고 말해줬어. 어떻게 받아들여야할지 모르겠어."

"알고 싶어? 듣고 네 스스로 한번 판단해 볼래?"

파리다의 목소리에 정이 넘친다. 나는 잠시 망설이다가 결국 알고 싶다고 대답한다.

"네 이모의 남편은 평판이 좋지 않았어. 군대에서 왜 쫓겨났는지 그 이유도 분명치 않았지. 잔인한 남자였어. 키가 크고, 힘이 세고, 체격이 우람한 남자, 잘난척하기 좋아하는 날건달 같은 남자였지. 군대 상관들은 용감한 장교라고 칭찬했지만 사회에서는 달갑지 않은 존재였지. 집에서 부인을 구박했을 뿐만 아니라 사람들이 보는 앞에서도 끊임없이 부인을 망신시켰지. 특히 자기 패거리들 앞에서 심했지. 술판을 벌려놓고 부인에게 차마 못할 짓을 시키곤 했던 거야."

목구멍으로 뭔가가 울컥 치밀어 올라 숨이 막힌다. 눈물이 쏟아진다. 후안 삼촌은 이모가 행복했다고 하지 않았던가? 어떻게 그런 말을 할 수 있었단 말인가! 이어지는 파리다의 말에 나는 망연자실 할말을 잃는다.

"그렇게 슬퍼하지마. 네 이모는 행복했어……. 난 확실히 알고 있어. 네 이모의 하나뿐인 친구를 통해 알게 되었지. 속을 터놓을 수 있는 유일한 친구였어. 그녀는 내 친척이기도 해. 그녀가 남편과 이혼했을 때, 우리 가족이 그녀를 따뜻하게 품어주었지. 그녀는 수비대의 프랑스군인 부인들에게 아랍어를 가르쳤어. 그 부인들 중에 네 이모도 있었지. 나는 그녀를 통해 네 이모가 남편에게 어떤 감정을 품고 있는지 알게 되었어. 네 이모는 남편과 함께 있기 위해 모든 것을 감수했어. 한 번의 애무, 간혹 들을 수 있는 한 마디 칭찬, 어쩌다가 한 번씩 밤에 나누는 격정적인 사랑, 네 이모에게는 그걸로 충분했어. '하늘을 가슴에 품은 듯한 느낌.' 네 이모가 직접 그런 말을 했다고 해. 네 이모는 남편을 기쁘게 하기 위해 스스로 무릎을 꿇었던 거야. 마치 노예가 된 것을 자랑이라도 하듯……. 내 친척 여자는 그런 얘기를 자세히 들려주면서도 네 이모를 이해하지 못했어. 하렘에서는 어처구니없는 일들이 벌어진다는 사실을 내 친척 여자는 생각도 못했을 거야."

나는 파리다에게 말해주고 싶다. 최근에 만난 내 아버지는 후궁으로 변해 있었다, 여리고의 성벽이 무너져 내리면서 나는 눈을 뜨게 되었다, 나는 이제 인간 감정의 모든 면모를 충분히 이해할 수 있게 되었다. 하지만 나는 입을 다문다. 나는 이제 루이사 이모의 새로운 면모를 여실하게 알게 되었다. 파리다의 말을 끊고 싶지 않다.

"난 이해하고도 남아." 파리다가 말을 잇는다. "나를 이끌어 준 내 스승님 곁에서 지내다보니 경험으로 알게 되었지. 내 스승님에 대해서는 나중에 얘기해줄게. 삶에 대해 개방적인 영혼이라면 쉽게 이해할 수 있어. 네 이모는 자아를 실현할 수 있는 방법을 마침내 찾아냈던 거야. 그리고 그것을 실행에 옮길 수 있는 용기도 있었어. 넌 안심해도 돼. 네 이모는 말년에 행복했어."

파리다는 굶주린 듯한 시선으로 나를 쳐다본다. 그녀의 시선은 사랑에 목마른 혀가 애인의 입 속을 파고들 듯 내 속으로 파고들어 내 생각의 파편을 하나하나 들추어본다. 파리다는 엽서를 내려놓는다.

"줄곧 내 얘기만 하고 있었네. 네 얘기를 하러 왔으면서. 엽서를 보고 있자니 옛날 생각이 자꾸 나는 바람에 그만. 네가 엽서를 가지고 있어 정말 좋아. 나중에 와서 천천히 보도록 할게."

"원한다면 가져가."

"고맙긴 한데, 엽서들이 헤어지게 하기는 싫어. 이 상자는 하나의 세상이야. 모두 함께 보관하도록 해. 또 볼 기회가 있겠지 뭐."

파리다의 말이 나를 슬프게 한다. 작별인사처럼 들리기 때문이다. 파리다는 내 표정을 다른 뜻으로 이해한다.

"네 이모 얘기가 마음 아파서 그래? 네 이모는 친구에게 누차 얘기했데. 그 남자의 노예로 살기 전에는 그렇게 충만한 삶을 살아보지 못했다고 말이야……. 나도 하렘에서 그런 여자들을 많이 만나 보았어. 복종에서 행복을 찾는 여자들을 말이지. 직업상으로도 그런 여자들을 자주 만나. 그리고…….”

파리다가 말을 멈춘다. 눈동자가 의미 있게 반짝인다.

“아! 그걸로 슬퍼하는 게 아니잖아! 알겠어. 오늘은 특별한 것을 기대하고 있었을 테지.”

파리다는 내 쪽으로 몸을 기울인다. 그녀의 향수가 나를 감싼다. 그녀의 몸이 가까이 있다.

“수업에 대한 얘기를 듣고 싶었겠지, 그렇지?”

간절한 내 눈빛이 그렇다고 대답한다.

“우린 지금까지 수업에 관해 얘기했는데, 몰랐어? 그렇게 들리지 않았나 보지? 너는 커다란 잘못을 저지르고 내게 최초로 고백을 했잖아.”

“다시는 그런 일 없을 거야! 그리고 벌을 주지 않아서 고마워.”

“당연하지. 초심자에게 벌은 부정적인 것만은 아냐. 넌 벌을 받는 방법도 배워야 해. 자원해서 받는 고통은 내적인 희열을 맛보게 하지. 그와 반대로 어쩔 수 없이 당해야 하는 고문은 그저 고통일 뿐이야. 나는 네게 가시가 있는 장미가 아니라 장미가 있는 가시를 주는 거야. 그런 장미가 더욱더 생생하게, 더욱더 찬란하게 꽃을 피우는 거야. 기억해. 시바는 파괴에 있어서뿐만 아니라 창조에 있어서도 위대한 신이야……. 이제 네 얘기로 돌아가 볼까. 우리는 지금까지 네 얘기를 하고 있었어. 그리고 내 얘기도, 내 과거 얘기도. 나에 대해 자세히 알수록 너는 내게 점점 더 가까이 다가오는 거야. 그러니까, 나를 따라오게 된다는 말이야."

"고마워!"

"지금은 나를 따라오는 것이지만 나중에는 나와 동행하게 될 거야. 그러기 위해서는 너는 나의 진면목을 알아야 해. 다른 누가 아닌 내 본연의 모습을……. 네가 널 나에게 온전히 맡긴다 해도 시간이 좀 걸릴 거야. 너는 네 자아를 내게 줘야 해. 나는 널 뼛속까지, 골수까지 낱낱이 벗겨낼 거야. 그래서 새로운 육신을 입힐 거야. 그러면 새로운 마리오가 탄생하게 되겠지."

낭패감이 눈 녹듯 사라진다. 그녀의 진지한 말투가 나를 꼼짝 못하게 만듦과 동시에 나를 뒤흔들어놓는다. 마법에 걸린 것 같다.

"우리는 너에 대해, 나에 대해, 네 엄마에 대해, 네 루이사 이모에 대해 얘기 했어……. 모두 같은 세상에 살고 있어. 우리 모두는 이곳 아푸에라스 주민들이야. 진정한 삶을 살아가는 사람들. 우리는 남들이 강요한 삶을 살아가는 사람들이 아냐. 그러니 너는 불필요한 것들은 모두 벗어 던져버려야 해. 이제 변장을 하겠다느니 어쩌겠다느니 하는 생각은 버려."

"그런 생각 한 적 없어. 그냥 말을 하다보니 그런 거지."

"알아. 그따위 생각은 지워버려. 변장이나 하라고 스타킹을 보내진 않았어. 네 자신을 알라고 보낸 거지. 스타킹을 놓고 갈 테니 그걸로 네 자신이 누구인지 알아보도록 해."

"뭐라고 감사해야 할지 모르겠어……. 왜 나한테 이토록 신경을 쓰는지 모르겠어……. 왜 나야? 난 아무것도 아닌데."

"나는 사람들의 천분을 일깨워주는 스승이니까. 나는 오래전에 널 알아봤어. 너는 구속복을 벗어 던지기 위해 고군분투했어. 넌 지금 변해가고 있어. 넌 이곳에 있을 자격이 있어. 우리 두 사람은 같은 종족이야. 우리는 삶의 경계선을 뛰어넘은 전위대야. 지금으로서는 네 본연의 모습과 아직 멀지만 잠재력은 충분해……. 조급해하지 마. 속임수를 쓰지 마. 얼렁뚱땅 넘기지 마."

의자 팔걸이 위에 놓인 내 손에 파리다의 손이 와 닿는다. 그녀의 피가 내 몸으로 흐르는 것 같다. 파리다도 그걸 눈치 챈 것 같다. 그녀가 내 손을 꼭 움켜쥔다.

"모든 것을 뿌리부터 공격해야 해. 모든 것이 뿌리에서부터 너를 압박하니까. 이 정신의 감옥에서는 창문으로 탈출할 수 없어. 네가 들어간 바로 그 문으로 나와야 해. 너 스스로 그 문을 찾아 밖으로 나와야 해. 아늑한 삶의 모닥불이 타오르는 곳은 바로 감옥 밖이란 말이야. 감옥을 빠져나와야 자유를 누릴 수 있는 거야. 어릴 때를 생각해봐. 이젠 알 수 있을 테지. 교육이라고 한답시고 삶에 부정적인 생각을 집어넣어 널 망쳐놓았고, 힘 있는 자에게 복종해야 한다며 널 길들였잖아. 그따위 것들은 던져버려. 오늘 오후 일을 생각해봐. 너는 고백했어. 일종의 진실게임이었지. 너는 침묵을 견뎌냈어. 나는 네가 듣고 싶어 하는 얘기를 직접 언급하지 않았어. 겉보기에는 그랬지. 오늘은 여기까지만 하고 다음에 계속하자. 내 집으로 놀러와. 초대에 보답은 해야지. 내 말에 복종해. 복종이 얼마나 좋은데. 오늘처럼 널 내게 맡겨. 우리는 놀이를 통해 점점 앞으로 나아갈 거야. 비유가 아니라 말 그대로야. 놀이는 쾌락의 한 방편이야. 그래, 삶의 한 형태지. 삶이 꿈이라는 것은 사실이 아니야. 우리가 또 다른 미래나 환상을 꿈꾸며 진정한 삶을 잊어버리도록 만들기 위해 사람들이 지어낸 말일 뿐이야. 헌신적으로 섬기는 것, 그것 역시 놀이며 삶이야. 네가 내게 차를 대접한 것처럼 말이지. 자원한 희생도 마찬가지야. 네 이모는 말년에 그런 기쁨을 누렸지. 우리가 처음에 약속했던 것을 기억해. '널 반죽해 빵을 만들 거야, 널 벼려서 칼을 만들 거야.' 우리 둘 다 그걸 기억해야 해. 나는 널 벼리며 기쁨도 누리고 고통도 당할 테니까……. 우리가 어디로 가는지 보여? 무섭지 않아?"

"아직은 희미해. 얼른 가보고 싶어……. 너와 함께라면 아무것도 두렵지 않아. 아무것도."

"좋았어."

그녀의 손이 내 손을 꼭 쥐고 나서 물러난다. 며칠 전, 아니 몇 년 전, 아니 몇 세기 전에 그녀가 손으로 내 무릎을 지그시 눌렀던 일이 생각난다.

"기분 풀어. 어쨌든 오늘은 축제일이잖아. 이제 너를 믿을 수 있겠어."

'나도 널 진정으로, 진심으로 믿어, 파리다.' 나는 생각한다. 파리다가 의자에서 일어나 집을 구경하고 싶다고 한다. 내가 어떻게 사는지 알고 싶은 모양이다. 파리다는 거실을 나가기 전에 잠시 동안 엄마의 사진을 바라본다. 그러다가 돌연히 등을 돌린다. 우리는 아라비아 식으로 꾸며진 방과 아버지의 서재를 그냥 지나간다. 파리다는 화장실과 부엌을 슬쩍 훑어본다. 우리는 복도 한 쪽 끝에서 다른 쪽 끝까지 구석구석 집을 둘러본다. 마침내 나는 파리다를 내 침실로 안내한다. 파리다는 내 침실로 들어가기 전에 내게 묻는다. "들어가도 돼?" 어째야 할지 모르는 듯한 표정. 농담이 아니다. 뭔가 잔뜩 기대하는 듯한 표정. 이유를 모르겠다. 파리다는 테이블 위에 당당하게 자리 잡은 샌들을 보고 살짝 미소 짓는다. 샌들 옆에 리안 드 푸지의 엽서가 놓여 있다. 파리다는 엽서를 집어들고 아무 말 없이 잠시 들여다본다. 그녀의 시선이 천천히 방을 훑는다. 파리다는 책장은 만져 보지도 않는다. 그러나 주저 없이, 정확하게 옷장 둘째 서랍을 연다. 그곳에 내가 가장 아끼는 옷과 함께 스타킹이 곱게 접힌

채 놓여 있다. 파리다는 내 여신이 놓고 간 레이스 부채를 발견한다. 파리다는 부채를 집어 들어 펴서 흔들어본다. 아! 그 모습! 그 자태!

"아주 귀한 거네. 이건 어때?"

신이 준 그 선물을 어떻게 설명할 수 있단 말인가?

"엽서는 받을 수 없지만, 이건……. 가족의 유품이야? 네게 아주 중요한 거야?"

나는 망설인다. 힘이 빠진다.

"얼마 전에 생긴 건데. 그게……, 좋아, 유물이야……. 언제가 돌려줘야 할지도 몰라."

"유물이라고! 엽서 대신 이걸 주면 안 될까?"

빠져나갈 구멍이 없다. 나중에 내 여신에게 뭐라고 용서를 빈단 말인가! 파리다는 빈정대는 듯한 눈초리로 당황해하는 나를 쳐다본다.

"스승에게 헌신하겠다는 사람이 그 모양이야? 자신을 온전히 맡기겠다는 사람이 그 모양이야?"

파리다는 부채를 내려놓고 문을 향해 돌아선다. 나는 그녀를 막아선다. 할 수 없다. 나는 부채를 집어 그녀에게 내민다.

"잠깐, 제발. 자, 가져."

"유물을 그런 식으로 바치는 거야?"

파리다는 부채를 받지 않고 나를 혹독하게 다그친다.

나는 얼떨결에 무릎을 꿇는다. 나는 공손히 두 손으로 부채를 받쳐 들고 그녀를 향해 내민다. 마치 칼을 바치는 것 같다. 나는 간절한 눈빛으로 그녀를 바라본다. 그녀가 부채를 집어 든다.

"하마터면……. 너는 오늘 오후의 축제를 망칠 뻔했어. 네 삶도. 겨우 살아난 줄 알아. 다음에는 절대 망설이지 마. 왜 망설였는지 그 이유를 나중에 설명해야 할 거야. 내가 제거해야 할 종기가 남아 있는 거야?"

"아냐, 그건 아냐. 그게……."

"나중에 설명해. 지금은 됐어."

내 가슴은 희열로 가득 찬다. 몸을 굽혀 그녀의 부츠를 껴안고 입을 맞추고 싶지만 지나친 행동으로 비치지 않을까 싶어 두렵다.

그녀가 손을 내밀어 나를 일으켜 세운다. 나는 그녀의 손에 입을 맞춘다. 나는 그녀를 문까지 배웅한다. 그녀를 도와 코트를 입혀준다. 나는 다시 터키모자를 쓴 그녀의 얼굴을 우러러본다. 나는 문을 연다. 그녀가 손짓으로 인사를 한다. 그녀의 구두굽 소리가 계단 밑으로 멀어져 간다. 나는 홀로 남는다. 그녀 생각으로 가득 찬 채……. 느닷없이 끔찍스러운 의심이 심장을 파고든다. 터무니없는 생각이다. 하지만 나는 거실을 향해 달려간다.

그랬다. 말도 안 되는 생각이었다. 엄마는 여전히 자리를 지키고 있다. 엄마의 사진은 사라지지 않았다.

부채에 대해 내 여신은 뭐라고 할까? 언젠가 들통 나지 않겠는가? 이런 제길, 내 여신은 이미 알고 있다! 부채를 줘버린 것이 마음 아프다. 하지만 달리 도리가 없었다. 파리다는 수업을 진행하다보면 가시에 찔리게 된다고 했는데, 이게 그 가시란 말인가……. 오늘의 만남, 기가 막힌 만남이었다. 파리다는 많은 것을 알고 있었다. 모르는 것은 직관으로 꿰뚫어보았다. 내 엄마가 무슨 책을 읽었는지 나보다 더 자세히 알고 있었다. 사실이다. 엄마는 라실드를 버리고 로티를 읽었다. 엄마는 『환멸』에 나오는 해방된 후궁들에게 빠져들었던 것이다. 나는 아직 내 스승에게 아버지에 대해서는, 나를 일깨워준 후궁에 대해서는 얘기하지 않았다. 하지만 나는 내 스승에게 아무것도 숨기지 않을 것이다. 반면에 내 스승은 내 엄마에 대해 모든 것을 얘기해주지 않았다. 나를 조바심 나게 만든 것이다. 엄마의 다른 모습을 보게 될까? 상관없다. 나는 파리다를 통해 엄마가 나를 사랑한다는 사실을, 내 그 꼴같잖은 모습을 보고도 계속 나를 사랑한다는 사실을 알 수 있었다. 엄마도 자신이 원하는 대로 살고 싶었을 것이 아닌가? 나도 이제는 확실히 안다. 내 스승의 손에 의해 내가 점점 변해 가면 엄마와 나 사이도 점점 가까워질 것이다. 스승은 말했다. 우리는 뿌리에서부터, 톨레도에서 보낸 바로 그 날 밤부터 시작해야 한다고. 스승은 마지막에 가서 그 아름다운 말로 내게 다짐했다. 우리는 함께 우리의 진정한 모습을 찾아갈 것이라고. '우리 두 사람은 같은 종족이야. 우리는 삶의 경계선을 뛰어넘은 전위대야.' 나는 이 말을 항상 기억할 것이다. 파리다의 말은 내 여신의 다짐과 같은 것이다.

전화기를 통해 그녀의 감미로운 목소리가 다시 들린다. 거만하면서도 유혹적인 목소리다. 아침 일찍 진료실로 찾아오라고 한다. 긴 잠에서 깨어나면 찾아오라는 것이다. 아무 생각 없이 빈둥거리는 것, 이곳에서는 이걸 잠이라고 한다. 하지만 나는 잠을 자고 싶지 않다. 옛날에 탔던 전차가 필요한 시간에 정확히 나타난다. 전차는 나를 지정된 장소로 데려간다. 그리 넓지 않은 조용한 거리다. 아카시아 가로수, 덩굴 울타리 뒤에 숨은 아기자기한 집들. 내가 가야할 집은 훨씬 크고 마당도 훨씬 넓다. 시원하게 뚫린 울타리를 지나 오솔길을 따라가니 세 단짜리 층계와 쪽창이 딸린 녹색 문이 나온다. 한쪽 구석에 동판이 하나 걸려 있다. '삶의 입소테라피(IPSOTERAPIA VITAL)'. 붉은 색 글씨다. 그 밑에 검은 색 소문자가 보인다. '인격 개조'. 로고타입이다. 타이틀의 두 개의 글자가 겹쳐져 있다. V자 가운데 I자가 들어있다. I자는 V자를 뚫고 하늘로 치솟아 오르려는 화살처럼 보인다. 앵글의 이쪽 끝에서 저쪽 끝으로 늘어져 있는 곡선 하나가 활의 손잡이처럼 보인다. 내가 그 상징물에 한눈을 팔고 있는 사이에 파리다가 직접 문을 연다.

"어서 와. 들어와."

나는 그녀를 따라 좁은 입구로 들어가 대기실을 지나간다. 우리는 그녀의 개인 사무실로 들어간다. 그녀는 책상 뒤에 앉는다. 그녀가 내게 책상 앞에 있는 간이의자를 권한다.

윤기가 흐르는 나무 책상 위에 서류 따위는 보이지 않는다. 꼭 필요한 집기만 보인다. 재떨이 하나, 자동응답기도 없는 단선 전화기 한 대. 한쪽 벽면에 옷장과 커튼이 쳐진 오래된 목재 문서 보관함이 있다. 내가 처음 근무했던 방에도 저런 물건이 있었다. 책장도 하나 있다. 책장에는 책과 자료 파일이 꽂혀있다. 책장 위에 카빌리아의 도자기 항아리 하나와 물 자루를 어깨에 지고 있는 시장 물장수 인형이 하나 놓여 있다. 다른 쪽 벽면에는 보티첼리의 커다란 '산 세바스티안' 복제화 주변에 여러 개의 증명서와 자격증 액자가 걸려 있다. 나는 보티첼리의 그림은 쳐다보지도 않는다. 바로 옆 한구석 화분대 위에서 수령초가 뽐내고 있기 때문이다. 엄마가 좋아했던 꽃이다. 엄마는 수령초를 지극 정성으로 보살폈다. 엄마는 수령초에 물을 줄 때에는 말을 걸기도 했다. 마치 어린아이를 키우는 것 같았다.

엄마가 키우던 꽃일 리가 없다. 당연하지. 하지만 너무나 닮았다. 나는 정신없이 꽃을 쳐다보고 있고, 파리다도 말없이 그런 나를 지켜보고 있다. 나를 방해하고 싶지 않은 모양이다. 꽃이 가지에 종처럼 달려 있다. 그러니까 꽃송이들이 아래쪽을 향해 매달려 있는 것이다. 1935년에 유행했던 시클라멘 색이다. 인도 무희의 폭 좁은 치마처럼 보인다. 수술이 발처럼 삐죽 나와 있고, 노란 꽃받침은 마치 구두를 신겨놓은 것 같고……. 나는 정신을 차린다. 나는 파리다에게 죄책감을 느낀다. 그래서 말없이 시선을 보티첼리의 그림 쪽으로 돌린다.

"저 그림 어때? 산 세바스티안 그림이야. 내가 제일 좋아하는 화가지. 만테그나, 페루지노, 수르바란, 엘 그레코……."

"그림 속 인물의 외모가 네 고향 사람들을 생각나게 만들어서 좋아하는 거겠지."

그녀가 깜짝 놀란다. 나는 우쭐해진다.

"맞아! 나도 첫눈에 알아 보았는 걸……. 그래, 까무잡잡한 피부, 곱슬곱슬한 머리, 눈매, 숙명론자적인 태도……."

"내 말은 그게 아냐. 운명을 담담하게 받아들이는 태도랄까. 고통을 받으면서도 몸이 뒤틀리지 않지."

"네 말이 옳아. 밧줄로 손을 등 뒤로 묶어 나무에 매달아도 몸부림치지 않아."

"밧줄이라니?"

"보이지는 않아……. 아마도 화가는 그걸 굳이 보여줄 필요는 없다고 생각했을 거야. 화살로 쏘아 죽이겠다는 의지만 보여주는 것으로 충분했겠지. 저 그림에서 내가 가장 좋아하는 부분이야."

파리다가 도전적으로 말을 맺는다.

"그래……. 그래서 표정이 저리도 차분하구나. 거의 비현실적으로……. 맞아, 여자처럼 보이는 얼굴이야."

"그걸 알아보다니, 기분 좋은데. 그리고……. 저 사람은 죽음을 두려워하지 않았어. 군인이었지. 이건 알아? 저 사람이 저런 식으로 죽지 않았다는 거."

"무슨 소리야?"

"이런 얘기가 있어. 사람들이 그를 활로 쏘아 죽였어. 그런데 어느 과부가 의식을 잃은 그를 발견하고 치료해서 살려놓았어. 마지막은 어떻게 됐는지 몰라……. 어쨌든, 너는 저 그림에서 많은 것을 알아보았어. 아주 중요한 것들을. 나는 만족해. 놀랄 것도 없지 뭐. 내 구두에 대해 쓴 네 글이 가능성을 시사해주었으니까."

그녀가 말을 하는 동안 그림의 진실이 새록새록 내 가슴을 파고든다. 성자의 넓적다리에 박힌 화살이 아직까지도 부르르 떨고 있는 것 같다. 내 자신이 화살을 든 사람 앞에 묶여 있는 것 같다. 화살을 든 사람은 시위를 당겨 나를 겨누고 있다. 그는 속수무책인 내 몸에서 표적을 찾고 있다. 나는 맥이 풀린 채 생각에 잠긴다. 저 화살은 내 몸 어디에 와서 박힐 것인가……?

"많은 사람들이 발견했어. 저 군인과 내가 닮았다는 사실을 말이야. 네가 지금 저 모델이 아프리카 사람이라고 생각하듯이 말이지. 하지만 저 모델은 순수한 이탈리아 사람이야."

"기억해 봐, 반달족은 네 땅에서 살았어. 네 스스로 인정했잖아, 비잔틴 여인과 베르베르족 여인이 함께 섞여있다고. 세련되었으면서도 야만적인……. 오늘 보니 이도 저도 아닌 것 같아. 직업에 어울리는 하얀색 가운을 입고 진료실에 앉아 있는 것을 보니 말이야."

"너는 내가 기대했던 그대로인데 그래. 아니, 훨씬 나아 보여. 보티첼리의 그림을 그렇게 잘 알아볼 줄 기대하지 않았는데. 이건 일종의 테스트야, 알지?"

나는 그녀의 가슴에 대해서는 이야기하고 싶지 않다. 그녀의 가슴은 가운이라는 엄격한 감옥에 갇혀 납작하게 눌려 있다. 하지만 젖꼭지는 오뚝 서 있다. 단단하면서도 균형 잡힌 젖꼭지. 고딕 양식의 나무로 새긴 처녀의 젖꼭지 같다.

파리다가 자리에서 벌떡 일어난다.

"잘 알아맞혔으니 계속해야지. 따라와."

그녀의 어깨 너머로 문이 하나 보인다. 다른 두 개의 문보다 작은 문이다. 우리는 그 문을 통해 어느 방으로 들어간다. 그곳에 방이 있을 것이라고는 상상도 못했는데. 방은 건물의 한 귀통이를 차지하고 있다. 커다란 창문이 활짝 열려 있다. 정원에서 라일락꽃 향기가 진하게 스며든다. 여성스럽게 꾸며진 작은 살롱 같다. '아르 누보' 양식으로 꾸며진 일종의 '규방'이다. 파리의 분위기가 물씬 풍기는 문갑과 옷장이 벽면에 놓여 있다. 작은 의자 세트, 2인용 소파, 깜찍한 램프들, 랄리크 꽃병들, 작은 청동 동상들, 모네의 복제화들, 아기자기한 그림들.

"여기가 진료실인가?" 나는 어안이 벙벙해 묻는다.

"아냐, 바보같이." 파리다가 웃는다. 파리다가 가운을 벗는다. 파리다는 이제 검은색 치마와 노란색 블라우스 차림이다. "이곳은 내 사적인 공간이야. 환자들은 이곳에 들어올 수 없어. 너는 환자가 아니라 내 제자야. 이곳은 나만의 세상이야. 이곳에서 나는 클리닉의 원장이 아니라 그저 파리다일 뿐이야."

"이곳에서 생활해?" 나는 묻는다. 특권을 누리는 것 같아 기분이 좋다.

"글쎄. 내 일부분은." 그녀는 소파에 앉아 나를 곁에 앉히며 대답한다. "네가 비잔틴 여인이라고 부르는 내 일부분이 이곳에서 생활하지. 지금의 내 모습, 너를 무개차에 태워 클럽으로 데려갔던 그 여자가 바로 이곳에서 사는 거야. 나는 여기서 쉬면서 내 자신을 회복해."

"그럼 베르베르족 파리다는 어디서 살아?"

"어딘 어디겠어? 사막의 오두막 천막 안에서 살지." 파리다가 생글생글 웃으며 말을 맺는다.

"그렇게나 먼 곳에?"

"아냐! 그렇게 멀지 않아! 곧 알게 될 거야."

그녀는 싱긋 웃으며 내 질문을 가로막는다. 그녀는 소파 옆에 붙은 탁자 서랍에서 클럽에서 본 적이 있는 파이프를 꺼내 담배를 채우고 그 날 밤과 같이 아주 조심스럽게 불을 붙인다. 그동안 나는 세련된 주변 분위기에 녹아든다. 그녀는 한동안 말을 하지 않는다. 내가 놀라는 모습을 즐기는 것 같다.

"비싼 가구들인데." 나는 감탄한다.

"그래. 1900년도 파리에서 가장 귀한 것들이었어. 내 스승이 내게 물려준 것들이야. 내 스승에게는 내 스승의 남편이 물려주었고. 스승의 남편은 프랑스 명문가 출신이었지. 마음에 드는 것 같은데 그래."

"무척."

"그럴 줄 알았어. 그래서 이곳으로 데려온 거야. 혼자서 조용히 공부도 하고 일도 하기 위해 사무실 옆에 공간을 마련한 거야. 이곳에서는 내가 하고 싶은 일을 해. 내 몸이 원하는 일, 내 삶의 내부 안내인이 원하는 일을 말이지."

"무슨 말인지 알겠어."

"우리가 입소테라피를 선전하기 위해 출간한 책자를 네게 빌려줄 수도 있어. 그런데 산 세바스티안의 그림에 대한 네 의견을 듣고 보니 문제의 핵심으로 건너뛰어도 무방할 것 같아. 중국 여자들의 발에 대해 생각해보는 것으로 충분할 거야."

"중국 여자들?"

"너도 알지? 만주족 명문가의 여자아이들은 잔인하게도 발을 꽁꽁 싸매고 다녀야 했어. 발을 작게 유지하기 위해서 말이지. 불구가 되고 병신이 되어도 상관없었어. 왜 그랬을까? 중국 명문가 사람들은 작은 발이 아름답다고 생각했던 거야. 그와 반면에 자연스럽게 성장한 발은 추하다고 여겼어. 그래서 어머니들과 의사들은 자연스러운 발의 '질병'을 '치료'하고 '교정'했어. 공식적인 미의 기준에 맞추어서 말이지. 그런 야만적인 행위가 수세기 동안 이어지면서 여자들을 줄기차게 고문했지."

"그렇다면, 거기서 얻을 수 있는 교훈은?"

"지금 우리 사회는 종교적인 신화에 의해 지배당하고 있어. 신성하며 절대 오류가 없다는 이 종교의 경전은 육체적인 쾌락을 원수처럼 여기는 도덕률을 강요하고. 극히 반자연적인 도덕률이야. 이 도덕률은 창조주가 인간에게 선물한 섹스보다 순결이 더욱 완벽한 덕목이라고 떠들어대지. 본성을 거스르는 도덕률이야. 출산을 전제로 하지 않는 모든 성행위를 추악하고 사악한 것을 매도하지. 살아가다 보면 성충동이 자연스럽게 시시때때로 일어나는 법인데 말이야. 더 이상 떠들지 않겠어. 너도 다 알고 있을 테니까."

"그래. 하지만, 내가 어떻게 살아왔는지 넌 어떻게 알았어?"

"다 아는 수가 있지. 네 엄마가 자신도 모르게 편지에서 밝혔을 수도 있고……. 결혼한 후에 정신과 의사를 찾아가 본 적이 있어?"

"응. 의사 말이 다 맞는가 싶었는데. 이젠 알겠어! 내가 의사에게 들려준 말은 '정상'이 아니었어. 그러니까 공식적인 도덕관이 받아들일 수 없는 내용이었지. 하긴, 의사는 심각하게 받아들이지 않았어. 의사는 내가 성도착증 환자라고 진단했어. 그 병을 치료한답시고 처방전도 써주었지……. 이제 알겠어. 그건 중국 여자들처럼 발을 싸매는 짓거리였어. 나는 의사를 더 이상 찾아가지 않았어. 나는 죄의식을 느끼기는 했지만, 내 자신이 성도착증 환자라고는 생각하지 않았는데."

"너 역시 종교적인 도덕률에 지배당하고 있었기 때문이야. 어려서부터 귀에 못이 박히도록 그런 말을 들어왔을 테니까. 전통적인 정신의학은 죄의식에 대해 더 이상 얘기하지 않아. 조금쯤은 진보했다고나 할까. 이제 정신의학은 '죄'와 '성도착'을 질병으로 간주해. 이런 질병도 서서히, 아주 서서히 진단 명세서에서 사라져 가는 추세이긴 하지만. 이제 이 사회는 우리를 계속해서 억압하기 위하여 반자연적인 종교에 반하는 성행위를 범죄로 간주해. 이제 경찰이 나서서 우리를 압박하고……."

"내가 이해할 수 없는 것은 과학적인 이론과 방법이 윤리적인 정당성이 없는 독단적인 신념에 따른다는 거야."

"그건 역사가 설명해줄 거야. 전통적으로 그랬어. 사회학에서도 그렇게 설명해. 권력의 이해관계가 달린 문제지. 레닌은 이렇게 말했어. 종교는 민중의 아편이다. 카지노를 드나드는 양반들 생각도 같아. '종교는 일종의 속박이다.' 많은 신사 양반들이 아무 근심걱정 없이 쾌락을 통해 삶을 만끽해. 하지만 그들도 마지막 순간에 가면 후회를 하게 마련이지."

"하지만 지금 사회는 전통 사회가 아니잖아. 많이 현대화되었단 말이지."

"보기보다 훨씬 덜해. 도시 지역이나 교양 있는 계층이나 현대화되었을 뿐이야. 예를 들어볼까. 아직도 많은 사람들이 이렇게 생각해. 애인에게 채찍질 당하면서 기쁨을 누리는 사람이 있다고 치자. 사람들은 그 사람을 마조히스트 환자로 간주해. 하지만 어느 수녀가 자신의 방에서 채찍질로 자신의 몸을 내리치면서 기쁨을 누린다면 그건 하나님에 대한 간절한 사랑의 숭고한 증거로 생각하지. 오늘날에도 〈포춘〉이나 〈에스콰이어〉같은 권위 있는 잡지는 이렇게 주장해. '유행병'이 미국 기업의 최고위층 경영자들을 위협하고 있다고 말이지. 에로틱한 쾌락에 빠져 있는 사람들을 '섹스 중독자'라고 부르는 거지. 이 사람들은 섹스 문제로 판사 앞에 서야할지도 몰라. 판사가 판결을 내리겠지. 호화롭게 꾸며진 조용한 곳에 가서 '병'을 '치료'하라고 말이야……. 그 잡지의 호수도 가르쳐줄 수 있어. 시리즈로 연재된 그 기사를 보면 놀라 뒤로 자빠질걸."

"그렇게나 호들갑을 떨다니 웃기는데 그래."

"쾌락을 거부하는 것은 웃을 일이 아니야. 우리는 끊임없는 감시에 시달리고 있어. '생각이 건전한' 당국자들이 우리를 끊임없이 몰아붙이고 있어. 만일 우리가 까딱 실수라도 하게 되면 우리의 활동을 금지시킬 거야. 하지만 우리는 포기하지 않아. 우리는 젊은이들을 잘못된 죄의식으로부터 해방시켜주고 있어. 우리는 뒤늦게나마 젊은이들을 각성시키고 있는 거야. 어렵고 힘든 일이지. 젊은이들에게 충만한 새 삶을 열어주는 거야. 문화적인 구속복을 벗겨주고 있단 말이지."

파리다의 진지한 목소리가 그녀의 속 깊은 애정과 함께 나를 포근히 감싼다. 내 여신의 입을 통해 들었던 그 비슷한 말이 번쩍 생각난다. 몸이 편안해진다. 마치 요람에 누워 잠을 자는 것 같다. 1900년대에 와 있는 듯한 분위기. 줄곧 이런 분위기에 젖어 살아온 것만 같다. 그녀의 마지막 말이 내 살에 와서 박히면서 부르르 떨린다. 세바스티안의 그림을 보면서 상상했던 그 활 쏘는 남자가 마침내 활을 쏜 것일까. '뒤늦게나마 각성시키는 거야.' 그녀는 마치 현미경 슬라이드를 통해 나를 관찰하고 진단을 내린 것 같다. 몸이 부르르 떨린다. 그래도 희망은 있다. '뒤늦게나마' 라는 말은 '이미 늦었다' 라는 말과 그 뜻이 다르다. 나는 내 앞에 놓인 희망을 본다.

그녀는 내가 각성했는지 어쨌는지 알아보려는 듯 나를 지그시 바라보고 있다. 나는 그녀의 기대를 저버리지 않는다. 나는 현미경 슬라이드에서 팔짝 뛰어내린다. 나는 땅을 단단히 밟고 선다. 뿌리 깊은 나무처럼.

"가르쳐 줘." 나는 외친다.

"말해 봐."

"우선, 너도 알겠지만……. 내가 누구인지, 내가 어떤 사람이 되어야 하는지 말해 줘. 내가 어떤 형의 인간인지 밝혀 줘."

그녀의 얼굴에 부드러운 미소가 피어오른다.

"시작이 아주 좋은데. 여기 있어."

파리다는 보조 서류함에서 종이 한 장을 꺼내든다. 계보도처럼 보이는 그림이 그려져 있다. 선이 연속해서 두 갈래로 갈라지는 그림이다. 나를 기다리는 동안 준비해둔 것인가?

그림에는 설명도 별로 없고 상징 기호도 두 개뿐이다. 익히 잘 알고 있는 기호다. 아래쪽에 작은 십자가가 달린 원과 위쪽에 화살이 달린 원. 남성과 여성을 각각 상징하는 기호다. 그림의 분기선은 각각 길이가 다르다. 분기선의 한쪽에는 '성(sex)'이라고 적혀 있고, 다른 쪽에는 '젠더(gender)'라고 적혀 있다. 나는 의아한 표정으로 파리다를 쳐다본다.

"성은 염색체와 생식기로 결정돼. 간성(間性)이라는 것도 있지만 여기서는 간략하게 하기 위해 생략했어. 반면에 젠더는 두뇌에 따라 달라져. 특히 잠자리에서의 태도가 중요한 역할을 하지. 전통적인 도덕률은 인정하지 않지만, 젠더가 성과 반드시 일치하지는 않아. 자신을 암컷으로 생각하는 수컷도 있고, 자신을 수컷으로 생각하는 암컷도 있어."

나는 인류의 계보도를 따라간다. 젠더의 가지가 둘로 나누어진다. 마침내 세 번째 단계에 이른다. '기호도'. 파리다가 설명을 이어간다.

"성과 젠더는 다양하게 결합해. 그것들이 일치하든 일치하지 않든, 사람은 남자나 여자에게 끌리게 되어 있어. 같은 성이나 젠더끼리 좋아할 수도 있고 아닐 수도 있어. 양성을 동시에 구비한 사람은 여자와 남자를 동시에 좋아할 수도 있지. 이 기본적인 도표에서는 양성을 동시에 구비한 경우와 그 강도에 대해서는 분석하지 않았지만. 실제로 이런 경우가 다양한 양상으로 나타나고 있지만 말이지."

기호도의 마지막 가지 끝에는 성 기호 대신 D자와 S자가 적혀 있다. 밑에 적혀 있는 설명에 의하면 '지배'와 '복종'의 머릿글자다. 계보도는 거기서 끝난다. 파리다의 주장에 의하면 이 계보도는 분류의 제1단계일 뿐이다.

"경우의 수는 총 열여섯 가지야. 하지만 공식적인 도덕률은 순결, 이성간의 결합에 있어서 남성의 지배와 여성의 복종만을 용납하지. 삶이 제공하는 다른 기회들은 강요에 의해 포기해야 해. 감추어야 하고. 잘못했다가는 '범죄자' 나 '성도착 환자' 라는 딱지가 붙기 십상이지. 무슨 벌을 받게 될지 몰라. 장 로랭은 이렇게 썼어. '부정이란 사회가 용납하지 못하는 쾌락이다.'"

파리다가 말하는 동안 나는 그 복잡한 계보도에서 내 자신의 길을 찾는다. 마침내 나는 목적지에 도착한다. 결과는 그리 놀랍지 않다. 하지만 경험에 입각해서 얻은 그 결과가 나를 생각에 잠기게 만든다. 무언가를 희미하게 감지하는 것과 그 느낌을 정확한 말로 풀어내는 것은 전혀 다른 일이다. 만일 내 생각이 틀렸다면? 나는 다른 길을 훔쳐본다. 그러나 그 길도 포기하고 만다. 나는 알고 있었다. 그렇지만……. 그 생각을 딱 부러지게 정리하기 위해 얼마나 오랫동안 노력했던가! 그 일 하나 때문에 내 삶을 탕진한 것은 아니었던가!

파리다는 입을 다물고 있다. 그녀는 지금 내 표정에서 무엇을 읽고 있을까? 자기연민? 경멸? 지혜? 나는 내 자신을 사회에 만연한 신화에 맞춰 판단해야 하는가? 아니면 내 내부의 실체에 의해……. 그렇지만, 내가 나 자신을 판단해야 하는가? 무슨 이유로?

기대에 부푼 파리다의 두 눈이 활짝 열린다. 그 눈이 내게 말한다. 네 마음을 읽었다, 어서 말해라. 파리다는 담담하다. 이미 알고 있는 것이다. 나보다 먼저. 나는 선언한다.

"지금까지 살아오면서 가끔 내가 동성애자가 아닐까 생각해 봤어. 그런데 남자들에게는 끌리지 않는 거야. 여자들에게는 끌리면서도. 그래도 문제는 해결되지 않았어. 여자들과 함께 있을 때도 제대로 남자 노릇을 하지 못했거든. 대체 영문을 알 수 없었지. 이제 그 해답을 찾았어. 나는 성적으로는 남성이야. 하지만 젠더로서는 여성이야. 여성에게 끌리는. 그리고, 결론적으로, 나는 복종적인 타입이야. 따라서 나는 레즈비언인 거야."

파리다는 살짝 미소 지으며 두 손으로 내 손을 꼭 쥔다. 파리다의 몸이 내 몸 가까이 느껴진다. 애정이 담긴 그녀의 표정과 미소뿐만 아니라 그녀의 몸을 통해 나는 알 수 있다. 그녀는 온몸으로 나를 받아들이고 있는 것이다. 부드럽기 그지없는 그녀의 목소리.

"환영해. 마침내 네 진정한 삶에 도달한 거야. 축하해."

그녀의 예상과 달리 내 목소리는 가볍게 떨린다.

"이제 어쩌지?"

"뭐라고? 네 진정한 모습을 포기하겠다는 거야? 여기까지 올 수 있었으면서, 이제 와서……? 이곳 아푸에라스까지 와서? 이곳엔 여리고의 성벽 따위는 없어!"

"너무 늦은 것 같아. 네가 도와주지 않으면, 시간이 부족할 것 같아."

"시간은 잊어버려. 몇 번이나 얘기해야 하는 거야! 오로지 너 스스로 헤쳐 나가야 해……. 그렇지. 나와 함께. 나는 네 스승이니까. 잘 들어. 지금까지 잘 해 왔잖아. 너는 이제 수동적인 학생이 아냐. 너 스스로 노력해야 해. 네가 뭘 원하는지 너도 이젠 알잖아."

"도대체 나는 성적으로 어떤 사람일까?"

"아직도 모르겠어? 너의 생식기는 확실해. 너의 정신적인 젠더는……. 스타킹을 신고 뾰족 구두를 신었을 때 느꼈던 감정을 벌써 잊어버린 거야?"

"과거에도 그런 적이 많았어. 아주 어렸을 때부터……. 남자들한테 절대로 끌리지 않았다는 것은 확실해. 순종적인 성격을 타고났다는 것도 확실하고. 분명해. 나는 레즈비언이야. 그리고……."

파리다의 눈초리가 내 입을 막는다. 파리다의 말소리가 낭랑하게 울려 퍼진다. 신탁을 전하는 사제의 말소리 같다.

"그래, 레즈비언이지. 너의 젠더를 받아들여. 중요한 것은 사랑하는 방식이야. 너는 여자를 사랑해. 하지만 네 자신을 여자로 느끼는 거지. 그렇지?"

"그래." 나는 간단하게 대답한다. 나는 생각한다. 파리다는 대체 어떤 형태의 사랑을 즐길까. 하지만 지금은 침묵을 지켜야 할 것 같다. '뒤늦게나마 각성시키는 거야' 라는 그녀의 단호한 말을 깊이깊이 생각해보아야 한다.

"제자들이 많아?"

"더 이상은 없어." 파리다가 미소 짓는다. "나는 네 스승이 되기로 결심했지. 너나 되니까 이러는 거야. 네가 날 필요로 하니까. 진료실을 찾아오는 사람들은 다 고객들이야. 나는 고객들에게 도움이 될만한 사람들을 선별하고 지도해. 그러니까 다른 사람들이 실제로 고객들을 돕는 거지. 파리에 있을 때는 내가 직접 고객들을 상대하기도 했어. 지금도 가끔씩 고객을 직접 상대하기도 해. 기술과 감각을 유지하기 위해. 채찍질을 요구하는 고객을 좀더 자세히 이해하고 싶기도 하고 해서."

"채찍질을 사용하는 거야?"

"왜 아니겠어? 신부님처럼 굴지 마. 너는 믿지 못하겠지만, 아무에게나 채찍질을 가하는 것은 아냐. 힘이 좋고 기술이 뛰어나다고 채찍질을 할 수 있는 것도 아니고. 참여자들이 모두 공감해야 채찍질을 할 수 있어. 채찍질을 가하는 사람도 충격과 저항과 반동을 느껴. 채찍질을 당하는 사람도 그저 가만히 앉아서 매를 맞기만 해서는 안 되지. 먼저 준비를 갖추어야 하고, 신경을 집중해야 하고, 감정을 추슬러야 해. 채찍은 쌍방향 통신 케이블이라고 할 수 있지. 그렇지 않을 경우 채찍질은 그저 단순한 야만적인 행위에 지나지 않아. 게다가 참여자들은 상대방을 잘 알아야 하고, 채찍, 회초리, 몽둥이, 가죽 벨트 등 여러 가지 다양한 도구들의 차이를 깊이 연구해야 해. 지금까지 채찍질 얘기만 했는데, 방법과 욕구는 아주 다양해. 더 알고 싶어?"

"사실 난 고통을 당하는 건 원치 않아. 네 고객들을 이해할 수 없어."

"알아. 너는 복종하는 타입이지. 넌 마조히스트는 될 수 없어. 넌 모를 거야. 앞서 얘기했지만, 채찍질을 당할 때 고통만을 맛보는 것은 아냐. 여러 가지 감정을 느끼게 되지. 채찍을 맞는 방법도 다양하고……. 굳이 이해해주기를 바라지는 않겠어. 너와 그렇게 할 생각은 없으니까. 단지 네가 다른 많은 사람들과 달리 무지의 상태에서 벗어났으면 좋겠어. 나는 너의 이해력을 높여주고 싶어. 이해력을 높이는 것에 반대하지는 않을 거라고 봐."

"그럴 리가! 나는 모든 것을 이해하고 싶어!"

"그럼 따라와."

우리는 파리다의 사무실로 돌아온다. 우리는 대기실을 지나 어느 방문 앞에 도착한다.

"여기가 클리닉 구역이야." 파리다가 말한다.

양편에 두세 개의 문이 있는 짧은 복도다. 파리다가 복도 끝에 있는 문을 연다.

"치료실이야." 파리다가 팔을 들어올리며 말한다.

넓고 밝은 공간이다. 쇠로 만든 도구, 가죽으로 만든 도구, 밧줄이나 그물로 만든 도구가 벽에 질서 정연하게 걸려 있고,

보다 작은 도구들은 선반에 놓여 있다. 발 디딤판이 달린 수술용 테이블이 있다. 기다란 두 개의 테이블에 나무판자가 달려 있다. 테이블 면적을 넓히기 위해 달아놓은 것처럼 보인다. 무엇인가를 묶기 위한 고리도 보인다. 1평방미터 크기의 쇠창살 우리가 한쪽 구석에 있다. 한쪽 벽에는 커다란 X자형 틀이 있다. 두 개의 통나무를 엮어 만든 것으로 사도 안드레의 십자가처럼 보인다. 쇠사슬과 밧줄이 걸려 있는 도르래도 있고……. 천장을 떠받치고 있는 두 개의 견고한 기둥……. 이상야릇하게 생긴 의자가 하나. 강철 파이프로 만든 것이다.

"이렇게 생긴 방을 본 적이 있어?"

내 평생 동안 이런 방에 두세 번 들어가 본 적이 있다. 그렇지만 이렇지는 않았다. 좀 더 작고, 어둡고, 더러웠다. 다시 한 번 진실을 말하기로 한 맹세가 떠오른다. 순간 나는 당황한다. 나는 이런 방을 본 적이 없다고 대답한다.

"우리는 여기서 포르노 잡지 광고에 나오는 그런 상업적인 술책을 모방하려고 하지 않아. 이곳 보조원들은 가죽옷을 입지도 않고 가면을 쓰지도 않아. 이곳은 좀 추운 편이야. 우리는 이곳을 세심하게 청소해. 병균이 없도록. 이런 분위기가 지배자와 복종자의 관계를 부드럽게 만들어주지. 물론 전통적인 무대 장치를 요구하는 고객도 있어. 그런 사람들을 위해 지하실에 따로 방을 몇 개 마련해 놨지."

"이곳 직원들이 항상 지배자 역할을 하는 거야?"

"아니, 그렇진 않아! 고객들도 지배자 역할을 해. 자신이 쓸 도구를 직접 챙겨오는 사람도 있어. 복종자 역할을 할 상대를 데려올 수는 있지만, 대부분은 이곳에 있는 자원자 명단에서 상대방을 선택하지. 우리는 항상 고객들의 행동을 감시해야 해. 실수나 사고를 예방하기 위해서."

파리다는 천장에 매달린 텔레비전 카메라를 가리키며 덧붙인다.

"이런 도구들이 도움이 돼. 그러나 가장 중요한 것은 상상력이야. 아주 다양한 치료법을 사용할 수 있지. 가두기, 잡아당기기, 매달기, 완전한 고립, 열 처방, 물 처방……. 다른 방에는 최신식 기계도 갖춰놨어. 상상 가능한 상황을 '살아보기' 위한 '가상현실' 기계야."

"그럼 이건?" 나는 철로 만든 이상야릇한 의자를 가리킨다. "기도할 때 사용하는 무릎받침처럼 보이는데. 자세를 낮추기 위한 건가?"

"그렇게 사용돼. 다른 자세도 취할 수 있고. 신앙심이 깊은 사람이 무릎을 꿇고 채찍질을 당하고 싶을 때 주로 사용해. 파이프는 망원경이야. 팔걸이 높이를 조절할 수 있어. 엉덩이를 높이 들고 싶을 때는 이렇게……. 봤지? 이 세상에 하나밖에 없는 거야. 프랑스의 내 단골들 중 한 사람이 발명한 거지. 그 사람이 죽을 때 내게 선물했고, 나는 이걸 이곳으로 가져왔어. 그 사람은 복종자 역할을 할 때와 지배자 역할을 할 때 가끔 이 물건을 사용했어. 그 사람은 'bottom' 혹은 'top'이라는 영어를 사용했지. 아주 특이한 남자였어. 입소테라피 초기 단계에서 많은 도움도 주었고……. 무슨 생각해?"

"네 기대를 저버린 것 같아서. 아까 거짓말을 했거든. 사실 말이야, 바르셀로나에 있을 때, 내 자신의 정체를 확인해보고 싶었어. 그래서 이런 곳을 세 번씩이나 찾아가 본 적이 있거든. 가학 피학성 변태 성욕을……. 용서해 줘. 평생을 이런 일을 숨기며 살아오다 보니 버릇이 돼서, 이놈의 버릇이 쉽게 떨어져 나가지 않아. 네 말이 맞아. 그곳은 가짜였어. 실망스러웠지. 그곳에서는 내 실체를 알 수 없었어."

내 거짓말이 어떤 결과를 가져올지 생각하니 몸이 떨린다. 그러나 그녀는 분명히 이해해줄 것이다. 내 즉각적인 사과를 받아들일 것이다.

"신경 쓰지 않겠어. 처음부터 널 믿지 않았으니까. 내 그럴 줄 벌써부터 알고 있었어. 너 자신의 길을 찾기 전에 벽 앞에서 무수히 깨지고 넘어질 줄 알았어……. 한 가지 확실히 해둘 게 있어. 이 방에서는 진실을 알 수 있어. 싸구려 환상이 아냐. 이곳에는 열정이 있어. 나는 가끔 카메라 앞에서 열렬한 사랑 장면을 연출하기도 해. 고객들이 질투할 정도로……. 여기 있는 이 풍성한 도구들은 거름종이 역할도 하지. 그저 환상만 꿈꾸는 사람들은 겁을 먹어. 그렇지만 속에서부터 우러나오는 진정한 욕망으로 움직이는 사람들, 자신이 누구인지 확인하고 싶은 사람들, 자신에게 주어진 한계를 뛰어넘고자 하는 사람들은 용기를 얻어……. 좋아." 파리다가 문으로 향하며 결론짓는다. "넌 초기 단계에 필요한 것을 봤어. 이젠 지하실만 둘러보면 끝나."

계단을 내려가자 아주 밝은 복도가 나온다. 문이 여러 개 있다. 파리다가 그 중 하나를 연다.

"고독을 위한 감옥이야. 자원할 수도 있고, 벌을 받고 올 수도 있어. 아까도 얘기했지만, 이곳 방들은 각각 용도가 달라. 숙식을 해결할 수 있는 방도 있어."

우리 등 뒤쪽에 있는 문이 관심을 끈다. 아주 작은 철문이다. 나는 묻는다. 파리다의 얼굴에 미소가 번진다.

"아, 여기서부터는 내 개인 공간이야. 사막으로 통하는 문이지."

그녀의 목소리는 부드럽지만 나는 더 이상 질문을 할 수 없다. 우리는 계단을 올라와 그녀의 사무실로 돌아간다.

"오늘은 이것으로 충분히 배운 것 같아. 거의 모든 인간관계는 알고 보면 지배?복종의 관계야. 균형은 찾아보기 힘들어. 너도 중요한 사실을 알았을 거야. 네가 누구인지 분명히 알고 있겠지?"

"나는 레즈비언이야." 나는 힘차게 대답한다.

"그래, 그 말을 계속 반복하도록 해. 그렇게 살아야 해. 적응해야 해. 이제 네 물건을 돌려줄게."

놀랍게도 그녀는 서랍에서 내 여신이 주고 간 부채를 꺼낸다.

"일종의 시험이었어. 오늘 넌 산 세바스티안의 그림 앞에서 또 다른 시험을 통과했어. 그리고 너의 새로운 정체성에 익숙해질 수 있도록 내 샌들을 선물하겠어. 샌들은 이제 네 것이야. 그걸 신도록 해."

충격. 정신이 없다. 나는 그녀가 내민 팔에 입을 맞춘다. 안녕……. 밖으로 나오자 때맞춰 전차가 다가온다.

샌들. 샌들은 내 침실 탁자 위에 그대로 있다. 나는 정오의 빛을 받고 있는–지금은 정오가 아니다– 샌들을 바라본다. 저 샌들이 내 것이라는 사실을 도저히 믿을 수 없다.

나는 천천히 다가가 샌들 앞에서 멈춘다. 무릎이라도 꿇고 싶은 심정이다. 나는 몸을 굽혀 샌들에 하나하나 입을 맞춘다. 나는 샌들을 건드리지 않는다. 거의 새것과 다름없다. 가죽 냄새, 가죽 냄새를 따르는 희미한 또 다른 향기. 그녀의 향수, 그녀의 체취. 정신이 몽롱해진다.

나는 아직 샌들을 건드리지 않는다. 전차를 타고 집으로 돌아오는 동안 나는 곰곰이 생각한 끝에 의식을 치르기로 결심했다. 이건 시험이 아니다. 나는 그녀의 제자로 받아들여졌다. 이제부터의 내 행동은 모두가 그녀에 대한 찬양이다. 나는 파리다에게, 내 스승에게, 내 북극성에게 내 몸을 바쳤다. 우리 집 거실은 이제 사원으로 변했다. 어머니의 사진이 감실(龕室) 역할을 한다. 어머니가 모든 것을 지켜보겠지만 나는 더 이상 두렵지 않다. 그와 반대다. 파리다가 이곳을 들른 후부터 어머니를 보면 파리다가 생각난다. 게다가 나는 1900년대 파리의 규방에서부터 돌아오지 않았는가. 어머니의 우상이었던 라실드가 드나들었던 곳. 어머니는 불평할 수 없을 것이다……. 나는 깜짝 놀란다. 이전에는 항상 '엄마'라고 불렀었는데. 엄마를 어머니라고 부르다니. 내 이성이 그렇게 하라고 시킨 일이 아니다. 충동적으로 그렇게 된 것이다. 거리감이 느껴진다. 대체 무슨 변화가 일어났단 말인가? 나는 다만 내 자신이 누구인지 알았을 뿐인데.

계속하자. 모두 예견했던 일이 아닌가. 나는 옷장 서랍에서 스타킹을 꺼낸다. 탁자에서 샌들을 집어 든다. 나는 스타킹과 샌들을 들고 복도로 나간다. 나는 아라비아 식으로 꾸며진 방으로 들어가 불을 켠다. 그리고 궤짝 뚜껑을 연다. 무언가가 뒷덜미를 잡아당기는 느낌이다. 어머니의 구두가 수심에 잠겨 나를 노려보는 것 같다. 뭍으로 올라온 물고기처럼 어머니의 구두가 절망으로 몸부림친다. 한 때-한 때? 얼마 전에? 오래 전에?- 나를 사로잡았던 그 구두가. 하지만 마리오는 지금 변하고 있다. 어머니의 구두를 한쪽으로 치울 필요도 없다. 나는 내가 찾고자 하는 물건을 대번에 찾아낸다. 전차를 타고 오면서 기억해두었던 것이다. 아빠가 테헤란에서 가져온 이란 사람들이 입는 슈미즈. 결이 고운, 거의 투명에 가까운 하얀 면으로 만든 옷. 둥글게 마감된 목선, 짧은 소매, 사타구니를 겨우 가릴 정도의 길이. 사내아이들 옷인지 계집아이들 옷인지 기억하지 못한다. 요즘 말로 유니섹스라고 부를만한 옷이다. 나는 궤짝에서 슈미즈를 꺼내 몸에 대본다. 완벽한 것 같다. 내 기억이 틀림없었다. 이 옷을 입고 의식을 치르더라도 아빠가 용서할 것 같다. 궤짝 뚜껑을 닫으면서 보니 몸부림치던 물고기들이 잠잠해졌다. 조심스럽게 뚜껑을 닫지만 쿵 하는 소리가 울리고 만다. 관 뚜껑을 닫는 소리 같다.

나는 거실 문을 열고 들어간다. 특별한 느낌은 없다. 나는 어머니의 사진 앞 탁자에 샌들과 스타킹과 셰헤라자드의 슈미즈를 내려놓는다. 나는 안락의자에 앉는다. 서두르고 싶지 않다. 의식을 치르기 전에 먼저 묵상을 해야 한다. 당연히 마리오의 변신에 대한 묵상이다. 과거에 변신을 시도했던 마리오가 이제 변해가고 있기 때문이다. 아! 아직도 내게는 길고 험한 여정이 남아있다. 몇 송이 장미가 핀 가시밭길이. 내 스승은 그렇게 말했다. 엄격한 규칙들. 오늘 하나가 더해졌다. 나는 이제 겨우 출발선에 서 있다. 하지만 시동은 이미 걸렸다. 어느 순간에? 사전 준비도 있었고 미리 예상한 바도 있었다. 그러나 바로 오늘이 틀림없다. 산 세바스티안 그림을 보면서 화살에 맞았다고 느낀 바로 그 순간. 창은 항상 내 몸에 박혀 있었다. 그러나 지금까지 그 실체가 드러나지 않았을 뿐이다. 내 몸에 깊숙이 박힌 이름 하나가 깃발처럼 나부낀다.

마리오는 달라졌다. 하지만 내 스승은……. 저 놀라운 여인 안에는 대체 몇 명이나 되는 파리다가 둥지를 틀고 있을까? 나는 이전에 관능적인 파리다와 야만적인 파리다를, 비잔틴 여인과 베르베르족 여인을 알아보았다. 그리고 오늘은 현대적인 여의사의 모습과 세기말 파리의 세련된 여인의 모습을 발견했다. 내가 알고 있는 것은 그것뿐이다. 그러나 그 이상의 것이 있을 게 분명하다. 나를 더욱 조바심 나게 만드는 것은 지금까지 발견한 파리다의 모습이 아니라 최종적으로 드러날 그녀의 모습이다.

대단한 발견이었지! 나는 오늘 파리다의 새로운 면모를 두 가지나 볼 수 있었다. 여의사는 오늘 권력의 속임수를 분명히 밝혀 주었다. 중국 여자들의 발. 그리고 세기말의 귀부인은 우리가 죄악으로 잘못 이해하고 있는 쾌락을 향한 길을 활짝 열어

보여주었다. 고통을 제공하고 요구하는 열정을. 그리고 파리다는 그 두 가지 모습과 병행하여 내게 성과 젠더에 대한 계보도를 보여주었다. 그녀는 내 본성을 찾아주었고, 내 정체성을 나타내는 깃발을 내게 꽂아주었다. 그리고 그녀는 나를 차지했다. 처녀봉을 정복한 등산가처럼. "그래, 넌 레즈비언이야." 그녀의 이 말 한 마디가 결정타였다. 그래서 시동이 걸렸던 것이다. 변화는 끝났다. 이제부터는 곧장 앞으로 달려 나가기만 하면 된다.

보세요, 어머니. 아빠도 이해했어요. 어머니는 내가 어머니 구두를 신지 못하게 했죠? 아빠의 얘기를 통해 아무것도 배우지 못한 겁니까? 아니면 아빠의 얘기를 전혀 모르고 있었나요? 어머니 구두는 이제 필요 없어요. 내 구두가 있으니까. 내 스승은 나를 이해해요. 잘 보세요. 이런다고 하늘이 무너지지는 않아요. 그 반대죠. 오히려 세상과 삶이 넓어지는 거예요.

묵상은 이것으로 충분하다. 나는 천천히 옷을 벗는다. 나는 셰헤라자드의 슈미즈를 입는다. 하얀색 슈미즈 끝자락이 내 생식기 근처에서 찰랑거린다. 나는 경건한 마음으로 자리에 앉는다. 나는 경건한 자세로 탁자에서 스타킹을 집어 든다. 성당으로 미사를 도우러 다닐 때 본 적이 있다. 신부도 성기실에서 옷을 갈아입을 때 이런 식이었다. 신부가 영대(領帶)에 입을 맞추듯, 스타킹을 신기 전에 나는 스타킹 하나하나에 입을 맞춘다.

스타킹은 내 발을 타고 올라오면서 지난번처럼 내 육욕을, 내 감정을 뒤흔들어놓는다. 부드러운 고무 밴드가 내 허벅지를 조인다. 발에 느껴지는 압박감이 기분 좋다. 손으로 부드럽게 쓸어본다. 약간 거친 느낌이 기분 좋다. 스타킹은 투명한 듯하지만 내 다리 색깔은 약간 검게 보인다. 기분 좋다. 나는 샌들 한 짝을 집어 든다. 감격에 겨워 숨이 막힐 지경이다. 나는 샌들에 다시 한 번 입을 맞추고 발을 끼어 넣는다. 가는 가죽 끈을 이리저리 맵시 있게 엮는다. 금세 멋진 모습이 나타난다. 나는 발목 언저리 끈을 단단하게 묶는다. 노예 여자들처럼 발찌를 찬 기분이다. 나는 다른 쪽 샌들을 집어 들고 같은 동작을 반복한다. 나는 내 솜씨를 보기 위해 다리를 쭉 뻗어본다. 다리를 이렇게 저렇게 꼬아본다. 무슨 대단한 위업을 달성한 사람인양 기분이 우쭐해진다. 내 것이야! 얼마나 멋있어! 이 구두 굽 좀 봐! 이젠 내 것이란 말이야! 믿을 수 없다. 내가 감히 이 샌들을 신고, 이 샌들을 올라탄 채 걸어 다닐 수 있을까? 내 주인에게 당신의 샌들이 되고 싶다고, 당신의 몸을 떠받치고 싶다고 글로 고백했던 내가?

나는 잠시 그대로 앉아 있다. 어떤 생각이 회오리바람처럼 샌들로부터 치고 올라와 나를 후려친다. 내가 감히 파리다에게 글로 고백하지 못한 삶을 이 샌들은 경험했을까? 오늘, 파리다는 발판에 무릎을 꿇고 채찍질을 당하는 방법을 내게 가르쳐주었다. 오늘, 파리다는 지배자가 사용하는 무기를 내게 보여주었다. 나는 생각한다. 파리다는 이 샌들을 신고 행복에 겨워하는 복종자의 목덜미나 생식기를 짓밟진 않았을까? 뾰족한 구두 굽을 열렬히 기도하는 희생자의 입이나 항문에 찔러 넣지는 않았을까……? 그래. 지금 이 샌들의 주인은 바로 나다! 나는 지금 이 샌들을 신고 으쓱거리며 뽐내고 있다! 어쩌면 나는 기회를 잃어버린 것인지도 모른다. 샌들이 되어 그녀의 발을 보듬어주고 싶었는데. 갑자기 질투심이 끓어오른다. 그녀의 스타킹이 될 수 있다면 얼마나 좋을까! 그녀의 손길로 보호되고, 그녀의 손과 피부를 간질이고, 그녀의 허벅지를 타고 올라가, 끝내 도달할 수 없는 그녀의 그곳을 향해 나아가겠지. 적어도 그녀의 향기가 배어 나오는 곳 근처까지는 갈 수 있을 것이다. 그래서 그녀의 피부에 달라붙어……. 아니, 다른 옷이라도 상관없다. 그녀의 속살을 휘감고, 그녀를 위해…….

나는 몽상에서 벗어나 현실로 돌아온다. 나는 새롭게 태어난 내 존재에 정신을 집중한다. 차림새가 잘 어울린다. 나는 자리에서 일어난다. 샌들 위에서 몸을 똑바로 세운다. 지난번보다 훨씬 완벽하다. 샌들이 발을 조이지는 않는다. 밑바닥과 구두 굽만 있는 샌들. 나는 어머니의 사진 앞에 선다. 오늘은 모든 것이 자연스럽다. 숨길 것이 전혀 없다. 어머니는 몸을 피하지도 나를 부르지도 않는다. 인생은 이런 것이다. 레즈비언, 나는 레즈비언이다. 나는 반복해서 소리친다. 점점 익숙해진다. 구두 굽은 내 몸의 일부가 되었다. 복도에 울리는 구두 굽 소리가 내 음악이다. 이해할 수 없었던 내 과거의 어두운 기억이 삐죽 튀어나온다. 내 기억들이 레즈비언이라는 말을 반갑게 맞이한다. 내 기억들은 레즈비언이라는 깃발을 당당하게 내 머리 꼭대기에 꽂는다. 실패한 결혼, 나를 이해하지 못했던 정신과 의사. 모든 것이 분명해졌다. 모든 것이 해결되었다. 나는 흥겨운 마음으로 구두 굽 소리를 울리며 걸어간다. 나는 아빠의 서재 문을 열고 방긋 웃는다.

나는 후궁이었던 아빠를 다시 찾아온 것이다. 아빠는 내 선배였지만 이곳 아푸에라스에서는 나와 동기동창이다. 파리다의 계보도로 봐서는 아빠의 길과 내 길이 반드시 일치하지는 않는다. 나는 오늘 수업을 받았다. 정체성에 대해, 치료실에서 시행되는 에로틱한 치료에 대해 배웠다. 그래서 나는 아버지가 이곳에서 품었던 꿈을 충분히 이해할 수 있다. 아버지는 테헤란에서 꿈을 실현시킨 후 새로운 인간이 되어 돌아왔다. 아버지는 포탄에 맞아 졸지에 생을 마감해야했다. 만일 그렇지 않았다면 아버지의 삶은 어찌 되었을까? 지금 내 앞에 놓여있는 삶과 비슷했을까? 아버지가 즐겨 듣던 음악과 탄트라와 수피교에 해박한 아버지의 영혼이 살아 숨쉬는 이 작은 공간은 이제 성지가 되었다. 나는 이 집의 긴 복도를 따라 순례여행을 하고 있다. 나는 거실에서 내 정체성에 맞게 옷을 갖춰 입고 복도 끝을 향해, 안마당을 향해, 은밀한 세상을 향해 나아가고 있다. 나는 성지에 들러 자유를 만끽했던 아버지에게 경의를 표한다. 아버지의 얘기가 결정적이었다. 그래서 아버지에게 내 모습을 보여주기 위해 온 것이다. 나는 신입생으로서 겸손하지만 올바른 길을 찾았다는 점에서는 자부심을 느낀다.

나는 처음 시작했던 장소, 내 샌들이 놓여 있던 침실로 돌아온다. 조심스럽게 샌들을 벗어 탁자 위에 올려놓는다. 행렬을 마친 후에 제단에 성상을 돌려주는 것 같은 기분이다. 나는 돌려받은 부채를 옷장 속 제자리에 넣는다. 나는 침대 시트를 걷고 침대에 드러눕는다. 비단 스타킹을 신은 발을 시트 속으로 집어넣자 새로운 감촉이 전해진다. 내 손은 시트와 스타킹 사이에서 황홀해한다. 나는 손으로 내 몸을 더듬는다. 느긋한 탐사여행. 나는 흥분에 젖어 오늘 있었던 일을 하나하나 기억해본다. 가슴 속 깊이 충만함을 맛보았지. 파리다의 손에 이끌려 앞으로 달려 나가기 위해 얼마나 조바심을 쳤던가. 파리다의 손……. 놀랍게도 파리다의 손길이 내 손에서 느껴진다. 파리다의 손길이다. 그녀의 손이 내 비단 스타킹을 쓰다듬으며 위로 올라온다. 내 허벅지를, 내 사타구니를, 슈미즈에 손을 넣어 내 아랫배를, 내 성기를……. 성기가 부풀어 오르는 것 같다. 꼿꼿하게 서지는 않지만……. 나는 얼른 손을 치운다. 이럴 수가. 오래 전, 내 남성이 깨어 일어났을 때 보였던 반응과 같다.

이래도 괜찮은가? 파리다의 모습 때문에 지금 내 몸에 불이 붙은 것인가? 이렇게 해도 괜찮단 말인가? 스승에 대한 내 의무는 무엇인가? 내 안내인은 어디에 있는가? 도와줘! 하지만 내 안내인은 항상 내 마음 속에 있지 않는가! 그런데 왜 대답이 없지? 나는 알아차린다. 이것은 일종의 시험이다. 나는 유혹에 넘어가지 않도록 마음을 다잡는다. 나는 신출내기에 불과하다. 나는 수동적으로 움직일 뿐이다. 그녀의 의지에 비하면 나는 말랑말랑한 초에 지나지 않는다.

나는 두 손을 모아 깍지를 낀다. 나는 욕구를 참아낸다. 스승님, 스승님을 위해 참겠습니다. 그저 목석처럼 가만히 누워만 있겠습니다. 내가 잘못 생각했다면 용서해주십시오. 하명을 기다립니다.

겨우 잠이 들지만 악몽에 시달린다. 한참 후, 나는 벌떡 일어나 앉는다. 몽정. 이미 사정을 해버린 뒤다. 허벅지와 슈미즈가 축축이 젖어있다……. 비몽사몽. 대경실색. 나는 생각한다. 이것은 실수다. 실패다. 비록 나도 모르게…….

나는 다시 침대에 누워 생각에 잠긴다. 어릴 때에 생긴 두려움. 고해신부들은 수음을 죄로 규정했다. 파리다가 원하는 것처럼 과거로 돌아갈 수 있다고 생각하니 기쁘다. 그래, 처음으로 돌아가 새로운 길을 시작하는 거다. 나는 진짜 신출내기다. 이

번 사고는 신출내기들이 으레 저지르는 실수일 뿐이다. 나는 진짜로 새로 시작하고 있는 것이다! 파리다와 함께 톨레도에 갔던 일이 바로 엊그제 일 같다.

실수일 리가 없다. 내 몸이 그렇게 하기로 작정한 것이다. 어쩌면 파리다가 원했던 일인지도 모른다. 그녀가 내 마음 속에 들어와 나를 차지하고 있으니까. 나는 편안하게 숨을 내쉰다. 나는 기도하는 심정으로 제단 위에 놓인 그녀의 샌들을 바라본다. 나는, 감히, 이 터질 것 같은 심정을 그녀의 샌들에게 바친다.

몽정은 실수가 아니었다. 파리다는 나를 진정시켜주었다. 그녀는 내 당황해하는 모습에 미소를 지었을지도 모른다. 내가 그녀의 목소리를 제대로 알아들었다면……. 며칠 전 그녀가 전화를 걸어왔다. 내가 잠에서 막 깨어났을 때였다. 그녀는 우리가 곧 다시 만나게 될 것이라고 했다. 나는 이때다 싶어 얼른 고백했다. 내가 잘못 판단했는지도 모른다. 하지만 나는 느낄 수 있었다. 그녀는 모든 것을 알고 있었다. 그녀는 내가 얼마나 정직한지 알아보기 위해 전화를 걸었던 것이다. 그녀는 직관력이 뛰어난 여인이다! 그녀는 모든 것을 훤히 꿰뚫어보고 있는 것이다! 혹은 텔레파시가 통했던 것일까? 내 정신적인 고통이 파도처럼 그녀에게 밀려갔던 것일까? 어쨌든 그녀는 통화 말미에 다음 날 그녀의 집으로 찾아오라고 명령했다.

그때부터 시간은 지루하기 짝이 없이 더디게 흘러갔다. 나는 카빌리아의 엽서를 보며 초조한 마음을 달래고 달랬다. 카빌리아의 엽서는 이제 내게 아주 중요한 보물이 되었다. 라스-마리프의 엽서보다 더 소중한 보물이다. 나는 어렸을 때 라스-마리프가 지상낙원인 줄 알았다. 그러나 이제는 안다. 그 생각이 얼마나 터무니없는 생각이었는지를. 나는 어린 파리다나 처녀 파리다의 모습을 그려본다. 산등성이에서, 삼나무 숲이나 떡갈나무 숲에서, 혹은 포트-내셔널의 좁은 골목길에서 말안장을 허벅지로 꽉 조이며 에버하트처럼 말을 달리는 그녀의 모습을. 나는 토막 잠을 자고 일어난다. 마침내 시간이 되었다. 그녀를 만나야 할 시간이.

첫 번째 방문 때처럼 신경이 곤두선다. 초조, 불안, 환상……. 현관 앞 처마 밑에서 잠시 기다리는 동안 심장이 벌렁거린다. 오늘 만남은 길어질 거라고 그녀는 말했다. 나는 생각한다…….

파리다가 문을 연다. 사무실에서 보았던 직업여성으로서의 파리다가 나타난다. 그녀는 하얀 가운 대신 올이 굵은 린넨으로 지은 심플한 옷을 입고 있다. 소매가 짧은 1자형 원피스다. 머리 모양이 바뀌었다. 머리를 모두 뒤로 넘겨 반짝반짝 빛나는 커다란 검은색 리본으로 묶었다. 얼굴이 훤히 드러나 있어 우뚝 솟은 광대뼈가 두드러져 보이고 눈매도 한결 날카로워 보인다. 그녀는 즉시 사무실로 나를 데려간다. 그녀는 자리에 앉지 않고 그냥 서 있다. 나도 그녀 앞에 서 있다.

"잠시 혼자 있어야겠는데. 예상치 않았던 모임이 있어서 말이야. 곧 돌아올 수 있을 거야."

그녀는 내가 실망했다는 것을 금세 알아차린다. 당연하지.

"실망했어? 법칙에 맞추어, 네 시간표에 맞추어 일이 착착 진행되기를 기대했던 거야? 이곳엔 법칙 따위는 없어. 도그마 따위는 더더구나 없고. 규칙이 있긴 하지만 신경 쓸 거 없어. 단지 우리만의 규칙이야. 최근에 만들어진 살아 있는 규칙이지. 경우에 따라 융통성이 있는. 내 스타일에 맞춘 거야. 그래. 너는 신입생으로 시험을 치르고 있는 거야. 항구적인 것은 아니지만 맹세도 이미 했고. 나와 함께 성사(聖事)도 치렀고……. 예상하지 못한 것이지만 내가 자리를 비우는 것도 일종의 시험이야. 너의 독창성을 시험해 볼 거야. 네가 자유로운 시간을 얼마나 잘 이용하는지, 고독한 시간을 얼마나 잘 활용하는지 알아볼 거야. 하고 싶은 말 있어?"

"두려워. 내가 네 마음에 들게 행동할 수 있을까?"

"이런, 이런. 기사가 작위를 받기 전에 성(城)의 납골당으로 내려가 무기를 점검해보는 것과 같은 거야. 실망시키지 않으리라고 봐."

"네 뜻에 따라야지."

"좋아. 오늘 있어야 할 곳을 가르쳐주겠어. 이 방은 이미 잘 알고 있을 테고. 이 방을 깨끗하게 청소해주면 좋겠어. 이 작은 문은 내 규방으로 통하는 문이야. 오늘은 이곳에 들어갈 필요 없어. 이쪽으로 따라와."

파리다는 현관으로 통하는 문 왼편으로 나를 데려간다. 우리는 지난번에 보았던 클리닉 지역을 지나, 파리다가 생활하는 공간을 지나, 넓은 식당으로 들어간다. 안마당 쪽으로 커다란 창문이 나있다. 한쪽 구석에 응접세트와 조그만 탁자가 있다. 그곳에 모여 대화를 나누는 모양이다. 그 건너편에 전자레인지가 있다. 준비해온 음식물이나 음료수를 데워먹는 모양이다. 중앙 벽면 아래 기다란 테이블과 의자들이 놓여 있다. 방의 중앙은 비어 있다. 최신 식 디자인의 찬장 안에 식기와 주방 도구가 들어 있다. 파리다가 찬장 옆 철제 커튼으로 가려진 네모난 공간을 가리킨다.

"조리실은 지하실에 있어. 인터폰으로 연락하면 조리실에서 음식을 만들어 이 엘리베이터로 올려 보내."

파리다의 설명을 듣고 나는 불안해진다. 장시간 나를 홀로 내버려둘 것 같아 두려운 것이다. 다른 쪽 문을 통해 나가니 복도가 나온다. 복도 끝에 드레스 룸이 있다. 드레스 룸에는 꼭꼭 닫힌 옷장이 늘어서 있다. 그 방 옆에 호화찬란한 화장실이 붙어있다. 화장실은 커다란 원형 욕조를 비롯해 오만가지 것을 다 갖추고 있다. 커다란 거울이 한쪽 벽면을 온통 차지하고 있다. 그 건너편 벽에 창문이 하나 있다. 창문의 아래쪽 반은 반투명 유리로 되어 있어 정원의 나무들이 보인다. 창문 양쪽에 화장품 병이 가지런히 놓인 유리 선반이 있다. 옷걸이에는 여러 종류의 수건과 화장 가운 두 벌이 걸려 있다. 검은색과 장미색.

"지금까지 거쳐 온 방들이 오늘 네가 활동할 공간이야. 다른 곳은 절대 들여다보면 안 돼. 위험할 수도 있거든. 환상 소설에서처럼 말이야."

파리다는 싱긋 웃었다가 다시 진지한 표정으로 돌아간다.

"명령을 하나 내리겠어. 옷을 갈아입어. 너는 너의 젠더를 알고 있어. 스타킹을 좋아하잖아. 지금 입고 있는 옷은 너에게 어울리지 않아. 더더구나 앞으로 나타나게 될 네 본연의 모습과는 더욱더 안 어울려. 드레스 룸으로 가서 지금 걸치고 있는 옷을 전부 벗어버려. 몽땅. 그리고 옷장에서 가장 마음에 드는 옷을 골라 입어. 알았지? 복창해봐."

나는 복종한다. 그녀의 미소가 내게 용기를 준다. 나는 현관까지 그녀를 배웅한다. 그녀는 현관에서 장갑을 끼고, 원피스와 색감이 같은 짧은 재킷을 걸치고, 커다란 핸드백을 집어 든다. 철책 안 도로에 그녀의 뷰익 로드스터가 주차되어 있다. 그녀가 라일락꽃 사이로 난 오솔길을 따라 경쾌한 걸음으로 멀어져 가는 동안 나는 생각한다. 저 자동차는 어디서 나타난 것일까? 내가 도착할 때만해도 없었는데. 그녀가 차에 오른다. 시동을 건다. 손을 들어 내게 인사한다. 그녀가 사라진다.

나는 문을 닫는다. 외로움이 무겁게 나를 짓누른다. 나는 외톨이로 남겨진 것이다! 아푸에라스를 끈질기게 지배하던 침묵이 갑자기 깨진다. 정원의 나뭇잎이 속살거리고 있는 것이다. 나는 잠시 나뭇잎 소리를 즐긴다. 하지만 나는 움직여야 한다. 나는 드레스 룸을 향해 걷는다. 거기서 옷을 홀랑 벗고 화장실로 들어간다. 눈이 시릴 정도로 밝은 빛. 거울에 비친 내 벌거벗은 몸뚱이가 나를 인정사정없이 몰아붙인다. 내가 레즈비언이라고? 젖가슴도 없는 이 몸뚱이가? 가랑이 사이에서 덜렁대는 이 물건이 있는데도? 내가 지금 무슨 부질없는 생각에 빠져 이러는 건가? 나는 몸을 돌린다. 뒤를 돌아본다. 허리가 잘록하길 하나 엉덩이가 풍성하길 하나. 그래도 나는 안다. 내 생각은 틀리지 않았다. 파리다도 실수할 리가 없다. 그녀는 계보도를 통해 내 본성을 제대로 짚어낸 것이다. 나는 내가 레즈비언이라는 사실을 잘 알고 있다. 내 젠더가 내가 여자임을 주장하고 있는 것이다. 하지만 이 몸뚱이를 가지고 무슨 수로 내 자아를 실현시킬 수 있단 말인가?

나는 내 모습을 보지 않기 위해 욕조 속으로 숨는다. 따뜻한 물에 몸을 담그고, 거품 목욕으로 내 자신을 위로한다. 나는 몸을 문지른다. 몸을 말린다. 목욕가운으로 몸을 가리기 전까지 내 모습을 보기 싫다. 나는 장미색 가운을 입는다. 당연하지. 의자에 앉는다. 무슨 큰일이나 치른 것처럼 피곤하다. 비탄에 잠긴 내 심장에서 눈물이 뚝뚝 떨어진다. 눈물을 보니 다시 힘이 솟는다. 나는 계집아이처럼 울고 있는 것이다. 그렇다! 내 몸뚱이 안에 계집아이가 살고 있는 것이다! 그 계집아이에게 옷을 입혀야지. 결심한다. 나는 옆방으로 건너간다.

옷장을 연다. 호화찬란하다! 온통 여자 옷이다! 드레스, 앙상블, 치마, 바지, 블라우스, 없는 게 없다. 진한 향수에 정신이 아찔해진다. 나는 용기를 낸다. 나는 이 세계에 속한 거야! 맞은편에 있는 옷장도 마찬가지다. 슈미즈, 나이트가운, 파자마, 속옷과 액세서리가 든 상자들. 너무 많아 망설여진다. 어떤 것을 골라야할지 주저된다. 옷가지를 손으로 쓸어본다. 옷걸이에 걸린 옷에 머리를 파묻는다. 파리다의 냄새. 그 냄새를 깊게 빨아들인다. 파리다가 손끝에 느껴진다. 나는 여인의 향기에 흠뻑 젖어든다. 나는 내가 누군지 안다. 내 믿음은 더욱 강해진다. 욕정을 불러일으키는 실크, 폭신폭신하고 따스한 양모, 육감적인 인조섬유, 신선한 리넨. 마침내 결정한다. 나는 신출내기답게 가장 단순한 옷을 선택한다. 면을 소재로 한 허벅지 중간까지 내려오는 단순하게 생긴 하늘하늘한 튜닉이다. 소매는 없고, 목은

둥글고, 장식은 하나도 없다. 연한 라일락꽃 색이다. 여자 고행자들이 입고 다니는 그런 짙은 빛깔이 아니다. 그래, 내 새로운 모습에 걸맞은 이름이 필요하다. 스승에게 요청해야겠다. 벌써 마련해두었을 게 분명하다.

몸에 튜닉을 걸치는 순간 한 가지가 빠졌다는 것을 깨닫는다. 범위를 최소한으로 좁혀보기는 하겠지만 이것도 어려운 선택이 될 것이다. 팬티를 입어야 한다. 내 몸의 결점을 가려야 하니까. 거울 앞에 섰을 때 나를 쩔쩔매게 만들었던 그 부조화. 혹처럼 튀어나온 그……. 멋있는 슬립이 있다. 하지만 짧고 꼭 낄수록 그 물건이 두드러져 보일 것이다. 나는 하얀색 반바지를 입기로 결정한다. 단순하지만 매력적이다. 끝단에 레이스가 달려 있고 하얀색 꽃무늬 장식이 있다. 그렇다면 상체는? 있어야 할 것이 없긴 하지만, 그런 대로 괜찮을 것 같은데. 그래도 필요할 것 같다. 무언가 탄력이 있는 것으로 내 결점을 보완해보고 싶은 생각이 든다. 시선을 내렸을 때 튜닉 앞자락이 앞으로 봉긋 솟아 있는 모습을 본다면, 아주 조금이라도……. 그래서 나는 내게 맞는 브래지어를 찾아 손수건으로 컵을 채워서……. 자 다음은, 그래 스타킹이다. 옷장 서랍 안에 매력적인 스타킹들이 가득 들어 있다. 나는 매혹적인 색깔의 스타킹을 꺼내 펼쳐본다. 스타킹 안쪽으로 손을 집어넣어 감촉을 살펴보고, 내 피부에 대어 내 피부색과 어울리는지 시험해본다. 그러나 스타킹을 신어도 되는지 어쩐지 잘 모르겠다. 스타킹은 특별한 경우에만 신으라는 명령을 받았던 것이다. 그래서 나는 속옷 두 장만 걸친 채로 있다. 화장품들 사이에서 탈모용 크림이 눈에 띈다. 나는 내 다리에 난 솜털을 기억해낸다. 내 몸에는 털이 거의 없다. 아직 몸에 향수를 뿌릴 용기는 나지 않지만, 크림은 사용해도 무방하지 않을까? 설명서를 읽어본다. 크림을 다리에 엷게 바른다. 따끔따끔하다. 그러나 물로 씻어낼 때는 상쾌한 기분이 든다. 털이 물에 씻겨 떨어져 나온다. 성공이다! 수염은 어떻게 하지? 수염에 대해서는 스승이 지침을 내려줄 것이다. 이렇게 해서 내 몸치장이 끝난다. 나는 튜닉을 입고 굽이 없는 샌들을 신는다.

나는 화장실로 돌아와 마음을 다잡고 거울 앞에 선다. 이번에는 내가 거울을 이긴다. 내 모습은 정상이다. 거울은 더 이상 불평을 늘어놓지 않는다. 그래도 짧은 머리가 좀 거슬린다. 나는 머리에 리본을 두른다. 이제 됐다. 거울에 비친 내 몸. 레즈비언으로 보이기에 충분하다. 나도 모르게 한숨이 터져 나온다. 그야말로 시원섭섭한 것이다. 무릎이 후들후들 떨린다. 나는 식당으로 간다. 사무실 청소를 하기 전에 우선 진한 커피를 한 잔 마시고 싶다. 옷차림이 바뀌니 움직임이 예전과 전혀 다르다. 가슴을 약간 조이는 듯한 느낌이 들지만, 두 다리는 가뿐하기 짝이 없다. 바람이 다리를 애무한다. 나는 의자에 앉아 다리를 꼰다. 허벅지 살이 맞닿는 느낌이 상쾌하다. 나는 무릎을, 오금을, 종아리를 쳐다본다. 손끝으로 쓸어보니 너무나 부드럽다……. 또 다른 승리가 나를 기다리고 있다. 커피를 주문하자 이런 대답이 들려온다. "알겠습니다, 부인, 즉시 올리겠습니다." 이 집의 다른 사람과 나를 착각했는지, 인터폰으로 들린 내 목소리가 여자 목소리 같았는지 알 수 없다. 어쨌든 나는 내 안에 있는 여성을 또 하나 발견한다. 이제는 거울 앞에 서도 주눅 들지 않을 것 같다. 나는 한 발짝 앞으로 전진한 것이다.

나는 진한 커피를 홀짝이며 여성 잡지를 뒤적인다. 어떻게 하면 파리다를 기쁘게 해줄 수 있을지 생각해본다. 명령받은 청소 외에 특별한 일을 하고 싶다. 잡지에 일본식 꽃꽂이에 대한 기사가 실려 있다. 그렇다. 내 손으로 꽃꽂이를 해서 그녀의 책상에 올려놓는 것이다. 꽃꽂이는 한번도 해본 적이 없으니 솜씨는 엉망일 것이다. 하지만 내 뜻은 전달해주겠지. 나는 찬장에서 바구니와 가위를 꺼내 정원으로 나간다. 라일락꽃과 이름 모를 꽃들과 푸른 가지를 꺾는다. 알맞게 꺾은 것 같다. 나는 싱싱한 소나무 밑에서 걸음을 멈추고 나무가 뿜어내는 향을 들이마신다. 황금물결이 출렁이는 푸른빛이 쏟아진다. 바람이 나를 스친다. 옷자락이 나부낀다. 바람은 연인의 손길처럼 내 벌거벗은 아랫도리를 타고 올라온다. 나는 절정에 이른다. 나는 지금 방금 꺾은 꽃을 들고 정원에 서 있다. 판에 박힌 풍경화의 한 장면이다. 나는 마침내 집으로 돌아온다. 우여곡절 끝에 꽃병에 꽃을 꽂아 사무실 책상에 올려놓는다. 청소를 시작하려는 순간 갑자기 오줌이 마렵다. 나는 화장실로 뛰어간다. 변기 앞에 서는 순간 내가 누구인지 깨닫는다. 나는 반바지를 내리고, 옷자락을 걷어 올리고, 변기에 앉는다. 일을 끝내고 그곳을 씻는다. 조금 당혹스럽지만 자신감이 생긴다.

일을 막 끝냈을 때 거리에서 자동차 소리가 들린다. 창문으로 내다보니 스승이 뷰익에서 내리고 있다. 나는 초인종이 울리기 전에 문을 연다. 그녀가 현관 앞에 서 있다. 그녀는 머리에서부터 발끝까지 나를 훑어본다. 표정을 보니 내 모습에 실망하지 않은 것 같다. 내 마음은 기쁨으로 넘친다.

"안녕. 핸드백 좀 들어줘. 이리와."

목소리를 들어보니 무슨 좋은 일이 있을 것만 같다. 나는 그녀 뒤를 졸졸 따라가다가 사무실 문 앞에서 그녀와 부딪히고 만다. 그녀가 갑자기 걸음을 멈추었던 것이다. 그녀가 나를 향해 돌아선다.

"이 꽃들이 여기서 뭐 하는 거지?"

"너를 위해 꺾었어. 좋아할 줄 알았는데."

"좋기는 해. 하지만 나는 우리 집 꽃을 꺾는 게 싫어. 어쨌든 수고했어. 고마워. 혹시, 산 세바스티안에게 바치는 건 아냐?"

"아냐, 아냐! 미안해요, 스승님."

"이런 식으로 용서를 구하는 거야? 뻣뻣이 서서, 나를 똑바로 쳐다보며?"

나는 무릎을 꿇고 고개를 숙인다. 그녀의 구두가 눈에 들어온다.

"일어나. 저 꽃을 들고 식당으로 가져가. 거기서 기다려. 손은 뒷짐을 지고 무릎을 꿇고 벽을 보고 앉아 있어. 빨리!"

나는 복종한다. 식당에는 아무도 없다. 어느 순간 식당을 걸어오는 발자국 소리가 들린다. 꼴불견이었을 것이다. 나는 파리다 앞에 납작 엎드린다. 이렇게까지 주눅 들기는 생전 처음이다. 스승의 말을 듣고 나는 일어난다. 그녀를 바라본다. 모습이 변했다. 그 매력적인 모습에 나는 정신이 아찔해진다. 고통도 잊는다. 카빌리아의 문신한 여인으로 돌아온 것이다. 은장식이 달린, 허리께까지 옆선이 길게 트인 치렁치렁한 카프탄을 입고 있다. 현대적으로 개량한 치마다. 옆선은 지퍼로 반쯤 잠겨 있어 맨살이 드러난 발목만 겨우 보인다. 발에는 장식이 요란한 우단 슬리퍼를 신고 있다. 머리 리본은 벗어버렸다. 아리따운 머릿결이 등허리에서 찰랑거린다. 굵직한 호박 알과 은구슬이 번갈아 달린 묵직한 목걸이를 목에 걸고 목걸이와 짝을 이루는 커다란 팔찌를 손목에 끼고 있다. 파리다는 소파에 앉아 내게 가까이 오라고 손짓한다. 나를 뜯어본다.

"그리 나쁘진 않은데. 신경 좀 썼겠는걸."

"스승님, 이게 제일 값이 싼 것 같아서. 모두 너무 귀해 보여서."

"좀 더 긴 튜닉을 입었으면 좋았을 것을. 다리는 흉하지 않은데……. 그 머리띠는 뭐야?"

"짧은 머리가 마음에 걸려서. 너처럼 머리칼이 풍성했다면……."

파리다는 내 찬양을 묵살해버린다.

"그래, 안에는 뭘 입었지? 어디 보자……. 튜닉을 벗어."

복종은 하지만 얼굴이 달아오른다. 부끄럽다. 그녀 앞에서 치부를 드러내는 것만 같다.

"브래지어? 왜?" 빈정대는 투다. "젖가슴이라도 튀어나온 거야?"

"아닙니다, 스승님. 그냥. 가슴을 묶어놓으면 내가 젖가슴이 없다는 사실을 항상 기억할 수 있을 것 같아서. 그리고 튜닉의 모양새를 살리기 위해."

"벗어버려. 다시는 그러지 마. 우리는 지금 변장이나 가장을 하려는 게 아냐. 브래지어 컵을 채우기까지 하다니, 그건 위선이야."

나는 복종한다. 볼이 달아오른다.

"반바지는 또 뭐야? 팬티도 있었을 텐데."

"너무나 귀한 것들이라."

"그렇다면……. 아직도 남자라는 것을 느끼고 싶은 모양이지?"

화가 난 것 같다. 나는 서둘러 변명한다.

"아냐, 아냐, 그 반대야! 이게 좀더 잘 가려줘서. 팬티는 너무 끼어서, 이 물건이 툭 튀어나와서 그랬어."

"물건?" 그녀는 나를 경멸하고 있다. "그게 어때서?"

그녀가 화를 내는 바람에 나는 당황한다. 그러나 울고 싶지는 않다. 말이 두서없이 터져 나온다.

"난, 스승님……, 용서해 줘……, 벌거벗고 거울을 보니까 맥이 빠져서, 주눅이 들어서……. 결코 레즈비언이 될 수 없을 것 같은 생각이 들어서……, 도저히 불가능할 것 같아서……. 제발……. 툭 튀어나온 내 물건이 보기 싫어서……."

파리다는 소파에 앉아 차가운 시선으로 나를 쳐다본다. 업신여기는 듯한, 빈정대는 듯한 눈초리다. 하지만 내 말을 들으면서 눈초리가 서서히 부드러워진다. 나는 터져 나오려는 오열을 끝내 참아낸다.

"넌 너의 상태를 아직 모르고 있어. 네 성이 바뀌지는 않아. 그럴 필요도 없어. 네 성은 세포 하나하나에 깊숙이 박혀있어. 문제는 너의 젠더를 받아들이는 거야. 네 머릿속에 자리 잡은 여성적인 조건에 맞추어나가는 거야. 여성에게 끌리는 너의 취향도 복종적인 태도도 바꿀 필요가 없어. 명심해. 너는 모든 면에서 남자야. 딱 하나 다른 게 있다면 그건 너의 젠더야. 앞으로 너의 젠더에 맞춰 살 수 있게 될 거야. 너는 지금까지 살아오면서 너의 젠더를 스스로 가꾸어왔어. 억압에 눌려 숨겨야 했고 그래서 실현시키지 못했지만."

"하지만 거울을 보면……, 그게 문제야."

"혹같이 달린 네 물건을 레즈비언으로서 이해하도록 노력해 봐. 네 클리토리스가 비만증에 걸렸다고 생각해. 다른 여자들과 달리 조금 크다고 말이야. 난소가 좀 처졌다고 생각하도록 해. 탈장했다고. 그래서 밖으로 튀어나온 거라고. 그런 거야. 너의 음문과 질은 뒤쪽에 달려 있어. 항문과 섞여 있는 거지. 새들의 배설강(排泄腔)이 그런 식이잖아. 해부학적으로 볼 때는 비정상이지만, 그렇다고 너의 여성적인 심성이나 능동적이면서도 수동적인 레즈비언적인 젠더가 지워지는 것은 아니야. 내 말 이해하겠어? 당장 바지를 벗고 거울을 봐."

소파 옆에 무릎까지 보일 정도로 커다란 거울이 걸려 있다.

"자세히 봐. 클리토리스와 난소를. 여성적 젠더의 기관들이야. 너의 진정한 젠더지. 다시 말하지만……. 너는 수술을 받은 트랜스젠더가 아니야. 여장한 남자도 아니고. 그래, 넌 여자 옷을 좋아하긴 해. 여자 옷을 입으면 리비도가 깨어나겠지. 너의 성기를 혹이라고 생각하지마. 오히려 그것을 여성화해서 생각하고 그걸 이용하도록 해. 네가 되고 싶은 여자가 돼서 다른 여자를 사랑할 때 그걸 이용하도록 해……. 움직이지마. 곧 돌아올게."

나는 달랑 샌들만 신고 있다. 누군가 식당으로 들어오지 않을까 겁이 난다. 거울 속의 내 모습을 쳐다본다. 파리다의 말이 골수에 박혀서인지 그리 낯설게 느껴지지 않는다. 나는 내 조건을 받아들인다. 그러고 보니 훨씬 낫다.

채 2분도 걸리지 않는다. 기껏 사무실에 다녀온 모양이다. 아니다. 그녀는 자신의 규방에 다녀왔다! 분명하다. 눈이 어지러울 정도로 우아한 팬티 몇 장을 가지고 온 것이다. 파리다는 팬티를 하나하나 내 몸 앞뒤로 대본다. 어울리는지 보려는 것이다.

"이게 잘 어울리겠어. 입어."

피할 도리가 없다. 그녀가 입었던 팬티, 내 몸을 스치는 그녀의 손길, 팬티가 내 물건에 닿는 순간, 내 물건이 발딱 일어선다. 파리다가 팬티를 내리고 나를 쳐다보며 싱긋 웃는다.

"왜? 흥분했어?"

"미안합니다, 스승님. 죄송……. 부끄럽지만 어쩔 수 없어."

"당연하지. 바보같이. 너는 여자 옷을 좋아해. 방금 전에 말했잖아. 팬티를 입으니까 욕정이 발동한 거야. 네 클리토리스가 내 앞에서 반응을 보인 거야. 당연한 일이야. 하지만 네 클리토리스의 주인은 나야. 내가 네 주인이니까. 이제 됐어. 마저 입어."

파리다가 내 뺨을 찰싹 때린다. 혼란스럽다. 막 부풀어 오르기 시작한 물건이 이내 기가 꺾인다. 나는 풀이 죽는다. 나는 그 찬란한 팬티를 입고 튜닉을 걸친다.

"앞으로도 계속," 파리다의 말이 이어진다. "여성용 팬티를 입도록 해. 딱 맞는 걸로. 네 몸을 감싸는 거야. 뭘 감싼다고?"

"내 클리토리스를." 나는 얼버무린다.

"좋아. 레이스가 달린 실크 팬티를 입도록 해. 무늬가 있는 파스텔 색조로. 아주 여성스러운 것으로 말이야. 브래지어를 들고 나를 따라와. 제자리에 갖다 놓아야지."

나는 그녀를 따라 드레스 룸으로 간다. 나는 지금 내게 벌어지고 있는 일들을 이해하려고 애를 쓴다. 마음이 산란하다. 복종 이상의 것이 필요하다. 스승에게 온전히 헌신해야 할 것 같다. 사슬에 묶여 끌려가기보다는 다소곳이 그녀를 따라가는 것이 더 좋을 것 같다. 그녀는 방에 도착하자 나를 쳐다본다.

"신경 쓰이나 보지? 왜 빨리 이해하고 받아들이지 못하는 거야? 난 그게 화가 나. 불만은 없어. 네 무기를 가리게 만들기는 했지만, 너를 해치려고 그런 건 아냐. 요구할 게 있다면 떳떳하게 얘기해."

나는 무릎을 꿇고 그녀의 슬리퍼에 입을 맞춘다. 나를 인도해줘서 고맙다고, 이런 나를 참아줘서 고맙다고 인사한다. 나는 시선을 들어 그녀를 쳐다보며 감히 입을 연다.

"여자 이름이 필요해. 도움이 될 것 같아."

"현명한 생각이야. 곧 여자 이름을 갖게 될 거야."

파리다는 문득 무언가를 알아챘다. 냄새를 맡아본다.

"뭘 바른 거지?"

"다리에 탈모용 크림을 발랐어. 실수하지 않으려고."

파리다가 몸을 숙여 내 다리를 쓸어본다.

"아주 잘 했어. 한 병 가져가서 사용하도록 해. 마음에 들어. 브래지어를 벗었으니 다른 걸 선물하도록 하지. 뒤로 돌아."

파리다가 액세서리를 넣어둔 장에서 무언가를 찾는 동안 나는 뒤돌아 서 있다. 그녀는 내게 튜닉과 팬티를 벗으라고 명령한다. 그녀는 내 허리에 무언가를 두르고 뒤쪽에서 채운다. 앞뒤로 고리가 두 개씩 달린 장밋빛 가터다.

"이게 스타킹을 반듯하게 고정시켜 줄 거야. 이젠 스타킹을 신어도 되겠어."

파리다가 내게 칠판 색 스타킹을 건넨다. 영문을 알 수 없어서 또한 너무 감격해서 얼굴이 붉어진다. 나는 의자에 앉아 느긋하게 스타킹을 신는다. 스타킹을 천천히 올리며 그 감촉을 음미한다. 들뜬 심정으로 그녀의 심중을 헤아려본다. 나는 다리를 쭉 뻗고 스타킹을 잡아당긴다. 열심히 노력한 끝에 가터 앞쪽에 달린 두 개의 고리에 스타킹을 건다. 의자에서 일어나 허리를 틀고 뒤쪽 고리에 스타킹을 걸려고 하지만 번번이 고리를 놓치고 만다.

"내게 맡겨." 파리다가 명령한다. "곧 익숙해지겠지."

파리다가 직접 고리를 채워준다. 파리다는 뒤쪽 고리의 길이를 조절한 후 앞쪽 고리도 조절해준다. 그녀의 손이 내 몸을 스친다. 그녀의 체취가 나를 감싼다. 그녀의 긴 머리채가 내 몸 위에서 물결친다……. 심장이 터질 것만 같다. 이제야말로 스타킹을 제대로 신었다. 머리가 어지럽다. 이젠 달아날 구멍이 없다. 내 물건이 완벽하게 발기해 우뚝 솟아오른다. 나는 돌아설 수밖에 없다.

"미안, 미안." 더듬거린다.

"조용! 또 이러기야! 거울을 봐! 잘 보란 말이야! 옆으로 서. 그리고 똑바로 봐! 미안해할 필요 없어. 이건 내 작품이니까. 이 당돌한 녀석은 바로 내 꺼란 말이야! 내기 얘기했지! 나는 네가 당당해졌으면 좋겠어. 하지만 이런 식은 아냐. 이 따위는 아무나 할 수 있는 거야. 이젠 여자가 됐으니까 여자처럼 행동해야지. 네가 그걸 아름다운 클리토리스로 여겼으면 싶어. 내가 돌보는 어린 계집아이처럼, 어린 학생처럼 굴었으면 좋겠어. 그렇게 할 수 있겠지?"

"응."

"거울을 계속 쳐다보면서 다리를 약간 벌려봐……. 자, 나를 위해 그 충실한 놈을 내밀어봐. 봤지? 이렇게 만져주면 아주 좋아해. 단단하지만 부드러워. 아주 고분고분하지. 저 발발 떠는 모습을 좀 봐. 자신의 영혼을 내게 바치고 싶어 안달이지. 자, 꼬마야, 이리와. 흥분했어. 자, 마구 뛰네. 여기 봐, 터지잖아……. 그렇게, 잘 했어……. 봤지? 저 물건이 내 말을 얼마나 잘 따르는지?"

내 대답소리는 약하다. 다리가 잠시 후들거린다. 파리다가 말을 잇는다.

"이젠 무릎을 꿇고……, 이마를 바닥에 갖다 대."

슬리퍼 한 짝이 내 목덜미에 놓이는 느낌이다. 여왕이 전쟁 포로를 소유하듯 그녀가 나를 차지한다. 나는 행복하다.

"너는 내 것이야. 너의 클리토리스도. 전부 내 꺼야. 너는 내 노예야. 내가 널 가졌어."

"나는 네 것이야. 고마워, 스승님."

그녀가 엠보싱 두루마리 휴지를 내게 건넨다.

"너의 봉헌물이 떨어진 바닥을 닦아. 나를 따라와. 일어나지 말고 손과 발로 기어와. 스타킹 조심하고!"

우리는 화장실로 들어간다. 내가 비데 앞까지 기어갔을 때 그녀가 멈추라고 명령한다.

"여자 이름을 원한다고 했겠다. 이 비데를 성수반 삼아 세례식을 베풀겠어. 남성과 여성을 모두 구비한 그런 이름이 좋겠지……. 비데 위로 고개를 숙여."

파리다가 선언하는 동안 앞으로 숙인 내 머리 위로 물줄기가 쏟아진다.

"내 종족의 이름이야. 앞으로 너를 미리암으로 부르겠노라. 너는 옛날 이름을 갖고 새로운 젠더로 태어난 것이다."

그녀가 수건으로 내 머리를 닦아준다. 그녀는 어리광을 부리는 걸까?

우리는 드레스 룸으로 돌아온다. 그녀의 시선이 부드러워졌다. 너무나 어리둥절하면서도 너무나 흥분된다.

그녀는 내가 가터를 입기 위해 벗어놓았던 옷을 돌려준다.

팬티가 내 발을 타고 부드럽게 미끄러져 올라와 내 성기를 가볍게 누르며 몸에 착 달라붙는다. 손을 들고 튜닉을 뒤집어쓴다. 튜닉이 부드럽게 미끄러져 내린다. 거울을 쳐다본다. 스타킹을 신은 다리가 우아하게 보인다. 튜닉이 몸에 딱 맞다. 나는 변했다. 미리암! 나는 내 정체성을 완전히 찾은 것이다!

기쁨이 철철 넘친다. 파리다를 바라본다. 파리다는 꼼짝도 않고 나를 바라보고 있다. 그녀의 표정이 갑자기 변한다. 무언가 결정을 내린 것 같다.

"자, 미리암. 날 따라와."

우리는 복도에 있는 문을 통해 다른 쪽 복도로 나간다. 치료실로 통하는 복도다. 우리는 복도를 지나 계단을 내려가 지하실에 이른다. 파리다는 아주 작은 철문 앞에서 멈춘다. 열쇠를 꺼내 문을 연다. 나는 파리다를 따라 안으로 들어간다. 그녀가 문을 잠근다. 어둡지만 안쪽에 밝은 곳이 있다. 뜨겁고 건조한 공기가 내 몸을 감싼다. 뒤에 두고 온 세상과는 너무나 다르다. 파리다가 경쾌하게 발걸음을 옮기며 설명한다.

"사막이야. 눈치 챘을 테지, 그렇지?"

우리는 밝은 곳에 다다른다. 계단을 올라간다. 맑고 밝은 황금빛이 내 몸을 적신다. 나는 지금 끝없이 펼쳐진 벌판 앞에 서 있다. 그렇게 보인다. 관목 몇 그루가 여기저기 외롭게 서 있다. 라벤더, 잎이 작고 날카로운 가시가 엉성한 흉측하게 생긴 잡목. 몇 걸음 걸어가자 예상치 못했던 광경이 보인다. 낙타 가죽으로 지은 커다란 유목민 천막. 버팀목 위에 세워진 오두막이다. 땅에 말뚝을 박아 밧줄로 고정시켜 놓았다.

"내 나라야." 파리다가 소개한다. "내 왕국이며 내 피난처. 할아버지 거였어. 나는 저걸 차지할 수 있었어. 저 안에 들어 있는 거의 모든 것과 함께. 할아버지가 죽을 때까지 저기서 살다가 내게 넘겨준 거야. 할아버지를 따라 가끔씩 와보곤 했어. 이곳에서는 나를 아마존 여전사라고 불렀는데……. 들어와."

파리다는 입구를 가리고 있는 빨간색 줄무늬가 있는 검은색 휘장을 살짝 걷어 올린다. 나는 몸을 숙이고 들어간다. 그러자 그녀는 휘장을 완전히 걷어 올리고 당당하게 서서 들어온다. 그녀는 내게 일러주었다. 나는 서서 들어오지 못한다고, 항상 몸을 숙이고 들어와야 한다고. 천막 안은 아주 캄캄하다. 빛이 들어올 틈이 하나밖에 없는 것이다. 눈이 조금씩 어둠에 적응해간다. 바닥은 온통 호화찬란한 양탄자로 덮여 있다. 값비싸 보이는 양모가 곳곳에 걸려 있고, 장식용 말편자도 여러 개 걸려 있다. 편하게 기대어 쉴 수 있는 방석도 여기저기 놓여 있다. 키 낮은 탁자와 짧은 받침다리가 달린 커다란 쟁반도 한 쌍 보인다. 다른 것도 많다. 풍로 위에 걸려 있는 사모바르처럼 생긴 커다란 주전자, 낮은 선반 옆에 옹기종기 모여 있는 식기 세트. 여러 종류의 차 깡통, 고형 설탕, 대추야자, 마른 과일 등의 식료품이 선반을 차지하고 있다. 파리다는 방석에 기대어 앉아 작은 선반에서 파이프를 꺼낸다. 관이 길고 담배를 채우는 부분이 진흙으로 만들어진 파이프. 파리다는 조심스럽게 담배를 채우기 시작한다. 나는 문가에 선 채 그녀를 바라보고 있다. 그녀의 뒤쪽에 두툼한 양모 커튼이 천장에서부터 드리워져 있다. 저 커튼 너머에 좀더 은밀한 공간이, 우리가 있는 곳과는 다른 공간이 숨어 있는 모양이다.

파리다는 파이프에 불을 붙이고 석유램프를 집어 든다. 파리다는 램프에 달린 피스톤으로 펌프질을 한다. 석유가 석면 심지로 타고 올라오면 불을 붙이려는 것이다.

"어떻게 불을 붙이는지 가까이 와서 잘 봐. 내가 명령하면 네가 해야 할 일이니까."

램프에서 찬란한 불꽃이 일어난다. 파리다는 내게 램프를 건네며 걸어둘 곳을 가리킨다. 방이 환해지면서 스승의 푸른색 카프탄이 빛을 발한다.

"얘기 좀 해봐." 파리다가 담배를 피우며 말한다. "너의 비밀을, 너의 환상을. 나의 셰헤라자드가 되는 거야. 너의 기억을 얘기해봐. 내 것이기도 하니까."

진지하고 근엄한 목소리. 내 은밀한 기억들이 부르르 몸을 떤다. 혼란과 질서가 내 마음 밭에 뿌려진다. 그녀는 내게 후궁 역할을 하라고 지시하고 있는 것이다!

"넌 거기 양탄자에 앉아." 그녀가 말을 잇는다. "얌전하게 다리를 꼬고 앉아 튜닉으로 다리를 가려. 나는 여기 누워서 네 얘기를 들을 거야. 한 가지 알아두었으면 해. 클리닉을 찾아온 사람 중에서 어느 누구도 이 피난처로 데려오지 않았어. 오직 너 한 사람 뿐이야. 고맙게 생각해."

고맙게 생각하라고? 그것뿐이야? 내게 삶을, 천국을 주었으면서? 난 지금 너무 기뻐 죽을 지경인데? 이렇게나 은혜를 베풀고도?

내가 자리에 앉는 동안 그녀는 좀더 편하게 눕기 위해 카프탄 옆에 달린 지퍼를 허리께까지 올린다. 그녀는 누워 방석 위에 팔꿈치를 올려놓고 손바닥으로 턱을 괸다. 그녀가 몸을 쭉 뻗는다. 그러자…….

정신이 아찔해진다. 번개가 번쩍하며 앞이 캄캄해진다. 여신의 강림, 세상이 폭발하는 것 같다. 그녀가 몸을 움직이자 카프탄 앞자락이 스르르 미끄러져 내린 것이다. 그녀의 기다란 다리, 꿀처럼 빛나는 그녀의 살결이 그대로 드러난 것이다. 완벽한 선이다. 그녀가 내게 줄 수 있는 선물은 이처럼 풍부한 것이다! 나는 불타오르는 철책 안에 갇힌 꼴이다. 그 당당하게 빛나는 허벅지 앞에서 나는 눈이 멀고 만다. 매끄럽고도 팽팽한, 단단하면서 탄력 있는, 안정감이 있으면서도 약간 떨리는 것 같은, 아마존 여전사의 힘이 넘치는 허벅지. 60여 년 전, 마지 향수가 진동하는 호텔 방에서 나를 사로잡았던 그 허벅지. 그 후로 내가 살아오는 동안 내 앞에 나타났던 모든 여자들은 내게 아무런 의미가 없었다……. 나는 입을 꼭 다물고 그녀의 목소리에 귀를 기울인다. 스승의 목소리가 아득하게 들린다. 목소리가 점점 커진다. 스승은 지금 내게 고백하라고 다그치고 있다……. 얼굴을 찡그리는 모습이 희미하게 보인다. 그녀가 몸을 일으킨다. 그녀가 앉는다. 그러나 내 눈앞에는 그녀의 성스러운 황금빛 살결이 여전히 버티고 있다. 그녀는 이미 치마로 다리를 가렸지만 내 망막에는 그녀의 벌거벗은 다리가 그대로 각인되어 있다……. 파리다가 벌떡 일어나 신경질적으로 소리친다.

"반항하는 거야 지금? 똑바로 말해!"

그녀의 손에 이상하게 생긴 짧은 채찍이 들려 있다. 채찍 끝이 손잡이 고리에 걸려 있다. 그녀는 나를 때리기 위해 채찍을 치켜들지만 어리둥절해하는 내 모습을 보고 멈춘다. 그녀는 명령한다. 이실직고하라고 다그친다.

"무슨 생각을 한 거야? 어디다 한눈을 판 거야? 이실직고하시지!"

나는 앉아 있던 자세를 고쳐 무릎을 꿇는다. 이마를 그녀의 발에 댄다. 두 팔로 그녀의 발목을 껴안는다. 더듬더듬 말을 시작한다. 나는 계속 흐느낀다.

"스승님, 너의 허벅지가……. 느닷없이 드러나는 바람에……. 그 아름다운 모습이, 평생 나를 사로잡았던……. 네 허벅지를 보는데 정신이 팔려서……. 용서해 줘. 그럴 자격이 없다는 것은 알지만……. 나는……."

목이 막혀 말이 나오지 않는다. 그녀는 내가 진정되기를 기다린다. 그녀가 몸을 숙여 내 턱을 쓰다듬는다. 그녀가 내 얼굴을 치켜든다. 나는 계속 무릎을 꿇고 있다. 내 가슴에 그녀의 카프탄이 와 닿는다. 그녀가 조용히 말한다.

"나를 경배하는 거야? 네 스승을? 너 자신을 누구라고 생각하는데? 원한다고 해서 아무나 날 경배할 순 없어. 특히 너는 안 돼. 너는 이제 겨우 시작했을 뿐이야……. 나를 경배하는 것은 아주 힘들어. 나는 부드럽지만 그만큼 잔인하기도 해. 지배자는 자기 장난감한테 자비를 베풀지 않아. 내 할아버지는 자신의 딸을 모욕한 남자를 산 채로 껍질을 벗겼어. 나는 우리의 피의 율법이 시행되는 것을 보고 즐거워 했어……. 경배한다는 것은 고통을 당한다는 것이야. 이것이 내가 가진 무기 중에서 가장 부드러운 거야. 여기에 입 맞춰!"

나는 내 입으로 다가오는 낙타몰이꾼 가죽 채찍에 입을 맞춘다.

"고마워, 스승님. 달게 받겠어. 전부. 너의 포로가 되겠어. 너의 하렘에서 최후의 노예가 되겠어."

나는 무엇이든지 받아들일 것이다. 이런 일은 처음이다. 나는 지금 그녀에게 바싹 붙어 있다. 내 관자놀이는 그녀의 허벅지에 기대어 발딱거리고 있다. 비록 한 겹의 천이 가로막고 있기는 하지만. 나는 지금 천국에 와 있는 기분이다. 내 마음을 알아챈 것인가? 어쩌면. 그녀의 목소리가 부드러워진다.

"너는 지금 너 자신이 무슨 말을 하는지 몰라. 나도 네 말을 마음에 담아두지 않겠어. 너는 지금 매우 지쳤어, 미리암. 너무나 많은 일을 겪어서 그래. 가자."

파리다는 파이프를 간수하고 램프를 끈다. 우리는 천막을 나간다. 계단을 내려가 지하실로 간다. 철문에 다다르자 그녀가 열쇠로 문을 연다.

"튜닉을 벗고 네가 입고 온 옷으로 갈아입어. 나도 옷을 갈아입을 거야. 집까지 데려다줄게."

"마님, 저는 그럴 자격이 없습니다."

"닥쳐. 바보 같으니라고. 넌 이제 처지가 달라졌어. 거기에 대해 아무것도 모르겠지만."

그렇다. 나는 아무것도 모른다. 그녀의 살이 번갯불처럼 계속 눈앞에 어른거린다. 나는 스타킹과 팬티를 입은 채 그 위에 내 남자 옷을 걸친다. 파리다가 나를 데리러 온다. 우리는 뷰익에 올라탄다. 나는 운전석 옆자리에 앉는다. 집으로 가는 길이 생각나지 않는다.

"혼자 집까지 올라갈 수 있겠어?"

파리다가 집 앞에 차를 세운다. 그녀는 내 멍청한 표정을 보고 묻는다.

나는 그렇다고 대답한다. 그녀가 내게 작은 상자를 내민다. 나는 그녀의 손에 입맞춘다.

"이걸 사용하도록 해."

"고마워. 저기……."

나는 다시 미안하다는 말을 전하고 싶지만 그녀가 손가락으로 내 입술을 누른다. 우리는 헤어진다.

나는 계단을 오른다. 우리 집 문을 연다. 내 침실로 들어간다. 아주 선명한 장면이 내 시선을 가로막는다. 푸른색 카프탄에서 흘러나온 광채가 내 망막을 무너뜨린다. 바다 밑에서 일어난 지진. 내 감각과 이성이 아직도 부들부들 떨고 있다. 내 눈앞에 드러났던 그녀의 살결. 나는 무아경으로 빠져든다. 탄력 넘치는 팽팽한 다리, 비단결처럼 빛나던 살결, 그 이상적인 각선미. 내 등허리를 단단히 조이는 아마존 여전사의 탄탄한 허벅지를 머릿속으로 그려본다. 나는 그 경이로운 광경에 맥이 빠진다. 내 존재 이유는 이제 완전히 없어졌다. 나는 오로지 그녀를 경배하는데 내 모든 것을 바칠 것이다. 저절로 탄식이 쏟아져 나온다. "무슨 생각을 한 거야?" "당신을 경배합니다, 부인." "나는 잔인하게 굴 거야." "당신을 경배합니다, 부인." "나는 내 장난감을 함부로 대할 거야." "당신을 경배합니다, 부인." "너를 고통스럽게 할거야." "당신을 경배합니다, 부인." …… 고난 중에 할라 신을 경배하듯 너를 경배할 것이다. "당신은 진리이십니다!"

문득 선물에 생각이 미치면서 마법이 풀린다. 실크 종이로 포장한 조그만 상자다. 침실로 들어왔을 때 침대 머리맡에 놓아둔 모양이다. 포장을 뜯는다. 은으로 세공한 카빌리아 팔찌 한 쌍이 나온다. 브로치가 달려 있다. 발목에 차는 발찌도 한 쌍 있다. 발찌는 두 뼘 길이의 쇠사슬로 연결되어 있다. 선물을 보니 내 임무가 생각난다. 이곳 내 집에서도 내 주인은 그녀다. 나는 내 집에서도 그녀의 뜻에 따라, 그녀의 제자로 처신해야 한다.

나는 팬티와 스타킹과 가트만 남기고 옷을 홀랑 벗는다. 나는 그런 차림으로 거울을 쳐다본다. 내 본연의 모습이 점점 드러나고 있다. 나는 내 새로운 성지인 아빠의 서재로 달려가 아빠의 페르시아 와이셔츠를 입는다. 나는 파리다가 준 선물로 몸을 치장한다. 발목에 발찌를 차면 스타킹 올이 나가지 않을까 걱정된다. 나는 스타킹을 보호하기 위해 스타킹과 발찌 사이에 손수건을 끼워 넣는다. 발찌가 서로 연결되어 있어 종종걸음을 칠 수밖에 없다. 남자처럼 씩씩하게 큰 걸음을 걸을 수 없는 것이다.

파리다의 샌들은 이제 아빠의 서재에 있다. 리안 드 푸지의 엽서—이 엽서는 지금 그 어느 때보다 유용하다—와 함께 내 침실에서 아빠의 서재로 옮겨놓았던 것이다. 나는 제단을 내 침실 탁자에서 내가 암자로 여기는 아빠 서재의 피아노 위로 옮긴 것이다. 내 선배 후궁을 기념하기 위해. 내 여신을 위한 성전은 신비와 음악으로 다시 꾸며졌다.

나는 샌들을 신고 걷는다. 구두 굽 소리가 복도에 울려 퍼진다. 족쇄를 차고 있어서인지 내 발걸음의 리듬이 달라졌다. 안단테에서 알레그로로 바뀐 것이다.

나를 지상 천국으로 끌어올렸던 그녀의 살결이 지금 다시 눈앞에 나타난다. 나는 그 장면을 지워버릴 수 없다. 아직도 생생하다. 방금 전에 보았던 것인지, 어제 보았던 것인지, 도저히 가늠할 수 없다. 이곳에서는 시간이 흐르지 않아 갈피를 잡을 수 없는 것이다. 그 후로 많은 일들이 있었다. 나는 그 후로 옛날식으로 간편하게 지어진 새 옷을 많이도 입어보았다. 스승이 다시 전화를 걸어왔을 때는 또 얼마나 흥분했던가! 스승은 적어도 내 찬양만큼은 용납해주는 것 같았다. 스승은 정나미가 떨어질 정도로 나를 차갑게 대했다. 스승은 애정 어린 말 한 마디 없이, 마치 과거를 기억하지 못하는 양 내게 일만 시켰다. 내게서 멀어지려는 것만 같았다. 스승은 냉담한 태도로 꼬치꼬치 따졌다. 가운을 걸치고 진료실에서 나를 맞이하는 것이, 똑바로 정신 차리라는 듯……. 나는 참을 수가 없었다. 일이 끝나고 내게 돌아가라고 명령했을 때, 나는 무릎 꿇고 애원했다. "복종하겠어. 제발, 내가 천막에서 고백했을 때는 나를 용서한다고 했잖아……." 더 이상 말을 이을 수 없었다. 그녀가 내 뺨을 후려치는 바람에 말이 끊겼다. 나는 휘청거리며 바닥으로 쓰러졌다. 육체적인 타격보다 정신적인 타격이 더 컸던 것이다. "다시는 그 일에 대해 언급하지 마! 절대로! 내 몸을 가지고 함부로 장난하지 말란 말이야!" 널브러진 내 앞에 우뚝 서 있던 그녀는 성난 여신이었다. 나는 그녀의 구두에 입 맞추고 싶었다. 하지만 그녀는 구둣발로 내 입을 걷어찼다. "당장 꺼져! 스승이고 제자고 다 끝났어!" 나는 참담한 심경으로 방을 나왔다.

그 날 이후로 나는 그녀의 천막에도 그녀의 규방에도 가볼 수 없다. 그녀를 거의 보지도 못한다. 그녀는 다른 사람을 통해 명령을 전한다. 일은 갈수록 힘들어진다. 나는 매일 아침 그녀의 집으로 가서 라일락꽃 무늬가 있는 튜닉을 걸치고 내게 주어진 일을 시작한다. 튜닉은 그녀의 집 내 개인 사물함에 두고 다니고 스타킹과 팬티는 바지 속에 입고 다닌다. 오후에는 파리다가 지정해준 두 명의 여자와 함께 바느질과 화장법 등 여자들이 갖추어야 할 몸가짐에 대해 배운다. 파리다는 내 남성 밑에 숨어있는 내 젠더를 이끌어내기 위해 그런 일을 시키는 것이다. 이것도 일종의 치료요법인 것 같다. 나는 안다. 그녀는 이런 식으로 나를 소유하고 있는 것이다. 하지만 내 기대와는 너무나 다르다. 내 강박관념이 요구하는 것은 이런 것이 아니지 않은가! 나는 분명히 알고 있다. 그래서 그녀의 달라진 태도를 납득할 수 없는 것이다. 고통스럽기 짝이 없다. 내 속에서 그녀를 향한 욕망이 깨어난 바로 그 순간부터 그녀는 나를 경멸하고 있다. 내 인생은 실패의 연속이었다. 나는 사랑할 능력이 없는 내 자신을 그 얼마나 자책해왔던가! 이곳에서도 마찬가지였다. 아버지의 얘기를 듣고, 루이사 이모의 말년소식을 듣고, 나는 두 사람을 시기했다. 나는 열정이 식어버린 내 자신을 원망했다. 그러나 그것은 오해였다. 나는 오로지 어머니에게만 맹목적인 욕망을 품었었다. 하지만 그것은 어린아이의 응석일 뿐이었다.

이제 나는 성숙한 감정을 품을 수 있다. 이것은 파리다의 작품이다. 이제 나는 원한다. 나는 이제 내가 시기했던 아버지와 이모처럼 내 자신의 욕망에 충실해질 수 있다. 나는 그녀를 경배해야 한다. 나는 열병으로 잠을 이루지 못한다. 터무니없는 생각이 든다. 그녀가 상대하는 사람들에 대해 질투심이 치솟는다. 나는 그녀의 환자들이 부럽다. 때때로 환자들에게 채찍질을 가한다고 했지. 솜씨를 유지하기 위해. 하지만 내게는 그러지 않는다……. 눈에 보이는 모든 것이 그녀를 생각나게 한다. 나는 오로지 그녀의 소유물로 존재할 뿐이다. 나는 그녀의 애완동물이며 그녀의 장난감이다. 그런데, 지금은 이도 저도 아무것도 아닌 것이다……. 그녀는 가끔 내 눈초리에 담긴 원망을 읽는다. 그러면 훈계를 늘어놓고, 그러면 내 감정은 여지없이 위축되고 만다. 신입생으로서는 주제 넘는 짓이다. 나는 먼저 내 자신을 있는 그대로 수용하고 나서 삶의 쾌락을 향해 나아가야 한다. 그런 다음에야 삶의 쾌락을 맛볼 수 있는 것이다. "네게 그럴 능력을 키워주고 싶어." 그녀는 항상 이렇게 말한다. "그래도 나는 네게……." 나는 감히 말을 꺼내보지만 그녀가 가로막는다. 그녀는 화를 내며 내 입에 재갈을 물린다. "그냥 주무르는 대로 가만히 있어. 내게 맡기란 말이야. 지금은 아무 말도 하지마." 아무 불평 없이 그녀의 손길에 몸을 고스란히 맡겨야 하는 인간이라니! 나는 소리치고 싶지만 그녀의 눈길 앞에 입을 다물고 만다. 나는 그녀와 같은 공기로 숨쉬는 것을, 말로 다할 수 없는 그녀의 아름다운 모습을 지켜보는 것을, 그녀가 할퀴는 대로 당하는 것을, 그녀의 싸늘한 시선을 감내하는 것을, 그녀의 손길이 닿은 곳에 입 맞추는 것을, 그녀의 모습을 우러러보는 것을 특권으로 여겨야 한다…….

나는 어수선한 꿈에 시달리며 내 자신을 위로한다. 그래, 이 당근과 채찍은 신입생인 나를 시험하기 위한 수단이 틀림없다. 비록 자그마한 기쁨이 속절없이 환멸로 뒤바뀌는 팽팽한 긴장감 속에서 살기는 하지만, 날마다 그녀의 세계로 찾아가지 않는가. 모든 것을 잃어버리지는 않았지 않느냐. 게다가 이건 또 무슨 횡재냐. 그녀가 나를 데리고 쇼핑을 가겠다고 한다. 그녀는 내게 쇼핑을 가겠다며 재킷과 바지를 입으라고 한다. 나는 또 한번 감격한다. 내가 옷을 입고 나타나자 그녀는 내 목에 아무 설명 없이 강아지 목에 채우는 가죽 목걸이를 채워준다. 그렇다고 내 행복감이 줄어들지는 않는다. 나는 뷰익의 조수석에 앉아 영화를 보고 클럽에 들렀던 그 잊을 수 없는 오후를 기억한다. 나는 현대 여성으로 변한 그녀의 모습을 바라본다. 그녀의 옆모습을, 노련한 운전 솜씨를, 안정감 있는 그녀의 자세를 우러러본다.

우리의 목적지는 근사한 의류 백화점이다. 파리다는 매력적인 여점원에게 속옷과 나들이옷을 사고 싶다고 말한다. 여점원이 사이즈를 묻자 파리다는 잘 모르겠다며 함께 온 사람이 입을 것이라고 대답한다. 나는 환하게 웃는 파리다 앞에서 바보처럼 얼굴을 붉힌다. 나를 받아들인다는 것이다. 모르는 여자 앞에서 나를 자랑삼아 내보이고 있는 것이다. 하지만 여점원은 태연하게 행동한다. 여점원은 사이즈를 재려는 듯 나를 머리끝에서 발끝까지 살펴본다. 내 목에 걸린 개 목걸이를 보고도 놀라지 않는다. 물론 종업원은 이해했겠지만, 탈의실에서 반벌거숭이가 되어야 하니 기분이 우울해진다. 파리다는 이런저런 제안을 하며 여점원과 의견을 교환한다. 여점원은 나를 안심시키기 위해 이 백화점에 '바이섹스' 코너가 있다고 한다. 남성적인 체격을 가진 여성을 위해 특별히 디자인한 여성 의류를 파는 곳이란다. 또한 여점원은 이런 말로 나를 진정시키려든다. 이 백화점에도 나와 같은 조건의 여점원이 두 명이나 있지만 쉽게 알아볼 수 없다. 마침내 옷은 포장이 되고 여점원은 물러간다. 파리다는 옷 보따리를 들고 있는 나를 쳐다본다.

"자, 미리암. 아직도 스승에게 불만이 있나? 아직도 내가 널 생각하지 않는 것 같아?"

"아냐, 아냐! 고마워! 내가 또 다시 불평을 늘어놓으면 이 배은망덕한 혓바닥을 싹둑 잘라버려."

나는 그간의 고통을 잊어버리고 감격에 겨워 대답한다. 무릎을 꿇으려는 나를 파리다가 말린다.

"그럴 일이 없기를 바래." 그녀가 웃는다. "나는 이곳에 남아 내 물건을 사야겠어. 넌 필요 없어……. 아래층에 내려가면 카페테리아가 있어. 거기서 기다려."

기다리는 시간은 달콤하다. 나는 지난 시간을 되짚어본다. 파리다는 내게 관심을 보여주었다. 그녀는 나를 다정하게 대해 주었다. 물론 직업적으로 그랬겠지만 여점원의 이해심도 내 마음에 든다. 이런 생각을 곱씹고 있을 때, 문득 어떤 생각이 떠오르며 내 마음에 그늘을 드리운다. 옷을 살 때 가죽 목걸이를 탈의실에 풀어놓고 그냥 두고 온 것이다. 지금 당장 돌아가서 목걸이를 찾아 목에 걸어야 한다. 그녀가 알아차리기 전에! 그녀와 그곳에서 마주칠 가능성 따위는 안중에도 없다. 나는 달려 올라간다. 나는 탈의실에 도착한다. 안에 누가 있을지도 모른다는 생각을 해볼 여유도 없이 나는 문을 연다. 불행하게도 나는 파리다와 마주친다. 그 순간 파리다는 옷을 홀라당 벗고 여점원의 도움을 받아 두 팔을 높이 치켜든 채 드레스를 입으려 하고 있다. 내가 나타나자 분위기가 싸늘해진다. 아주 잠깐이다. 드레스는 흘러내려 파리다의 몸을 감싼다. 나는 그 자리에 얼어붙는다. 힐끗 쳐다본 것이지만 별이 폭발한 것 같다. 번갯불이 눈앞을 스친다. 파리다의 목소리가 채찍처럼 날아온다.

"뭐야? 내 몸을 본 거야?"

"미안해……. 목걸이를 여기 두고 가서……." 나는 목걸이를 집어 들며 말한다.

“나가! 기회를 엿보고 있었던 거지! 알겠어. 꺼져!”

나는 겁에 질려 밖으로 나온다. 나는 기다린다. 잠시 후, 여점원이 새로 산 물건을 포장한 꾸러미를 내게 건넨다. 파리다가 아무 말 없이 걸어 나온다. 차를 타고 오면서도 그녀는 내게 한 마디도 하지 않는다.

집에 도착한다. 나는 그녀를 따라 그녀 방으로 들어간다. 그녀는 꾸러미를 의자 위에 내려놓으라고 손짓하고 인터폰으로 조수를 부른다. 여자가 나타난다. 파리다가 짧게 지시한다.

“이년을 데려가서 도르래에 묶어. 눈을 가리고. 그 후엔 돌아가도 좋아. 오늘은 더 이상 필요 없어.”

조수는 의아한 듯 나를 쳐다보더니 고개를 살짝 숙인 후 내게 문을 가리킨다. 조수는 나를 내 사물함으로 데려가 양복과 셔츠를 벗으라고 명령한다. 조수는 튜닉을 입지 못하게 한다. 조수는 팬티와 스타킹 차림인 나를 치료실로 끌고 간다. 치료실은 비어 있다. 나는 풀이 푹 죽어 있다. 마음이 어수선하다. 이건 부당하다. 나는 내 무죄를 증명할 수도 없다. 마음이 아프다. 그러나 동시에 그녀의 아름다운 몸이 번갯불처럼 눈앞을 스친다. 눈앞에 번쩍 나타난 그녀의 몸에 나는 눈이 먼다. 내 꿈을 잠식하고 내 욕망을 부추길 그 모습. 조수는 내게 말 한 마디 건네지 않고 내 손목을 머리 위로 묶어 천장 도르래에서 흘러내린 밧줄 고리에 건다. 조수는 방을 가로질러 건너편 벽장으로 다가간다. 벽장문을 여니 작은 전기 모터가 보인다. 조수가 모터를 작동시킨다. 밧줄이 올라간다. 팔을 잡아당긴다. 발이 방바닥에서 떨어지면서 나는 공중에 대롱대롱 매달린다. 발가락 끝이 겨우 바닥에 닿는다. 나는 까치발로 서서 팔에 가해지는 몸무게를 분산시킨다. 나는 고문대에 매달린 것이다. 조수는 코와 입과 귀만 뚫린 라텍스 두건을 내 머리에 씌워 눈을 가려버린다. 멀어져 가는 조수의 발걸음 소리가 들린다.

나는 심연과 같은 고독 속으로 잠겨든다. 나는 몰골사납게 무너져 내린다. 나는 파리다를 이해할 수 없다. 왜 사실을 알아보려고 하지 않는단 말인가? 왜 말도 들어보지 않고 내게 벌을 내린단 말인가? 하지만 이상한 일이다. 이럴수록 그녀가 더 좋아지기만 하니. 내가 이렇게 꼼짝도 할 수 없게 매달려 있으면 그녀는 나를 그 어느 때보다도 더 완전하게 소유할 수 있게 되는 것이다. 나는 오로지 그녀의 소유물이 되고 싶을 뿐이다. 나는 그녀가 마음대로 주무르는 한 줌의 진흙일 뿐이다. 그녀는 나를 더욱더 말랑말랑하게 만들기 위해 이런 식으로 방치한 것이다. 나는 파리다가 보는 방식으로 보고 파리다가 생각하는 방식으로 생각해본다. 당연하지. 내 말을 들을 필요도 없고, 내게 설명해줄 필요도 없는 것이다……. 그러나 적어도 그녀가 손수 나를 묶고 매달았으면……. 지나친 요구일 것이다. 나는 그녀의 소유물일 뿐이다. 그녀의 물건일 뿐이다. 내 주인은 내가 아니라 그녀인 것이다. 그렇다. 이 형벌의 고통은 그녀에게 선물을 주기 위한 것이다. 나는 내가 줄 수 있는 모든 것을 그녀에게 바칠 것이다. 자세가 불편하고 고통스럽다보니 내 몸의 세포가 내 것이 아닌 것처럼 느껴진다. 팽팽하게 늘어난 팔 근육, 상체의 뼈마디, 겨드랑이 털, 평소에는 잘 느끼지 못했던 발의 관절들. 파리다가 이런 것들을 보여준 것이다. 이런 것들을 내게 선물한 것이다. 파리다는 고통으로 내 몸을 풍성하게 만들어주고 있는 것이다. 나는 어두운 구멍 속을 떠다닌다. 나는 생각의 끈을 놓쳐버린다. 감각이 얽혀든다. 삐걱거린다. 내 몸을 지탱하고 있던 매듭이 풀린다. 어딘가를 꼭꼭 찌르는 듯한 기분, 잠깐잠깐 경련이 일면서 고통이 몸을 타고 흐른다……. 이제는, 언제부터인지 모르게, 숨이 막힌다. 항복이다. 포기다. 발가락 끝에서 힘이 빠진다. 발가락이 접힌다. 밧줄에 걸린 팔이 축 늘어진다. 고개가 가슴으로 푹 꺾인다. 마치 십자가 매달린……. 촛불이 꺼져 가는 마지막 순간 활짝 타오르듯 내 안에서 뭔가가 불쑥 일어난다. 수피교 신비주의자의 시 한 구절.

너는 네 자신을 발견할 수 없을 것이다, 너는 네 자신이 될 수 없을 것이다,

네가 완전히 무너졌다는 생각이 들기 전까지는.

내 의식이 완전히 사라지려는 순간, 어떤 소리가 내 의식을 붙잡는다. 또랑또랑한 구두 굽 소리. 그녀의 목소리가 날카로운 비수처럼 어둠을 잘라낸다.

"어때? 뭐 좀 깨달은 게 있어?"

"완전하게 복종하는 법을."

혀가 부들부들 떨린다.

"뭐라고?"

"완전히 네 것이 되는 법을 배웠어……. 고마워."

"다행이네."

그녀의 목소리에서 정감이 은은하게 배어 나온다. 그러나 이어지는 그녀의 목소리는 다르다.

"그러나 아직도 많이 부족해. 오늘 오후 일만 해도……"

"원하면 벌을 내려도 좋아. 그래도, 내 맹세하는데, 술책을 쓴 건 아니었어. 왜 말을 못하게 해? 네가 있을지 몰랐어! 너를 보러 들어간 것이 아니란 말이야!"

"알아. 그 일로 벌을 주는 게 아냐."

"그럼, 왜 이러는 건데?"

"네 눈초리 때문이야. 그 순간 네 눈초리에 욕망이 담겨 있었어. 분명했어."

그녀의 목소리에 나는 겁을 집어먹는다. 도대체 어디에서 저런 목소리가 나오는 걸까? 도대체 무슨 말을 하고 있단 말인가? 이런 말을 들으면서도 정작 얼굴을 쳐다볼 수 없으니 무슨 수로 애원을 한단 말인가!

"욕망이라니? 그냥 쳐다봤던 거야. 그 이상은 아니란 말이야!"

"거짓말! 더럽고 치사한 욕망. 사내놈들의 욕망. 소유욕에 불타는! 진절머리 나는 그 욕망!"

"제발! 내 눈을 보란 말이야. 그런 건 전혀 없어. 그 반대야. 가면을 벗기고 내 눈을 봐!"

"싫어……. 진절머리 나는 그 욕망. 네게서 그 더러운 욕망을 뿌리 채 뽑아버리겠어. 다른 식으로 갈망하도록 만들어주겠어. 네 젠더에 맞게 소유 당하고 싶어 하도록 만들어놓겠어."

그녀가 숨을 헐떡이는 것 같다. 그녀가 숨을 고른다. 그녀가 말을 잇는다.

"내가 쫓아냈을 때 어디 있었어? 내가 옷을 입는 동안 어디 있었어?"

"네가 나오길 기다렸어. 바로 그곳에서."

"화장실에 가지 않았어? 이 물건을 어떻게 처리해야하지 않았을까?"

끝이 단단한 물건이 팬티에 감싸인 내 성기를 건드린다. 채찍인가?

"내가 말했었지……. 이게 또 너를 기분 나쁘게 하면 잘라내 버리라고. 잘라버려! 허튼 수작이 아냐!"

"기분 나쁘진 않아. 그건 너도 알잖아. 다만 네 처지에 맞게 사용하길 바랄 뿐이야."

파리다가 침묵을 지킨다. 나는 산 세바스티안의 그림으로 돌아간다. 이번에는 진짜다. 나는 화살이 날아오기를 기다린다. 내가 자초한 일이 아닌가. 화살은 어디에 와서 박힐까? 그러나 예상과는 달리 화살 대신 그녀의 말소리가 들린다.

"내가 어떤 모습으로 널 보러 온지 알아? 나는 지금 벌거벗고 있어. 신발만 신고 있어. 다 벗었어. 이런 모습을 보고 싶었겠지, 그렇지 않아?"

"아냐, 아냐!"

"입 닥쳐! 나는 지금 벌거벗고 있어. 네게 보여주려는 건 아냐. 너를 위한 것은 아니란 말이야. 상상할 수 있어?"

상상하다 뿐인가! 벌거벗은 몸이 내 가까이 있다. 그녀의 체취를 맡을 수 있다. 내 손을 묶고 있는 밧줄이 좀 느슨해진다. 하지만 그녀가 내 손을 풀어준다고 해도, 나는 그녀의 손아귀에 든 진흙일 뿐이다.

"네 뒤에 서 있어. 손을 풀어줄게. 손이 풀어지면 곧바로 여기서 나가. 뒤돌아보지 말고. 나를 쳐다보려고 하지 마. 자제하는 법을 배워. 가서 네 옷을 입고 사무실에서 기다려……. 조심해. 뒤돌아보면 모든 게 다 끝장이야."

그녀의 발걸음 소리가 들린다. 전기 모터 소리가 들린다. 도르래에 걸린 밧줄이 내려온다. 발뒤꿈치가 바닥에 닿는다. 나는 머리 위로 손을 내린다. 그녀가 뒤에서 손목을 묶은 밧줄을 푼다. 어쩔 수 없이 그녀의 손이 내 손을 스친다. 그녀는 내 머리에서 두건을 벗기고 내 등을 가볍게 밀친다. 나는 고개를 돌리지 않고 방을 빠져나온다. 나는 사물함에 도착해 바지와 셔츠와 재킷을 입는다. 또 다시 이 옷들을 이곳에 벗어놓을 수 있을까? 생각만 해도 심장이 얼어붙는다.

나는 계단을 통해 지하실에서 빠져나온다. 나는 복도를 천천히 걷는다. 불안하고 서글프다. 나는 사무실로 들어가 이곳에 처음 왔을 때를 기억해본다. 산 세바스티안의 시험. 나는 그림을 쳐다본다. 이제는 그때처럼 침착할 수 없다. 하지만 내 신념을, 내 여신의 신념을 배반할 수는 없다. 나는 내가 무슨 짓을 저질렀는지 알지 못한다. 내 죄가 무엇인지 모르겠다. 나는 참을 수 없다. 차라리 심장에 화살을 맞고 그냥 죽고 싶은 심정이다.

파리다는 내가 예상치 못했던 곳에서 나타난다. 그녀의 규방문을 통해 나타난 것이다. 내가 본 것 중에서 가장 수수한 옷을 입고, 머리를 묶고, 굽 낮은 구두를 신고, 종족을 나타내는 팔찌 따위는 전혀 차지 않았다. 그러나 소용없다. 너무나 멋진 모습이다. 나는 몸을 벌벌 떤다. 파리다는 싱긋 웃으며 들어오라고 한다. 기운이 난다. 저 방에서는 내게 해로운 일이 절대로 벌어지지 않을 것 같다. 그래도, 누가 알겠는가? 파리다는 소파에 앉아 가까이 있는 의자를 가리킨다. 이런 일은 처음이다. 무슨 말을 해야 할지 잘 모르겠다는 표정이다. 마침내 입을 연다.

"많이 힘들었지?"

"아무 것도 아니었어. 걱정하지 마……. 그것도 경험이지 뭐. 내가 느낀 것은 다만……."

그녀는 웃으면서 내 말을 막는다.

"손 좀 보자."

나는 그녀에게 손을 내민다. 그녀는 발갛게 부어오른 내 손목을 살펴본다. 그녀의 손가락이 살짝 스치기만 해도 소름이 돋는다.

"다행이야. 심하게 다친 줄 알았어. 피부가 아주 민감하구나."

"미리암의 피부니까." 나는 농담을 하려고 하지만 잘 되지 않는다. "신경 쓰지 않아도 돼."

그녀는 잠시 입을 다물고 있다. 이윽고 그녀가 나를 똑바로 쳐다본다. 목소리가 사뭇 진지해졌다.

"내가 부당하게 굴었어……. 내가 몹쓸 짓을 한 거야. 내가 자제력을 잃은 거야. 나는……."

나는 깜짝 놀라 그녀의 말을 막는다.

"아냐, 아냐. 스승님, 무슨 말이야! 그런 말은 꺼내지도 마. 다 나를 위해 그런 거잖아. 지금 무슨 말을 하는 거야?"

"내 말을 막지마."

"아냐. 그럴 필요 없어. 넌 네가 하고 싶은 일을 한 거야. 그보다 더한 일도 할 수 있어. 나를 때릴 줄 알았어. 나도 매를 맞고 싶었어. 네 기분이 풀리고 네가 만족할 수만 있다면, 네가 원하는 만큼."

드디어 나는 그녀의 미소를 끌어내는데 성공한다. 그녀는 농담까지 던진다.

"정말 그랬어. 도르래에 매달린 채 엉덩이를 번쩍 치켜들고 있는 것을 보니 한 대 때려주고 싶었어. 유혹적이었지."

기분이 우쭐해진다.

"왜 때리지 그랬어. 감사하게 생각했을 텐데."

"너의 그 사악한 생각을 씻어내기 위해? 아냐, 아냐." 내가 당황한 표정을 짓자 파리다가 서둘러 말을 돌린다. "농담이야. 아직 때가 아니어서 때리지 않은 거야……. 그래, 거기 매달려서 무슨 생각을 했어? 생각이 아주 복잡했겠지, 그렇지?"

"아주 복잡했지……. 특히, 너를 이해할 수 없었어……. 내가 멍청했지. 그런 식으로 불쑥 문을 열고 들어갔으니……. 하지만 나는 계속 생각했어. 나는 네 것이다, 나는 네 것이다……. 너의 장난감이다. 너의 소유물이다, 너의 양탄자다……. 난 네 것이 잖아, 그렇지?"

"나를 이해할 수 없었다, 물론……. 쉽게 이해할 수 있었을 텐데. 하지만 지금은 설명할 수 없어."

"설명하지 않아도 돼. 네 마음에 달린 건데 뭐."

"나는……. 널 보는 순간 깜짝 놀라는 바람에, 내가 널 잘못 가르쳤다는 생각이 들었어. 아니, 네가 날 속이고 있다고, 너도 다른 사내놈들처럼 그럴 거라고……. 내가 지금 네게 설명할 수 없는 것은 내가 왜 그렇게 거칠게 신경질적인 반응을 보였느냐 하는 거야. 나는 정신이 없었어. 그럴 단계는 오래 전에 뛰어넘었다고 생각했었는데. 만일 계속 같이 있게 된다면 언젠가는 알게 될 거야."

눈물이 터져 나온다.

"만일 계속 같이 있게 된다면? 지금 무슨 소리야? 나를 또 혼자 내버려두겠다는 거야? 지난번에도 그래놓고?"

파리다가 내 손을 잡는다.

"아냐, 진정해. 잠시 가봐야 할 곳이 있어……. 놀라지 마. 겨우 이삼 주일 정도야."

"이삼 주일씩이나? 내가 뭘 어쨌다고? 내가 무슨 죄를 저질렀다고? 차라리 내가 죗값을 받을게. 차라리 내 몸을 갈기갈기 찢어! 아예 날 잡아먹어!"

"네 잘못 때문이 아냐. 내 잘못 때문이지. 내 자신을 추슬러야 해."

"돌아오는 건 확실하지?"

"그럼, 맹세해." 그녀는 아래턱을 쓸며 말한다. 문신에 대고 맹세하는 것이다. 나는 조금 진정되지만 여전히 슬프다. "날 믿어. 다 잘될 거야."

"그래도 나는 여전히 네 것이지? 대답해!"

"네가 네 본연의 모습으로 돌아갈 때까지 너는 내 것이야. 내가 널 내가 원하는 모습으로 돌려놓을 때까지."

그녀의 마지막 말을 듣고 내 마음은 폭죽이 터진 듯 환하게 밝아온다. 나는 이제 안다. '원한다' 라는 말의 그 깊은 의미를. 나는 감히 내 생각을 표현할 용기가 없다. 하지만 파리다의 말은 내 희망을 비쳐주는 등불과 같다. 그녀는 '엉덩이를 번쩍 치켜들고 있는 것' 을 보았다고 했다. 그 말 또한 신비스러운 힘을 발한다. 어머니도 내가 목욕할 때면 자주 그런 말을 했었다. 이제 파리다의 입에서도 그런 말이 튀어나왔던 것이다.

파리다는 자신이 자리를 비우는 동안에도 클리닉을 찾아오라고 한다. 내가 해야 할 일을 적어놓겠다는 것이다. 파리다는 이미 내게 방향을 정해주었고, 나는 그 길을 따라가기만 하면 내 자신을 완성시킬 수 있다. 그녀는 헤어질 때 다시 돌아올 것을 약속하며 내게 부탁한다. 그녀가 내게 부탁을 하는 것이다!

제발 기대에 어긋나는 짓을 하지 말라고, 내 자신을 위해서뿐만 아니라 그녀를 위해서도 노력해달라고.

내가 집으로 돌아와 가장 먼저 하는 일은 그녀를 바라보는 것이다. 나는 내 아버지의 서재, 후궁의 성지로 들어가 엽서에 찍힌 그림을 바라본다. 마음이 진정되는지, 오히려 그녀의 부재(不在)가 더욱 나를 힘겹게 짓누르는지는 알 수 없다. 하지만 나는 그녀를 바라보지 않고는 견딜 수가 없다. 이제 그녀는 리안드 푸지가 아니다. 이제 그녀는 옆선이 트인 카프탄을 입고 있는 파리다이다. 나는 착잡한 심정으로 망연히 그녀를 바라본다. 그리고 결심한다. 집에서도 제자로서의 복장을 하고 있기로. 나는 외출복인 남성복을 벗어버린다. 나는 팬티, 가터와 스타킹, 그녀의 샌들, 세례식 때 입었던 튜닉 차림으로 남는다. 이렇게 입고 있으니 파리다의 노예라는 느낌이 더욱 강해진다. 나는 지금 그녀가 원하는 대로 옷을 차려입고 있는 것이다.

옷이 사람을 만들지 못한다는 속담은 틀려먹었다. 그 반대다. 나는 외출복인 남성복을 입고 있으면 가끔 남자처럼 생각하게 된다. 그러나 지금처럼 입고 있으면 집에서나 클리닉에서나 전혀 그렇지 않다. 이 부드러운 옷은 살짝 스치기만 해도 내 피부를 여성의 피부로 만들어준다. 여성용 팬티를 입고 있으면 내 물건도 클리토리스로 변하는 것이다. 나는 안다. 파리다가 내게 가터를 채워줬을 때 나는 크게 한 발 전진한 것이다. 나는 가터를 명예로운 깃발처럼 당당하게 차고 다닌다. 나는 허리에 가터를 차고 스타킹을 최대한 끌어올린다. 에로틱한 하반신이 드러난다. 가터 고리는 걸음을 옮길 때마다 속살이 드러난 내 허벅지를 애무한다. 의자에 앉아 자세를 바꿀 때마다, 다리를 꼴 때마다, 나는 점점 여성으로 변해간다. 옷이 나를 여성으로 만든다. 확실하다. 시간이 흐름에 따라 무슨 일을 하든지 본능적으로 여성적인 면모가 나타난다. 이제 나는 의심하지 않는다. 나는 항상 앉아서 오줌을 누는 것이다. 소파에 앉을 때도, 의자에 앉을 때도, 나는 항상 무릎을 붙이고 등을 꼿꼿이 세운다. 요조숙녀들이 배우는 바로 그 자세.

이 모든 것이 내가 진득하니 참고 일을 하는데 도움을 준다. 나는 내 자신의 발전을 위해서뿐만 아니라 그녀를 기쁘게 하기 위해 일을 한다. 파리다에게 일취월장한 내 모습을 보여주고 싶은 것이다. 그녀가 돌아왔을 때 깜짝 놀라게 해줄 수만 있다면! 나는 춤이나 몸동작을 배우는 수업에는 참석하지만 가사 수업에는 참석하지 않는다. 가사는 집에서 실습한다. 옷차림이 내 몸동작을 가르치듯 조심스러운 마름질과 올바른 박음질은 내 손동작을 가르친다. 나는 가끔 꽃을 산다. 그 꽃으로 꽃꽂이를 해서 후궁의 성지에 안치한 신상에 바친다. 나는 지난번 파리다에게 꽃을 바쳤을 때 일어났던 불상사가 다시는 일어나지 않기를 바란다. 내 고통을 달랠 수 있는 유일한 방법은 여러 가지 일을 만들어서 이것저것 닥치는 대로 해치우는 것이다. 하지만 그 일도 모두 내 스승을 만족시키기 위한 것이다. 내 자신을 그녀에 비해 형편없는 존재로 만드는 것이다.

나는 그녀에게 연락하는 일을 최대한 자제하려고 한다. 파리다는 떠나면서 대리인에게 나에 대한 지침서를 남겨놓았다. 세심한 배려였다. 나는 그 지침서를 읽고 눈물을 흘렸다. 지침서를 보니 내 작업 수준이 격상되어 있었다. 서류를 다루어본 내 경험을 고려한 일이 내게 주어졌다. 나는 상투적인 작업에서 해방되어 거의 하루 종일 서류를 분류하면서 지낸다. 특히 임상기록은 교육적인 면에서 내게 마르지 않는 샘과 같다. 가공할만한 인생 유전! 감동적인 인생 역전! 공식적으로 유죄를 판결 받았다가 나중에 무죄로 증명된 사람들! 내 자신이 레즈비언임을 깨닫게 해준 그 도표에 나와 있던 그 수많은 변종들! 그리고 그 변종들 사이에 이루어진 결합! 파리다에게 감사를 표한 환자들의 편지, 숨이 넘어가는 순간에 파리다에게 도움을 받은 사람들의 편지도 많이 있다. 그 편지의 행간에는 연모의 정이 넘치고 있다. 나는 질투심을 느낀다. 내가 내 스승의 위대함을 아직까지 모르고 있었다 하더라도 그 편지만 보고도 스승의 위대함을 충분히 알 수 있을 것 같다. 나는 편지를 통해 알 수 있다. 내가 스승을 만난 것이 행운인 것을. 그래서 요 며칠 스승의 부재로 인한 상실의 고통이 더 크게 느껴진다.

그녀의 부재! 왜 떠난 것일까? 어디로? 무슨 일로? 나는 끊임없이 자문해본다. 나는 강박관념에 시달리다 못해 어젯밤에는 꿈까지 꿨다. 파리다가 집으로 나를 찾아왔다. 나는 튜닉과 스타킹 차림으로 무릎을 꿇고 집으로 들어오는 그녀를 맞았다. 그러나 그녀는 나를 쳐다보지도 않고 복도를 걸어 나갔다. 파리다는 거실로 갔다. 나는 그녀를 좇아갔다. 거실에 어머니가 있었다. 어머니는 파리다가 도착한 것을 보고 의자에서 일어나 파리다를 포옹했다. 나는 어리벙벙한 채 두 여자를 쳐다보았다. 하지만 두 여자는 아랑곳 않고 아주 커다란 홀로 변한 거실에서 춤을 추기 시작했다. 나는 문가에 서 있었다. 음악 소리는 들리지 않았다. 그러나 나는 확실히 알 수 있었다. 시벨리우스의 〈슬픈 왈츠〉가 흐르고 있었다. 1934년 마드리드 도서전시회에서 자주 연주한 곡이었다. 두 여자는 돌고 또 돌았다. 놀란 가슴이 진정되었다. 나는 두 여자를 보고 즐거워했다. 두 여자는 하나의 팽이가 되어 빠르게 돌아갔다. 두 몸이 하나로 합쳐져 춤을 추고 있었던 것이다. 아빠가 몸담았던 수피교 승려들이 '네이' 라는 피리 소리에 맞춰 춤을 추듯 돌도 또 돌았다……. 마침내 춤을 추던 여자가 동작을 멈추고 나를 쳐다보았다. 파리다였다. 파리다가 내게 알 수 없는 말을 했다. 그 순간 나는 잠에서 깨어났다. 엄마의 목소리를 들은 것 같았는데…….

내가 탈의실에서 실수로 그녀의 벌거벗은 모습을 보았을 때 무슨 일이 벌어졌단 말인가? 왜 '자기 자신을 추슬러야 한단' 말인가? '오래 전에 뛰어넘었다고 생각했었는데' 라는 말은 또 무슨 의미인가? 그녀에게도 역시 아빠와 마찬가지로, 어머니와 마찬가지로, 어두운 과거가 있는 것이다. 그게 뭐든 무슨 상관이야! 나는 아무것도 알고 싶지 않다. 우리는 지금 여기 살고 있는 것이다. 내게도 어두운 과거가 있다. 실패, 충돌, 나는 내 평생을 천성을 거스르며 살아왔다. 그녀는 내게 다시 시작할 수 있다고 했다. 아직 시간이 있다고 했다. 누구나 다 마찬가지 아닌가! 그녀도 마찬가지다. 대체 어디서 뭘 하는 거지? 돌아오기는 하는 거야? 네 마음에 귀를 기울여봐! 입소테라피를 네 자신에게도 적용시켜보란 말이야! 날 버리지 마! 나는 그녀의 말 한마디로 위로를 삼는다. '내가 널 내가 원하는 모습으로 돌려놓을 때.' 나는 그 말을 똑똑히 기억하고 있다. 돌아와, 돌아와서 내 모습을 돌려놔!

아라비아 식으로 꾸며진 방에 오면 그녀가 더 가깝게 느껴진다. 그녀의 천막에 들어와 있는 기분이다. 나는 양탄자 위에 눕는다. 그녀의 양탄자와 같은 냄새가 나지만 그녀의 체취는 느낄 수 없다. 이곳은 내가 그녀를 처음으로 만난 곳이다. 그녀가 내 유일한 존재 이유가 될 것이라는 사실을 그때는 상상할 수조차 없었다. 그때처럼 어린아이가 된 기분이다. 시간이 거꾸로 흐르고 있다는 사실을 강하게 느낄 수 있다. 나는 그녀의 요구에 따라 스타킹과 튜닉을 걸치고 새로운 길로 접어들었던 것이다. 어젯밤 나는 이 양탄자 위에서 비몽사몽간을 헤매었다. 약간 거친 양모가 벌거벗은 팔을 스치자 그녀에게 뭔가를 바치는 듯 한……. 여기서 잠을 자서 그런 희한한 꿈을 꾼 것일까? 양모가 스칠 때 피의 율법에 따라 산 채로 사람 가죽을 벗겼다는 그녀의 할아버지가 생각나긴 했는데……. 그래, 원한다면 내 가죽을 벗겨도 좋아. 내 가죽도 네 것이니까. 네 품안에서 나는 다시 태어났어. 너는 그 상징적인 성수반에서 세례식을 베풀며 내게 새로운 이름을 부여했어. 그 세례식은 교회에서처럼 허상을 위한 것이 아니라 육체의 영혼을 위한 것이었어. 어쨌든 지금 내 심정은 너의 부재로 인한 고통과 불안으로 산 채로 가죽이 벗겨지는 기분이야. 네가 돌아올 것이라는 것은 알아. 하지만 진짜 돌아오는 거야? 너는 너무나 높은 곳에 있고 나는 너무나 낮은 곳에 있는데, 무슨 수로 불안감을 떨쳐버릴 수 있겠어?

혹시 나를 의심하는 거야? 실망시킬 것 같아서? 그래, 그것도 두려워. 그러나 그럴 리가 없어. 나는 굴복했어. 내 모든 것을 바쳤어. 그걸 모른단 말이야? 나는 복종했어. 나는 네 손에 입을 맞췄어. 네 손안에서 나를 비웠어. 내 물건도 내 뜻대로 되지 않아. 네 뜻대로 움직이지. 너는 내 물건을 마음대로 가지고 놀았어. 물리쳤다 꼬드겼다. 너의 전권을 확인했잖아. 그래, 나 역시 한량없이 기뻤어. 네 손아귀에서 오르가슴을 느꼈고, 내 영혼이 터져 나왔지. 그리고 내 영혼이 비운 자리를 네가 차지했어. 너는 나를 충만하게 채웠어.

네가 돌아올 때까지 나는 고통에서 헤어나지 못해. 고통을 조금 누그러뜨릴 순 있지만 완전히 없애지는 못해. 너를 위해 무슨 일을 할 수 있을까 생각하면서 내 마음을 달래지. 그래, 네 말처럼 네가 원하는 모양으로 나를 만들어 가는 거지. 너에게로 다가가는 거야. 이 어쩔 수 없는 남자의 몸을 너를 기쁘게 할 수 있는 도구로, 내 여성성의 진수가 담긴 성궤로 만들어 가는 거야. 계속해서 털을 뽑고, 네가 지정해준 옷차림으로 계속해서 여성적인 감수성을 키워나가는 거야. 걸음새도 조심하고, 자세도 추스르고, 행동도 자제하고……. 내게 용기를 북돋아준 사건이 하나 있었다. 환자를 맞는 안내양이 결근을 하는 바람에 나는 유니폼을 입고 클리닉 입구 탁자에 안내양을 대신해 앉아 있었다. 중년에 잘 생긴 환자 한 사람이 걱정스런 표정으로 안으로 들어왔다. 그 남자는 나를 보고 기운을 차리는 것 같았다. 남자는 인적사항을 밝히면서 내 이름을 물었다. 내게 수작을 붙이는 것 같았다. 나는 선반에서 서류를 꺼내기 위해 자리에서 일어났다. 나는 남자가 나를 머리끝에서 발끝까지 훑어보고 있다는 것을 알 수 있었다. 스타킹과 치마를 거쳐 풀 먹인 캡까지.

나는 서류를 잠깐 찾다가 얼굴이 벌겋게 달아오르는 바람에 뒤돌아서고 말았다……. 파리다가 돌아오면 이렇게 발전한 내 모습을 자랑삼아 보여줄 수 있을까?

나는 침대에서 잠을 자다가 꿈에서 깨어난다. 눈을 뜬다. 엷은 자줏빛이 눈으로 들어온다. 요즘에는 주로 이런 빛이다……. 아이 깜짝이야! 내 여신이 내 앞에 앉아 부채질을 하고 있다. 아빠의 피아노 위에 놓인 샌들 옆에서 부채를 찾아낸 모양이다. 나는 침대에서 몸을 일으켜 무슨 일로 왔느냐고 묻는다.

"나를 보고 싶어 한 사람은 바로 너야." 여신은 부채를 접어 탁자 위에 내려놓으면 미소 짓는다.

옳은 말이다. 여신은 나를 찾아오고 말고 할 것도 없다. 항상 내 생각 안에 존재하니까. 여신에게서 위로를 얻고 싶었단 말인가. 파리다가 무슨 짓을 하고 다니는지 알고 싶었단 말인가. 아니면 그녀가 언제 돌아올지 알고 싶었단 말인가. 나는 여신에게 외롭다고, 불안하다고 하소연한다.

"이해해. 그래도 내가 보기에는 분명한 것 같은데. 너의 기도 소리를 들었어. 너는 '저희를 위하여 기도 하소서' 라고 기도하는 대신 '당신을 찬양합니다, 부인' 이라고 기도했지 아마. 너는 조금도 의심하지 않았어."

"그래요, 나는 의심하지 않아요, 오히려……. 하지만 아주 많은 일들이 있었어요. 다 알잖아요."

"그럼. 그녀가 화를 낸 것도, 네가 매달린 것도, 그리고 지금 네가 버려졌다는 것도. 하지만 다 나쁜 건 아냐. 서류 작업을 재미있어 하잖아."

"재미있어요. 그녀와 그녀의 과학적인 생각을 더욱 존경하게도 되었고……. 하지만 그런 것은 내 삶과는 하등 상관이 없어요."

"너의 삶이라! 꽤나 멀리도 돌아왔군. 그녀는 네가 열세 살 때 약속의 땅을 보여주었어. 하지만 그 당시 너는 그곳으로 달려갈 수 없었어. 그냥 약속만 받은 거지. 그때부터 모든 것이 네 진실로부터 멀어져가기 시작했어. 이곳 아푸에라스에서 그녀를 다시 만나기까지, 이곳에서 파리다와 함께 너의 본모습을 찾아내기까지. 파리다는 네게 미리암이라는 잘 어울리는 이름도 지어주었어."

"당신은 내가 레즈비언이었다는 사실을 처음부터 알고 있었군요?"

"어떻게 모를 수 있겠어? 처음부터 알고 있었지. 그리고 너는 복종적인 스타일이야. 어린 시절 삶이 너를 그렇게 만든 거야."

"아빠를 탓하지 말아요. 나는 아빠 얘기를 듣고 아빠를 이해할 수 있었어요. 그리고 더욱더 사랑하게도 되었고. 어머니도 그래요. 어머니도 나를 끔찍이 사랑했어요. 파리다만큼."

"그녀 밑에서, 그녀에게 봉사하며……. 파리다에게 굴복한 애인이라, 그게 네가 바라는 거야?"

"내 모든 걸 다 바쳐서……. 하지만, 봐요, 날 버렸잖아요. 또 뭘 원하는 걸까요? 나도 모르는 사이에 날 완전히 사로잡았으면서. 팰리스 호텔 방에서 옆이 벌어진 카프탄으로 철부지 어린 아이의 혼을 쏙 빼놨잖아요! 그녀의 천막에서도 마찬가지였어요. 나는 그때처럼 정신을 차릴 수 없었어요. 그녀에 대한 갈증. 나는 그녀의 몸에서 시선을 뗄 수 없었어요. 나는 내 자유를, 내 의지를, 내 욕망을 모두 바치고 싶었어요……. 술집에서 만났을 때도 그랬고. 그 매혹적인 발목에 박힌 내 시선을 의식하지 못했단 말인가요? 그녀는 내 삶의 시작이며 끝이에요. 내 유일한 희망이죠. 나는 그녀가 나를 그녀와 닮은 모습으로, 그녀와 같은 모습으로 만들어주길 바란단 말이에요. 나는 그녀에게 나를 바쳤어요. 손아귀에 넣고 진흙처럼 마음대로 주무르라고……. 시간이 있을까요?"

"전에도 얘기했잖아. 이곳에서는 시간이 중요하지 않다고."

"그렇다면, 그렇게 되고 말겠어요. 아빠가 그랬던 것처럼. 나는 파리다의 후궁이 될 거예요. 그녀가 천막에서 내게 요구했어요. 그녀의 서류에서 본 이야기보다 훨씬 복잡하고 훨씬 재미있고 훨씬 어려운 이야기를 지어내 그녀에게 들려줄 거예요. 아빠의 경우도 한 가지 예가 되겠죠. 나와는 경우가 좀 다르지만. 아빠는 남자들을 좋아했거든요. 이 점만 제외한다면 나는 어머니보다 아빠를 더 많이 닮았어요. 이제 파리다가 날 돕고 있어요. 비록 그녀의 경지까지는 이르지 못한다 할지라도, 그녀 앞에 무릎을 꿇을 수 있는 정도까지는……. 맞아! 이제 생각났어! 내 꿈은 당신의 작품이었어! 마지막으로 꾼 꿈. 〈슬픈 왈츠〉가 흐르던 꿈 말이야."

"무슨 말을 하는지 모르겠네."

나는 여신을 미심쩍게 바라본다. 그녀의 목소리가 이상하게 변한다. 여신이 입을 연다.

"사실 말이야, 네 정신 속에 들어 있는 존재는 나 혼자가 아냐. 하긴 내가 가장 높은 곳을 차지하고 있기는 해. 하지만 네 정신 속에는 네가 모르는 존재들이 많이 들어가 있어. 내가 나타나기 전까지 넌 내 존재도 모르고 있었잖아……. 자, 자. 내 존재를 의심하지 마. 나는 널 무척 사랑해. 사람들이 가르쳐준 그 신보다 오히려 내가 널 더욱더 사랑해."

웃음이 나온다. 의심이 사라진다.

"그래요, 그건 그렇고……. 내가 그녀를 찬양하는 것만으로는 부족해요. 말해줘요. 그녀가 날 사랑하는지. 아니면, 적어도 앞으로 날 사랑하기는 하겠죠?"

"나는 그녀의 정신 속에 들어가 보지 못했어. 그녀의 태도를 보면 알 수 있지 않을까?"

"어느 날 갑자기 나를 내팽개쳤어요."

"그 전에는?"

"갈피를 잡을 수 없었어요. 다정스럽게 대하다가도 느닷없이 뿌리치고, 부당한 이유로 욕을 하고……. 그녀를 위해 두근거리는 가슴으로 꽃을 꺾었는데, 그걸 차갑게 내치는 거예요. 방마다 꽃으로 장식해 놓고는……. 그녀가 직접 자기 팬티를 내게 입혀주기도 했어요. 아주 우아한 팬티였어요. 그러고는 거울 앞에서 날 가지고 놀았어요. 내 성기를 마음대로 주물럭거리면서 사정을 하게 만들었어요. 암소에서 젖을 짜 듯 말이죠. 나는 그저 고장난 수도꼭지처럼……. 나를 완전히 무시했어요."

"정말? 나는 네가 즐겼던 것으로 기억하는데. 다리를 후들후들 떨었지. 나도 그곳에 있었어. 잊지 마."

그랬다. 내 여신이 지켜보고 있었다는 사실을 깜박 잊고 있었다. 무안해서 얼굴이 화끈 달아오른다.

내 여신이 나를 차갑게 노려본다.

"부끄러워? 부끄러워하는 것도 자랑스러워해야지! 그녀를 위해 당하는 수치니까. 복종하는 스타일이라면서? 도대체 어느 정도야? 어중간? 말도 안 돼!"

망연자실. 여신의 말이 옳다. 여신이 말을 잇는다.

"아직도 네겐 편견이 많이 남아 있어. 편견을 버려야 해. 너를 수치스럽게 만든 것을 감사히 여겨야지. 그렇게 해야 너를 차지할 수 있잖아. 그렇게 하면서 서로를 나누는 거야. 그녀의 손길에, 그녀의 의지에 놀아난다고 해도, 그래서 꼴사납게 된다고 해도 자부심을 가져야지. 그녀를 찬양하기 위해서는 소위 비천함에 빠지는 일도 감수해야 하는 거야. 비천하게 살아. 그래야 이 심연에서 벗어날 수 있어. 비천하게 될수록 더 낮은 곳을 찾도록 해야지. 더 무시당하도록 노력해야지. 신비주의자들을 보고 배워. 그들은 상상의 제단 앞에서 몸을 굽힐지라도 지고의 사랑을 누리며 사는 사람들이야. 많은 이들이 세상 사람들이 보기에 가장 비천한 처지로 떨어지려고 노력해. 낮아질수록 더 강한 확신을 가지게 되니까. 자신이 찬양하는 대상을 더욱더 헌신적으로 섬길 수 있게 되니까. 이게 바로 완전한 헌신이라는 거야. 넌 아직 멀었어. 신을 향한 헌신보다 더 완전한 헌신이 필요해. 나는 알아. 너는 나보다 그녀에게 더 헌신해야해. 알겠지만, 난 기분 나쁘지 않아. 나는 너를 너 자신으로 만들어주기 위해 노력하는 중이니까."

"당신보다 그녀에게 더 헌신하지는 않겠어요. 장담해요."

"사실을 외면하지 마. 나는 파리다를 존경해. 내 자리는 네 속에 있어. 나는 네 영혼이야. 하지만 그녀는 너의 숨결을 지배하는, 너의 몸을 지배하는, 너의 피를 지배하는 주인이야."

루이사 이모의 마지막 순간이 순식간에 생생하게 떠오른다.

겸손하지만 당당한, 비웃음을 당하지만 행복한.

"그렇지." 여신이 내 생각을 확인해준다. "네 루이사 이모와 마찬가지야. 복종 끝에 얻는 행복보다 더 큰 행복은 없어."

나는 잠시 입을 다물고 저 거역할 수 없는 여신의 말을 곰곰이 생각하며 기억에 새긴다. 생각의 끝을 더듬다보니 무서운 공허감이 나를 엄습한다. 지금 이 순간, 고독으로 인한 고통이 나를 전율케 한다.

"만일 내 스승이 나를 굴복시키는 일에 관심이 없다면 어쩌죠? 나를 자신의 장난감으로 여기지 않는다면? 그런 일이 가능할까……?"

나를 차마 말을 끝낼 수 없다. 여신이 미소짓는다.

"가능? 이곳 아푸에라스에서는 가능성은 중요하지 않아. 사실이 중요하지. 다른 곳에서는 불가능한 일들도 이곳에서는 가능해. 이곳에서는 필연적인 일만 발생해. 항상 그래. 이곳에서는 쓸데없는 일은 벌어지지 않아……. 대체적으로 그래. 그동안 네게 무슨 일이 일어났는지 확인시켜줄 필요가 있을까? 네가 중요하지 않았다면 왜 네게 세례를 베풀고 새 이름을 부여했겠어? 이곳에서는 잠겨 있던 카프탄의 지퍼가 왜 유독 천막에서만 벌어졌겠어?"

"그럼, 내가 열세 살 때에도 그녀가 일부러 다리를 보여주었다는 거예요?" 나는 의심스럽다. 하지만 사실이기를 바란다.

"아냐. 그때는 그저 장난이었을 거야. 일종의 성추행이었다고나 할까. 지금은 달라. 너희 두 여자가 지금까지 어떻게 지내왔는지 생각해봐. 그녀는 자신이 원해왔던 무언가를 네 안에서 발견했어. 우리도 다 알고 있는 거야. 복종적이지만 적극적으로 주인을 섬기는 레즈비언 애인을 말이지. 궁수(弓手)들이 마구 쏴대는 화살보다 더 섬세하고 더 육감적인 화살을 기다리는 산 세바스티안을. 너는 그녀의 '영양의 심장' 이야. 너는 그녀를 기쁘게 해주기 위해 존재하는 거야. 어때, 이런 표현을 들은 적이 있지?"

여신은 모든 것을 알고 있다.

"그럼 난 어떻게 해요?"

"도대체 얼마나 더 설명을 해야 알아듣겠어? 너는 지금 그렇게 살기를 원하고 있어! 네 본연의 모습으로 살기를 원하고 있단 말이야! 너는 네 모든 것을 바치게 될 거야. 나는 너보다 너에 대해 잘 알고 있어. 너는 인간의 삶을 획기적으로 진보시킨 선구자가 될 거야. 너는 미지의 세계를 개척해나간 사람들, 너보다 앞서간 모든 사람들이 느꼈던 희열을 느끼게 될 거야. 바로 미래의 섹스를 말이야."

나는 영문을 모른 채 여신을 바라본다.

"분명해. 다양한 성 유형을 제시한 그 도표를 기억해보란 말이야. 오늘날 교조적인 도덕률은 매일매일 심각한 도전을 받고 있어. 강요한다고 되는 일이 아니야. 사회는 교조적인 도덕률을 무시해. 오늘날 세계는 너나 그녀 같은 아웃사이더들에 의해 발전해나가고 있어."

"그녀와 같은……. 그녀의 과거는 어땠는데요? 오래 전에 뛰어넘었다고 생각했었다던데, 그건 또 무슨 얘기죠? 알고 있죠? 그렇죠?"

"나도 네가 아는 것 이상은 알 수 없어. 하지만, 네게 행한 시험 등 여러 가지 사실을 바탕으로 어느 정도 추측은 가능하겠지……. 한 가지는 말해줄 수 있어. 그녀는 너만큼이나 외로워. 그녀에게는 너를 대신할 사람이 아무도 없어."

이건 또 무슨 말인가! 이건 또 어떻게 알아냈단 말인가? 그야말로 내가 간절히 원하는 바가 아니란 말인가?

"그녀는 외롭지 않아요! 내가 있잖아요!" 나는 항의한다. "그래요, 나는 아무것도 아네요. 그래도 이젠 알아요. 애증이 무엇인지를. 진짜예요. 언젠가 당신이 묘사한 것처럼, 나는 삶의 불꽃이에요……. 예전에는 전혀 몰랐어요. 나는 단지 어머니에게 의지하려고만 들었어요. 그런데 거부만 당했어요."

"어머니를 탓하지 마. 어머니는 널 사랑했어. 어머니의 사랑은 진정이었어."

"그래요. 하지만 어머니의 사랑은 막무가내였어요. 어머니는 나와는 상관없는 사내아이를 원했어요. 나를 불구로 만들었어요. 중국여자들처럼 내게 전족을 채웠어요. 그래서 나는 평생을 절름발이로 살아야했어요……. 사람들을 대하는 내 태도는 위선적일 수밖에 없었어요. 나는 남자애인 역할을, 남편 역할을, 남자친구 역할을, 남자직원 역할을 억지로 떠맡아야 했어요……. 그건 내 삶이 아니었어요. 나는 그런 남자 역할도 싫었고 그런 남자 직업도 싫었어요. 나는 그저 시늉만 하면서 살았던 거예요……. 이제 나는 내 진짜 삶을 살고 있어요. 하지만, 샘이 바로 눈앞에 있는데도 나는 타는 목마름으로 죽어가고 있어요. 파리다가 나를 내팽개쳤단 말이죠!"

목소리가 갈라지면서 오열이 터져 나온다. 여신은 측은한 표정으로 나를 바라본다.

"그럼 그녀는? 너 자신이 그녀를 내팽개쳤다는 생각은 해보지도 않은 거야? 물론, 어쩔 수 없이, 돌발적으로 그렇게 된 거겠지만. 문득 틀렸다는 생각이 드네. 너는 그녀의 희망을 깨버렸어……. 이런 생각은 해보지 못했어? 너는 그녀를 철저하게 배반했어. 그녀는 너무 슬퍼서 네 곁을 떠난 거야. 그녀의 슬픔 때문에 자칫 네가 피해를 입을까봐."

이해가 가지 않는다. 그래도 뭔가를 알 것 같다. 나는 그녀가 외로우리라는 생각은 전혀 해보지 못했다. 어떤 결과로 끝날지 두렵다.

"그렇다면, 도움을 얻기 위해, 위로를 얻기 위해 누군가를 찾아갔단 말인가요? 이제 다시 돌아오지 않을까요?" 나는 한바탕 눈물을 쏟아내며 소리친다. 알 수 없다.

"바보같이 굴지마, 억지부리지마. 사실을 직시해."

"사실은 무슨 놈의 사실! 그녀는 떠났는데! 날 내팽개쳤는데!"

"그녀의 마지막 말을 벌써 잊은 거야?" 여신은 결말을 내리듯 천천히 덧붙인다. "'엉덩이를 번쩍 치켜들고.'"

나는 일을 해야만 어느 정도 고통을 달랠 수 있다. 만일 그렇지 않다면 다시는 클리닉을 찾아가지 않을 것이다. 그녀가 없는 클리닉은 너무나 허전하기 때문이다. 나는 의심과 두려움에 시달리며 밤을 하얗게 지새운다. 자리에서 일어나면 클리닉으로 어서 달려가기 위해 서둘러 몸치장을 한다. 어서 빨리 가서 그녀를 생각해보고 싶기 때문이다. 나는 아라비아 식으로 꾸며진 방에서 그녀를 생각하며 하루 온종일을 보내보기도 했다. 베틀의 북처럼 종일 복도를 오가기도 했고, 제단으로 꾸며진 아버지의 피아노 앞에서 명상에 잠기기도 했다. 그래도 소용없었다. 나는 일을 해야만 한다. 일거리가 나를 유혹한다. 일을 해야만 앞으로 나아갈 수 있고, 그녀가 원하는 내 모습을 완성시켜나갈 수 있기 때문이다. 나는 오감(五感)을 총동원하여 조심스럽게 행동한다. 나는 이제 내가 완벽한 여자라는 것을 느낄 수 있다. 나는 정성을 다해 몸을 치장한다. 클리닉에 가서 일을 하며 손님들을 맞다보면 어느 정도 슬픔을 달랠 수 있다. 다양한 종류의 사람들을 대하다보면 외로움을 잊을 수 있는 것이다. 괴짜도 있고 흥미로운 사람도 있다. 처음으로 찾아오는 사람들은 의심을 가득 품고 몸을 사린다. 음욕에 불타는 남자들의 시선이 나를 신나게 만든다. 그들의 시선은 내 다리로부터 시작해 내 몸을 훑고 풀 먹인 캡에까지 이른다. 남자임이 들통 나지 않을까 걱정이 되기도 하지만 새로운 모습으로 남자들의 시선을 끌고 있다는 것에서 자부심을 느낀다. 오늘은 이런 일도 있었다. 며칠 전에 찾아와 나를 꼼꼼하게 살펴보았던 남자가 오늘 다시 찾아왔다. 그 남자는 내게 말을 걸려고 했지만 나는 될 수 있는 한 간단하게 말을 잘라버렸다. 그 와중에도 나는 희망을 엿볼 수 있었다. 남자가 스스럼없는 태도로 다른 사람들과 인사를 나누었던 것이다. 나는 그 남자를 통해 입소테라피의 효력을 확인할 수 있었다. 나는 생각해보았다. 저 남자도 전족을 풀고 감옥에서 해방되었다. 그렇다면 나도 자유의 몸이 되어 내 스승의 손을 잡고 활기차게 걸어갈 수 있을 것이다.

진료 시간이 끝나갈 무렵이다. 대기실 앞을 지나다 보니 환자 한 사람이 아직까지 남아 있다. 내게 말을 붙이려다 실패한 환자다. 이상한 일이다. 예약 시간이 훨씬 지났는데 도대체 무슨 이유로 이 시간까지 남아 있단 말인가. 아직까지 치료를 받지 못했단 말인가. 내가 사람을 잘못 보았을 리가 없다. 멋쟁이 차림에 집게 안경을 쓰고 있어 여러 환자들 중에서도 유독 돋보이는 환자인 것이다. 내가 대기실을 그냥 지나치려하자 그 남자가 문가로 나와 길을 가로막는다. 나는 도와줄 일이 있느냐고 묻지만 남자는 대답도 안하고 나를 뚫어지게 바라만 보고 있다. 표정이 이상하게 변한다. 나는 남자가 발작이라도 일으키지 않을까 두렵다. 내가 간호사를 부르려고 몸을 돌리는 순간 남자가 내 손목을 잡고 소파로 끌고 간다. 남자는 소파에 앉아 내게 자기 옆에 앉으라고 청한다.

"아가씨, 도와주시오……. 아무 일도 아닙니다. 놀라지 말아요. 난 괜찮습니다……. 아가씨가 너무나 매력적이어서……. 참을 수가 없어서, 참을 수가……. 여기 온 첫날부터……."

"무슨 말씀이세요?" 나는 손목을 빼내며 남자의 말을 막는다. 하지만 남자는 두 손으로 내 발목을 하나씩 잡고, 치마 밑으로 손을 집어넣어, 스타킹을 더듬고, 내 허벅지를 더듬고, 급기야 내 팬티까지…….

나는 손으로 남자의 손을 막는다. 나는 저항한다. 나는 반항한다. 남자는 나를 진정시키기 위해 무슨 말인가를 두런거리지만 오히려 나는 점점 더 겁에 질린다. 남자가 불쑥 몸을 세우고 일어나 나를 뒤로 밀친다. 나는 소파 위로 벌렁 넘어진다. 남자는 한 쪽 무릎으로 내 온몸을 받친다. 어디서 그런 힘이 나오는지 알 수 없다. 남자가 내 치마를 걷어 올린다. 나는 비명을 질러대며 몸부림친다. 내 비명 소리가 들렸는지 여의사 하나가 소리치며 달려온다. 그러자 남자가 손길을 멈춘다.

"루시오 씨! 이게 무슨 짓이에요? 어떻게 감히 이럴 수가 있어요?"

남자는 무릎을 꿇고 용서를 빈다. 나는 소파에서 일어나 흐트러진 옷매무새를 추스른다.

"죄송합니다! 난 돼지 같은 놈입니다. 박사님, 나를 때려주십시오. 그래도 마땅한 놈입니다."

여의사가 차갑게 비웃는다.

"꿈도 꾸지 마세요! 그걸 바란 거군요! 당신은 그럴 자격도 없어요. 당장 여기서 나가세요. 원장님께 보고하겠어요. 나가기 전에 먼저 무릎 꿇고 미리암 양에게 용서를 구하세요."

남자가 복종한다. 남자는 울먹이며 채찍질을 해달라고 애원하지만 내 비명 소리를 듣고 달려온 간호사가 남자를 데리고 나간다. 여의사는 내게 마조히스트들이 사용하는 술책에 대해 설명한다. 그 남자는 고질적으로 정신 착란에 시달리는 환자라고 한다.

여의사가 나를 위로한다.

"그 남자는 네가 어떤 사람인지 눈치 채지 못했어. 자, 미리암, 아무 일도 아냐. 여기서는 이상한 일이 벌어지곤 해……. 놀란 모양이네, 그럴 만도 하지……. 자, 식당으로 올라가서 커피나 한 잔 마셔. 아니, 커피에 술을 한 모금 타서 뜨겁게 한 잔 마시는 게 더 낫겠어. 그리고, 원한다면 오늘은 그냥 돌아가도 좋아. 집에 가서 쉬어. 이런 일에 곧 익숙해질 거야."

나는 그녀에게 감사를 표하고 클리닉 구역에서 나와 주거 구역으로 간다. 안쪽 계단에 이르렀을 때 작은 철문이 눈에 띈다. 사막으로, 천막으로 통하는 탈출구다. 나는 그 철문 쪽으로 달려가 철문을 쓰다듬는다. 내 몸이 천천히 허물어진다. 나는 철문에 등을 기대고 바닥에 주저앉는다. 예루살렘에서 신도들이 통곡의 벽 앞에 앉아 스스로를 위로하는 장면이 생각난다. 탄식과 기도를 통해 자기 자신을 추스르는 사람들……. 그래, 내 스승도, 내 여신도 떠나는 이유를 설명하면서 '자신을 추슬러야 한다'고 했다.

그렇다. 나는 내 자신을 추스른다. 나는 다시 용기를 낸다. 나는 그 사건을 통해 깨달음을 얻는다. 그렇다. 아무리 예기치 못했던 상황이 닥치더라도 그렇게 놀라면 안 되는 것이다. 일이 꼬이더라도 내 지금 상황에 비추어 해석해보아야 하는 것이다. 그 남자에게는 일종의 술책이었을지 몰라도 내게는 아주 중요한 순간이었다. 나는 내 외모로 남자를 흥분시켰던 것이다. 그 남자의 눈에 내가 여자로 보였던 것이다. 그리고 더욱 중요한 점은 내가 본능적으로 내 여성적인 젠더에 합당하게 대응했다는 것이다. 나는 내 자신을 길들이기 위해 여자 옷을 입는다. 그래서 그 여자 옷으로 남자를 속였다. 이건 중요하지 않다. 중요한 것은 내가 위급한 상황에서도 여자처럼 행동했다는 점이다. 스승은 이 사실을 알고 자부심을 느낄 것이다. 자신의 교육성과에 만족해할 것이다. 내 젠더는 내 마음 속 깊은 곳에서부터 나를 지배하고 있다. 나는 파리다를 향해, 내 본연의 모습을 향해 한 발 더 다가선 것이다.

그러나 이 모든 것도 내가 더 크게 깨달은 것과 비교하면 아무것도 아니다. 내가 느닷없이 불쑥 나타나 벌거벗은 그녀를 보았을 때 그녀가 얼마나 상심했을지 나는 이제 이해할 수 있다. 놀라서 휘둥그레진 그녀의 눈. 나는 그녀의 마음뿐만 아니라 내 마음도 갈가리 찢어놓았다. 나는 그녀가 왜 그리 화를 냈는지 이제 이해한다. 의도적인 것은 아니었지만 내 행동은 그녀가 내게 갖고 있던 신뢰를 무참하게 깨트린 것이었다. 나는 아까 그 남자와 전혀 다를 것 없는 당돌한 짓을 저질렀던 것이다. 나는 실패했다. 나는 그녀의 비밀을 침범했다. 그녀의 신뢰를 깨트린 것이다. 이제 나는 그녀가 왜 내게 화를 냈는지, 왜 내게 그렇게나 모질게 굴었는지 그 이유를 이해한다. 그렇다고 모든 것을 이해한다는 말은 아니다. 그녀가 '뛰어넘었다고 생각한' 그녀의 과거를 나는 아직 모르기 때문이다. 틀림없이 무슨 일이 있다. 몰라도 좋다. 나는 지금 그녀의 상황을 하나하나 이해해가고 있다. 그것으로 충분하다.

그렇지만, 도대체 무슨 이유로 그녀는 내게 한 마디도 설명해주지 않았단 말인가? 왜 내 설명을 들으려고도 하지 않았단 말인가? 내게 화를 터트리며 나를 벌주었다면 마음을 가라앉힐 수 있었을 텐데, 왜 그러지 않았단 말인가? 그녀의 제자로 다시 돌아갈 수만 있다면 피가 터지도록 얻어맞아도 좋으련만! 추방당한 외톨이가 느끼는 이 고통, 차라리 백 번 천 번 벌을 받는 것이 나았을 텐데!

나는 차가운 철문을 손으로 쓸어본다. 그 얼음장처럼 차가운 철문에 이마를 기댄다. 이 문 너머에 그녀의 조국, 그녀의 왕국이 있다! 한 가지 생각이 슬그머니 떠올라 나를 위로한다. 나는 왜 파리다가 사내대장부라는 것들과 놈들의 전횡을 거부하는지 이해한다. 나는 그녀의 도움을 받아 사내놈들의 육신에서 벗어날 수 있었다. 이제 파리다와 나는 같은 조건으로 하나로 묶여진 것이다! 암컷이 수컷에게 끌리는 것이 정상이든 아니든 나는 더 이상 상관하지 않는다. 나는 내 자신을 여자로 느낀다. 나는 그녀와 마찬가지로 매력을 흠씬 발산하고 있다. 우리 두 사람은 이곳 아푸에라스에 살고 있다. 후궁으로 변한 내 아버지의 나팔 소리가 성벽을 무너뜨려 버린 곳, 각자의 삶이 자유롭게 펼쳐지는 곳.

파리다, 이런 생각을 지닌 채, 너와 얘기도 해보지 못하고 집으로 돌아갈 수는 없어. 그래, 너와 얘기하는 것은 불가능하겠지. 그냥 잠깐 쉬었다 갈게. 누구한테 허락을 받을 필요도 없어. 이렇게 이곳에서 남모르게 어슬렁거리기는 네가 떠난 후 처음이야. 지금 당장은 이 철문을 깨뜨리진 않을 거야. 이 철문이 나보다 훨씬 강하니까.

위층에는 이와 같은 장벽이 없다. 나는 일층으로 올라가 식당으로 간다. 나는 커피를 주문한다. 나는 커피를 마시고 나서도 건물을 벗어나지 않는다. 나는 사무실에 있는 문을 통해 파리다의 규방으로 들어간다. 책상 서랍에 열쇠가 있다는 것을 나는 알고 있다. 그 작은 방으로 들어가니 그리움이 사무치게 복받쳐 오른다. 나는 이 세계에 속해 있다. 이곳에서 그녀가 나를 지배한다. 나는 기억을 더듬는다. 나는 이전에 내가 앉았던 자리에 앉아 그녀가 앉았던 의자를 어루만진다. 나는 아름답게 꾸며진 주위를 둘러본다…….

하지만 이곳에서 발걸음을 멈출 수는 없다. 좀더 은밀한 장소가 또 있는 것이다. 그녀가 잠을 자고 꿈을 꿀 때 포근하게 그녀를 감싸주는 곳. 그녀도 가끔 내 꿈을 꿀까? 내가 미쳤지! 맞아, 나는 미친년이 틀림없어. 그녀의 침실은 규방과 나란히 붙어 있다. 나는 싱긋이 미소 짓는다. 내 그럴 줄 알았지. 화려한 거울이 달린 커다란 옷장이 있다. 나는 거울에 내 모습을 비쳐본다. 남자에게 당한 흔적이 고스란히 남아 있다. 아직도 안색이 창백하다. 눈이 번쩍 뜨인다. 옷장이 잠겨 있지 않은 것이다.

나는 지성소의 문을 열 듯 경건한 마음으로 옷장 문을 연다. 오색찬란한 세계가 눈앞에 펼쳐진다. 드레스, 치마, 앙상블, 블라우스, 바지. 카프탄도 두 벌이나 있다. 카프탄을 보자마자 눈물이 왈칵 쏟아진다……. 나는 그 무지갯빛 세계에 얼굴을 파묻는다. 나는 눈을 감고 내 주인의 모습을 그려본다. 나는 그녀의 옷가지를 가슴에 품고 그녀의 체취와 옷의 향수를 들이마신다. 마치 그녀의 품에 안긴 듯한……. 몸에서 기운이 빠져나간다.

그녀의 침실! 〈스웨덴 여인 크리스티나〉에 출연했던 그레타 가르보가 퍼뜩 떠오른다. 그레타 가르보는 남장을 하고 애인과 함께 밤을 보냈던 호텔 방에서 빠져나온다. 그녀는 문가에 기대어 방안을 한 번 살펴본 후에 사라진다. 그리고 다시는 돌아오지 않는다. 나는 그 반대다. 나는 여장을 하고 그 스웨덴 여왕처럼 문가에 서서 파리다가 밤을 보내는 방안 광경을 눈에 담는다. 옷장 밑에 파리다의 구두가 가지런히 놓여 있다. 내가 가진 샌들도 여기에 있었을 것이다. 나는 용기를 내서 옷장 서랍을 열어본다. 촉감이 부드럽고 색이 화려한 다양한 보물들. 액세서리, 장갑, 손수건, 벨트, 스타킹, 그리고 속옷. 나는 그녀의 속옷이 되어 그녀의 몸을 감쌀 수 있기를 얼마나 간절히 원했던가! 브로치, 귀고리, 팔찌 등이 담긴 상자. 괴상하게 생긴 카빌리아의 은붙이도 있다. 아버지가 연구한 타마체크어의 기호처럼 생긴 기하학 무늬가 새겨져 있다. 그 은붙이에는 같은 무늬가 새겨진 걸쇠가 달려 있다. 옛날 사람들이 두건이나 망토를 걸칠 때 반달 모양의 바늘을 그 걸쇠에 걸었던 모양이다. 기념품으로, 아니 성유물로 하나 가져가고 싶은 생각이 굴뚝같다. 피로 값을 치러야 하겠지. 하지만 피를 본다고 해도 그녀의 기분을 되돌릴 수는 없을 것이다.

떠나야 한다. 마음이 초조해진다. 나는 규방을 거쳐 사무실로 나간다. 사무실을 나가기 전, 나는 첫날 그랬던 것처럼 산 세바스티안의 그림 앞에서 발걸음을 멈춘다. 허벅지에 화살이 박힌 남자를 보니 걸쇠에 달려 있던 조그마한 창이 생각난다. 로마 사람들은 자기 자식들이 너무 이른 나이에 여자 노예들과 지나치게 자주 성행위를 하지 못하도록 종종 자식들의 성기에 족쇄를 채워놓았다고 한다. 내가 만약 완전히 굴복한다는 뜻을 전달하기 위해 성기에 족쇄를 찬 채 파리다 앞에 나타나면 어떻게 될까? 쓸데없는 생각. 그건 파리다의 스타일이 아니다. 그녀가 그런 걸 원할 리가 없다. 그렇지 않아도 나는 완전히 그녀의 것이다. 나는 보이지 않는 화살에 의해 그녀에게 사로잡혔다. 그 화살은 내 몸에 결코 아물지 않는 사랑의 상처를 남겼다.

그녀는 내게 이삼 주라고 말했다. 시간도 흐르지 않고 시계도 없는 이곳에서 대체 어느 정도의 기간을 말하는 것인가? 그 기간은 아직 채워지지 않았을 것이다. 하지만 나는 이 년 아니 삼 년이 넘도록 고통 속에서 살고 있다……. 더 이상 견딜 수 없다, 더 이상 견딜 수 없어! 더 늦어진다면 나는 사라지고 말 것이다. 악몽과 불면증으로 나는 점점 여위어간다. 내 몸이 약해진다. 힘이 떨어진다. 어제였던가, 나는 클리닉에서 그만 쓰러지고 말았다. 무슨 병이 있는 것도 아니었다. 클리닉 사람들은 나를 집에 데려다주며 편히 쉬라고 했다……. 쉬라니! 나를 놀리는 것인가! 마음이 이렇게 황량한데 어떻게 쉴 수 있단 말인가! 그래, 클리닉에 있을 때보다는 한결 낫다. 클리닉에서는 그녀의 체취를 맡으며 어느 정도 기분을 달랠 수 있었지만, 그녀의 부재로 나는 더 큰 고통을 받아야 했던 것이다. 나는 집에 있으면서 아라비아 식으로 꾸며진 방은 일부러 피한다. 모든 것이 그녀의 세계를 생각나게 하기 때문이다. 나는 내 침실-창을 통해 보이는 마당의 우물이 내 공허한 심정과 짝을 이룬다-이나 아버지의 서재에 틀어박혀 지낸다……. 거실에 들어가면 사진 속 어머니의 표정이 나를 가만두지 않는다. "어머니, 복수를 한 겁니까? 그때처럼 그녀를 내 삶에서 쫓아낸 건가요?" 나는 끝내 물어보았다. "서로가 통했잖아요! 두 사람이 서로 꼭 껴안고 한 몸이 되어 춤을 추는 것까지 봤는데! 두 사람은 하나였잖아요! 나는 누가 누군지 구별도 할 수 없었는데!" 나는 종종 생각해본다. 내 이성이 약해진 것일까? 내 진정한 삶을 회복하기 전에 정신이 돌아버리지는 않을까? 나는 현실과 환상을 혼동하기에 이른다. 정말 내가 어머니나 다른 가족을 만났단 말인가? 아버지의 말이 사실일까? 내 여신은? 그리고……, 그렇다면 그녀는? 아냐! 그녀는 진리야, 그녀는 진실이야! 끊임없이 내 몸을 태우는 이 불꽃이 어찌 가짜가 될 수 있단 말인가? 게다가, 이 샌들은, 발목에 걸린 발찌는, 부채는, 내 옷가지는……. 모든 것이 내 열정만큼 진짜인데…….

그리고 내 환멸도, 내 절망도 진짜다. 환멸과 절망이 나를 몰아세운다. 나는 움직이지도 않고 일도 하지 않는다. 완벽해지기도 싫다. 그녀가 돌아왔을 때 칭찬을 받기도 싫다. 그저 정신을 잃지 않도록, 허물어지지 않도록 노력할 뿐이다. 나는 아버지가 즐겨 읽었던 아랍의 신비주의자들에게서 도움을 구한다. 무아경에 이른 것을 자축하기 위해 쓴 글이 아닌 고난에 빠졌을 때의 고백을 찾아 읽는다. 버림을 받았을 때, 완전히 실패했을 때, 영혼이 어둠 속을 헤맬 때의 경험을 찾아 읽는다. 오늘도 나는 위안을 구하기 위해 책을 찾고 있다. 소흐라바르디가 '자줏빛 천사'에게 바친 글이다. 책장에서 책을 빼내자 아랍어로 씌어져 있는 조그마한 공책이 한 권 툭 떨어진다. 공책에 쓰인 글을 보니 마음이 변한다. 아버지의 글씨체를 금방 알아본 것이다.

테헤란에서 산 공책이 분명하다. 겉장에 장소와 날짜가 적혀 있다.

이제 나는 내 고통에 대해 생각하지 않는다. 나는 떨리는 손으로 왼쪽에서 오른쪽으로 겉장을 넘긴다. 별로 두껍지 않은 공책이다. 나는 첫 장을 읽는다.

'시인 루미의 장남은 아버지에 대한 전기를 썼다. 『입티바 나메흐』, 소위 『입문서』라는 책이다. 나도 그 책의 서두를 모방해 내가 새로운 존재로 거듭 태어난 것에 관하여 글을 남기고자 한다. 나는 글을 쓰고 싶은 충동이 일 때마다 글을 쓴다. 일정한 계획도 없고 시간상의 순서도 없다. 내가 받은 계시의 생생한 광경을, 내 몸의 긴장감과 나른함을, 내가 다시 태어난 어린아이로서 삶의 방식을 열심히 배워나간 과정을 글로 남기고 싶을 따름이다.'

나는 생각한다. 그래, 그 계시가 이제 아버지의 아들인 내게 나타난 것이다. 내가 이 글을 읽을 자격이 있을까? 못 볼 이유도 없다. 그렇다. 나는 이 공책을 반드시 읽어야 한다. 은근히 아버지에 대한 존경심이 솟아난다. 아버지는 이 공책을 이곳으로 가져왔다. 혼자서 몰래 읽어보기 위해……. 나는 더 이상 생각하지 않는다. 나는 과감하게 공책을 넘긴다. 공책에 적힌 내용을 이리저리 건너뛰며 읽어 내려간다.

'그가 자리를 비웠을 때에도, 실권자로서 사무를 보기 위해 나를 내 비둘기 집에 홀로 남겨놓았을 때에도, 나는 눈에 보이지 않는 그를 여전히 소유하고 있다. 나는 그의 모습을 그려보면서 그의 말, 행동, 애무, 포옹, 욕망, 밤일을 치를 때 내린 명령을 사무치는 심정으로 되새겨본다. 내 살을, 내 피부를, 내 감각을 파고들던 그의 몸을 내 몸은 생생하게 기억하고 있다. 그가 내 몸을 더듬으며 남긴 자국들. 입맞춤, 속삭임, 찌르는 듯한 아픔, 쓸림, 사나운 몸짓, 황홀경, 부드러움을 나는 지금도 느낄 수 있다. 내 몸은 망각에 맞서 싸운다. 갈기갈기 찢어진 몸뚱이에도 감각이 남아 있듯, 그의 손길은 내 몸에 깊은 상처로 남아 있다. 오, 자다르! 나는 이제 당신 손길에 길이 들었어요. 당신이 남긴 자국이 사라지면 나 역시 산산이 부서져버리겠지요. 당신은 나를 완전히 비우고 당신으로 가득 채워놓았어요.'

더 이상 읽을 수 없다. 눈물이 앞을 가린다. 아버지의 말은 내가 느끼는 고통을 나 자신보다 더 자세히 설명하고 있다. 하지만 내 고통은 아버지의 고통보다 훨씬 심하다. 나는 아직까지 아버지처럼 크나큰 쾌락을 경험해보지 못한 것이다. 파리다가 내 몸에 남긴 자국은 거의 없는 것과 다름없다. 하지만, 물에 빠져 절망에 허덕일 때는 지푸라기라도 잡는 법. 나는 눈물을 훔치고 다시 공책으로 돌아간다. 나는 문장을 여기저기 건너뛴다. 내게 필요한 부분을 아버지가 지적해주는 것만 같다. 자신의 후궁으로서의 경험을 내게 가르쳐주기 위해 나를 끌고 다니는 것만 같다. 그렇다. 울컥 질투심이 일기는 하지만 이 공책은 내 지침서가 될 것이다. 이 공책은 이 세상에 존재하는 처절한 고난을 이겨나가게 도와줄 것이다. 극히 처참한, 도저히 이길 수 없는, 전혀 예기치 못한 곳에서 불쑥불쑥 나타나는 그 고난을.

'정말 그랬다. 그는 나를 강제로 범하지 않았다. 그는 내 문을 억지로 열지 않았다. 나는 간절하게 원하고 있었다. 그때 그가 내 안으로 들어온 것이다. 나는 첫눈에 그에게 반하고 말았다. 수영장에서 본 그의 완벽한 나신(裸身)에 나는 넋을 잃었다. 나는 밤낮 없이 속절없이 애를 끓여야했다. 고통이 있었지만 그를 향한 애타는 마음이 그 고통을 지워버렸다. 그의 불타는 입맞춤이, 그의 대담한 목소리가, 그의 강한 혀가, 그의 섬세한 손가락이 그 고통을 가라앉혔다. 우리는 자연스럽게 하나가 되었다. 그의 파성추(破城鎚)가 내 몸을 파고드는 순간 우리는 하나가 되었다.

다음날 아침, 그는 내 거처를 비둘기 집으로 옮겨주었다. 정원 안쪽에 세워진 작은 탑이었다. 비둘기 집 옆에는 페르시아의 궁정에서 여인들이 거처하는 곳인 '안데룬' 이 있었다. "지금부터 영원토록 이곳을 영양의 비둘기 집이라고 부르겠어." 그는 나를 품에 안으며 말했다. 그 모습을 아미네가 지켜보고 있었다. 아미네는 아래층에 살면서 우리를 섬기는 여자 노예였다. 위층에는 밤의 향락을 위한 침실과 양탄자가 깔리고 방석이 널

린 작은 거실이 있었다. 가구는 보이지 않았다. 모든 것이 화려하면서도 수수했다. 집이라기보다는 둥지 같았다. 옥상에도 올라가 보았다. 별이 총총한 높은 하늘 밑에서 생각의 나래를 펼치기에 안성맞춤이었다. 내 스승은 내 손길이 미치지 못하는 지고의 경지에 도달해 있었다. 그의 말은 어둠의 심연을 밝혀주는 횃불이었다. 그의 말이 밝은 횃불이 되어 어둠을 파고드는 순간 모든 것이 환하게 밝아졌다.

나는 하프다. 그가 나를 연주한다. 나는 그가 나를 건드릴 때에야 잠에서 깨어나 목소리를 되찾는다. 그가 나를 품으면 나는 조용히 몸을 떤다. 내 뼈대와 줄이 바싹 긴장한다. 그가 내 몸을 끌어당기면 나는 그의 어깨에 살며시 기댄다. 그의 손가락이 하프 줄을 퉁기듯 내 머리칼을 퉁기면 나는 대답한다. 즐거울 땐 흥겹게, 외로울 땐 애절하게, 욕망이 넘칠 땐 격렬하게. 그가 내 몸을 간질이면 나는 신음 소리로, 발랄한 소리로, 흥겨운 소리로, 열띤 입맞춤으로 대답한다. 그가 힘차게 나를 울리면 나는 행복에 겨워한다. 그가 나를 타고 오르면 나는 활활 불타오른다.

두 개의 몸이 그렇게 완벽하게 하나가 될 수 있으리라고는 예전에는 생각도 해보지 못했다. 우리는 뱀처럼 서로의 몸을 휘감는다. 그의 피부가 내 피부를 덮는다. 요가로 단련된 유연한 그의 몸과 나긋나긋한 내 몸이 하나로 합쳐진다. 그는 내가 내 몸과 하나가 되는 방법을 가르쳐주었다. 이전까지만 해도 나는 내 몸을 모르고 있었다. 나는 내 몸을 부담스럽게 생각했고, 서투른 하인으로 여겼다. 그는 내게 내 몸을 다스리는 법을, 그에게 다스려지는 법을 가르쳐주었다. 그러니까 내가 내 삶을 만끽할 수 있는 방법을 가르쳐주었다. 그는 내게 말한다. "이렇게 해야 너는 내 안에서, 나는 네 안에서 살 수 있어." 나는 얼마나 다양한 쾌락을 맛보았던가! 이제 그는 자리에서 일어나 내게 등을 돌리고 옷을 벗는다. 그는 튜닉을 벗어 옷걸이에 건 다음 내게로 다가온다. 단단한 그의 엉덩이, 조각상 같다. 피렌체에 있는 다윗의 조각상.

해가 떨어진다. 자줏빛으로 물든 지평선. 초저녁. 이제 몸이 움직일 시간이다. 끓어오르는 욕망. 살며시 주고받는 손길. 잠깐씩 쉬어가며 달콤한 것으로 영양분을 섭취한다. 시라즈산 포도주. 이빨이 석류처럼 빨갛게 물든다. 피스타치오 열매, 멜론, 무화과 열매, 치즈, 우유, 꿀로 만든 과자……. 마침내 육신은 포만감에 젖어 잠이 들지만 정신은 살아 있다. 우리는 가파른 계단을 통해 옥상으로 올라간다. 옥상에도 양탄자가 깔려 있고 방석이 널려 있다. 정원에서 올라오는 향기와 속삭임이 우리를 감싼다. 나는 그곳에서 심오한 메시지를 듣는다. 그는 자신이 수피 교도-페르시아어로는 아레프라고 한다-라고 했다. 하지만 그는 탄트라 교도나 샤크티 교도에 가깝다. 그는 이슬람교에 대해서는 말을 많이 하지 않는다. 그는 이븐-아라비의 범신론적 일원론에 정통해 있다. 그는 루미가 노래한 것보다 더 강렬하게 절대자와 하나가 되기를 갈망한다. 그는 가상적인 신성한 창조주가 아니라 이 우주를 다스리는 전능자와, 이 지구를 움직이는 에너지와 하나가 되기를 갈망한다. 그의 목표는 인도 힌두교에서 시바의 아내로 등장하는 샤크티이다. 순수하고 원초적인 에너지……. 그는 자신이 알고 있는 신비주의자들에 대해 얘기를 들려준다. 그들의 사상을 하나하나 열정적으로 설명하고, 그들이 발한 빛을 하나로 묶어낸다. 특히 알레포의 순교자 소흐라바르드의 글은 줄줄이 외고 있다. 플라톤과 조로아스터의 영향이 그의 심오한 사상에 흔적을 남겼다고 그는 역설한다.

욕망은 순수한 육욕이다. 열정은 소유로 만족된다. 그러나 사랑은 오로지…….'

무슨 소리가 내 귀청을 파고든다. 나는 읽기를 멈춘다. 뭐지? 전화? 소리가 계속해서 울린다. 전화다! 나는 공책을 집어던지고 달려간다. 수화기를 들고 귀를 기울인다……. 대체 뭐란 말인가. 그렇다. 환청을 들은 것이다……. 아니다. 이 목소리. 그녀의 목소리다!

"나야, 나! 돌아왔어. 지금 여기 있어. 말 좀 해봐. 무슨 일 있어?"

피가 얼어붙는다. 아니 끓어오른다. 목이 잠긴다. 그녀의 목소리를 겨우 듣고 있다. 그녀가 나를 걱정하고 있다. 돌아왔다고 한다. 나를 보고 싶다고……. 마침내 나는 목소리를 낼 수 있다.

"파리다, 지금 당장 갈게! 지금 가고 있어."

수화기를 내려놓는다. 어떻게 옷을 입었는지 모른다. 나는 계단을 달려 내려간다……. 달리고 달려도 끝이 없다. 드디어 푸른색 문이 나타난다. 내가 다가가자 문이 열린다. 그녀가 나를 기다리고 있었던 것이다. 나는 그녀의 품으로 달려든다. 그녀의 체취. 그녀가 내 앞에 있다. 나는 더듬거린다…….

"자, 미리암, 진정해. 나야, 나. 이렇게 돌아왔잖아."

나는 그녀를 껴안고 몸을 더듬는다. 그녀의 목덜미에 입을 맞춘다. 그녀는 나를 집안으로 이끌고 문을 닫는다. 나는 그녀에게서 떨어져 나와 그녀를 바라본다. 뭔가가 조금 달라졌다. 그러나 그녀가 틀림없다. 정장 차림이다. 엷은 푸른색 재킷과 바지, 선이 날렵하다. 그녀는 첫날 방문했을 때처럼 나를 산 세바스티안의 그림이 있는 사무실로 안내하더니 곧바로 규방으로 이끈다. 우리는 소파에 나란히 앉는다.

"그래, 이제 좀 진정이 돼? 나를 보니 그렇게 좋아?"

"좋다라는 말로는 다 표현이 안 돼……. 그러니까, 모르겠어. 죽었다 살아난 기분이야."

"그렇게나 놀랐어? 사람들이 알려주지 않았어? 떠나기 전에 연락했는데."

"사람들하고는 거의 말을 나누지 않거든."

그녀는 생각에 잠긴다. 나는 그녀를 바라본다. 입을 다물고 있을 수가 없다.

"좀 마른 것 같아."

그녀는 손사래를 친 후 나를 꼼꼼히 살펴본다. 나는 시간을 절약하기 위해 클리닉에서 일할 때 입는 옷차림 그대로 달려왔다. 검은색 미니스커트, 검은색 스타킹, 굽 낮은 구두, 블라우스. 치마가 짧아서인지 몸이 자꾸 움츠러드는 느낌이다. 나는 너무 멋을 부린 것 같아 그녀에게 사과한다. 하지만 그녀는 내 말을 막고 내 머리를 칭찬한다. 여성스럽게 길게 자란 머리채. 그녀는 지금 내가 차고 있는 팔찌보다 더 예쁜 팔찌를 선물로 사왔다고 얘기한다. 그러나 나는 내가 알고 싶은 얘기로 돌아간다.

"맞아, 좀 말랐어. 어땠어? 어떻게 지냈어?"

그녀가 활짝 웃는다.

"그게 문제가 아니지! 그 동안 어떻게 지냈는지 네가 얘기해 봐야지. 다 알고 싶어."

"그 동안 내가 얼마나 고통스러웠는데, 너는 한 마디도 안 해 줄 거야?" 내가 억울하다는 듯 소리치자 그녀의 표정이 부드러워진다.

"나도 괴로웠어……. 그래, 얘기해줄게. 너한테 달렸어……. 자, 이실직고하시지!"

그녀의 말이 마술과 같은 효력을 발휘한다. 나는 자세를 고친다. 어린 시절 어머니 말에 따를 때 취하던 자세다. 나는 소파에서 내려와 그녀의 발치에 무릎을 꿇고 앉는다. 어린 시절 고백할 때 나왔던 상투적인 첫마디가 혀를 간질인다. "나는 당신에게 모든 것을 고백합니다……." 하지만 나는 그 말을 내뱉지 않는다. 나는 클리닉에서의 일상적인 활동을 간단하게 설명한다. 이런저런 일들, 임상 기록에 대한 흥미, 환자들을 접수할 때의 즐거움. 나는 그녀가 없는 동안 내가 시달렸던 고통과 외로움과 절망감에 대해 장황하게 설명한다. 그게 가장 큰 어려움이었다. 하지만 나는 질책하는 듯한 투가 되지 않도록 조심한다.

그녀는 내게 무슨 특별한 일은 없었느냐고 묻는다. 나는 한 남자가 내게 달려들었던 일을 들려준다. 그녀는 재미있어 한다. 기분이 나쁘지 않은 것 같다.

"이제 진짜 여자가 된 모양이네."

그녀의 목소리가 발랄하게 울린다. 하지만 그녀는 나를 똑바로 쳐다보고 있다.

"웃고 싶다면 웃어도 좋아. 나는 그 일로 많은 것을 깨달았어. 내게 아주 중요한 것을……. 그 일 덕분에 내가 탈의실로 뛰어들었을 때 네가 보인 반응을 이해할 수 있게 되었어. 그래, 비록 나는 죄인이 아니었지만 내 죄를 인정하게 되었지. 너와 마찬가지 기분이었어. 강간당하는 것 같은 기분, 그래서 수컷에 대한 강한 반발심이 터져 나왔지. 너도……. 내 생각이 틀린 건가?"

"아니." 그녀가 들릴 듯 말 듯 대답한다.

"그때 일, 진심으로 사과할게."

"나는 그 즉시 용서했어. 나도 널 이해할 수 있었어. 내가 용서하지 못한 사람은 바로 나 자신이야……. 그 일은 그만 잊어버리자."

"그럴 수 없어! 많이 생각해봤어. 그 일로 나는 널 더욱더 잘 이해할 수 있게 되었어. 너에게 한 발 더 다가선 느낌이야……. 나는 신출내기 제자로 일정한 거리를 유지하며 너를 잘 따라왔어. 너는 네가 원하는 바대로, 내가 원하는 바대로 나를 만들어가고 있는 거야. 남자의 몸으로 여자로 살아가는……. 나는 행복해. 희망이 보여……. 내 생각이 맞아?"

"전부 다 맞아. 나도 행복해……. 이걸 알아야 해. 내가 이곳을 떠난 이유는, 나 역시 너처럼 될 필요가 있었기 때문이야. 내 곁에서 네가 행동하는 것처럼."

그녀의 말을 되새겨본다. 좀처럼 이해할 수 없다. 나는 용기를 낸다.

"지금 복종을 말하는 거야? 어떻게 그럴 수가?"

혼란스럽다. 그녀는 내 표정에 나타난 내 심정을 읽어낸다. 상상력이 달음질치기 시작한다. 그녀에게도 달리 주인이 있단 말인가? 그녀가 특별한 사랑을 하고 있단 말인가? 그녀를 영영 잃어버리지는 않을까? 나는 그녀의 무릎을 껴안는다. 참혹하게 일그러진 표정을 감추기 위해 고개를 숙인다. 어떻게 이럴 수가! 고통의 순간은 다 지난 줄 알았는데! 그녀는 내 턱을 들어올려 억지로 자신을 쳐다보게 만든다.

"쓸데없는 생각으로 자신을 괴롭히지 마. 그 어느 것도 우리 사이를 갈라놓을 순 없어. 우리는 절대 변하지 않아. 게다가 모두 다 끝난 일이야."

희망의 빛이 보인다. 그녀의 깨끗한 눈망울을 보고 나는 그녀를 믿기로 마음먹는다. 나를 갉아먹던 질투심이 슬며시 자취를 감춘다.

"나는 내 자신을 찾아 나섰던 거야. 잘못된 길로 빠지지 않기 위해. 그래, 누구 말마따나 서원을 새롭게 다지기 위해 간 거야. 하지만 종교적인 수행과는 거리가 멀어. 그보다 더욱 심오한 거야. 육체적인 수행이지. 나는 정신을 다지기 위해서가 아니라 육체적인 활력을 얻기 위해 수행했어. 나는 내 친구 훌리아에게 복종했어. 내게는 자매와 같은 여자 친구야. 그렇게 놀라지 마. 이전에 내가 그 친구를 도와준 적이 있었거든."

"절대 복종?"

그녀는 내가 치료실을 생각하고 있음을 안다. 그곳이 바로 근처에 있는 것이다. 도르래와 채찍.

"그렇다고 할 수 있지. 그녀의 노예, 그녀의 포로가 되어 벌을 달게 받는……. 그렇게 놀랄 필요 없다니까."

"놀라지 말라고? 난 아직도 네 제자가 맞지? 정말로 널 존경해. 너는 정말로 내 진짜 스승이야. 솔선수범하는 스승……. 맞아, 너는 내게 신과 같은 존재야."

"나중에 자세히 알게 될 거야. 난 너 자신보다 너에 대해 잘 알고 있어. 하지만 너에 대해 더 많이 알고 싶어. 난 네 모든 것을 알고 싶어. 속속들이 다 알고 싶어. 미진한 것이 남아 있으면 싫어. 무슨 말인지 알겠지?"

"날 다 가졌잖아. 뭘 더 원하는 거야?"

"네가 아직 모르고 있는 것이나 네가 알고 싶어 하지 않는 것. 나는 네 삶 중에서 두 가지 것을 아직 잘 모르겠어. 첫째, 결혼은 어떻게 된 거야? 네 어머니가 네 결혼 소식을 알려왔을 때 나는 그것이 실수라는 것을 알 수 있었어. 도대체 어떻게 된 거야?"

"어머니가 잘못 생각했던 거야. 어머니는 결혼이 나를 '바른 길'로 인도하리라고 믿었어. 어머니가 원했던 길로 말이야. 하지만 오히려 역효과를 불러오고 말았지. 모르겠어. 다른 여자와 결혼했었다면 더 나았을지 어땠을지. 나는 남자 구실을 제대로 해내지 못했어……. 우리 부부는 심리학자와 정신과 의사를 찾아다녔어. 마침내 어머니는 결단을 내려 심리 치료사를 연결시켜주었고, 나는 몇 번 모임에 참석했어. 나쁘진 않았어. 그런데 마누라가 이젠 됐다고 하더군. 마누라는 다른 남자와 바람을 피웠고, 우리는 끝내 이혼하고 말았지……. 얼마나 홀가분하던지! 더 자세히 듣고 싶다면……."

"아냐, 됐어. 짐작했던 그대로네. 그래도 네게서 직접 듣고 싶었어. 그래, 가학 피학성 변태 성욕 모임에 다녔던 거야? 언제가 얘기한 적이 있는 것 같은데."

"그건 훨씬 후의 일이야. 내가 바르셀로나로 옮겨왔을 때지. 그 방법도 한 번 시험해보고 싶었어. 내 자신에 대해 좀더 알고 싶었던 거야. 광고를 보고 몇 번 찾아가 본 적이 있어. 그런데 모두 다 비슷비슷하더라고. 사무적이고 상투적인 게, 전혀 상상력이 없었지. 점잖은 사람들이 혐오하는 짓을 남몰래 한다는 만족감 외에는 얻은 것이 없었어. 육체적인 고통과 끝없는 절망뿐이었지."

"뭘 기대했었는데?"

"이런 상상을 했지. 남들과 다르다는 이유로 죄책감에 시달리는 사람들이 그곳에서 죄책감을 훌훌 털어 버릴 수 있으리라고. 나는 죄책감에 시달리고 있었거든. 적어도 자신의 의지를 억눌러야 한다는 책임감에서는 벗어날 수 있을 줄 알았어. 인간은 자유를 포기할 때 비로소 자유롭게 되니까. 수도사들이 수도원 안에 갇혀 있을 때 자유를 만끽하는 것처럼. 하지만 나는 내가 사귀고 싶은 여자를 전혀 발견할 수 없었어. 인간적인 관계와는 아무 상관없는 상업적인 거래일뿐이었어. 나는 그런 여자를 찾는 일을 포기했어. 그런 여자는 절대 존재할 수 없다는 결론을 내린 거지."

그녀는 침묵을 지키고 있다. 나는 그녀의 눈을 들여다본다. 그녀는 철부지 어린아이를 쳐다보듯 나를 바라본다. 그 눈에서 지혜가 일렁이고 이해심이 반짝인다.

"존재해. 오로지 삶에 대한 의욕으로 활동하는 인간적인 여자들. 많지는 않아도 분명히 존재해. 나는 확신해. 바로 내가 그런 여자였어."

이제는 내가 침묵을 지킨다. 그녀가 침묵을 깬다.

"놀랐어?"

"아니, 그래도……. 화내지 마……. 너는 그런 여자들과는 너무 달라. 너는 길을 인도하고, 영감을 주고, 너는 비밀스럽고 마술적인 집단의 위대한 스승이야……."

그녀는 생각에 잠겨 내 손을 꼭 쥔다.

"고마워……. 내가 바로 그런 여자였어. 마울라나 루미의 집단과 유사한 집단에 속해 있었지. 그런데 내 세상이 무너지고 말았지. 세상이 뒤집어졌어. 그때 죽었어야했는데……. 내 조상에 대해 얘기했던 거 기억해? 예언자 카히나, 전투에서 승리했다는 그 여자 말이야. 그래, 그 충격으로 나는 그녀와 같은 전사가 되었어. 오로지 전투만 아는 여전사……. 이리와. 여기 앉아서 들어."

그녀는 나를 소파에 앉힌다. 나는 마음을 다잡는다.

"나는 강간을 당하고 나서 복수를 결심했어. 나는 내 처지를 담담하게 받아들였어. 나는 살아남기로 결심했어. 예전에 남을 지배하면서 느꼈던 쾌감이 되살아났어. 할아버지에게서 배워 내 노예와 말들에게 써먹었던 그 수법들. 나는 내 부족 사람들이 요구하는 여자로서의 복종을 거부했어. 나는 모험을 감행했고 모든 것에 반항했어. 전쟁으로 상황이 돌변했어. 나는 쉽게 파리로 건너가 의학을 공부할 수 있었어. 나는 병원에서 자원봉사자로 간호사 일을 경험해보고 나서 더욱더 공부에 매달렸어. 처음에는 생활이 힘들었어. 그러다 어느 고급 클리닉에서 보조원으로 일을 하면서 수입이 생기기 시작했지. 그곳에서 운이 좋게도 돈빌 부인을 만날 수 있었어. 나처럼 카빌리아 출신이었지. 부인은 수술 후에 장기간 요양을 취하고 있었는데, 내게 호감을 갖게 되었지. 고향이 같았고 쓰는 언어도 같아서 내게 끌렸던 모양이었어. 부인은 퇴원할 때 나를 개인 비서로 채용했어. 귀족 가문의 어느 대령과 사별한 후 혼자 살고 있었거든. 남편은 부인에게 재산과 절친한 사교계 인사들을 남겨주었지. 남들은 몰랐지만 남편이 마조히스트였다고 했어. 그래서 부인에게 지배자로서의 솜씨를 익히게 했지. 부인은 거기에 취미를 붙이게 되었고, 몇몇 특별한 친구들과 계속 재미를 보았어. 네가 광고에서 봤다는 그런 짓들과는 전혀 달랐어. 귀부인들과 상류층 신사들이 남몰래 만나 마음 속 열정을 발산시키는 그런 모임이었어. 접근하기도 어렵고 절대 깨질 수 없는 그런 비밀 조직이었지."

"그런 게 가능해?"

"방금 들은 그대로야. 이 세상에는 나름대로 원칙과 규칙을 지키는 그런 조직이 몇 군데 있어. 자기들 사이에서 남자나 여자를 회장으로 뽑지. 우수한 노예를 거래하기도 하고. 그들은 암호를 통해 서로 연락을 주고받지. 모임 장소도 그런 식으로 정해. 사람들 눈을 피하기 위해 단체 관광이나 예술품 경매로 위장하기도 하지. 클럽마다 다양한 방법을 사용해. 그야말로 환상적이라고 할 수 있어. 아주 혹독한 폭력을 휘두르는 것에서부터 단순히 심리적으로 모욕을 주거나 정신적으로 굴복시키는 방법에 이르기까지 아주 다양해. 내 후원자 겸 스승이었던 부인은 한 달에 두 번 정도 직접 나섰지. 리비에라나 카르파토스 성채 등으로 자리를 옮겨가면서 말이야. 보통의 경우에는 자신이 직접 뽑은 젊은 여자들에게 맡겼어. 나도 그 젊은 여자들 중 한 명이었어. 그런 분위기에 있다보니 내 타고난 소질을 발견할 수 있었던 거야. 남자들에 대한 내 거부감은 점점 심해졌어. 나는 친구이자 동료인 훌리아와 함께 쾌락을 추구하면서 그에 대한 보상을 받을 수 있었어. 가끔 돈빌 부인과 직접 즐거움을 나누기도 했고. 부인은 우리 모두를 다 사랑했지. 우리는 행복한 그룹이었어. 우리 현대의 아마존 여전사들이 내건 기치는 이것이었어. '우리 모든 여성은 모든 남성에 대항한다.'

"그럼, 네 남편은? 미안해, 끼어들어서."

"나는 독재자와 같았던 할아버지에게 실망하고 나서 결혼했어. 부모님이 잠깐 사이에 연달아 돌아가시고 난 후였지. 대학 교수 중 한 명이었어. 나이는 많았지만 부드럽고 착하고 남들과 다른 사람이었어. 나는 보호책을 마련하기 위해 그 사람과 결혼했던 거야. 남편은 각방을 쓰는 것을 허락했고, 밤에도 좀처럼 내 방으로 찾아오지 않았어. 하기야, 나이가 있었으니 그러기도 힘들었겠지……. 그건 그렇고, 내 스승의 비밀 클럽에서 내가 무슨 일을 했는지 알려주지. 나는 전문가로서의 자격을 획득했어. 그래서 내 단골들이 생겼지. 수입이 좋았어. 학비를 충당할 수 있었지. 의대 마지막 학기에 정신의학에 대해 공부했어. 넌 믿지 못하겠지만, 환자들에게 적용하는 몇몇 치료법을 보니 소름이 확 끼치더군. 혼수상태를 조장하기 위해 대뇌의 전두엽을 절제하고, 전기 충격을 가하거나 인슐린 주사를 놓고 하는 거야. 이런 처참한 치료도 안타까운데, 내 손님들은 내게 '고문'

을 요구하고 그걸 달게 받는 거야. 나는 가끔 내가 잘못 생각하고 있지는 않은지 내 자신에게 물어보았어. 그런데 다행히 랭의 작품과 다른 작가들의 글을 찾아낼 수 있었어. 그래서 나는 용기를 얻어 소위 '성도착' 이라는 세계를 연구해보기로 결심했어. 내 비밀스런 직업 덕분에 그 점에 대해서는 실제 경험이 풍부했으니까. 나는 공식적인 전문가들이 만들어놓은 도그마로서는 도저히 이해할 수 없는 행위와 태도를 잘 알고 있었단 말이지. 그래서 결국 입소테라피에 전념하게 되었어. 너도 알지? 중국 여자들의 발을 싸맨 붕대를 풀어 발이 자연스럽게 자라게 하는 거 말이야."

"그럼, 알지. 내 경우도 그렇잖아……. 그래, 이곳을 벗어나 있는 동안 지배자로서의 능력을 키웠던 거야?"

"물론 아니지. 이미 얘기했잖아. 단지 나를 돌아보기 위해 복종의 생활로, 금욕적인 생활로 돌아갔을 뿐이야. 날 믿어. 나는 철두철미한 사디스트가 아냐. 사실은 말이야, 나는 처음 비밀 클럽에 들어갔을 때 환상을 품고 있었어. 나는 내가 만나는 사람들 중에서, 모두 일반인과는 다른 사람들이었어, 아마존 여전사 같은 내게 어울리는 남자가 있지 않을까, 나를 참아줄 수 있는 남자가 있지 않을까 기대했어. 하지만 그렇지 않았어. 남자들은 겉만 달랐지 모두 대부분의 사람들과 마찬가지로 남자가 잘났다고 생각하고 있었어. 그들은 금방 싫증을 냈고, 감정이 없는 쾌락만 추구했어. 그들은 껍질만 핥았지 알맹이는 무시했어. 그래서 나는 그들에게 채찍을 휘둘렀어. 가차 없이 모욕했어. 나는 그들을 경멸했어. 그러면 그 자들은 나를 더욱 원하게 되고……. 그런 곳에서는 이상적인 동반자를 찾을 수 없음을 이내 깨닫게 되었지. 맞아, 나는 이제 전문가야. 나는 여러 가지 치료법을 알고 있어."

"예를 들면?"

"아주 많아. 나는 모욕, 억압, 고통 등을 어느 정도로 또 어떤 방법으로 투약해야 하는지를 배웠어. 채찍, 회초리, 몽둥이, 밧줄, 죄수용 채찍, 수숫대도 다 달라. 각각 다른 효과를 가져오거든. 악기의 음색이 서로 다른 것과 마찬가지야. 매 맞는 사람의 피부의 탄력, 살결, 매를 맞을 때마다 나타내는 반응을 모두 고려해야 해. 채찍으로 때리면 붉은 반점이 나타나기 시작하고, 회초리로 때리면 맞은 자리가 검붉게 부르트고, 몽둥이로 때리면 시퍼렇게 멍이 들고, 죄수용 채찍으로 때리면 금세 살점이 떨어져 나가지. 몸의 어디를 때리느냐에 따라서도 느낌이 달라져……. 실로 끝이 없어. 특히, 나는 고통을 주는 방법에 대해 많이 연구했어. 물론 처음에는 돈빌 부인 밑에서 복종하는 법을 배웠지. 고문대에 묶여도 보았고, 채찍도 맞아보았고, 벽에 매달리기도 했고, 그 외에도 많은 것을 경험했어. 이런 경험이 없었다면 클럽의 지도자들이 나를 지배자로 임명하지 않았을 거야. 나는 쾌락과 고통이 도저히 뗄 수 없는 관계라는 것을 이해할 수 있었어. 삶과 죽음처럼 말이지. 나는 또한 뇌가 쾌락이나 고통과 같은 하나의 느낌을 아주 다양하게 해석한다는 사실도 알 수 있었어. 고통은 단지 지배자가 복종자를 때리는 방식에 달려 있는 것이 아냐. 바닥에 떨어진 복종자가 그 매질을 어떻게 받아들이느냐에 따라 고통의 의미가 달라지기도 해. 나는 고통의 문지방과 그 경계선에서 살아보았어. 그 경계선에서 고통은 쾌락과 혼동되고, 그 경계선을 넘는 순간 고통은 쾌락으로 돌변해. 고문을 당해도 행복해하는 신비주의자와 순교자들. 그것도 일종의 에로티시즘이야. 고통이 심하면 때로 정신을 잃기도 해. 하지만 그 반대로 고통이 우리의 의식을 일깨워주기도 해. 우리가 평소에 잊고 지내는 우리의 몸에 대해, 세포와 근육에 대해 생각해볼 수 있는 기회를 제공하기도 한단 말이지. 마침내 나는 깨달았어. 고통은 우리의 육체를 새롭게 경험하게 해주는 통로야. 좀더 심오한 경험으로 이끌어주는 과정이야. 바로 사랑으로 말이지. 지배자와 복종자 사이의 사랑의 관계는, 그들의 성(性)이 무엇이든 상관없이, 그 두 사람을 하나로 합쳐지게 만들어주지. 그런 관계가 형성되면 복종자는 지배자와 같은 느낌을 갖게 되고, 지배자는 복종자에게 봉사하는 느낌을 갖게 되는 거야.

"무슨 말인지 이해하기 힘들어. 미안해."

"네가 마조히스트가 아니어서, 경험이 없어서 그럴 거야. 그러나 그것을 한 번 경험해보면 천국이나 다름없어. 돈을 받고 일하는 여자들과는 달라. 인간적인 행복을 느낄 수 있어. 절대 권력을 손에 넣은 듯한, 최고의 예술품을 품에 안은 듯한, 과학적인 발견을 해낸 듯한 기분이 들지. 특히, 그 무엇보다, 사랑을 느낄 수 있어. 복종이란 지배자의 의지를 그대로 따르는 거야. 그가 원하는 대로 되기 위해 우리 자신을 죽이는 거야. 우리 주인이 원하는 바를 그대로 따르는 거야. 우리 주인이 우리에게 고통을 주고자 한다면, 채찍은 일종의 의사소통 수단이 되는 거야. 채찍이 살갗에 닿는 순간, 그 충격은 채찍을 쥐고 있는 사람의 손에 전달되었다가 다시 채찍을 맞는 사람에게 전해지고……. 이렇게 주고받는 거야. 우리 인생의 완벽한 기쁨은 이렇게 두 사람에게 동시에 전달되는 거야."

그녀가 입을 다문다. 나는 생각해본다. 나도 그렇게 한 번 해봤으면! 한 번 속속들이 경험해봤으면! 엄청난 고통을 겪는다 해도 좋으련만! 아, 견딜 수가 없다.

"서로 진짜 좋아하나 보지?"

"누구?"

"놀리지 마! 훌리아 말이야. 네 여자 친구."

"놀리는 게 아냐. 그냥 농담 삼아 물어본 것뿐이야. 겁낼 거 전혀 없어. 내가 얘기했잖아. 우리는 서로에게 애정을 가지고 있어. 서로를 도와주는 것뿐이야. 그녀 때문에 정신을 팔진 않아. 과거에도 그랬어. 우리는 필요할 때면 상대방을 지배하기도 하고 상대방에게 지배당하기도 해. 지배당할 때는 지독하게 고통스럽기도 해."

"그렇게 심하게 매질을 하는 거야?"

"그럼. 특히 사랑할 때. 심하면 속으로 골병이 들 수도……. 하지만 이제는 누구에게 상처를 입히거나 복수를 할 생각은 없어."

나는 더 이상 참지 못하고 소리친다.

"난 널 절대 때리지 않을 거야! 그럴 순 없어!"

"그만큼 날 사랑하지 않는다는 거야?"

혼란, 곤혹. 말이 막힌다. 어떻게 대답해야 하나?

"죽도록 사랑해……. 하지만, 제발 그런 건 요구하지 말아줘. 나는 그런 인간이 못돼. 나는 네 손 안에 든 진흙일 뿐이야. 네 마음대로 주무르는, 네가 좋다면……."

그녀의 눈망울이 나를 삼킨다. 그녀 눈의 회색과 파란색이 더욱 강렬한 빛을 발한다.

"그래. 너는 너야. 더 이상 원하지 않아. 하지만 넌 너 자신을 시험해봐야 해. 명심해. 전에도 얘기했지만, 너는 진흙이기도 하지만 칼이기도 해. 아직 단단하게 벼려지진 않았지만."

"나를 단단하게 단련시켜 줘, 제발, 부탁이야, 스승님."

그녀의 눈에 담긴 것은 슬픔인가? 그녀가 아주 정겹게 팔로 내 등을 감싼다. 그녀는 내 어깨를 잡고 꼭 껴안는다. 나는 이마를 그녀의 목덜미에 기대고 눈을 감는다. 그녀의 체취와 따뜻한 체온이 나를 가득 채운다. 나는 속삭이지만 목소리가 비명소리보다 크게 울려 퍼진다.

"다시는 떠나지 마! 가려거든 날 데리고 가! 여자 친구를 만나러 갈 때도, 그녀와 사랑을 나눌 때도 날 버리지 마!"

"그 얘긴 그만둬, 미리암."

"내 느낌을 그대로 말한 것뿐이야. 날 강아지라고 생각하고, 액세서리라고 생각하고 데리고 가. 아냐, 네 몸의 문신처럼 내게도 표시를 해줘. 나를 두 번 다시 홀로 내팽개치지 마."

"표시를 하라고?" 그녀가 몸을 살짝 빼며 내 표정을 살핀다. 미소 짓는다. "한 가지 생각이 떠올랐어. 신입생으로서 의식을 치러야지……. 그렇지, 넌 세례도 받았고, 또 우리는 이제 막 고해 성사도 치렀어. 이제 해야 할 일은……. 날 따라와."

그녀가 벌떡 일어선다. 나는 어리둥절한 채 그녀를 따라 거주 구역으로 간다. 우리는 드레스 룸을 지나 화장실로 들어간다. 그녀가 불을 켠다.

"견진 성사를 받게 될 거야. 웃통을 벗어……. 그렇지……. 세례를 받았을 때처럼 비데 앞에 무릎을 꿇고 앉아서 비데 위로 고개를 숙여. 가만히 있어. 움직이지 마. 내가 말할 때까지 뒤돌아보지 마."

그녀는 내 뒤에 있다. 옷가지가 스치는 소리가 들린다. 그녀가 바지를 벗은 것 같다. 그녀의 벌거벗은 다리가 무릎까지 보인다. 그녀의 다리가 비데 양편에 놓인다. 내 머리 위로 무지개가 뜬 것 같다.

"제대로 숙여."

잠시 후, 눈으로 볼 수는 없지만 그녀가 수도꼭지를 트는 것 같다. 미지근한 물줄기가 머리 위로 떨어진다. 노르스름한 물줄기가 변기로 떨어져 내린다. 물줄기가 멎으며 그녀의 두 다리가 뒤로 물러난다. 나는 꼼짝하지 않고 명령을 기다린다.

"일어나도 돼."

나는 복종한다. 그녀를 바라본다. 이전과 같이 옷을 차려입고 있다. 눈이 반짝인다. 광대뼈가 돋보인다. 푸른색 베르베르족 문신이 유난히 빛을 발한다.

"네게 표시를 했어. 너는 이제 내 영토야. 산 속 삼나무 밑에서 뛰노는 멧돼지들처럼……. 만족해?"

"서품을 받은 기분이야. 넌 복 받을 거야."

"샤워해. 드레스 룸에 옷을 준비해 놓을 테니 그걸로 갈아입어. 그런 다음 살롱으로 가서 날 기다려. 의식을 치렀으니 축하해야지."

나는 행복하다. 비록 눈에 보이지는 않지만 결코 지울 수 없는 표시를 받았던 것이다. 나는 샤워를 한다. 나는 드레스 룸으로 간다. 멋들어진 스타킹, 팬티, 가터가 보인다. 그뿐만이 아니다. 옆선이 뜨인 빨간색 드레스, 드레스와 어울리는 지갑이 있다. 구두 역시 빨간색으로 드레스와 짝을 이룬다.

나는 살롱으로 간다. 불이 환하게 켜져 있다. 테이블 위에는 얼음을 채운 그릇에 샴페인 병이 담겨 있고 잔이 두 개 있다. 나는 지금 날아갈 것만 같은 기분이다. 내게 이런 일이 벌어지다니! 화장실 거울을 통해 살펴보았던 내 모습! 처음에 보았던 그 꼴불견과는 너무나 다른 모습! 늘씬한 다리, 20년대에 유행한 납작한 가슴을 그대로 드러내는 플래퍼 드레스. 내가 보기에도 매력적인 여자였다. 스승이 마음에 들어 할 것이다. 내가 그 동안 그녀의 동료들로부터 착실하게 교육을 받았다는 것을 알아볼 것이다.

파리다가 사무실 문을 열고 나타난다. 이번에도 예기치 못했던 모습이다. 그녀는 에스모킨을 입고 있다. 머리는 짧아졌고, 한쪽으로 가르마를 타고 있다. 이곳에서는 실로 놀라움의 연속이다. 그녀는 갈수록 아름다워진다!

"아주 좋아." 그녀는 잠시 나를 훑어보고 나서 말한다. "내가 무슨 결심을 했는지 알아? 넌 이제 내 제자가 아냐. 이젠 내 동반자야."

그녀는 샴페인으로 다가가, 능숙하게 샴페인을 따서, 두 개의 잔을 채워, 하나를 내게 내민다.

"미리암을 위하여." 그녀가 잔을 들어올린다.

"미리암을 창조한 주인님을 위하여."

우리는 잔을 들이킨다.

"이제 춤을 추는 거야. 어떻게 배웠는지 확인해봐야지. 나중에 클럽에 가야할 테니까."

그녀가 전축을 켠다. 바이올린 소리와 함께 반도네온 소리가 들린다. 탱고 음악이다.

"아가씨……."

그녀가 나를 안는다. 나는 얼떨떨한 기분으로 몸을 움직인다. 그녀를 실망시키지 않기 위해 애를 쓴다. 두려움, 환상, 열정, 현기증. 내 허리에 감긴 그녀의 팔이, 내 손을 꼭 잡은 그녀의 손이 능숙하게 나를 이끈다. 그녀의 몸이 내 몸에 부딪혔다가 떨어지곤 한다. 그녀의 체온이 내 몸에 전해진다. 그녀의 숨결이 내 목에 닿는다. 그녀의 뺨이 내 뺨에 불을 지핀다. 그녀의 허벅지가 내 가랑이 사이로 파고든다. 정신이 깜박하면서……. 그녀의 허벅지가 내 가랑이 사이에 있다. 이게 꿈인가 생시인가…….

"아주 좋아." 그녀가 낮게 소곤댄다. "이렇게 안고 있으니 기분이 너무 좋아."

나는 기쁨으로 숨이 막힌다.

아, 이 순간이 영원할 수만 있다면! 나는 그녀의 명령에 따라 몸을 돌린다. 멀어졌다가 다가선다. 나는 그녀 곁으로 몇 걸음 옮긴다. 그녀가 나를 잡아당긴다. 나를 껴안는다……. 계속! 계속! 하지만 음악이 끝난다. 요란한 화음이 끝을 알린다. 음악이 끝나는 순간 그녀가 내 몸을 뒤로 꺾는다. 그녀가 잡고 있어 나는 넘어지지 않는다. 그녀가 팔로 나를 안고 있다……. 음악 소리가 끊겼지만, 그녀는 내 몸 위로 몸을 숙여 내 입에 감미롭게 입을 맞춘다. 그녀는 내 몸을 꼭 붙들어야 한다. 내 다리에서 힘이 빠져나간다. 나는 무릎을 꿇고, 그녀는 당당하게 꼿꼿이 서 있다. 그녀가 내 손을 잡아 일으킨다.

근엄하고 진지한 목소리가 들린다. 스승의 목소리다.

"항상 이렇지는 않을 거야. 게다가 대가를 치러야 해."

"원한다면 내 피로 갚겠어!"

"그럴 필요까진 없어. 단지 지금 이 순간에는, 오늘밤에는, 특별한 브래지어를 가슴에 찰 수 있도록 허락하겠어. 가자."

그녀는 나를 사무실로 데려간다. 그녀는 내 드레스 옆에 달린 지퍼를 내리고, 소매에서 팔을 꺼내게 한 후, 브래지어를 채워준다. 특별히 제작한 브래지어다. 양쪽 컵이 철사 뭉치로 채워져 있다. 철사 뭉치는 철 수세미처럼 생겼고, 날카로운 철사 끝이 몇 개 튀어나와 있다. 그녀는 내게 브래지어를 채우고 드레스를 입힌다.

"제자 생활을 청산했으니 고행대(苦行帶)를 차야 해. 밤새 차고 있어야 해. 지하실로 내려가서 감방에서 잠을 자도록 해. 아침에 내 침실로 아침식사를 가져오고. 어디인지 알고 있을 테지……. 네가 만족했으면 싶어. 착각은 금물이야. 동반자로서 치러야 할 시험이 아직 많이 남아 있어. 잘못했다간 모든 것을 망칠 수도 있어. 마음 단단히 먹어."

"준비돼 있어."

장족의 발전! 나는 지금 그녀의 거주 구역에 속해 있다. 나는 파리다의 동반자이다. 첫날밤은 지하실 감방에서 보내야했지만, 지금은 위층에 있는 감방에서 지낸다. 수도원에 있는 방처럼 아주 비좁은 방이지만 여주인을 섬기는 종에게 꼭 맞는 곳이다. 작지만 창문이 있어 무한한 하늘을 올려다볼 수도 있고, 수시로 변하는 빛과 어둠도 볼 수 있다. 멀고도 가까운, 사막에 있는 그녀의 천막으로 다가갈 수도 있다. 나는 이제 그 아픈 브래지어를 차지 않아도 된다. 그날 밤 나는 잠을 이루지 못했다. 조금만 움직여도 철사가 나를 찔렀다. 내 젖꼭지를 찌르며 자극했던 것이다. 브래지어가 없었다 해도 나는 잠을 이루지 못했을 것이다. 나는 그녀가 도착한 이후에 벌어진 일들을 곰곰이 생각하느라 잠을 이루지 못했던 것이다. 그녀의 이야기, 내 견진 성사, 춤, 그리고 그 무엇보다도 그 입맞춤! 나는 어둠 속에 누워 내 입술에 와 닿는 그녀의 입술을 계속 느낄 수 있었다. 어제 오후에 잠시 집에 다녀왔다. 내 암자, 아버지의 서재에 있는 샌들과 리안의 사진은 더 이상 내게 중요하지 않았다. 이제는 뼈와 살을 지닌 파리다가 내 곁에 있기 때문이다.

그와 반면, 아버지의 공책은 내게 성경과 다름없다. 나는 아버지의 공책을 통해 나날이 계시를 받는다. '그는 자주 자신의 영양을 아비라는 이름으로 부른다. 푸른색을 뜻한다. 아니, 더 정확히 말하자면 물빛이다. 그렇다. 나는 물이고, 그는 나를 인도하는 도랑이다. 그의 기분에 따라 나는 때로는 물웅덩이가 되고, 때로는 폭포수가 되고, 때로는 소나기가 되어 그의 품으로 떨어진다.' 나 역시 파리다의 손길에 따라 모습이 달라진다. 그렇지만, 아!, 나는 아버지가 너무나 부럽다.

나는 감방 생활을 하면서 일찍 일어난다. 그리고 항상 여자 옷을 입는다. 미니스커트와 블라우스를 입고, 스타킹을 신고, 길을 들이기 위해 굽 높은 구두를 신는다. 나는 식당으로 달려가 인터폰으로 아침 식사를 주문한다. 내가 먹을 것은 간단하게, 내 주인이 먹을 것은 풍성하게. 나는 아침 식사를 주인의 침실로 가져간다. 주인은 보통 깨어나 있다. 어느 날 아침, 주인은 여전히 잠에 취해 있었다. 세상모르고 자고 있는 모습이 너무나 보기 좋았다. 호박색 조각상이 누워 있는 것 같았다. 벌거벗은 팔이 시트 밑으로 빠져나와 있었고, 머리채가 어깨 위에서 출렁이고 있었고, 편안한 얼굴은……. 그녀를 깨우기 위해 몸을 기울이는 순간 심장이 요동쳤다. 그녀의 체취, 그녀의 숨결, 살짝 벌어진 앞가슴에서 스며 나오는 따스한 기운……. 나는 즐거운 마음으로 시중을 든다. 그녀가 일어나 앉도록 거들어주고, 그녀의 무릎에 식사 쟁반을 올려주고, 토스트에 잼을 발라주고, 진한 블랙커피를 따라주고, 식사가 끝나면 쟁반을 치우고, 그녀가 침대에서 내려올 때 손을 붙잡아 주고, 무릎을 꿇고, 그녀의 발과 발목을 비둘기를 감싸듯 잡아 슬리퍼를 신겨주고, 기다란 슈미즈에 꼭꼭 감추어진 그녀의 허벅지를 상상해보고, 그녀에게 가운을 입혀주고, 그녀가 화장실에 있는 동안 침실을 정리한다. 나는 화장실까지 따라갈 수 없다. 금지 구역이다. 그녀가 드레스 룸에서 돌아올 때면 침실 정리는 끝나 있다. 이것은 그녀에게 시중을 드는 것이 아니다. 내 자신을 즐기는 것이다. 나는 사랑이 고통을 쾌락으로 만들어준다는 사실을 이해하기 시작했다. 나는 이런 하찮은 일을 통해 행복을 만끽한다. 나 혼자 즐길 수 있는 행복이 아직 남아 있다. 그녀가 갈아입은 옷을 세탁하는 일이다. 간밤에 그녀 몸을 감싸고 있던 옷이 그녀의 체취와 온기를 간직한 채 내 손에 들어오는 것이다. 나는 자부심을 느낀다. 간호사들은 나를 일개 하녀로 취급할지도 모른다. 하지만 나는 그녀의 옷을 관리하는 여자요, 성스러운 그녀의 몸을 치장하는 옷가지를 보호하는 정령이요, 내 여신을 보호하는 유모인 것이다.

내 삶은 지금 잔잔한 물웅덩이 상태에 놓여 있다. 이런 상태로는 내가 원하는 만큼 파리다에게 가까이 다가갈 수 없을 것 같다. 그래도 파리다가 조금만 더 신경을 써준다면 행복할 텐데……. 그러나 그녀는 그러지 않는다. 가끔은 내가 골칫덩어리가 아닐까 싶어 겁이 나기도 한다. 그녀는 간혹 내가 해야 할 일을 비서에게 맡기는 것이다. 게다가 클리닉 분위기도 심상치가 않다. 내가 모르는 무슨 일이 있는 게 분명하다. 그녀는 가끔 나를 걱정스러운 듯 쳐다본다. 무슨 말인가를 할 듯하다가 그만두기도 한다. 아직 어찌해야 할지 결단을 내리지 못한 모양이다. 밤이면 나는 내 방에 틀어박혀 낮에 내가 무슨 잘못을 저지르지 않았는지 꼼꼼하게 되돌아본다. 내가 무슨 일로 그녀를 기분 나쁘게 만들었는지 도무지 감을 잡을 수 없다. 그녀가 다시 나를 피해 도망가지 않을까 두려워지기 시작한다. 이제 막 돌아온 터인데. 내가 지금 무슨 생각을 하는 거지? 내가 그녀 곁에 있다는 것이, 나의 끊임없는 봉사가 그녀에게는 별 것이 아니란 말인가?

어젯밤 나는 잠을 못 이루고 펑펑 울었다. 식사를 가져갔을 때 울음자국이 얼굴에 남아 있었던 모양이다.

"잘 자지 못했어? 무슨 일 있어?"

나는 아니라고, 신경 쓰지 말라고 대답했다. 그녀도 더 이상 얘기하지 않았다. 하루 일상이 조용히 진행되었다. 나는 마음이 아팠다. 다행히 그녀는 서둘러 클리닉으로 출근했다. 시원하면서도 한편으로는 섭섭했다.

정오, 살롱에서 식사 시중을 드는데 잘못하는 바람에 소금 병이 넘어져 주인의 접시에 소금이 쏟아진다. 주인은 지나치다 싶을 정도로 노발대발한다.

"왜 소금 병을 내 접시 가까이 둔 거야? 몸이 아프거나 무슨 일이 있어 시중을 들지 못하겠거든 방에 가 있어. 이따가 찾아갈 테니까."

"무슨 일이 생긴 사람은 바로 너야." 나는 침착하게 대답한다. "말해 줘, 제발 부탁이야, 다시 떠날 생각은 아니겠지?"

"바보처럼 굴지마. 그건 아냐."

"그렇다면, 다른 일이 있기는 있는 모양이네……. 훌리아가 필요한 일이라면 떠날 필요 없어. 내가 여기 있잖아."

"뭐라고?"

"나를 때려, 그래서 기분을 풀어……. 내 말 좀 들어! 나는 대체 뭐야? 나를 때리면 적어도 긴장감은, 기분은 풀 수 있을 거 아냐!"

"아, 미리암. 네가 지금 무슨 말을 하는지 알기나 하는 거야? 넌 마조히스트가 아냐."

"이기심 때문에 이러는 게 아냐. 이건, 너를 위해서……."

마침내 그녀가 웃는다. 그녀의 눈이 반짝인다.

"날 이용해." 나는 고집한다. "널 섬기도록 해줘. 나는 그럴 자격도 없나? 네가 내게 가르쳐준 거잖아. 사랑을 위한 복종이 가장 고귀하다고. 사랑으로 내 몸을 채찍질 해줘."

무거운 침묵이 나를 짓누른다. 폭풍전야. 그녀가 눈을 감는다. 무언가에 얻어맞은 것처럼 몸을 움츠린다. 눈을 뜨자 깊은 곳에서 빛이 쏟아져 나온다. 문신이 반짝거린다. 그녀의 목소리가 천천히 흘러나온다.

"필요하면 그렇게 할 거야."

순간 나는 깨닫는다. 칼을 버리는 작업!

"알겠어?" 그녀가 말을 잇는다. "넌 너 자신을 시험해야 해. 불가피한 일이야. 다 너를 위해 뒤로 미루고 있는 거야. 고백할 게 있어. 또 다시 실수를 저지르지 않을까 겁이 나기도 해. 내가 믿었던 사람이 있었어. 그런데 그 사람이 전갈의 꼬리처럼 사내다움을 앞세우며 내게 대들었어. 나를 정복했다고 느낀 순간 탈을 벗은 거지."

"내가 지금 속임수를 쓰고 있다는 거야?" 나는 화가 나서 대든다. "억지 부리지 마. 의심이 가면 그 따위 꼬리를 잘라버려. 한번 해봐. 난 계속 널 존경할 거야."

"절대 안 돼. 넌 나를 떠나게 될 거야……. 미안해."

"아냐, 날 잡아매. 날 때려. 더 이상 의심하지 마."

"좋아. 한번 해봐야겠다. 클리닉에 갔다 올 테니 그때까지 준비하고 있어."

준비를 하라고? 나는 그녀를 위한 일이라면 항상 준비되어 있다. 몸이 가볍게 떨리긴 하지만, 따스한 물에 잠긴 듯 포근함이 나를 감싼다. 확신이 든다. 그래, 이거였어, 나는 잘못하지 않았어, 그녀는 떠나지 않아, 이번 시험도 이겨내고 그녀에게 다가가는 거야. 기분이 느긋해진다. 어떻게 시간이 흘렀는지 모르겠다. 파리다가 돌아와 내 앞에 선다. 표정을 보니 결정을 내린 모양이다. 하지만 그녀는 내 눈을 피한다.

"가자."

"고마워, 스승님."

그녀는 억지로 살며시 웃어 보이며 내게 용기를 준다.

"네 팽팽한 엉덩이는 고마워하지 않을 걸……. 겁나지?"

나는 그녀를 따라 복도로 나서며 대답한다.

"응. 그래도 하고 싶어. 다만 제대로 하지 못할까봐 그게 겁나."

테헤란에서 아버지도 이런 심정이었을까. 나는 아버지의 일기 한 구절을 떠올려본다. '나를 그에게 바치고 싶은 욕심이 고통마저도 지워버린다.'

우리는 도구가 전시된 방으로 들어간다. 그녀는 채찍과 회초리 앞에서 발걸음을 멈춘다.

"어떤 걸 선택할래?"

은장식이 달려 있는 검은색 승마용 채찍이 마음에 든다. 빳빳하면서도 부드러워 보인다. 독사처럼 생긴 것이 혀를 날름거리며 나를 유혹한다.

나는 손을 내민다. 그러나 내 주인이 나를 제지한다.

"시작치고는 너무 강해. 조금 반반한 걸 골라. 살을 베지 않는 것으로."

그녀는 폭이 넓은 가죽 끈을 보여준다. 나무 손잡이가 달려 있다. 그녀가 도구들 사이로 발걸음을 옮긴다. 나는 그녀의 꽁무니를 좇는다. 나는 첫날 내 시선을 끌었던 이상하게 생긴 침대 의자 앞에서 걸음을 멈춘다. 그녀가 나를 향해 돌아선다.

"이것도 안 돼. 몸이 꼼짝 못하기 때문에 충격을 그대로 흡수해. 널 매달 거야. 여기서는 아냐. 이건 치료가 아냐. 나는 의사가 아냐. 네 스승인 파리다가 널 때릴 거야. 네가 속한 세계인 사막에서."

"그게 더 좋아. 나는 파리다에게 내 몸을 바치는 거니까."

우리는 계단을 통해 지하실로 내려간다. 그녀가 작은 철문을 연다. 가죽 채찍을 들고 있으니 학교 다닐 때 동판화에서 보았던 이삭의 모습이 생각난다. 땔감 나무를 짊어지고 가는 어린 소년. 아브라함은 하나님에게 바치기 위해 그 소년을 땔감 나무

위에 올려놓고 불을 지를 것이다. 나는 생각한다. 내 몸도 불에 탈 것이다. 아니다. 내 몸은 벌써부터 불타오르고 있다. 희비가 교차한다. 두렵기도 하고 기쁘기도 하다.

그녀는 천막에 도착해 문에 걸린 자물쇠를 푼다. 그녀는 나를 기둥 옆에 세워둔다. 그녀가 커튼을 걷어 올린다. 빛이 들어와 천막 안이 조금 밝아진다. 그녀가 나를 쳐다본다. 그녀의 눈에서는 노여움도 만족감도 찾아볼 수 없다. 아주 진지한 눈빛이다. 옷을 벗으라고 명령한다. 홀랑 벗어. 옷가지가 발치로 우수수 떨어져 내린다. 내가 옷을 벗는 동안 그녀는 밧줄을 찾아낸다.

"손목을 모아……. 옳지."

그녀가 능숙한 솜씨로 손목을 묶는다. 그녀는 밧줄 한 쪽 끝을 대들보로 넘겨 잡아당긴다. 두 팔이 위로 올라가고 몸이 쭉 잡아당겨진다. 발가락 끝이 겨우 땅에 닿는다. 금세 힘들어진다. 그녀는 밧줄을 단단히 고정시킨 후 커튼이 드리워진 비밀스런 공간 뒤로 사라진다. 나는 느낄 수 있다. 벌거벗은 내 살가죽, 팽팽하게 늘어진 내 몸뚱이, 바깥에서 밀려오는 마른 모래 냄새, 향신료 냄새, 양탄자 냄새.

그녀가 다시 나타난다. 맨발이다. 소매가 없는 가벼운 검은 색 블라우스와 날염 무늬가 새겨진 폭이 넓은 치마를 입고 있다. 허리에는 두툼한 붉은 색 띠를 매고 있다. 긴 머리채가 등허리에서 출렁인다. 그녀는 가죽 채찍을 내 입 앞에 갖다 댄다.

"입 맞춰. 이것도 네게 입을 맞출 거야."

"주인님, 주인님의 뜻에 따르겠나이다."

그녀가 내 뒤에 자리 잡는다.

"한 대 한 대 맞을 때마다 숫자를 세도록 해. 틀리면 처음부터 다시 시작이야. 정신을 집중하도록 해."

나는 대답하지 않는다. 아무런 생각도 나지 않는다. 그저 조바심만 칠뿐이다. 내가 할 수 있을까? 견뎌낼 수 있을까?

오른쪽 엉덩이에 매가 떨어진다. 박수를 치는 듯한 소리가 울려 퍼진다. 너무나 아프다. 나는 공중에 매달린 채 가능한 한 멀리 몸을 앞으로 내민다. 몸에 불이 난 듯한 통증이 밀려온다.

"하나." 나는 숫자를 센다. "고맙습니다, 부인."

말이 채 끝나기도 전에 채찍이 다른 쪽 엉덩이를 핥고 간다. 처음보다 훨씬 날카롭고 훨씬 강하다. 나는 숫자를 센다. 또 채찍이 떨어진다. 나는 또 센다. 또 세고 또 세고. 간격이 일정하지 않다. 언제 채찍이 떨어질지 종잡을 수가 없다. 가끔 시간을 길게 끌기도 한다. 그러면 내 모든 감각은 불에 댄 듯 타오르는 내 엉덩이로 집중된다. 느닷없이 상황이 바뀐다. 이제 채찍은 내 허벅지를 갈긴다.

"다리를 오므리지 마! 다리를 벌려!" 그녀가 내 앞에 나타나 명령한다. 그녀는 내 허벅지 안쪽을 때린다. 허벅지가 뜨겁게 달아오른다. 나는 통증을 잊고 아름답기 짝이 없는 그녀를 바라본다. 몸의 움직임에 따라 검은 머리채가 이쪽 어깨에서 저쪽 어깨로 흔들린다. 벌거벗은 아름다운 팔이 곡선을 그리며 이리저리 요동친다. 그녀가 몸을 숙이면 두 개의 호박색 언덕 사이에 패인 계곡이 엿보인다. 내 시선은 그녀의 젖무덤에 가서 박힌다. 그녀가 활짝 웃는다. 고양이 이빨 같은 새하얀 치열이 드러난다. 함박웃음. 그러나 놀랍게도 그 웃음 속에 애잔함이 물들어 있다. 하지만 나는 이것저것 따질 여유가 없다. 그녀가 내 가슴을 후려치기 시작한다. 채찍이 춤을 춘다. 뒤집었다 엎었다. 갑자기 매질이 멈춘다. 그녀가 내 뒤쪽으로 사라진다.

한참 동안 소식이 없다. 아직 매를 맞지 않은 부분이 긴장하기 시작한다. 이미 매를 맞은 가슴과 허벅지가 불에 댄 듯 따끔거린다. 바늘로 콕콕 찌르는 것 같다. 살이 부들부들 떨린다. 그래서 쉬는 게 쉬는 게 아니다. 고통스럽긴 하지만 이만큼 견뎌내고 있다는 것이, 내 여신을 위해 순교자가 되었다는 것이 자랑스럽기도 하다. 목은 이미 잠겼다. 갑작스럽게 채찍이 떨어지면 숫자를 까먹기도 한다. 게다가 입을 꼭 다물고 있는 그녀 때문에 더 고통스럽다. 나는 그녀의 목소리가 듣고 싶다. 말로도 기분을 풀 수 있을 텐데. 내게 욕을 퍼붓고, 상소리를 지껄이고, 승전가를 부르면 기분이 풀어질 텐데. 왜 저렇게 진지한지 이해할 수 없다. 어떻게 저렇게 냉정할 수가 있단 말인가! 내가 뭘 잘못하고 있는 것은 아닐까? 무릎이 후들거린다. 매달려 있지 않다면 쓰러지고 말았을 것이다. 그나마 묶여 있기 때문에 이나마 몸을 지탱하고 있는 것이다……. 생각도 끝이다. 다시 채찍질이 시작된다. 내 몸은 불가마에 빠진 박차처럼 달아오른다. 피가 터진다. 이제 통증에 길이 들었나보다. 통증이 충분히 쌓여서인지 새로 채찍질을 당해도 더 이상 아프지 않다. 통증에도 한계가 있는 법인가. 몸에 피가 돌기 시작하면서 생기가 살아난다. 그녀가 다시 내 눈앞에 나타난다. 그녀의 새카만 머리카락에서 불길이 치솟는다. 그녀의 문신과 벌거벗은 어깨와 팔이 불타오른다. 그녀의 젖무덤이 벌렁거린다. 진하게 풍기는 그녀의 체취. 그녀의 모습이 나를 사로잡는다. 그녀의 눈에서 기쁨을 찾아볼 수 없다. 내가 아직 무너져 내리지 않았기 때문인가. 나는 산 세바스티안처럼 황홀경에 빠진다. 내 물건에 힘이 들어가면서 그녀를 향해 우뚝 솟는다. 그녀는 채찍을 돌려 내 물건에게 벌을 내린다. 세게 치진 않지만 효과가 있다.

"누가 허락했다고? 어쩜 이럴 수가!"

놀란 듯한 그녀의 목소리에 나는 얼어붙는다. 화를 냈을 때보다 더 강한 충격이다. 내 물건이 고개를 수그린다.

"잘 했어. 아주 착해요."

그녀가 나를 쳐다본다. 나는 확신이 서지 않는다. 불안해진다. 어쩌란 말인가? 내가 제대로 해내지 못한 걸까? 내가 그녀의 기분을 풀어주지 못했단 말인가? 두려움에 온갖 생각이 사라지고 만다…….

그녀가 채찍을 내려놓는다. 나를 풀어줄 듯하다가 망설인다. 나를 쳐다본다. 그녀와 나 사이에 놓인 공간이 출렁인다……. 갑자기, 충동적으로, 그녀가 눈을 감는다. 자신의 몸을 내 몸에 밀착시킨다. 그녀의 젖가슴이 내 가슴에 와 닿는다. 그녀가 팔을 둘러 나를 껴안는다. 입술을 내 입에 대고 사납게, 허겁지겁, 뭐라고 해야 할지…….

……우주가 흔들리는 듯한……. 나는 얼이 빠진다. 내 몸은 온통 그녀의 게걸스러운 입으로 빨려 들어간다. 순간, 내 안에서 빅뱅이 터진다. 화산 폭발. 내 핏줄을 타고 돌던 구제 받지 못한 영혼들이 뜨겁게 터져 나온다……. 내 전신이 내 입으로 파고든다. 그녀의 입술이, 그녀의 혀가, 그녀의 이빨이 나를 침범한다. 나를 깨물고, 나를 농락하고, 나를 감전시키고, 나를 소유한다……. 나는 눈을 감는다. 이 입맞춤 외에 다른 세상은 존재하지 않는다. 내 존재는 이 입맞춤 속에서 뒤집어진다. 화살에 맞은 산 세바스티안의 몸을 찾아냈던 그 여인. 그렇다. 나는 이제 이해한다. 그 여인은 바로 이런 식으로 산 세바스티안을 살려냈던 것이다.

영원할 것 같은 그 순간. 그러나 그것도 잠깐이다. 그녀는 떨어져 나가 숨을 헐떡이며 나를 쳐다본다. 저 눈의 광채! 나는,

이런, 발기가 되지 않았다! 어떻게 이럴 수가! 이런 바보 같으니! 나는 경지를 뛰어넘은 것이다. 나는 장벽을 넘어선 것이다. 내 몸은 부들부들 떨며 뜨겁게 불타오른다. 이것은 육체적 욕망을 넘어선 것이다. 삶과 죽음이 달린 열정이다. 삶을 주기도 하고 거두어 가기도 하는 열정. 나는 내 자신에게 놀란다. 그녀는 모든 것을 알고 있는 듯한 눈을 빛내며 나를 쳐다보고 있다. 이런 열정은 생전 처음이다. 나는 이런 열정을 포기한 채 지금까지 살아왔다. 진정한 열정. 우리는 이 열정 때문에 남을 죽이기도 하고 스스로 죽기도 한다. 위대한 비극, 영웅들의 삶, 인간의 고뇌, 인간의 파멸. 다 이 열정이 문제다. 신도의 헌신보다 더 많은 것을 요구하는 열정. 불면증보다 더 우리를 괴롭히는 열정. 고통스럽지만 모닥불과 같이 우리 삶에 필수적인 그 열정.

나는 마침내 그녀에게 도달했다. 격류에 댐이 무너지듯 내 감정이 눈을 통해 흘러내린다. 파리다는 부드럽기 짝이 없는 손가락으로 내 뺨에 흐르는 눈물을 씻어준다.

파리다가 밧줄을 푼다. 묶여진 두 팔이 내려온다. 그녀가 나를 안아준 덕분에 나는 쓰러지지 않는다. 그녀가 나를 양탄자 위로 데려가 눕힌다. 피에타에 나오는 그리스도가 된 심정이다. 내 몸은 감동에 젖어 원기를 회복한다. 엉덩이와 허벅지가 따끔거린다. 채찍이 훑고 지나간 자리. 파리다가 내 손목에 묶인 줄을 풀기 시작한다.

"손목이 많이 아프지?"

"이렇게까지 해야 너를 경배할 수 있다는 게 안타까워."

"미리암! 미리암!" 그녀의 목소리가 달콤하기 그지없다. "훌륭하게 해냈어……. 많이 아파?"

"처음에만. 끝날 때쯤에는 거의 느끼지도 못했어. 네가 때려서인지 애무하는 것 같았어."

"넌 이제 문지방을 넘어섰어. 넌 고통을 달게 받았어……. 지배자와 복종자 사이의 섹스에 있어서는 상상력이 중요해. 생물학은 중요하지 않아. 육체를 이겨내야 해. 육체를 뛰어넘어야 해."

나는 생각한다. 그래, 나는 성벽을 뛰어넘었다. 나는 이제 격정적인 삶에 도달했다. 목구멍으로 딸꾹질이 올라온다……. 내가 딸꾹질을 한다고? 그런 적이 없었는데! 내가 지금 코를 고는 걸까? 어쨌든 마찬가지다.

"다시 때려 줘. 다시 키스해 줘. 제발!"

"그럴 순 없어……. 아직도 모르겠어? 나 역시 힘들었어. 네가 채찍을 들 때면 알게 되겠지. 너도 채찍을 들어야 할 때가 있을 테니까……. 게다가 너도 더 이상 견딜 수 없을 거야. 넌 지금 떨고 있어. 아파서……. 내 말 알아들었지?"

"이걸로 끝이란 말이야?" 이럴 수가! "그 입맞춤이 마지막이라고? 그렇다면 차라리 지금 당장 날 죽여!"

딸꾹질 소리 같은 코 고는 소리가 다시 들린다. 나는 기쁘기도 하면서 슬프다. 그녀의 입이 내 귀로 다가온다.

"우리 미리암은 아직 몰라. 우리는 겨우 시작했을 뿐이야."

그녀가 내 몸을 돌려 눕힌다. 나는 엎드린다.

"움직이지마."

나는 복종한다. 통증이 살아나 움직이고 싶지도 않다. 양탄자 위에서는 그녀의 발걸음 소리를 들을 수 없다. 그녀의 손이 내 엉덩이를 쓰다듬는다. 마치 깃털 같다. 문득 부드러운 향이 느껴진다. 그녀가 상처 난 자리에 발삼 향을 조심스럽게 바르고 있다.

몸이 회복되어가자 끔찍한 의심이 고개를 들기 시작한다.

"사실대로 말해 줘. 내가 잘 해낸 거야?"

"무슨 이유로 그걸 의심하는데?"

"나를 때릴 때 살짝 살짝 보니까 슬퍼하는 것 같아서……. 내가 잘못하고 있다는 생각이 들었어."

그녀가 나를 옆으로 눕힌다. 그녀의 표정이 보이지 않는다.

"내가 왜 괴로워하는지 얘기했을 텐데. 피치 못할 일이야. 네가 나중에 직접 확인해 봐. 넌 결국 너 자신을 포기하고 널 내게 맡겼어. 사랑으로 때린다 해도 고통스럽긴 마찬가지야. 네 손목을 묶고 널 때리는데, 네가 당하는 고통을 나 역시 느낄 수 있었어……. 딱 한 번 화가 나기는 했어. 허락도 없이 네 물건이 일어섰을 때. 그것도 다 내 과거지사 때문이지. 네가 옷가게 탈의실로 벌컥 들어왔을 때처럼……. 나는 사랑으로 너를 때렸어. 그래, 내 나름대로의 사랑이겠지만. 그걸 잊지 마. 아직도 네게 확신이 서지 않아."

"무슨 시험이 또 필요한데?" 나는 분통을 터뜨린다.

"모험을 하고 싶지는 않아. 더 이상 실망하고 싶지 않아. 특히 네게는. 너는 내 가장 깊은 곳까지 들여다본 사람이야. 유일한, 어쩌면 마지막 사람일지도 모르지. 내 삶의 희망을 건 사람. 내가 어떻게 살아왔는지 알게 되면 내 말을 이해할 수 있을 거야."

"그럼, 우리의 삶은, 우리가 함께 사는 삶은……." 나는 절망적으로 소리친다. "그건 아무것도 아니란 말이야?"

그녀가 나를 냉정하게 바라본다. 호소하는 듯한 표정이다.

"그 누구와 함께 하는 삶보다 소중하지. 내 신뢰를 배신했던 사람도 너만큼 나를 차지할 순 없었어."

내 마음은 동의하지 않는다.

"스승님, 부인, 나는 네게 어떤 존재야?"

그녀는 내 곁에 앉아 이마가 양탄자에 닿도록 몸을 구부린다. 견진 성사 후 탱고를 출 때처럼 그녀의 뺨과 내 뺨이 합쳐진다. 그녀는 입술을 내 귀에 대고 속삭인다. 소름이 끼친다.

"이전에 넌 내 불가능한 환상이었어. 이제 넌 내 가능한 희망이야. 내가 왜 네게 채찍질을 했는지 듣지 못했단 말이야? 말해 봐!"

나는 망설인다. 그런 말을 들었던 기억이 없다.

"얼른! 확실히 말해! 내가 널 속이고 있다고 생각하는 거야?"

그럴 리는 더더구나 없다. 나는 고백한다.

"사랑하기 때문에, 그렇게 말했는데……. 그럼 난 뭐야? 나는 네게 뭘 해줄 수 있지?"

"바보멍청이! 바로 너 자신이잖아. 그걸 몰라! 너무나 여성스러운 남자. 내가 너를 네 본연의 모습으로 되돌려놓았을 때의 그 성취감. 나는 톨레도에서 너를 이미 알아봤어. 샘이 숨어 있구나, 라고 생각했지. 사막의 대상들은 종종 야자수가 늘어선 오아시스를 발견하기도 해. 그러나 막상 가보면 샘이 말라 있어. 하지만 노련한 유목민은 모래 밑에 숨은 물줄기를 찾아낼 수 있어. 너는 네 젠더를, 네 정체성을 드러내 보여주었어. 그리고 그걸 받아들일 용기도 있었고. 자기들이 사는 제도만 믿고 여성을 까뭉개며 잘난 체하는 사내놈들보다 너는 훨씬 용감했단 말이지……. 두 번 다시 이런 설명은 하지 않겠어. 그러니까 그걸 인정해."

인정하라고? 암, 받아들이고말고. 흠뻑 빨아들인다. 너무나 기뻐 정신이 없을 지경이다. 나는 그녀의 말을 곱씹어본다. 그녀가 움직이는 소리가 들린다. 주전자와 찻잔이 부딪히는 소리가 들린다. 그녀의 맨발이 그 어느 때보다 날렵하게 움직인다. 그녀의 몸이 물결친다. 나를 채찍질하느라 약간 헝클어진 그녀의 긴 머리채가 깃발처럼 나부낀다. 그녀의 치마가 나풀거리며 그녀의 몸을 부드럽게 감싼다…….

나는 정신을 놓고 그녀를 바라보고 있다. 순간 차 향기가 느껴진다. 그녀가 창문 커튼을 열어놓았다. 장밋빛 황금빛 빛이 쏟아져 들어온다. 그녀는 내 앞에 무릎을 꿇고 앉아 쟁반을 내려놓는다. 그녀가 두 개의 잔을 채운다. 김이 모락모락 피어오른다. 그녀가 잔 하나를 내게 건넨다. 우리는 박하 향이 나는 뜨거운 차를 마신다. 마음이 진정된다.

"내가 도와줄게."

내가 차를 마시는 중간 중간 그녀가 내게 옷을 입힌다. 나는 손수 옷을 입으려고 하지만 그녀가 말린다. 그녀는 아픈 부위를 건드리지 않기 위해 조심한다. 행복한 표정이다. 하는 짓이 귀엽다. 인형에게 옷을 입히는 계집애 같다. 내가 어렸을 때 감기에 걸리면 어머니도 이런 식으로 날 보살폈다. 그녀는 내게 블라우스를 입히고 조심조심하여 팬티를 입힌다. 나를 앉게 하여 치마를 입힌다. 엉덩이의 통증이 그다지 심하지 않다. 그녀는 내게 스타킹을 신겨 쭉 잡아당긴다. 구두를 신긴다.

"이제 다 끝났네요." 그녀가 활짝 웃는다. "이제 진짜 여자가 됐네……. 알아?" 그녀가 나를 껴안는다. "네게 빚을 졌어."

"내게 빚을 지다니? 무슨 소리야? 빚진 사람은 나야!"

"내가 빚진 거야. 넌 이제 막 장벽을 뛰어넘었어. 나도 그렇고. 나는 계속 망설이고만 있었어. 뛰어넘고 싶은 마음은 굴뚝 같았지만, 겁이 났었거든. 네 덕에 뛰어넘을 수 있었어. 또, 널 존경해. 힘들었을 텐데. 어디서 그런 용기가 났어?"

나는 수줍게 미소 짓는다.

"고백하지. 나도 겁이 났었어. 난 겁쟁이거든. 하지만, 너를 위해서라면, 뭐든지 다 할 수 있어……. 너도 알겠지만……."

"그렇다면, 이제 다음 단계로, 다음 의식으로 넘어가야겠어. 힘을 내도록 해. 특별한 의식이야. 넌 내 술잔으로 의식을 치르게 될 거야. 헌신적으로 다가갈 수 있겠지?"

"내 여신을 따라간다고? 내 온몸을 바치겠어!"

"네가 지나치게 나오지 않을까 두려워. 아직도 가야할 길이 먼데……. 네 눈을 가려야 할지 말아야 할지 모르겠어. 이곳 천막에서 내 허벅지를 보고 정신을 판 적이 있었잖아."

"파리다, 제발, 날 이해해 줘. 나는 평생 그 모습을 잊을 수 없을 거야……. 이제부터는 네 명령에 무조건 따르겠어. 이제 난 네 것이니까."

"아직은 아냐. 아직은 그런 단계에 도달하지 못했어. 내가 진정으로 너를 소유해야 그렇게 될 수 있어."

"원한다면 지금 당장 나를 가져."

"넌 아직 잘 몰라. 그건 또 다른 의식이야. 그 의식은 내가 위대한 스승님에게서 물려받은 홀(笏) 아래에서 거행되어야 해. 너도 알지, 파리에서 나를 이끌어주었던 분. 이제 의식을 거행해야겠어. 네 눈을 가리지 않을 거야. 어둠 속에서 의식을 치를 거야."

그녀에게 한 발 다가설 수 있는 의식을 치른다는 생각에 내 마음은 부풀어 오른다. 생기 넘치는 그녀의 표정이 내게 용기를 준다. 그래, 무슨 일이든 열심히 해야지. 그녀는 잔과 빈 주전자가 담긴 쟁반을 치우고 양탄자 위에 등을 대고 눕는다. 그녀는 다리를 벌려 폭이 넓은 치마 안에서 무릎을 세운다. 천막을 세운 것 같다. 그녀의 발끝만 살짝 드러나 있다.

"저 앞에 엎드려! 그리고 내 쪽으로 기어와!" 명랑한 목소리로 명령한다. 흥분한 듯싶다.

"당연히 그래야겠지."

"이래서 네가 좋아. 말을 잘 들어서……. 이제 내 치마를 들어올려. 내 두 다리 사이에 머리를 꼭 끼워. 그리고 이 어두운 동굴을 통해 내 쪽으로 다가와. 천천히 더듬더듬 기어오면서 무엇을 만나든 경의를 표해야 해. 성배(聖杯)를 찾아봐……. 토끼 우리에서 새끼 토끼를 사냥하는 족제비를 연상해봐!"

심장이 요동친다. 통증이 싹 사라진다. 나는 치마 밑으로 기어들기 전에 그녀의 발가락 하나하나에, 그녀의 발등에 입을 맞춘다. 보석과 같은 그녀의 살. 신발을 신길 때 손으로 잡아보긴 했지만 맨살에 입술을 대보기는 생전 처음이다. 나는 머리를 그 성스러운 동굴로 집어넣는다. 내 코에 양탄자 양털 냄새와 더불어 미묘한 향이 전해진다. 동물적이면서도 인간적인 냄새. 진한 야생의 냄새.

나는 그녀의 양쪽 다리에 입을 맞추며 천천히 전진한다. 무릎을 애무할 때 감정이 격해진다. 평생 동안 나를 강박관념으로 시달리게 했던 것. 이제 그 문지방을 넘어서고 있다. 리안의 사진, 팰리스 호텔과 최근 이 천막에서 보았던 그녀의 다리. 성스러운 기둥, 고귀한 허벅지, 그녀의 몸이 이제 손 가까이 있는 것이다……. 숨이 멎는 듯하다가 급작스럽게 숨결과 맥박이 빨라진다. 나는 발꿈치를 괴고 손으로 그녀의 무릎을 쓰다듬는다. 감격으로 손이 떨린다. 내 손은 부드럽고 따스한 그녀의 동그스름한 해안에 닻을 내린다. 내 손이 그녀의 무릎 주변을 돌아다닌다. 내 손이 쩔쩔매고 있다……. 보이지는 않지만 눈이 부시다. 마침내 나는 풍요로운 반도에 도착한다……. 허무한 환상이 아니다. 살아 숨쉬는 몸이 실제로 나타난다. 내 혀와 입술이 내 손과 보조를 맞춘다. 내 혀와 내 입술과 내 손이 경건한 마음으로 탐험 길에 나선다. 영원히 이 곳에 안주하고 싶다. 그러나 안쪽에서 억세면서도 여성적인 향기가 나를 유혹한다. 그 향기가 내 머리를 가득 채운다. 벼랑 끝 바위에 부딪혀 산산이 부서지는 파도, 그 파도에 실린 바다 냄새……. 나는 전진한다. 머리가 그녀의 허벅지 사이에 낀다. 그러나 부드러운 집게가 활짝 벌어지는 순간 내 입에 성배가 와 닿는다. 마침내 족제비가 새끼 토끼를 낚아챘다……. 몸이 달아올라 정신이 흐릿해진다. 내 코는 곱슬곱슬한 솜털에 파묻힌다. 내 입술은 그녀의 또 다른 입술에 입을 맞추고, 내 혀는 그 입술을 달게 핥고 봉긋 솟아오른 꽃봉오리를 희롱한다……. 밖에서 들리는 신음소리가 나를 자극한다. 내 이빨은 조심스럽게 물어뜯고, 내 입술은 빨고 핥는다……. 입에서 소금 맛이 느껴진다. 향긋한 굴 냄새, 섬게 냄새, 사랑의 묘약……. 내 입은 요동치는 삼각지점에 머물러 있고, 내 손은 힘이 들어간 그녀의 허벅지를 탐하고 있다. 나는 성배에 경의를 표한다. 나는 의식을 거행한다. 빨고, 홀짝이고, 핥고, 깨물고, 삼킨다……. 밖에서 들려오는 신음소리가 커진다. 웅얼웅얼하는 소리가 들린다. 무슨 말인지 알아들을 수 없다. 내 입에 자극 받아 그녀 몸이 떨리기 시작한다. 지진이 일 듯 그녀 몸이 행복에 겨워 요동친다. 분화구에서 과즙이 터져 나온다. 나는 성배에 담긴 과즙을 허겁지겁 받아 마신다……. 그녀의 발이 박차를 가하듯 내 엉덩이를 찬다. 채찍에 맞은 자리가 아파 오기 시작한다. 그녀는 안장을 조이듯 허벅지로 내 뺨을 짓누른다. 오한이 인다. 내 몸이 발작을 일으킨다. 나는 정신을 잃고……. 마침내, 망가진 용수철처럼 허벅지가 열린다. 두 다리가 내 몸 양편으로 떨어진다. 손 하나가 치마로 가려진 내 머리 위에 놓인다. 무슨 뜻인지 알 수 있다. 나는 뒷걸음질로 성소(聖所)에서 기어 나온다…….

빛에 익숙해지는데 시간이 잠시 걸린다. 나는 파리다를 바라본다. 황홀경에 빠진 표정이다. 헝클어진 머리채, 벌어진 입술, 멍한 눈동자. 젖가슴이 오르락내리락한다. 마침내 나를 보고 천사 같은 미소를 보낸다. 나는 엉금엉금 기어 그녀 곁으로 다가간다.

"무슨 말을 해야 할지 모르겠어."

"좋았어?"

"이보다 더 큰 은혜는 없을 거야."

그녀가 미소 짓는다. 노곤하지만 힘이 실린 목소리로 말한다.

"힘들었을 거야. 이게 무얼 의미하는지 잘 생각해봐……. 이제 날 혼자 있게 해줘. 나도 기운을 차려야 하니까……. 이걸 받아. 너 외에는 그 누구에게도 지금처럼 해준 적 없어. 명심해!"

그녀는 아주 작은 물건을 내 손에 쥐어준다. 나는 그녀 손에 입을 맞춘다. 지하실로 통하는 계단을 내려갈 때 보니 가랑이 사이가 끈끈하게 젖어 있다. 나도 모르는 사이에 팬티에 실례를 했나 보다. 첫 영성체 때에 오줌을 지리는 계집아이들처럼……. 나무나 흥분해서 그랬을 것이다. 욕망보다 더 고귀한 열정. 단지 성기뿐만 아니라 몸 전체에 활기를 불어 넣어주는 그 열정.

몽정을 하고 당황해하던 어린 시절의 새벽을 떠올려본다. 엄마에게는 차마 말을 못했었지. 하지만 그녀는 알 것이다. 그녀에게는 말해야 한다. 나는 그녀에게 아무것도 감추고 싶지 않다. 나는 마침내 찾은 내 열정이 자랑스럽기 그지없다. 온 세상에 대고 외치고 싶은 심정이다.

잠긴 철문 앞에서 나를 걸음을 멈춘다. 그녀에게서 받은 물건을 확인한다. 바로 이 문의 열쇠가 아닌가! 아무에게도 맡기지 않았던 바로 그 열쇠! 이보다 더 행복한 순간이 다시 있을까 싶다.

파리다의 사무실을 정리하다가 우연히 창 밖을 내다보니 전차가 정원 울타리 앞에 정차하는 것이 보인다. 이상한 일이다. 손님들은 보통 건물 정면 현관을 통해 들어오는데. 아니 이런! 전차가 출발하기 전에 한 사람이 전차에서 내린다. 이상한 모습이지만 정신이 나간 환자로는 보이지 않는다……. 나는 곧 웃음을 터뜨린다. 후안 삼촌이다. 나를 만나러 오는 것이 분명하다. 라스-마리프에 있을 때나 얼마 전 나를 찾아왔을 때와 똑같은 모습이다. 모래막이 외투를 걸치고 챙이 넓은 밀짚모자로 대머리를 가리고 있다.

나는 반갑게 인사하며 삼촌에게 달려간다. 우리는 껴안는다. 삼촌이 몸을 빼며 한 발 뒤로 물러나 머리끝에서 발끝까지 나를 훑어본다. 내 모습이 마음에 드는 모양이다. 눈에 애정이 담뿍 담겨있다.

"삼촌, 나를 알아보겠어요?"

"물론이지……. 너도 알고 있었구나. 그래도 막상 이런 모습을 보니……. 아주 좋아."

나는 삼촌에게 안으로 들어오라고 한다. 그러나 삼촌은 정원 소나무 밑에서 얘기하자고 한다. 내가 지난번에 주인에게 바치기 위해 꽃을 꺾어들고 서 있었던 곳이다. 내가 굳이 설명하지 않아도 삼촌은 알고 있다. 내가 이제 미리암이라는 사실을. 나는 삼촌에게 어떻게 그걸 알았느냐고 묻는다.

"아가씨, 이곳에서는 모든 것을 알 수 있어요."

"조카가 이렇게 변했는데 이상하지 않아요?"

"성형 수술이라도 한 거니?" 삼촌이 수상한 듯 캐묻는다.

"아니에요!" 나는 소리친다. "삼촌을 만나게 될 줄은 몰랐어요. 내 이런 모습을 보는 것은 내가 사랑하는 사람들 중에서 삼촌이 처음이에요."

"부모님을 만나지 않았어?"

"전에 만났어요. 이런 모습으로는 아직."

삼촌은 잠시 생각에 잠긴다. 놀란 모양이지만 언급을 회피한다.

"이상하지 않아. 잘했어. 네 인생이잖아. 남에게 해를 끼치는 것도 아니고. 이제 자유롭게 네 자신을 꾸며나갈 수 있겠구나. 축하해!"

"축하요? 삼촌, 정말이에요? 아이 좋아라!"

"의식을 치른 것도 축하해. 처음이었겠지. 물론 마지막도 아닐 테고."

나는 신이 나서 삼촌을 힘껏 껴안는다. 삼촌은 그것도 알고 있다.

"한 가지 알려주지. 그녀가 그렇게까지 대해준 남자는 한 명도 없었어. 남편도, 옛날 애인도."

"설마?" 나는 감격에 젖어 묻는다. 하지만 나는 삼촌을 의심할 수 없다. 삼촌은 나타날 때마다 더욱 지혜로워지고 사람 속을 꿰뚫어보는 능력도 강해진다. 모든 것이 투명한 이곳 아푸에라스에서 나는 삼촌에게 전혀 놀라지 않는다.

"정말이다. 그 해에 그녀와 함께 네 집을 찾아왔던 남편에게는 허락했을 테지. 하지만 남편은 종교적인 신념 때문에 그렇게 하지 못했을 거야. 마음이 너무 여린 사람이어서 부인에게 차마 그러지 못했을 거야……."

나는 삼촌을 와락 껴안고 싶은 충동을 느낀다. 자랑삼아 한바탕 지껄이고 싶다. 내가 하루 종일 무슨 생각을 했는지 큰소리로 떠들어대고 싶다……. 하지만 그것은 나만의 보물이다. 함부로 내뱉지 않는 게 좋다. 그녀 곁에 있을 때만 제외하고!

"그래요. 행복했어요……. 어떻게 그럴 수 있었는지 모르겠어요."

"네 자신이 무슨 일을 하는지 몰랐기 때문에 가능했지. 넌 유일한 사람이었어. 그녀는 다루기 힘든 반려자야. 너는 그녀의 또 다른 진정한 반쪽이고. 너는 단순한 복종자가 아니야. 그녀가 평생 그 무엇보다도 간절히 원해왔던 사람이야. 남성 복종자. 그걸 이해할 수 없단 말이야? 그녀는 주도권을 잡지 않고서는 자신을 결코 내줄 수 없어……. 그래서 넌 아무도 가보지 못한 곳까지 갈 수 있었지."

"그렇다면 그녀는 왜 아직까지 자신이 없다고 하는 걸까요? 왜 나를 차지하려고 하지 않는 거죠?" 나는 불평을 터뜨린다. "나를 이용해먹는 거 같아 죽겠어요……. 나를 피하고 있단 말이에요……."

"큰일을 성취하려면 오래 기다려야 하는 법이야. 너무나 욕구가 크다보면 가끔 포기하는 경우도 생겨."

"그렇게 생각하세요?" 나는 생각에 잠긴다. 내가 품고 있는 열정만큼 강한 열정을 그녀도 품고 있기를 바란다. 그럴까?

"시험에 빠지는 거, 그거 우리 집안 내력이야. 루이사 이모가 남편과 어떻게 살았는지 얘기해준 적이 있을 거야."

"그래요. 이모가 아주 불행했다는 생각에 마음이 아팠어요. 그런데 삼촌은 그 반대라고 하셨죠."

"정말이야. 이모는 아주 행복했어. 자신이 원했던 삶을 찾아간 거였어. 남편감이 나타났을 때 모든 사람들이 반대했지만 나는 네 이모의 결혼을 위해 힘썼어. 결혼이 아니었다면 네 이모는 라스-마리프에서 재봉틀에 묶여 지내다 죽어야했을 거야. 나는 결코 후회하지 않았어. 두 사람은 서로를 필요로 했어. 시험이 닥쳤지. 네 이모부에게는 여자들이 많았어. 그래도 오래가는 여자는 없었어. 반면, 이모부는 루이사 이모와 오래 살았어. 죽을 때까지……. 이모의 죽음에 대해서는 얘기를 들었을 거야. 그렇다면, 이모부가 어떻게 죽었는지는 알고 있니? 이모를 땅에 묻고 며칠 후에 이모부 혼자서 묘지를 찾아갔어. 이모부는 비석을 세우려고 파놓은 흙더미 앞에 자리를 잡고, 권총을 입에 물고, 방아쇠를 당겼어. 희생양이 필요했던 걸까? 모든 게 다 끝났다고 생각했던 걸까? 미처 모르고 있던 아내에 대한 사랑을 깨달아서였을까? 정말이지 사랑이란 종잡을 수가 없어……. 너는 미리암이 되었어. 그보다 더 큰 사랑이 있을까?

"그렇긴 해도, 파리다는 아직 확신이 없어요……. 내 경우는 달라요, 삼촌. 나는 내 본연의 모습으로 돌아가고 싶어요. 그녀가 내게 젠더와 성의 차이를 설명해줬어요. 내 정체성을 밝혀줬어요……. 내 사랑은 그 후에 싹튼 거죠."

삼촌의 얼굴에 매력적인 미소가 떠오른다.

"그럴까? 톨레도와 팰리스 호텔에서의 일은 아무것도 아닐까?"

나는 생각해본다.

"삼촌 말이 맞을지도 모르지만 어쨌든 마찬가지죠. 중요한 점은 미리암이 자신의 젠더와 사랑을 의심하지 않는다는 거니까. 그녀가 바라던 대로 나는 변했어요. 그런데 왜 나를 받아들이지 않는 거죠? 나를 사랑한다고 해요. 사랑하기 때문에 나를 때렸다고 해요. 그러면서도 나를 피해요. 나는 너무 당혹스러워요. 탄탈루스와 같은 심정인 거죠. 눈에는 보이지만 잡을 수는 없는……. 그녀는 마치 어머니처럼 나를 대해요. 어머니도 나를 사랑한다고 하면서 불행하게 만들었어요."

"네 어머니는 네가 자신이 바라는 대로 커주기를 바랐던 거야."

"어머니는 나를 가만두지 않았어요. 어머니는 내가 어머니의 구두를 신고 어머니의 옷을 입고 춤추는 것도 하지 못하게 했어요! 나는 어머니를 사랑했어요! 어머니를 닮고 싶었어요! 어머니처럼 되고 싶었던 거예요!"

"내 말을 오해하는구나. 네 어머니가 바랐던 것은 그게 아니었어. 그 반대야. 자신이 성취하지 못한 거였지. 네 어머니는 남자로 다시 태어날 수만 있다면 모든 것을 바쳤을 거다. 파리다가 사용하는 용어로 말하자면, 네 어머니의 젠더는 남성이었어. 자신이 존경했던 에버하트처럼 말이다. 네 어머니는 대범한데다 문학에도 소질이 있었다. 하지만 당시에는 그런 점들이 여성에게 불리하게 작용했어. 청혼자들이 놀라자빠졌지. 북아프리카의 식민지에다 군대 주둔지였으니 오죽했겠니. 네 어머니는 기다렸단다. 네 아버지가 많은 사람들을 알고 있으니, 그 덕에 언젠가는 날개를 활짝 펴고 훨훨 날아오를 수 있을 거라고 생각했단다. 하지만 그곳 분위기는 너무나 형편없었어. 네 어머니는 포기할 수밖에 없었다. 그래서 너라도 사내대장부가 되어주기를 바라게 되었지. 패배자가 아닌 승리자가 되어주기를 바랐던 거야. 네 어머니는 잘난 체하는 사내놈들을 용납하지 못했어……. 생각해봐, 파리다와 같지. 두 여자는 아주 잘 통할 거야."

삼촌의 마지막 말이 가슴에 와 닿는다. 파리다가 우리 집을 찾아왔을 때가 생생하게 떠오른다. 파리다는 거실에 있는 어머니 사진을 당당하게 바라보았다. 나는 이제 확실하게 알 수 있다. 두 여자는 시간의 심연을 뛰어넘어 대화를 나누고 있었던 것이다. 두 여자는 '서로를 이해했다.' 삼촌 말이 맞다. 그 결과는! 그래, 그 꿈이다. 두 여자는 시벨리우스의 〈슬픈 왈츠〉에 맞춰 한 몸이 되어 춤을 추었다. 그렇다. 새로운 빛이 보인다. 모든 것이 들어맞는다.

한 가지만 빼고 모든 것이 들어맞는다. 의미를 알 수 없어 괴로워했던 파리다의 그 말 한 마디.

"내 파리다는, 그러니까 삼촌 말은……. 놀리지 마세요!"

"놀리는 게 아니다, 얘야. 네 파리다는 아직 네 것이 아냐. 파리다는 어떤 남자에게도, 어떤 여자에게도 속하지 않아. 절대 그렇게 될 수 없어. 그녀도 이런 사실을 알고 있어. 이런 생각은 안 해본 거니? 그녀가 남자를 받아들이지 못하는 이유가 있을 게 아니냐. 네가 여자 옷을 입고, 채찍질에 몸을 맡기고, 그녀의 뜻에 고분고분 따른다고 해도, 널 받아들이지 못하는 무슨 이유가 있을 게 아니냔 말이다."

"과거 얘기를 얼핏 비춘 적이 있지만 털어놓진 않았어요."

"나는 알고 있다."

눈과 귀와 정신이 활짝 열린다. 나는 얼른 계속 하라고 재촉한다.

"루이사가 죽어 카빌리아에 찾아갔을 때 그녀를 알게 되었단다. 포트-내셔널에서는 널리 알려진 이야기지. 고인이 된 그녀의 할아버지가 워낙에 유명했던 분이라. 시 모흐타르라고 아주 독특한 양반이었다……. 이전에 내가 그곳에서 군복무를 할 때 그 양반이 말을 타고 가는 모습을 종종 보곤 했었는데……. 그 양반이 죽고 나서, 인근 부족 중에서 힘깨나 쓰는 사람이 새로 가장이 된 파리다의 삼촌에게 파리다와 결혼하고 싶다는 뜻을 밝혔다. 그녀는 거절했어. 그녀는 유럽인 어머니와 함께 알제에 살고 있었지. 대학에 진학하길 꿈꾸며 유럽식으로 살았어. 할아버지에 비해 심약했던 삼촌은 그녀에게 결혼을 강요할 수 없었고, 부족 사람들 또한 그녀를 법적으로 보호하고 있는 프랑스 정부와 문제를 일으키기를 원하지 않았지. 그러자 청혼자는 자신의 재산을 이용하기로 결심했단다. 엄청난 지참금을 내놓으며 전통에만 맞게 살아준다면 사적인 자유를 보장해주겠다고 약속했지. 그러나 소용없었단다. 청혼자는 포기하고 물러나는 듯싶었다. 그런데, 2년 후 파리다가 고향을 방문했을 때, 이를 갈고 있던 청혼자가 파리다를 납치해 강간하는 사태가 벌어졌다. 처음에는 두 부족 사이에 전쟁이 일어날 뻔했지. 하지만 오히려 파리다와 그녀의 어머니가 족장의 명을 거역했다는 이유로 욕을 먹게 되었다. 강간범은 그 틈을 이용해 보석금을 내고 풀려나게 되었고, 고향으로 돌아와 권력도 차지하게 되었지. 파리다의 친척들은 그 강간범과 협정을 맺었고. 몇 달 후, 강간범은 말을 타고 숲을 지나가다가 총에 맞아 죽었다. 집으로 돌아가는 중이었지. 범인은 끝내 잡히지 않았다. 포트-내셔널 사람들은 수군거렸지. 파리다가 범인이라고."

머리 속에서 회오리바람이 치기 시작한다. 파리다 생각이 간절해진다. 당장 그녀에게 달려가고 싶다. 내 피를 전부 바쳐 복수를 해주고 싶다. 아아, 이런, 철부지라니! 삼촌의 말을 듣고 몸이 벌벌 떨린다. 얼굴이 화끈화끈 달아오른다. 이제 그녀를 속속들이 이해할 수 있을 것 같다. 그 어느 때보다 그녀를 더욱 더 사랑할 수 있을 것 같다. 그래, 아무리 어려운 일일지라도 그녀를 위해 해낼 것이다. 내 능력으로서는 도저히 할 수 없는 일일지라도. 그래, 끝까지 참고 그녀를 기다리는 거다……. 삼촌이 말을 계속하고 있는 것을 문득 깨닫는다.

"조금만 더 참아달라고 얘기했을 테지. 아무데서나 조바심치지 말라고. 그녀를 이해할 수 없을 때는 이걸 기억하도록 해. 우리의 삶은 이성보다는 감정에 더 많은 영향을 받는다는 사실을……. 난 널 무척 사랑한단다. 알지? 너에게서 내 모습을 보는 것 같아 기분이 아주 좋다."

무슨 말을 하는지 모르겠다. 무슨 뜻이냐고 물어보려는 순간 뷰익이 도착하는 소리가 들린다. 나는 벤치에서 일어나 문으로 달려간다. 차에서 내리는 파리다를 맞이한다. 나는 삼촌을 파리다에게 소개시켜주기 위해 몸을 돌린다. 그러나 정원에는 아무도 없다. 나는 그녀의 가방을 받아들고 그녀를 따라 집으로 간다.

밤이다. 나는 내 감방으로 돌아와 삼촌의 마지막 말을 곱씹고 있다. 무슨 이야기가 숨어 있는 게 틀림없다. 삼촌과 관련된 이야기일 것이다. 나는 어렸을 때 친절하고 자상한 삼촌을 사랑했다. 그러나 무기력증에 빠진 삼촌은 싫어했다. 삼촌은 모로인의 카페에서 시간을 죽이며 지냈다. 그러나 지금, 그로부터 오랜 시간이 지난 후, 나는 알게 되었다. 우리가 살고 있는 이곳 아푸에라스에서는 모든 것이 투명하다. 나는 삼촌의 로지와의 위험한 거래와 다른 식구들에 비해 뛰어난 삼촌의 능력도 알게 되었다. 삼촌은 현실 감각이 있고 판단력 또한 뛰어난 편이었다. 삼촌의 지혜는 바가바드기타에 나오는 아르주나의 충고에 따른 것이다. 결과에 연연하지 말고 해야 할 일을 행하라. 하지만 내가 오늘 알아낸 것 중에서 가장 중요한 것은, 연분홍 빛 광채로 내 밤을 환하게 밝히는 것은, 심장을 도려내는 듯한 파리다의 과거다. 이제 파리다는 내 손이 닿지 않는 높은 곳에 올라가 있다. 내 자신을 더욱 단련하지 않으면 그녀를 영영 만날 수 없을 것 같다. 나는 어두운 내 감방 침대에 누워 그녀의 모습을 그려본다. 그녀는 길옆 수풀 속에 숨어 있다. 소총 가늠쇠 위로 말을 타고 가는 사람이 들어온다. 그녀가 방아쇠를 당긴다. 희생자는 극히 천천히, 지독한 고통에 시달리며 죽어간다. 파리다! 파리다!

네 이름은 이제 내 기도문이 되었다. 네 이름 외에는 이제 더 이상 아무 것도 필요 없다.

어쩔 수가 없다. 요즘 나는 그녀의 머리를 손질해준다. 나는 정성을 다해 오래오래 그녀의 머리를 빗긴다. 너무나 사랑해서 일까. 머리 빗기는 작업도 하나의 의식이 되어버렸다. 내 손에 와 닿는 그녀의 풍성한 머리채! 내 손을 스치며 출렁이는 새카만 광채! 맑은 시냇물에 손을 담은 듯한 이 기분! 숨이 막힐 듯한 그녀의 체취! 사향 냄새와 들판 냄새가 목덜미와 어깨에서 풍겨 나오는 체취와 뒤섞인다. 나는 천천히 빗을 놀린다. 나를 채찍으로 때릴 때 헝클어졌던 이 머리채. 나는 안다. 파리다는 새롭게 태어난 미리암에게 크나큰 은혜를 베풀고 있는 것이다. 그녀에게 채찍을 맞았던 미리암이 이제 숨을 죽여 가며 그녀의 머리를 빗고 있다. 나는 거울을 쳐다본다. 문신이 새겨진 그녀의 아름다운 얼굴. 그래, 나도 언젠가는 문신을 새길 것이다. 그녀의 것임을 증명하는 영원한 표식으로……. 빗질을 끝낸다. 화려한 검은색 우단 망토가 그녀의 어깨 위로 떨어진다. 간단한 매듭을 이용해 그녀가 손수 망토를 여민다. 그녀가 팔을 들어올려 뒷목으로 손을 모은다. 인형과 같은 깜찍한 모습이 거울 속에 나타난다. 그녀의 가슴을 안고 입 맞추고 싶은 충동을 이겨내기 위해 나는 안간힘을 써야 한다. 나는 끓어오르는 욕정을 꾹 참고 그녀에게 봉사한다. 그러다 보니 내 모든 행동이 에로틱하게 나타난다. 아주 간단한 집안일을 할 경우에도 그렇다.

나는 이제 어느 정도 마음 편하게 움직일 수 있다. 우리 두 사람만 있어서 그런 것은 아니다. 내 주인, 내 사랑 외에도 이 집에는 많은 사람들이 살고 있다. 하지만 그녀는 다른 사람에게는 거의 말을 걸지 않는다. 클리닉에서도 마찬가지다. 그녀는 항상 나를 곁에 두고 싶어 한다. 식당에서도, 사무실에서도. 그녀는 문제가 생기면 나와 상의하기도 한다. 그녀는 내게 많은 것을 가르쳐 준다……. 내 처지가 확실히 달라진 것이다. 증거도 있다. 내 목에 걸린 황금 양털. 사막으로 통하는 철문을 열 수 있는 열쇠. 나는 천막 대들보에 매달린 대가로, 내 몸을 그녀에게 바친 대가로 열쇠를 얻었다. 이 열쇠는 내 영성체의 기념물이기도 하다. 나는 영광스럽게도 인증을 받은 것이다! 내가 평생 꿈에 그리던 그 허벅지가 내 뺨을 어루만졌던 것이다. 비단결 같은 따스한 감촉, 부드러우면서도 단단했던 그 힘. 파리다, 나는 그 허벅지에 경의를 표하고 싶었지만 너는 그 허벅지를 보지 못하게 했어. 매일 아침 침대에서 일어나는 것을 도와줄 때도 너는 허벅지만은 보여주지 않았어. 나는 네가 왜 허벅지를 감추는지 몰라 괴로웠어. 그러나 네가 강간당했다는 사실을 알고 나서는 이해할 수 있었어. 너는 상처받았어. 여자를 강간하고도 용서받는 그런 못난 사내놈들에게 문을 닫아버린 거겠지. 이제 오해는 하지 않겠어. 너는 내 몸을 칼처럼 단단하게 만들어주었어. 너도 이제 알 테지. 나는 네가 원하는 모습으로 돌아왔어. 너는 이제 나를 잘 익은 과일처럼 따먹을 수 있어. 네가 나를 가꾼 거야. 내가 옆에 있잖아. 나는 지금 떨리는 심정으로 네가 얼마 전에 예고한 시험을 기다리고 있어. 어젯밤에 내게 알려주었지. 바로 오늘이라고. 위대한 스승님에게서 물려받은 홀(笏) 아래에서 거행되어야 하는 의식……. 어서 빨리 했으면! 무엇이든 달게 받겠어. 나는 그 희망으로 살고 있어. 채찍을 맞으면서 내가 너와 하나라는 느낌을 받았어. 나는 죄인이었는데, 내게 너무 과분한 행복이었어. 묶인 채로 네 여자 친구에게 매를 맞고 있는 네 모습을 상상해보았어. 그래, 이 감미로운 고통의 길을 걸어 너에게 더욱 가깝게 다가가겠어. 신에게 다가가기 위해 신도들이 걸어가는 그 길을 통해.

그러나 지금은 내 여신이 내게 다가오고 있다. 여신은 우아한 모습으로 나타난다. 조각상 같다. 폭포수처럼 늘어진 검은 머리채가 어깨 뒤로 넘어가 있다. 그녀는 웃고 있지만 나는 살짝 겁이 난다. 다정한 눈초리, 부드러운 목소리.

"준비됐어?"

"난 네 것이야. 나를 가져."

"널 가질 거야. 알아? 이전에 네가 요구했을 때 왜 내가 널 갖지 않았는지? 할 수 없었기 때문이야. 오래 전에 맹세했었어." 그녀가 문신을 만진다. "어떤 남자에게도 몸을 허락하지 않겠다고."

나는 서두른다. 지금이 아니면 기회가 없다.

"내가 아직 충분히 여성화되지 않았다는 거야? 지극히 여성스러운 남자가! 네가 말한 거잖아. 내가 그런 남자라고. 내 젠더와 내 태도로는 부족한 거야? 파리다, 나를 올라타! 넌 아마존의 여전사야. 남자와 같은 여자가 돼서 나를 이끌어 줘."

"아마존의 여전사라, 그래. 하지만 아직 네가 해야 할 일이 남아 있어. 네가 여자들에게 주었던 것을 네 몸으로 받아내야 해. 가장 비참한 지경으로 떨어지는 것으로 보일지 모르지만, 사실은 가장 높은 곳으로 올라가는 거야. 너의 여성화를 위해, 그리고 나를 위해. 너는 네 안에서 나를 느끼게 될 거야. 남자의 물건을 받아들이는 여자처럼……. 그래도 좋겠어?"

"의심하는 거야? 비참한 지경이라니? 나는 현재의 내 처지에 만족해. 현재의 내 처지가 뭔지 알아? 오로지 너만을 사랑하는 거야. 네 것이 되는 거야. 너는 날 채찍으로 때렸어. 다른 사람이라면 고통스러웠겠지. 하지만 나는 쾌감을 느꼈어. 이제 넌 내가 속속들이 네 것이 될 수 있는 영광스런 기회를 주려고……. 좋아! 내 몸을 열어, 나를 차지해, 나를 발기발기 찢어! 너의 강한 힘을 느껴보고 싶어. 너의 숨결을 따라가고 싶어. 너의 쾌락을 좇아……. 나중에 나를 경멸한다 해도 상관없어."

"그렇지 않아. 나는 경멸이 아니라 사랑으로 네 문을 열거야. 다른 남자들을 범한 적이 몇 번 있어. 그렇지만 결코 사랑은 아니었어. 그 반대였지. 불타는 복수심과 전문가로서의 자부심으로 그랬어. 다시 말하지만 절대 사랑은 아니었어……. 맹세해.

사랑으로 이러기는 내 생전 처음이야."

그녀가 내게 입을 맞춘다. 나를 묶어놓고 채찍질을 할 때와 같다. 그때처럼 열정이 달아오른다.

"나도 처음이야. 너는 처녀를 안게 될 거야. 그래야 마땅하지."

"그렇다면 더 이상 지체하지 말자. 우리 신전으로 가자."

그녀는 내 손을 잡고 드레스 룸으로 데려간다. 그녀는 나를 위해 스타킹과 가터와 아주 단순하게 생긴 짧은 튜닉을 골라준다. 모두 하얀색이다. 샌들까지 하얀색이다.

"팬티는 필요 없어. 시간이 조금 걸릴 거야." 그녀는 생글생글 웃으며 나를 홀로 남겨두고 방을 나간다. "어쨌든 모두 빨갛게 물들 거야. 희생의 색이지."

희생양이 된 이삭. 그녀의 말에 내 기억 속에 각인되어 있던 그림이 떠오른다. 나는 상상해본다. 나는 무릎을 꿇고 몸을 숙이고 있다. 제사장이 된 그녀는 나를 베기 위해 무기를 치켜들 것이다. 어떤 무기일까?

그 순간 그녀가 기다란 상자를 손에 들고 돌아온다. 그녀의 침실에 있던 상자, 몇 번인가 내 시선을 끌었지만 감히 열어볼 수 없었던 그 상자다. 그녀가 상자를 탁자 위에 올려놓는다. 나는 조용히 그녀가 옷을 고르는 모습을 지켜본다. 넓은 검은색 벨트가 달린 핏빛처럼 붉은 가죽 미니스커트, 손뜨개질로 짠 기다란 검은색 스타킹, 굽 높은 구두, 짧은 조끼(카우보이들이 입는 검은 색 가죽조끼다. 젖가슴이 겨우 가려질 정도다).

그녀는 내게 화장실로 가서 옷을 갈아입으라고 명령한다. 그녀는 드레스 룸에서 옷을 갈아입을 것이다. 여느 때와 다름없이 내게 알몸을 보여주지 않는다.

나는 화장실로 들어간다. 화장실 전등과 거울. 모든 것이 내 희생제를 치르기 위한 신전으로 바뀌어 있다. 나는 재빠르게 옷을 갈아입고 기다린다. 그녀가 상자를 손에 들고 위풍당당하게 나타난다.

"좋아." 그녀가 나를 살펴본다. "이곳이 카빌리아였다면 네 사타구니 털을 모두 깎았을 거야. 신부들은 모두 그렇게 하거든. 하지만 시간을 끌고 싶지 않아."

"나도 그래."

"무서워?"

"신부처럼 떨려. 그래도 자신 있어. 빨리 하고 싶어."

"욕조에 물이 차는 동안 네 주인을 보여줄게."

무기다. 그녀가 상자를 열고 비단으로 감싼 원통형 물건을 꺼낸다. 비단을 벗긴다. 올리스보스가 나타난다. 남자의 성기를 그대로 본 따서 만든 인공 성기. 무지막지하게 크지는 않지만 파고들 때 엄청난 고통을 안겨 주리라는 것은 충분히 예상할 수 있다.

"내 얘기했었지. 언젠가 이 물건을 만나게 될 거라고. 이제 내 희망이 성취된 거야. 넌 그럴 자격을 갖췄어. 천막에서 본 낙타몰이꾼 채찍은 할아버지의 지휘봉이었어. 이것은 내 스승님이며 나를 이끌어주신 돈빌 부인의 홀(笏)이었어. 내 정신적인 지도자였으며 타고난 여장부이셨지. 나는 이것을 한 번도 사용하지 않았어. 손님들에게는 그냥 일반적인 것을 사용했어. 진정한 사랑으로 이것을 사용할 수 있는 날이 언젠가는 올 것이라는 사실을 알고 있었던 걸까? 올리브나무 뿌리에 새끼 양가죽을 입힌 거야. 만져봐, 아주 부드러워……. 이것에 입 맞춰! 너도 이제 주인이 생긴 거야."

내 몸을 파고들 물건에 나는 경건하게 입을 맞춘다. 향수를 뿌린 가죽 냄새가 난다. 정말이다. 융단만큼 부드럽다. 허리에 묶을 수 있는 가죽 벨트가 두 개 달려 있다. 한쪽 벨트에는 '나는 신비스러운 술탄이다' 라는 아랍어가 금박 글자로 새겨져 있고, 다른 쪽 벨트에는 '나는 지칠 줄 모르는 기수(騎手)다' 라고 새겨져 있다. 인공 성기 반대편에도 거의 똑같이 생긴 성기가 또 하나 달려 있다. 이 물건을 착용하는 여자를 위한 것이다. 그러니까 이 물건을 허리에 착용하면 두 사람이 동시에 즐길 수 있는 것이다. 파리다가 설명한다. 두 개의 성기를 분리할 수는 있지만 이번에는 함께 사용하겠다고.

"이걸 네게 삽입했을 때 네가 엉덩이를 잘 움직이면 나도 쾌감을 느낄 수 있어."

"널 위해 열심히 해볼게. 너를 행복하게 해주고 싶어."

"생각만 해도 행복해. 한 남자를 범하는 레즈비언 여인! 정말 오싹해! 너를 진정한 여자로 만들어주기 위해 네 처녀막을 찢는 거야……. 난 이미 젖어들었어. 너도 흥분했지?"

그렇다. 욕조 속으로 들어서는 순간 내 물건이 우뚝 일어선다. 주름살이 사라지면서 팽팽해진다.

그녀가 나를 붙잡는다.

"날 위해 어떻게 해줄 건데? 한번 보자."

나는 그녀에게 등을 돌리고 엉덩이를 흔든다. 최선을 다한다. 얼굴이 화끈 달아오르는 것 같다. 그녀는 만족한 듯 웃어대며 내 엉덩이를 찰싹 때린다. 나는 욕조로 들어간다.

그녀가 직접 내 몸에 비누칠을 해주고 물로 씻어준다. 그런 다음 내 몸에 향이 강한 수용성 크림을 발라준다. 수건으로 내 몸을 정성껏 닦아준다. 그리고 마지막으로 내 입에 입을 맞춘다. 그녀의 혀가 내 입 깊숙이 파고든다.

"이제 네 아마존 여전사를 받아들일 수 있겠어?" 그녀가 속삭인다.

"애타게 기다리고 있어."

"바닥에 엎드려, 자……. 내 조랑말, 이제 달려보는 거야."

나는 거울을 들여다본다. 그녀가 치마를 벗고 있다. 마침내 나는 그녀의 허벅지를 볼 수 있다. 영성체 때 허겁지겁 입을 맞추었던 그 허벅지. 그러나 그 허벅지는 아직도 기다란 스타킹에 가려져 있다. 풍만하면서도 날씬한 두 개의 기둥. 작은 인공 성기가 그녀의 음문을 파고들 때 헉 하는 신음소리가 들린다. 그녀는 내 뒤쪽에 서 있다. 나는 잔뜩 긴장한 상태다. 그녀는 지금 허리에 벨트를 매고 있을 것이다. 전지전능한 신과 같은 그녀의 모습이 거울에 다시 나타난다. 그녀의 사타구니 사이에서 가공할만한 물건이 고개를 우뚝 세우고 있다. 하렘의 신비스러운 술탄이 나를 노려보고 있다.

"네 몸을 허락해줘서 고마워." 그녀가 부드럽게 속삭이며 몸을 숙여 내 목덜미에 입을 맞춘다.

그녀가 한 손으로 내 엉덩이를 양쪽으로 벌린다. 차갑고 끈적끈적한 물질을 항문에 바른다. 손가락 하나가 내 항문을 집요하게 파고든다. 들어왔다 나갔다, 이리 빙글 저리 빙글. 또 다른 손가락이 합세한다. 손가락 두 개가 힘을 합쳐 들락거리며 내 항문을 넓히고 있다. 조금 귀찮지만 아프지는 않다. 마침내 손가락이 빠져나간다. 갑자기 속이 텅 빈 듯한 기분이다. 손가락들이 그립기까지 하다. 문득 이런 생각이 든다. 나는 지금 이 신전에서 종부 성사를 치르고 있는지도 모른다. 그렇다. 이 의식이 마지막 의식이다.

내 엉덩이가 양쪽으로 활짝 벌어진다. 그녀는 두 손으로 내 엉덩이를 잡고 있다. 끝이 동그란 물건이 내 항문에 둔탁하게 와 닿더니 조심스럽게 힘을 가하기 시작한다. 나는 본능적으로 몸을 움츠린다. 그녀의 손바닥이 매섭게 내 등을 후려친다.

"힘을 빼, 참아, 사랑해. 날 받아 줘."

그녀가 내 허벅지 사이로 자신의 허벅지를 밀어 넣는다. 스타킹을 신고 있어서 쓸리는 감촉이 자극적이다. 무기의 끝이 강하게 밀착된다. 완고하다. 정확히 조준된 미사일처럼 내 어두운 달을 향해 끈덕지게 따라붙는다. 이제 그녀의 두 손은 내 양쪽 장골 부위를 단단하게 붙잡는다. 압력이 점점 커진다. 그녀가 양손으로 나를 끌어당기지 않는다면 나는 별 수 없이 앞으로 밀려나갈 것인데……. 갑자기…….

"아야! 아!"

내 몸이 인정사정없이 활짝 벌어지는 순간 나는 터져 나오는 신음소리를 참지 못한다. 그 침입자에 의해 몸이 갈가리 찢기는 것 같다. 침입자는 일단 안으로 들어오자 동작을 멈춘다. 나는 가쁜 숨을 몰아쉰다.

"가만 가만, 조랑말아, 가만 가만. 힘든 일은 지나갔어."

그녀는 내 등위로 몸을 굽히고 내 오른쪽 젖꼭지를 어루만지며 속삭인다.

"사랑해!"

정말이지 삽입할 때가 가장 고통스럽다. 인공성기는 내 몸에 들어와서도 계속 빳빳한 상태를 유지한다. 천천히 밀고 들어온다. 끈질기다. 나를 가득 채운다. 눈물이 뚝뚝 떨어지고, 땀이 뻘뻘 흐른다. 어쩔 수 없다. 그녀의 손에서 힘이 살짝 빠지는 순간 나는 앞으로 몸을 뺀다. 달아나는 것이다.

"뺄까?" 그녀가 묻는다. 불안한 모양이다.

"아냐! 끝까지 해! 완전하게 하고 싶어! 나를 올라타! 박차를 가해! 지칠 때까지!" 나는 울먹이며 소리친다. 나는 몽둥이를 향해 뒷걸음친다. 몽둥이가 다시 내 몸을 파고든다. 생각해본다. 언제나 끝날까.

"내가 널 얼마나 좋아하는지, 내가 널 얼마나 사랑하는지 알지?"

"나도 널 사랑해. 계속해!"

순교자의 영광, 나는 생각한다. 바로 그거다. 감미로운 고통. 전지전능한 내 주인에게 모든 것을 바치는 것. 내 주인에게 기쁨을 주면서 얻는 행복. 그녀와 나는 단단한 탯줄로 연결되어 한 몸을 이룬다. 우리는 샴쌍둥이 자매와 같다. 파리다는 나의 내장을 정복한다. 그곳에 그녀의 힘을 심는다. 그녀가 나를 차지하고 나를 다스린다……. 나는 더 이상 그녀에게 줄 것이 없다.

몽둥이가 멈춘다. 그녀의 배가 내 엉덩이에 달라붙는다.

그녀가 나를 온전히 차지한다. 내 살을, 내 내장을, 내 적도를, 내 남극과 북극을. 모두.

몽둥이가 내 몸을 가득 채운다. 몽둥이가 내 몸을 뚫고 들어와 나를 차지한다. 몽둥이가 물러서는 것 같다. 그러지 말라고 소리라도 지르고 싶다. 하지만 그럴 필요 없다. 이제 겨우 시작일 뿐이다. 이제 겨우 몸을 풀었을 뿐이다. 몽둥이가 내 몸을 벗어나려는 순간 공허감이 나를 감싼다. 하지만 썰물이 멈추고 밀물이 시작된다. 이제는 빠르게 밀려온다. 나는 그녀의 말을 기억하고 엉덩이를 움직인다. 아랫도리를 뒤튼다. 황홀경에 빠진 그녀의 신음소리가 들려온다. 내 모든 고통은 기쁨으로 돌변한다.

"착하지, 착해! 그래! 움직여! 계속 달려!" 그녀는 작살을 계속 찔러 넣으며 소리친다. 이제는 멈추지도 않는다. 나는 그녀의 리듬에 맞춰 몸을 움직인다. 그녀의 음문을 파고든 몽둥이를 내가 조정하고 있는 기분이다. 나는 그 몽둥이를 통해 내 사랑을 전하고 있는 것이다. 나는 절정으로 치닫는다.

이제는 말이 없다. 그녀가 말을 달린다. 흥분하기 시작한다. 그녀는 계속해서 공격을 감행한다. 그녀는 계속해서 내게 박차를 가한다. 과열된 피스톤. 나는 그녀의 방파제다. 나는 참는다. 견딘다. 나 역시 그녀 속으로 깊숙이 침입한다. 나도 즐기고 있다. 그녀의 허벅지와 내 허벅지가, 그녀의 배와 내 엉덩이가 충돌한다. 그녀의 두 손이 내 등을 할퀸다. 그녀의 작살이 내 몸에 불을 붙인다. 내 속에 불을 지른다……. 그녀의 숨소리가, 신음소리가 점점 커진다. 그녀가 정신없이 내 등을 두드린다. 나 역시 신음소리를 토해낸다……. 그녀가 단말마의 비명을 내지른다. "너무 좋아……." "그래, 그렇게 달리는 거야……." "정말 처녀 같아……." 그녀는 갑자기 하늘을 향해 비명을 내지르고 내 등으로 쓰러진다. 내 등을 한 입 크게 물어뜯는 것 같다. 움직이지 않는다. 내 속으로 파고든 짐승이, 동굴 속 왕좌를 차지하고 앉은 흰개미 여왕이 나를 짓누른다. 나를 윽박지른다. 그러나 일단 열기가 식자 더 이상 고통스럽지 않다. 이제는 내 사랑을 확인해주고 있다. 내 헌신을 지켜본 증인. 손톱자국으로 엉망이 된 내 등에 기대어 쉬고 있던 파리다가 내 속 깊숙한 곳에서 그 짐승을 천천히 빼내기 시작한다. 뺄까 말까 응석을 부리기도 한다. 안타깝게도 그 짐승이 점점 빠져나간다. 저 짐승이 쏙 빠져나가면 파리다와 나를 묶어주었던 탯줄도 끊어지고 말 것이다. 나는 이제 여자로 다시 태어났다. 그녀는 여전히 숨을 헐떡거리고 있다. 그녀는 내 옆에 반드시 누워 행복에 겨운 눈으로 나를 쳐다본다. 절정에 달한 표정이다. 황홀경에 빠져 둥실둥실 떠오르는 신비주의 수도자의 모습이 바로 이렇지 않을까. 그녀는 내 뒤편, 어딘지 아득한 곳을 바라보며 중얼거린다.

"내 평생 기다려왔던 것을, 내가 결코 손에 넣지 못했던 것을 네가 베풀어주었어."

이 신선한 신전을 비릿한 성욕 냄새가 가득 채우고 있다. 그녀의 사타구니 사이에 아직도 몽둥이가 우뚝 솟아있다. 비록 스타킹으로 감추어져 있긴 하지만 그녀의 풍만한 허벅지, 그녀의 사랑스런 허벅지가 내 눈앞에 훤히 드러나 있다. 몽둥이는 하늘을 향해 단단하게, 우직하게 서 있다. 시바 사원의 남근상(男根像). 몽둥이 끝에서 핏자국이 보인다. 내 희생, 내 헌신의 증거물. 파리다도 핏자국을 발견한다. 그녀는 옆에 놓인 수건을 들어 몽둥이 끝을 닦는다. 그녀는 빨갛게 물든 수건을 펼친다.

"결혼식 하객들에게 보여줘야겠어. 우리 고향에서는 그래. 넌 내게 처녀성을 바쳤어. 내 귀여운 아가씨."

"아가씨가 아냐. 넌 나를 성숙한 여자로 만들었어. 넌 내 몸을 연 첫 번째 남자야."

"너도 내게 문을 열어준 첫 번째 남자야……. 결혼식에서는 네 여자가 되어줄게."

"결혼식을 마친 게 아니야?"

"다는 아냐. 우리는 결혼식을 두 번 치러야 해. 우리는 남성과 여성을 다 갖추고 있어. 남자와 여자로 역할을 바꿔가며, 위로 아래로 위치를 바꿔가며 즐길 수 있단 말이야……. 정말 행복해!"

그녀는 누운 채로 나를 잡아당겨 옆에 누인다. 우리는 몸을 맞대고 가만히 누워있다. 두 사람의 맥박이 보조를 맞춘다.

"결혼식을 마무리 지어야지. 이제 네 차례야." 마침내 그녀가 말한다.

그녀가 몽둥이를 치운다. 그녀는 옷을 모두 벗고 튜닉 한 장으로 알몸을 가린다. 내게도 옷을 벗으라고 한다.

"흰옷은 필요 없어. 이젠 신부가 아니니까. 제자도 아니고. 너는 나와 같아. 넌 내 자매야."

자매! 그녀가 내게 옷을 입히는 동안 나는 자매라는 단어를 음미해본다. 그 단어로 나는 이제 그녀와 같은 위치로 올라섰다. 푸른색 카프탄, 카빌라 은으로 만든 묵직한 벨트, 그녀의 스타킹처럼 손뜨개질한 스타킹.

"이제는 색깔 옷을 입어야 해. 너의 흰색은 깨어졌어. 그래서 흰색 안에 감추어져 있던 것이 밖으로 드러나는 거야. 우리 삶의 온갖 색깔이."

그녀는 내게 굽이 높은 검은색 구두를 건네주며 말을 마친다.

"결혼식 때 힘차게 발을 굴러야 해. 신부의 집인 내 천막에서 결혼식을 치를 거야. 우리 고향에서는 그래."

그녀의 천막! 그녀의 허벅지를 살짝 훔쳐본 그 신전, 그녀의 입맞춤을 받고 내 열정을 일깨웠던 그곳. 그녀가 내 손을 잡는다. 나는 그녀의 손에 입을 맞춘다. 우리는 신혼부부처럼 팔짱을 끼고 복도를 걸어간다. 우리는 천국으로 향하는 철문을 연다. 우리는 사막으로 통하는 지하실로 들어간다. 계단을 오른다. 밝은 빛이 우리를 감싼다. 건조한 바람이 날카롭게 우리를 스친다. 천막이 우리를 기다리고 있다. 파리다가 문에 처진 커튼을 걷어 나를 들어가게 한다. 우리는 내가 익히 아는 공간을 지나 안쪽으로 들어간다. 파리다가 나를 세운다.

"기다려."

파리다는 벽에 걸린 뭔가를 집어 든다. 그녀는 내 앞에 무릎을 꿇고 앉아 그 물건을 내민다. 낙타몰이꾼 채찍이다. 그녀 할아버지의 홀(笏).

"나는 네 것이야. 하고 싶은 대로 해. 날 때릴 수도 있어."

나는 채찍을 한쪽으로 내려놓고 그녀의 손을 잡아 일으킨다.

"우리는 자매야. 서로 동등하기를 원해. 네 몸을 보고 싶어."

"그렇다면, 날 데려가."

그녀가 문으로 사용하는 천을 들어올린다. 나를 쳐다본다. 무슨 뜻인지 이해한다. 나는 그녀가 바라는 대로 그녀를 번쩍 안아든다. 가뿐하다. 하지만 온 세상을 품에 안고 있는 듯한 기분이다. 그녀를 안고 안으로 들어간다. 그녀에게 입 맞춘다. 그녀를 내려놓는다. 그녀는 방 안쪽으로 걸어가 커다란 창문을 가리고 있던 천을 들어올린다. 창문 너머로 무한한 공간이 펼쳐져 있다.

나는 그녀를 이해한다. 그녀는 이제 집도, 도시도, 모든 것을 포기하려는 것이다. 이 무한한 공간에는, 이 눈이 시릴 정도로 밝은 빛 아래에는 우리밖에 없다.

화려한 양탄자와 어마어마하게 큰 침대가 보인다. 나는 옷을 벗고 그녀 앞에 무릎을 꿇는다. 푹신푹신한 양탄자가 밑에 깔려 있다.

"천천히 튜닉을 올려. 아주 천천히."

그녀의 무릎이 나타난다. 그녀의 허벅지가 드러난다. 처음 보는 것은 아니다. 하지만 이제는 내 것이다. 튜닉 자락이 올라감에 따라 내 손도 부들부들 떨린다. 내 손이 그녀의 스타킹을 어루만진다. 스타킹 끝을 수놓은 비단 레이스가 손에 잡힌다. 마침내, 내가 성체를 받았던 삼각점에 이른다. 매끄러운 피부, 탄력 있는 호박색 살가죽. 튜닉 끝자락이 허리께에서 멈춘다.

이제 내 손이 나서야 할 차례다. 나는 경건하게 그녀의 한 쪽 스타킹을 내린다. 그녀의 허벅지가 마침내 눈앞에 나타난다. 나는 스타킹을 완전히 벗긴다. 나는 그녀의 다른 쪽 스타킹도 벗기려고 한다. 그녀가 잠시 주춤하는 것 같다. 스타킹을 반쯤 내렸을 때 나는 그 이유를 깨닫게 된다. 눈이 번쩍 뜨인다. 허벅지 안쪽 가장 부드러운 살 부위에 불로 지진 자국이 있다. 짙은 보랏빛 반달. 그래서 매번 알몸을 감추려고 했구나!

"내게 강제로 이런 자국을 남겼어. 아무에게도 보여주지 않았어. 설명해줄게."

"그럴 필요 없어. 알고 있어. 내 입맞춤으로 지워버릴 수만 있다면."

나는 그 자국에 몇 차례 입을 맞춘다. 그녀가 진정한 것 같다. 나는 그녀에게 말한다.

"튜닉을 벗고 다리를 벌려."

그녀가 복종한다. 다리를 벌린다. 그녀의 아랫배 곱슬곱슬한 덤불 사이에서 자줏빛 틈바귀가 엿보인다. 내가 어둠 속에서 성체를 받았던 성배. 그 찬란한 색에 눈이 멀 것만 같다. 나는 그녀의 허리를 꼭 붙잡는다. 나는 성전을 향해 머리를 들이민다. 심호흡을 하고 입을 맞춘다. 나는 오매불망하던 그곳을 빨고 핥는다. 계속하고 싶지만 자제한다. 그녀를 기다리게 하기 싫다. 아니 그럴 수도 없다.

나는 자세를 유지하며 뒤로 살짝 물러난다. 그녀의 허리에 금 사슬이 걸려 있다. 나는 묻는 듯한 표정으로 그녀를 바라본다.

"남자들에 대한 방어용으로 항상 차고 다녔어. 네가 풀어 줘. 네가 그렇게 해주길……. 날 실망시키지 마! 날 내버려두지 마!" 그녀가 정신없이 소리친다. 그녀는 두 손으로 내 머리를 잡고 그녀의 매끄러운 아랫배를 향해 잡아당긴다.

"나는 네 남자야. 네 여자이기도 하고. 네가 날 사랑하는 만큼 나도 널 사랑해. 네 모든 것을 사랑해. 그래, 우리는 남자이면서 또 여자야. 그리고 우리는 자매야. 근친상간이라도 좋아. 우리는 하나야."

나는 그녀의 품에서 빠져나와 위를 쳐다본다. 야자나무처럼 날씬한 그녀의 몸뚱이, 석류처럼 단단하게 우뚝 솟아오른 그녀의 젖꼭지, 진한 색으로 넓게 퍼진 그녀의 젖꽃판. 생명수(生命樹).

나는 몸을 숙여 천천히 그녀 위로 기어오른다. 내 혀는 젖과 꿀이 흐르는 그녀의 몸을 핥고 올라간다. 배꼽의 비밀을 파헤치고, 이쪽 산등성이와 저쪽 산등성이를 오가며, 목을 타고 올라 드디어 입에 도착한다. 생명수가 가볍게 떨린다. 내 물건은 벌써부터 벌떡 일어서 있다. 나는 부들부들 떨리는 손으로 그녀의 몸을 번쩍 들어올려 침대로 향한다. 나는 그녀를 침대에 내려놓고 몸을 쭉 펴고 눕는다. 내 물건이 하늘을 향해 솟아오른다.

"이제 내가 명령하겠어. 나를 타고 올라!"

그녀의 눈이 기쁨으로 반짝인다. 그러나 망설인다. 좀 더 수동적인 역할을 원하는 모양이다.

"모르겠어?" 나는 고집한다. "너는 강간을 당했고, 상처까지 입었어. 그 반대로 해보는 거야. 이제는 네가 나를 강간하는 거야."

"고마워, 내 사랑. 내 생각을 읽었구나. 이렇게 행복한 순간이 오리라고는 꿈도 꾸지 못했는데."

"자, 내 말을 들어. 말을 안 들으면 채찍으로 때릴 거야."

내 농담에 그녀가 웃는다. 그녀는 내 허리 양쪽에 양발을 딛고 일어선다.

"내가 명령을 내릴 때는 네가 내 위로 올라와야 해." 그녀가 말한다.

"좋아! 안장과 기수 역할을 번갈아 하는 거야."

우리는 우리 앞에 놓인 놀이를 생각하며 쌍둥이처럼 미소 짓는다. 황홀하다. 로다스 항구 입구에 세워진 청동의 아폴로 상. 나는 한 척의 나룻배가 되어 그 다리 밑을 통해 항구로 들어간다……. 내 주인, 내 이상, 내가 평생에 걸쳐 꿈꾸어왔던 삶. 우리 여왕님의 저 당당한 모습! 저 찬란한 육신! 컴퍼스와 같은 두 다리, 진한 향기를 내뿜으며 불타오르는 저 삼각점, 의기양양한 두 개의 젖가슴, 이글거리는 눈빛으로 발치에 엎드린 애인을 집어삼키는 저 얼굴. 나는 란 줄기 빛줄기를, 그녀의 강림을 기다리는 대지. 한 마리 흰 비둘기가 날아오는 것이 아니다. 눈이 시릴 듯한 일곱 색깔 무지개, 열정, 심연이 날아드는 것이다. 우리를 집어삼키는 황조롱이, 우리는 다시 태어난다.

그녀가 자기 가슴을 어루만지며 쭈그리고 앉는다. 피가 터질 듯 팽팽하게 달아오른 내 물건을 움켜쥔다. 내 물건은 발사 준비를 끝낸 미사일처럼 목표점을 향한다. 내 물건의 끝이 그녀의 부드러운 숲을 스친다. 그녀가 축축하고 부드러운 손으로 내 물건을 살포시 움켜쥔다. 내 물건이 살짝 빠져나가려고 하자 그녀의 손에 힘이 들어간다. 나는 다리를 접어 그녀의 엉덩이를 받친다. 그녀는 높은 안장에 올라앉은 훌륭한 기수와 같다. 내 물건이 그녀 안으로 깊숙이 들어간다. 내 물건이 자리를 잡자 그녀의 몸이 가볍게 물결친다. 그녀가 천천히, 아주 천천히 몸을 일으킨다. 물건이 빠져나올 것만 같다. 그녀가 다시 몸을 끌어내린다. 이제 경주가 시작된다. 한 발 한 발 내딛던 걸음이 어느 순간부터 빨라지기 시작한다. 그녀의 젖가슴이 리듬에 맞춰 출렁인다. 나는 그녀의 눈 속으로 빨려든다. 반쯤 열린 그녀의 입에서 탄성이 흘러나온다……. "사랑해!" 그녀는 일순간 이렇게 외치며 박차를 가한다.

나는 손을 뻗어 출렁이는 그녀의 젖가슴을 붙잡는다. 나는 성이나 요동치는 그녀의 젖가슴을 애무한다. 나 역시 허리를 움직여 그녀의 도약을 돕는다……. 내 온몸은 달음박질친다. 내 온몸에 박차가 가해진다. 내 온몸은 정신없이 앞으로, 위로 치닫는다. 우리는 한 몸이 되어 위로 솟아오른다……. 나는 기수와 혼연일체가 된다. 빛에 눈이 시리다. 끝없이 펼쳐진 지평선 위로 강렬한 빛이 뿜어져 나온다. 빛은 이윽고 불꽃으로 변한다. 그러다가 새하얀……. 내 여왕, 내 기수는 결승점을 향해 피치를 올린다. 시커먼 머리채가 불꽃처럼 일렁인다. 그녀는 머리를 뒤로 젖힌 채 신음을 토해내고 있다…….빨갛고 하얀 빛줄기가 점점 강해진다. 아프다, 참을 수가 없다……. 갑자기 그녀가 고개를 돌린다. 어머니다! 어머니가 살아 있다. 사분의 삼 정도 고개를 돌린 모습. 어렸을 때, 성스러운 감실 앞에서 꿈을 꿀 때 나타났던 바로 그 모습…….

"엄마! 엄마야!" 내 입술이 소리친다. 그 순간 내 몸이 폭발한다. 갈기갈기 찢어진다. 나는 내 애인의 품에서 산산이 부서져 내린다. 나는 고통으로 허물어진다. 날카로운 빛이 내 몸을 가른다. 나는 그 빛에 눈이 먼다. 나는 거대한 밤 속으로 함몰해 들어간다.

사건

편집장이 파견한 젊은 수습 여기자가 사건 현장에 도착해 널브러진 시체를 살펴본다. 누군가가 안쓰러운 마음에 시체를 낡은 천 조각으로 덮어놓아 무릎 아래 부분만 겨우 보인다. 회색 바지를 입고 푸른색 양말과 반짝반짝 빛나는 구두를 신고 있다.

"아시는 분입니까?" 여기자는 사무실 건물 수위에게 녹음기를 들이대며 묻는다. 수위는 말이 느린 오십대 대머리 남자다.

"나바로 박사의 진료실을 가끔 찾아오는 것을 보았습니다. 삼층에 세든 심장병 전문의 말입니다. 이름이 마리오라는 것 외에는 모릅니다. 말이 없는 양반이었어요. 때때로 얘기를 나누긴 했지만. 건방지거나 하는 것과는 거리가 먼 사람이었어요. 아시겠소?"

"순식간에 벌어진 일이었나요?"

"손쓸 여유가 없었어요……. 나는 저기 내 자리인 안내석에 앉아 있었어요. 여느 날과 마찬가지로 사람들이 드나드는 것을 보고 있었지요. 엘리베이터 문이 열리면서 저 가엾은 양반이 나타납디다……. 아주 정상적으로 걸어갔어요. 누가 생각이나 했겠소! 나는 저 양반이 나를 보고 인사나 하지 않을까 싶어 기다리고 있었소. 그런데, 이상한 점이 눈에 뜨입디다. 걸음걸이가 이상했어요. 마치 미끄러질 듯……. 붙잡아주려고 달려갔지요. 바닥에 누이고 보니 도움이 필요할 것 같았어요. 숨이 고르지 못하고 땀을 뻘뻘 흘리고 있었거든. 나는 전화기로 달려가 이 양반이 다녀온 진료실로 전화를 걸었어요. 나 참, 정신이 없었지……. 전화를 받습디다. 나는 무슨 일이 벌어졌는지 설명했소. 나는 전화를 끊고 달려왔어요. 무슨 도움이라도 될까 싶어서. 당최 아는 게 있어야지……."

"고통스러워했나요? 무슨 말은 하지 않았어요?"

"아무 말도. 내 짐작으로는 고통스러웠을 것 같은데, 얼굴 표정은 그렇지 않았소. 그 반대였지. 입으로 웃고 있었거든. 내 장담해요. 눈은 반쯤 감고 있었소. 뭔가 좋은 것을 보고 있는 것 같았지……. 몸을 조금 움직입디다. 아랫도리를……. 갑자기 눈을 떴어요. 생기가 넘치던데. 아득한 곳을 바라보았지. 눈이 생글거리는 것 같았어요. 죽어 가는 사람이 그랬다는 게 믿어지시오? 그리고 입술도 움직였지."

"말을 했어요?"

"그래요. 아주 낮은 소리였지만 분명히 알아들을 수 있었어요. 이렇게 말했지. '엄마! 엄마야!' 라고. 자기 어머니를 불렀단 말입니다."

"절박한 심정이었으니 당연하겠죠.……. 가엾은 양반!"

"그리고 움직이지 않았어요. 말도 없었고, 숨도 쉬지 않았어요……. 바로 그 순간 진료실 사람 둘이 구급상자를 들고 엘리베이터를 내렸어요. 이 양반을 알아보더군요. 가슴을 풀어헤치고 청진기를 대보고……. 서둘러 와서 재빨리 손을 썼어요……. 하지만 인공호흡을 시작했을 때는, 그 사람들 말마따나, 이미 늦었지요."

"살려내지 못했나요?"

"이런! 누구에게나 자기 명이 있는 법이요. 이미 끝난 거였지……. 사람들은 진료실로 돌아가 경찰을 불렀어요. 경찰도 곧바로 왔고. 지금 난 시체를 치워도 좋다는 명령만 기다리고 있는 형편이고."

여기자는 녹음기를 끄고 커다란 가방에 집어넣는다.

"적어도 심한 고통은 당하지 않았을 거야." 여기자는 수첩을 꺼내 이 넓은 건물 로비에서 벌어진 사건을 신문 기사로 작성한다. 이처럼 너무나 하찮은 사건을 신문에 실어줄지 의심스러웠지만.

한참 분주한 시간이다. 사무원들과 방문객들이 줄을 지어 드나든다. 시체 앞에서 잠시 발걸음을 멈추는 사람도 있고, 수위에게 뭔가를 물어보는 사람도 있다. 팔짱을 끼고 가던 연인 한 쌍은 귓속말을 주고받는다. 하지만 대부분의 사람들은 시체를 슬쩍 한 번 쳐다보고는 발걸음을 재촉한다……. 여기자는 건물을 빠져나간다. 방금 도착한 경찰관 한 명이 여기자를 스쳐지나간다. 일상적으로 일어나는 사건일 뿐이다.

레즈비언을 사랑한 男子

초판 1쇄 펴냄 2006년 11월 1일

지은이 | 호세 루이스 삼페드로
옮긴이 | 김현철

발행인 | 이준 / 아트디렉터 | 정원철 / 제작 | 윤권영 / 디자인 | 박선이 / 영업팀장 | 오세동
펴낸곳 | 도서출판 북스페인 / 136-033 서울시 성북구 동소문동 3가 65-5번지 5층
대표전화 | 02-922-9701 / 팩시밀리 | 02-922-9706
e-mail | bookspain@hanmail.net

ISBN 89-91482-09-0 04870